काँपता हुआ दरिया

[उपन्यास]

काँपता हुआ दरिया

मोहन राकेश

पूरक कथाकार
मीरा कांत

सम्पादक
जयदेव तनेजा

राधाकृष्ण प्रकाशन

ISBN : 978-81-8361-958-5

काँपता हुआ दरिया

पहला संस्करण : 2020
दूसरा संस्करण : 2025

मूल्य : ₹695

प्रकाशक
राधाकृष्ण प्रकाशन प्राइवेट लिमिटेड
जी-17, जगतपुरी, दिल्ली-110 051
शाखाएँ : अशोक राजपथ, साइंस कॉलेज के सामने, पटना-800 006
पहली मंजिल, दरबारी बिल्डिंग, महात्मा गांधी मार्ग, प्रयागराज-211 001
1, अनमोल सोराबजी संतुक लेन, धोबी तलाव, मरीन लाइंस, मुम्बई-400 002
वेबसाइट : www.radhakrishnaprakashan.com
ई-मेल : info@radhakrishnaprakashan.com

मुद्रक
बी.के. ऑफसेट
नवीन शाहदरा, दिल्ली-110 032

KANPTA HUA DARIYA
Novel by Mohan Rakesh & Meera Kant
Edited by Jaidev Taneja

पुरवा और
शालीन के लिए

नेपथ्य-कथा

हम सभी जानते हैं कि मोहन राकेश के जीवन, साहित्य और पहाड़ों के बीच एक गहरा और अटूट रिश्ता है। ये महज़ संयोग नहीं है कि उनके नाटक 'आषाढ़ का एक दिन' और 'पैर तले की ज़मीन' (अधूरा) तथा *मिस पाल, भूखे, चौगान, पहचान, मन्दी, उलझते धागे, जानवर और जानवर* जैसी अनेक कहानियों और 'न आने वाला कल' एवं 'कई एक अकेले' (अधूरा) जैसे उपन्यासों का परिवेश कुल्लू-मनाली, शिमला, मसूरी, जम्मू-कश्मीर, पठानकोट और पहलगाम जैसा कोई न कोई पहाड़ी प्रदेश या स्थान ही है। गर्मी से घबराकर या लिखने के लिए सुविधाजनक एकान्त की तलाश में भी राकेश अक्सर जीवन भर पहाड़ों की ओर ही भागते नज़र आते हैं।

वास्तव में मोहन राकेश का ये अतिशय पहाड़-प्रेम अकारण नहीं है। इसकी गहरी मनोवैज्ञानिक वजह है। यह एक सामान्य एवं सर्वविदित तथ्य है कि उनका जन्म पंजाब के एक तंग शहर अमृतसर की एक छोटी-सी जंडीवाली/चंडीवाली गली के बहुत अँधेरे घर में हुआ था। राकेश ने स्वयं भी निःसंकोच भाव से स्वीकार किया है कि उनके बचपन में कुछ भी श्लाघनीय नहीं था। इसलिए बालपन से ही ऐसे लोगों से स्पर्द्धा (ईर्ष्या?) होने लगी थी जो देवदार से लदे उन पहाड़ी प्रदेशों में पैदा हुए, जहाँ गिरते और मचलते हुए पहाड़ी झरनों ने उनकी विस्मित शिशु आँखों को अपने सौन्दर्य से भर दिया था। इस मनोवैज्ञानिक सन्दर्भ में देखें तो पहाड़ों, जंगलों और समुद्र-तटों के प्रति राकेश का अदम्य आकर्षण या शायद सम्मोहन उनके बचपन की इस दबी हुई अतृप्त कामना अथवा कुंठा का स्वाभाविक परिणाम ही था।

1995 में 'राकेश और परिवेश : पत्रों में' के प्रकाशन के तुरन्त बाद ही मैं राकेश की बहुसंख्य अप्रकाशित, असंकलित रचनाओं को खोजने में लग गया। फिर उन्हें सम्पादित करके 'एकत्र' नामक पुस्तक की तैयारी की, जो 1998 में प्रकाशित हुई।

उसी पुस्तक की तैयारी के दौरान मुझे राकेश के एक लगभग अल्पज्ञात एवं अचर्चित उपन्यास 'काँपता हुआ दरिया' की जानकारी मिली, जो 'अँधेरे बन्द कमरे' और 'न आनेवाला कल' के बीच 'नई कहानियाँ' पत्रिका में मार्च, 1964 से लेकर मार्च, 1965 के बीच ग्यारह क़िस्तों में धारावाहिक रूप से छपा था। उन दिनों कमलेश्वर उस पत्रिका के सम्पादक थे। इसलिए पत्रिका की पूरी जिल्द-बँधी व्यक्तिगत फ़ाइल उनके पास थी, जो मुझे सहज ही मिल गई। मेरी ख़ुशी का ठिकाना नहीं था। मैंने बड़े उत्साह से उसे पढ़ना शुरू किया। परन्तु अन्तिम क़िस्त तक पहुँचते ही मेरे हर्षोल्लास पर घड़ों पानी पड़ गया, जब उसके साथ ही सम्पादक कमलेश्वर की ये सूचना पढ़ने को मिली कि, "इस अंक से इस उपन्यास का धारावाहिक प्रकाशन बन्द हो रहा है। पूरा उपन्यास शीघ्र ही पुस्तक रूप में प्रकाशित होगा।" परन्तु पता नहीं क्यों और किन कारणों से ऐसा नहीं हुआ। कमलेश्वर और श्रीमती अनीता राकेश से भी कोई जानकारी नहीं मिल पाई।

पत्रों की पुस्तक और 'एकत्र' के सम्पादन के सिलसिले में राकेश की सभी डायरियाँ, फ़ाइलें, आधी-अधूरी टंकित या हस्तलिखित कई तरह की रचनाएँ और कच्ची-पक्की सामग्री मेरे पास ही थी। हालाँकि कई कोशिशों के बाद पहले ही मैं इस निष्कर्ष पर पहुँच चुका था कि राकेश की हस्तलिखित सामग्री को पढ़ पाना लगभग असम्भव ही है, फिर भी मैंने एक बार फिर से प्रयास करने का निश्चय किया। इस बार की कोशिश पूरी तरह निष्फल सिद्ध नहीं हुई। सन् 1953-54 की एक बेहद फटी-पुरानी-सी पीले-भूरे पन्नों वाली डायरी को एक बार फिर यूँ ही उलट-पलट कर देखते हुए लगा जैसे उसमें बम्बई, कश्मीर इत्यादि के बारे में कई तरह की सामग्री है। सरसरी नज़र से देखने पर वाक्य नहीं पढ़े गए। यहाँ-वहाँ कुछ लोगों और कई जगहों के नाम समझ में आए। सबसे बड़ी समस्या हस्तलिपि रही। फिर भी रुककर देखने और धैर्य से पढ़ने की कोशिश के बाद अनुमान से ऐसा लगा जैसे आरम्भ के 25-30 पृष्ठों में बम्बई की पृष्ठभूमि पर केन्द्रित किसी उपन्यास के बहुत जल्दी में घसीटे गए कुछ नोट्स हैं। इसके बाद 1954 में कश्मीरी परिवेश और जीवन पर लिखी गई एक कहानी है—'पहलगाम के घोड़े'। उसमें चन्दनवाड़ी जाने के लिए घोड़ों के किराए को लेकर किसी लाला के मोलभाव करने के प्रसंग से ऐसा लगता है जैसे वह राकेश की प्रसिद्ध एवं बहुचर्चित कहानी 'सौदा' का आरम्भिक प्रारूप है। इसी डायरी के अगले पृष्ठों पर कश्मीरी भाषा के कुछ रूमानी और रूहानी गीतों के अंश भी देवनागरी में लिखे मिले जो उच्चारण एवं वर्तनी की दृष्टि से जगह-जगह संशोधित भी किए गए हैं। आगे के एक पन्ने पर 'इनसाइड कश्मीर' (पी.एन. बजाज) तथा 'द हिस्ट्री ऑफ पोलिटिकल मूवमेंट इन कश्मीर'

नामक अंग्रेज़ी पुस्तकों के साथ उर्दू लिपि में गुलाम अहमद सादिक की किताब 'कश्मीर छोड़ दो' का उल्लेख राकेश के किसी भावनात्मक उपन्यास के कश्मीरी परिवेश, जीवन तथा इतिहास-भूगोल की बौद्धिक तैयारी की तरफ़ इशारा करता है। इसके कुछ कोरे छोड़े गए पृष्ठों के बाद एक शीर्षक है—'झेलम के माँझी'। उसी के नीचे नूरा, अहमद, सिद्दीक, रमजान, बेगम और ज़ेबुन्निसा के नामोल्लेख के साथ क्रमशः घटनाचक्र और चरित्रों के बारे में सूत्रात्मक संकेत दिए गए हैं। इसके बाद फिर एक शीर्षक है—'सौन्दर्य की खोज'। इसे मोहन चोपड़ा के नाम जेहलम से 21.8.54, 28.8.54, 30.8.54, 1.9.54 तथा 3.9.54 को लिखे गए डायरीनुमा पत्रों के रूपों में लिखा गया है। पैन और पेंसिल से बेहद जल्दी में घसीटकर लिखी गई इस रचना की लिखावट इतनी अस्पष्ट है कि कश्मीर, जेहलम, लिद्दर, नूरा, सिद्दीक, कादिर, अहमद जैसे कुछ नामों और 'तुम क्या खोजते हो?' 'खुदा जाने मैं क्या खोजता हूँ?' जैसे संवादों को छोड़कर पूरी तरह कुछ भी पढ़ा नहीं जाता। इसी सन्दर्भ में उल्लेखनीय है 16.9.56 को दिल्ली में मुंशी (श्री रामशरण शर्मा) द्वारा राकेश को कश्मीर के पते पर लिखा गया वह पत्र जिसमें वह लिखते हैं कि "सुना है कि माँझियों के जीवन पर तुम्हारा उपन्यास पूरा हो गया है।" स्पष्ट है कि 'जेहलम के माँझी' और 'सौन्दर्य की खोज' तथा 'काँपता हुआ दरिया' एक ही उपन्यास के तीन अलग-अलग नाम/प्रारूप हैं जो 1954 से 1964 के बीच दस सालों में पता नहीं और भी कितने नामों और रूपों में लिखा जाता रहा होगा और फिर भी राकेश की मृत्यु तक शायद अन्तिम रूप से सम्पूर्ण नहीं हो पाया!

परन्तु कश्मीर के सौन्दर्य और रूमानी-प्रेम की काल्पनिक कहानियों से अलग दरिया में घर बनाकर रहनेवाले निम्नवर्गीय हाँजी परिवार के सुख-दुख तथा संवेदनाओं के टकराव एवं जीवन-संघर्ष के कठोर यथार्थ पर आधारित राकेश का यह उपन्यास अपने उस अधूरे रूप में भी अत्यन्त रोचक, मार्मिक और राकेश के शहरी मध्यवर्गीय रचना-संसार से भिन्न आस्वाद का महत्त्वपूर्ण उपन्यास लगा। इसलिए इसके अधूरेपन की ख़लिश और तकलीफ़ के बावजूद मैंने इसे 'एकत्र' में ज्यों-का-त्यों ही शामिल कर लिया।

इस उपन्यास की कहानी, इसके चरित्रों की ज़िन्दगी और इसके परिवेश से राकेश आत्मीय, घनिष्ट एवं अन्तरंग रूप से जुड़ गए थे; फिर भी लम्बे समय तक क्यों इसे लिखने से बचते रहे और फिर वे कौन से रचनात्मक तथा मानवीय दबाव थे, जिनके कारण वह इसे लिखे बिना रह नहीं सके? इसकी रचना-प्रक्रिया और इसके विडम्बनापूर्ण सृजन-इतिहास का स्पष्ट उल्लेख राकेश ने उपन्यास की 'पूर्वभूमि' में ईमानदारी से किया है! इसी के माध्यम से हम जान पाते हैं कि

लगभग आठ वर्षों के दौरान राकेश पाँच बार कश्मीर गए। महीनों-महीनों तक वहाँ के हाँजी परिवार के साथ हाउसबोट ही नहीं डूँगों में भी रहकर कई-कई दिनों तक दरिया में सफ़र कर दूर-दराज़ के इलाक़ों तक भी गए। उन माँझियों के जीवन के हर रूपरंग को देखा, जाना और कुछ हद तक सहभोक्ता बनकर उसका अनुभव भी किया।

राकेश कश्मीर गए बेशक एक 'विज़िटर' की तरह, वहाँ के अनुपम सौन्दर्य और आनन्द की खोज में। परन्तु कश्मीरियत के रंग में ऐसे रँगे कि वहाँ के इतिहास, साहित्य, गीत-संगीत, प्राकृतिक सौन्दर्य और पाक-कला तक के मुरीद हो गए। वहाँ के मेहनतकश आम आदमी के संघर्ष और मुफ़लिसी की समस्याओं के बावजूद सहज-सरल मानव-मन की सादगी का जादू उन पर पूरी तरह छाया हुआ था। इस बीच वह हाँजी खालका, उसकी बीवी बेगम और उनके परिवार की हृदयस्पर्शी कहानी 'जेहलम के माँझी' को कई बार लिखने की आधी-अधूरी कोशिश कर चुके थे। परन्तु इस उपन्यास के लेखन को लेकर एक अजीब तरह की हिचक और दुविधा उनके मन में थी। पहला कारण तो सम्भवतः यही था कि वह एक ग़ैर-कश्मीरी लेखक थे और ऐसे किसी भी प्रयास को प्रामाणिकता की दृष्टि से कश्मीरी लेखक और बुद्धिजीवी सन्देह की नज़र से देखते थे/हैं। दूसरे, वह 'नई कहानी' के भोगे हुए यथार्थ का दौर था और उस दृष्टि से भी शायद वह स्वयं को ये कहानी लिखने के लिए अनधिकारी मानते रहे होंगे।

लगभग दस वर्षों तक अपनी इन्हीं सीमाओं के संकोच से जूझते रहने के बाद 1964-65 के बीच राकेश ने अन्ततः इसे 'काँपता हुआ दरिया' के नाम से ये सोचकर लिख डाला कि, "न लिखता तो शायद खालका के साथ ही नहीं, अपने साथ भी मैं न्याय न करता।" अपनी तरह के इस अनूठे और बेहतरीन उपन्यास को 'एकत्र' में अधूरा छापकर मन खिन्न तो बहुत हुआ, मगर नाउम्मीद नहीं हुआ था!

कहीं-न-कहीं मन में ये आशा थी कि सम्भव है किसी दिन राकेश की किसी फ़ाइल, डायरी या टाइप किए गए काग़ज़ों के किसी बंच में इसके शेष पन्ने भी कहीं मिल जाएँ! इसी तरह की तलाश और उम्मीद तो मुझे उनके उपन्यास 'स्याह और सफ़ेद' के टाइप किए 200 पन्नों की भी थी और अन्तिम दिनों में लिखे जा रहे उनके नए नाटक 'चाणक्य' के नोट्स और उसके आरम्भिक प्रारूप की भी।

इसलिए जब मुझे 'मोहन राकेश रचनावली' को सम्पादित करने का सुअवसर मिला तो मैं एक बार फिर नई आशा और ऊर्जा के साथ अपने 'खोज अभियान' में जुट गया। इस बार रचनावली के लिए कई नई चीज़ें भी मिलीं। परन्तु जिनकी ख़ास तलाश थी उनमें से कुछ भी उपलब्ध नहीं हो पाया।

रचनावली में भी 'काँपता हुआ दरिया' अधूरा ही प्रकाशित हुआ। बात आई-गई हो गई।

वक़्त बीतता गया, परन्तु इस उपन्यास की संवेदना की थरथराहट, कहानी की कचोट, पात्रों के विडम्बनापूर्ण रिश्तों का दर्द, एक अजाने यथार्थ, अनूठे अनुभव का बहुमुखी सच—या पता नहीं इस रचना की वह कौन-सी चीज़ थी कि इसके अधूरेपन की कसक मुझे रह-रहकर सालती रही।

बहुत सोच-विचार के बाद एक विकल्प ये सूझा कि किसी अन्य समर्थ रचनाकार से इसे पूरा करवाया जाए। परन्तु ये विकल्प भी आसान नहीं था। पहली शर्त तो इसकी यही थी कि इसके प्रकाशक श्री अशोक महेश्वरी इस विचार से सहमत हों। और दूसरी समस्या, जो रचनात्मक होने के कारण पहली से भी अधिक मुश्किल और पेचीदा थी—वह ये कि 'समर्थ रचनाकार' माने क्या? राकेश की किसी अधूरी रचना को पूरा करने की दृष्टि से उनके आत्मीय एवं घनिष्ठ मित्र 'कमलेश्वर' से अधिक योग्य और समर्थ रचनाकार भला कौन हो सकता था? ये अलग बात है कि कमलेश्वर आज हमारे बीच नहीं हैं। लेकिन 'एकत्र' के समय तो वह जीवित ही थे और मैंने उनसे पूछा भी था। कितनी विनम्रता और शालीनता के साथ उन्होंने असमर्थता प्रकट कर दी थी। और सबसे बड़ी बात तो यह है कि 'पैर तले की ज़मीन' को पूरा करने में कमलेश्वर भी कहाँ सफल हो पाए थे—जबकि कश्मीर में क्लब के बाढ़ में डूबने की उस मूल घटना और अनुभव के कमलेश्वर और राकेश दोनों सहभोक्ता भी थे।

यद्यपि ऐसे कुछेक उदाहरण हैं जहाँ दो लेखकों ने मिलकर किसी सफल रचना—विशेषत: नाटक को लिखा हो। परन्तु किसी लेखक की आधी-अधूरी रचना को किसी अन्य लेखक द्वारा सफलतापूर्वक पूरा करने का उदाहरण दुर्लभ ही है। फिर भी, इसे असम्भव मानकर प्रयास भी न करने की बात मेरा मन मानने को तैयार नहीं था। यह एक बड़ी रचनात्मक चुनौती थी, दुष्कर रचनाकर्म था—सच है। और लेखक यदि मोहन राकेश जैसा परफ़ैक्शनिष्ट रचनाकार और जटिल व्यक्तित्व हो तो...? तो अपनी अधूरी रचना को पूरा करना स्वयं राकेश के लिए भी मुमकिन नहीं होता। ऐसी स्थिति में राकेश अपनी अधूरी लिखी रचना को रद्द करके उसे पुन: अथ से आरम्भ करके लगातार अन्त तक लिखकर ही पूरा करते थे। इसके बावजूद, मैं प्रयास किए बिना पराजय स्वीकर करने को तैयार नहीं था। लिहाज़ा मैंने किन्तु-परन्तु की दुविधा छोड़कर पक्के इरादे और सकारात्मक दृष्टि से सोचना शुरू किया।

अब मुझे एक ऐसे लेखक की तलाश थी जो मोहन राकेश के साहित्य को समझता हो, उससे प्रभावित हो और उसका प्रशंसक भी हो। वह नाटककार भी हो

और कथाकार भी। उसका हिन्दी-उर्दू दोनों भाषाओं पर लगभग समान अधिकार हो। वह स्त्री-पुरुष सम्बन्धों की जटिलता और उनके मनोवैज्ञानिक, सामाजिक एवं आर्थिक पहलुओं का अच्छा जानकार भी हो। और सबसे बड़ी और महत्त्वपूर्ण शर्त ये कि वह इस चुनौती को स्वीकार करने के लिए तैयार भी हो। मैं इस सोच-विचार में डूबा था कि एक दिन अचानक इस उपन्यास के बारे में राकेश का लिखा और मेरे द्वारा सरसरी तौर पर यूँ ही कई बार पढ़ा गया यह वाक्य बिजली की तरह कौंध गया कि 'बेहतर होता यदि यह कहानी किसी कश्मीरी लेखक के द्वारा लिखी जाती...।' इस एक वाक्य ने मानो बरसों की उलझन एक पल में सुलझा दी। मुझे लगा कि इस तरह हम उपन्यास के साथ-साथ राकेश की अधूरी इच्छा भी पूरी कर पाएँगे।

किसी और महत्त्वपूर्ण सूत्र की तलाश में मैंने तुरन्त 'एकत्र' निकाली। 'काँपता हुआ दरिया' की पूर्वभूमि पढ़ते हुए मैं ज्यों ही उसके चौथे पेज पर उद्धृत किए गए वाक्य पर पहुँचा, मैं यह देखकर चकित हो गया कि उसकी बाईं ओर हाशिए पर पेंसिल से एक नाम लिखा हुआ था—मीरा कांत।

मीरा कांत—यानी एक कश्मीरी कथाकार-नाटककार। बहुत सोचने पर भी मुझे याद नहीं आया कि मैंने यह नाम वहाँ कब और क्यों लिखा था? और लिखा था तो फिर भूल कैसे गया? बहरहाल, मुझे लगा कि जैसे अनायास ही एक कठिन समस्या का समाधान मुझे मिल गया है! सबसे बड़ी और महत्त्वपूर्ण बात तो ये थी कि हम दोनों परस्पर परिचित थे। मुझे पता था कि मेरी तरह वह भी राकेश और उनके साहित्य की प्रशंसक हैं। मैंने उनके साहित्य को गम्भीरता से पढ़ा है और उससे मुतास्सिर होकर उस पर लिखा भी है। उनके नाटक 'उत्तर प्रश्न' और 'काली बर्फ़' तथा उपन्यास 'एक कोई था/ कहीं नहीं-सा' पूरी तरह कश्मीर पर ही केन्द्रित हैं। पुरानी दिल्ली पर केन्द्रित उनके उपन्यास 'हमआवाज़ दिल्लियाँ' में भी एक कश्मीरी परिवार की कथा समानान्तर चलती है। मूलतः कश्मीरी होने के नाते वहाँ की सामाजिक, सांस्कृतिक, ऐतिहासिक, राजनीतिक पृष्ठभूमि, जीवन-शैली, खानपान और रहन-सहन की उनकी स्वानुभूत संवेदनात्मक समझ के प्रति भी मैं एक हद तक आश्वस्त था। उनकी कई रचनाओं को पढ़कर मुझे ये विश्वास भी हो चला था कि 'काँपता हुआ दरिया' की कहानी, चरित्रों और परिवेश को विश्वसनीयता के साथ आगे बढ़ाने के लिए जिस भाषा-शैली और ख़ालिस कश्मीरी अन्दाज़ में जज़्ब उर्दू मुहावरे की दरकार है—उसकी संवेदना, समझ और सलाहियत भी उनमें हैं। फिर भी अपने स्वभाव के कारण मैं इस बात को लेकर कहीं-न-कहीं संशयग्रस्त भी था कि क्या मीरा कांत के अपने जीवन एवं साहित्य के मध्यवर्गीय संस्कार

'काँपता हुआ दरिया' के निम्नवर्गीय अभावग्रस्त कश्मीरी हाँजियों के सतत संघर्षरत जीवन के साथ पूरा न्याय कर पाएँगे! फिर मुझे अहसास हुआ कि ये विडम्बना और अन्तर्विरोध तो स्वयं मोहन राकेश के साथ भी थे। और सिर्फ़ राकेश ही क्यों ये समस्या तो कमोबेश हर लेखक के साथ होती है। इस समस्या का समाधान प्रत्येक रचनाकार अपने-अपने ढंग से परमानस-प्रवेश के माध्यम से करता है। सोच के इस बिन्दु पर पहुँचकर मुझे ये विश्वास हो गया कि इस काम के लिए, हिन्दी के वर्तमान साहित्यिक परिदृश्य में सम्भवत: मीरा कांत ही सर्वाधिक उपयुक्त नाम है जिसे यह कठिन रचनात्मक ज़िम्मेदारी सौंपी जा सकती है।

इन तमाम बातों से ज़्यादा महत्त्वपूर्ण और ज़रूरी बात ये थी कि मीरा कांत इस काम को करने के लिए तैयार हों। परन्तु उनसे बात करने से पहले पुस्तक के प्रकाशक राजकमल प्रकाशन समूह के स्वामी श्री अशोक महेश्वरी से बात कर लेना ज़्यादा ज़रूरी लगा। सिद्धान्तत: तो इस प्रोजेक्ट के बारे में उनकी सामान्य सहमति मैं पहले ही ले चुका था। अब एक व्यावहारिक ठोस प्रस्ताव सामने था। एक लेखक और प्रकाशक के नाते, दो-ढाई दशकों से भी अधिक के हमारे सम्बन्ध परस्पर विश्वास और समझ की मज़बूत बुनियाद पर टिके थे। इसलिए मुझे बिलकुल आश्चर्य नहीं हुआ जब उन्होंने तुरन्त इसकी स्वीकृति दे दी। परन्तु लेखक के चुनाव और अनुबन्ध की शर्तों के बारे में कोई भी ज़िम्मेदारी लेने से इनकार करते हुए इसका पूरा दायित्व उन्होंने मेरे कन्धों पर ही डाल दिया। एक ओर अपने प्रिय लेखक की अधूरी रचना के पूरा होने का निमित्त बनने और इस चुनौती के योग्य समझे जाने की ख़ुशी थी तो दूसरी ओर व्यावहारिक दृष्टि से अपनी झिझक एवं संशयग्रस्त मानसिकता के चलते कहीं भयाक्रान्त भी था। एक संवेदनशील एवं आत्मसम्मानी रचनाकार और एक प्रतिष्ठित एवं अत्यधिक सफल प्रकाशक के बीच सन्तुलन साधना आसान काम नहीं था।

लेकिन ओखली में तो मैं सिर दे ही चुका था, इसलिए एक दिन मैंने बड़े संकोच के साथ हिम्मत करके इस अधूरे उपन्यास को पूरा करने का प्रस्ताव मीरा जी के सामने रख दिया। उनकी पहली प्रतिक्रिया तो एकदम सकारात्मक ही लगी, किन्तु विस्तार से बातचीत करने के बाद वह थोड़ी असन्तुष्ट तथा दुविधाग्रस्त-सी प्रतीत हुईं। सोचकर उत्तर देने की बात कहकर वह चली गईं। दो दिन बीत गए। उनका कोई जवाब नहीं आया तो मेरी बेचैनी बढ़ने लगी। मैं स्वयं फ़ोन करके उनके स्वतंत्र निर्णय पर किसी तरह का दबाव नहीं बनाना चाहता था। अच्छा हुआ कि अगले दिन सुबह ही उन्होंने ड्राइवर को भेजकर 'काँपता हुआ दरिया' पढ़ने के लिए 'एकत्र' मँगवा ली। मेरे अनुमान के विपरीत उनका फ़ोन उसी शाम आ गया।

स्वीकृति देते वक़्त उनकी आवाज़ में दुविधा और अनिश्चय का स्थान उत्साह और संकल्प ने ले लिया था। उन्होंने बताया कि उपन्यास से वह अत्यधिक प्रभावित हुई हैं और कश्मीर के हाँजियों के जीवन को निकट से देखने-जानने और महसूस करने के इरादे से वह अगले हफ़्ते दस दिनों के लिए श्रीनगर जा रही हैं।

वह श्रीनगर गईं और लौटकर बच्चों जैसे हर्षोल्लास और उत्साह के साथ उन्होंने बताया कि कैसे लगभग रोज़ ही हाँजियों, उनकी महिलाओं और नई-पुरानी पीढ़ी के वहाँ रह गए लड़के-लड़कियों से मिलती रहीं। घंटों उनके साथ रहीं, बातें कीं, उनकी समस्याओं, तकलीफ़ों और बचे-खुचे सपनों के बारे में जाना। हिन्दुस्तान की आज़ादी से पहले, बाद के और आज के उनके रहन-सहन, खान-पान, सोच-विचार, सुख-दुख में आए बदलावों के बारे में काफ़ी उपयोगी जानकारियाँ इकट्ठी कीं। डूँगा-संस्कृति के बचे-खुचे अवशेषों और उनके अभावग्रस्त स्वामी-माँझियों की पीड़ा को भी महसूस किया। हमने उपन्यास की कहानी और चरित्रों के सम्भावित विकास की रूपरेखा पर भी विस्तार से चर्चा की।

लेखन-प्रक्रिया के दौरान भी ज़रूरी लगने पर कभी फ़ोन से, कभी व्यक्तिगत रूप से मिलकर हम दोनों विविध पहलुओं पर गाहे-ब-गाहे विचार-विमर्श करते रहे। फिर भी, कुल मिलाकर इस उपन्यास का पूरक अंश मीरा कांत की सम्पूर्ण रचनात्मक स्वतंत्रता एवं कल्पनाशीलता का ही परिणाम है।

'काँपता हुआ दरिया' के केन्द्रीय पुरुष पात्र खालका को इस रूप में परिकल्पित और विकसित किया गया है कि वह अपनी द्वन्द्वग्रस्त विभाजित मानसिकता, अनिश्चितता, निर्णयहीनता, चुनौती का सामना करने के बजाय उससे मुँह छिपाकर भाग जाने की प्रवृत्ति, किसी अनजाने गंतव्य की तलाश में यहाँ से वहाँ और वहाँ से कहीं और चल देने का सतत असन्तोष जैसी कई विशेषताओं के कारण स्वयं मोहन राकेश के अपने चरित्र अथवा उनके किसी अन्य पुरुष पात्र जैसा ही दिखाई देता है। उसमें अपने जीवन की लड़ाई हार चुके 'आधे अधूरे' के महेन्द्रनाथ की छाया साफ़ तौर से झलकती है। यही नहीं, उसकी पत्नी बेगम को भी राकेश ने ख़ूबसूरत, ज़िन्दादिल, ख़ुशमिज़ाज, पुरमज़ाक और असन्तुष्ट होने के बावजूद घर-परिवार को सँभालने-चलाने वाली कर्मठ स्त्री के रूप में चित्रित किया है। अपनी उम्र से कम दिखाई देती बेगम भी 'आधे अधूरे' की सावित्री की तरह ही अपने पति को आधा-अधूरा आदमी मानकर जीवन को भरपूर जीने की लालसा लिये, पेशावर से आए ज़िन्दादिल, युवा और अमीर सैलानी ख़ान के साथ नई ज़िन्दगी जीने के सुनहरे सपने देखती है। मीरा कांत ने उसके सम्बन्धों और कथानक को इसी दिशा में स्वाभाविक, रोचक और तर्कसंगत ढंग से विकसित किया है।

यूँ तो बेग़म के शराबी, अक्खड़, जुआरी, ज़िद्दी और गप्पबाज़ बाप नबी नागू का चरित्र, कलकत्ता में सिफ़लिसग्रस्त एलिस और खालका के अवैध सम्बन्ध, पेशावर के ख़ान तथा उसके साथ घर बसाने के रोमानी ख़्वाब देखनेवाली बेगम के रिश्ते, नजमा और अब्दुल कादिर के विसंगत वैवाहिक सम्बन्ध जैसे प्रसंग एवं घटनाक्रम भी ख़ासे दिलचस्प, पेचीदा और नाटकीय हैं, परन्तु मूर्खों की तरह हर बात पर वजह-बेवजह हँसनेवाले, खाने-पीने के लिए झगड़ालू, कामचोर किन्तु शातिर और विश्वासघाती मामदा तथा उसके झूठे प्रेम एवं शादी के झाँसे में फँस गई मासूम, कमसिन और नादान नूरा के अतिरिक्त उसी की तरह असफल प्रेम की पीड़ा से आहत, दुखी और अकेले सिद्दीक जैसे चरित्र एवं प्रसंग गौण होने के बावजूद पाठक के मन में कहीं अटके रह जाते हैं।

खालका-बेगम के इस परिवार की सबसे छोटी और भोली सदस्य है—नूरा। उपन्यास में एक हल्का-सा अस्पष्ट संकेत ये भी है कि मानो बेगम ख़ान को पाने के लिए नूरा का भी इस्तेमाल करती है। खालका बेगम पर ये आरोप लगाता भी है। इसके अलावा अब्दुल कादिर अपने श्वसुर खालका और अपनी बीवी नजमा को धमकाकर तथा मारपीट कर बेगम पर ये दबाव बनाने की कोशिश में लगा हुआ है कि किसी तरह वह उसके जुआरी भाई कासिम से नूरा की शादी के लिए हाँ कर दे। इन दोहरे दबावों से त्रस्त नूरा मामदा के धोखे, झूठ और फ़रेब से बुरी तरह बिखर गई है। जन्म से लेकर आज तक उसका एकमात्र सुरक्षित आश्रय रहे उसके अत्यन्त प्रिय हाउसबोट के बिकने की ख़बर जैसे अन्तिम निर्णायक वार करके उसे पूरी तरह तोड़ देती है। ख़ाली हाउस बोट के फ़र्श पर भूखी-प्यासी पड़ी नूरा सुबह होने से पहले सब कुछ छोड़कर वहाँ से अकेली चले जाने का निर्णय कर लेती है।

नूरा की तरह सिद्दीक भी इस उपन्यास का एक मार्मिक चरित्र है। वह नजमा से अपने असफल प्रेम की पीड़ा सहते हुए पिछले पन्द्रह सालों से इस परिवार की सेवा करता रहा है। तीस की उम्र में चालीस-पैंतालीस साल का बूढ़ा-सा दिखाई देता सिद्दीक अब अभिभावक की तरह सबकी देखभाल करता है। वह अक्सर सोचता है कि जीवन भर की ख़िदमत के बदले में उसे मिला क्या है? मुट्ठी भर साग-भात, एक फटी-पुरानी लोई, सूखा हुआ शरीर, आँखों का सूनापन तथा आशाविहीन, अकेली, उदास ज़िन्दगी की वीरानगी। हालात की एक ऐसी ही त्रासद ज़मीन पर खड़े नूरा और सिद्दीक मिलते हैं तथा अत्यन्त आकस्मिक एवं अप्रत्याशित ढंग से पल भर में वहाँ से साथ-साथ चुपचाप भाग जाने का फ़ैसला कर लेते हैं। इस करुण-कोमल और नाज़ुक प्रसंग को मीरा कांत ने बेहद आत्मीयता एवं संवेदनशीलता के साथ रचा है। सिद्दीक के ठेठ हाँजी व्यक्तित्व को उसकी पूरी सदाशयता और मूल्य-व्यवस्था

के साथ विकसित किया गया है। अन्त में अकेली, भीतर से बुरी तरह क्षत-विक्षत, बेसहारा और मासूम नूरा का साथ देने के लिए जब वह भविष्य की ज़रा भी चिन्ता किए बिना उस भयावह मन्दी के दौर में अपनी पन्द्रह सालों की पगार और अपने जीवन की सर्वाधिक प्रिय तथा मूल्यवान पूँजी—नौ बीघा पुश्तैनी ज़मीन के पैसों की भी परवाह किए बग़ैर, नूरा के साथ चल देता है, तो पाठक को ज़रा भी आश्चर्य नहीं होता। सबसे उल्लेखनीय बात ये है कि नूरा और सिद्दीक के इस मानवीय रिश्ते को पारिवारिक, सामाजिक, धार्मिक एवं क़ानूनी परम्पराओं, मर्यादाओं, नियमों तथा मूल्यों की परिभाषाओं से मुक्त अव्याख्येय ही रहने दिया गया है।

इसी प्रकार उपन्यास के अन्त में नूरा के सिद्दीक के साथ घर से भाग जाने की अविश्वसनीय किन्तु सच्ची ख़बर से आहत और हत्प्रभ बेगम के लिए जन्नत से भी अधिक प्रिय उसके 'गुले यास्मीन' नामक हाउसबोट पर पड़ते हथौड़ों और चलती आरी की आवाज़ें जब असह्य हो जाती हैं तो वह भागकर पहले घाट और फिर बंड (बाँध) की ओर निकल जाती है। ताज़ा हवा में मन कुछ सुस्थिर होता है तो बेगम को ये सोचकर सन्तोष होता है कि नूरा कम-से-कम झूठे, मक्कार और दग़ाबाज़ मामदा और लफंगे जुआरी कासिम के चंगुल से तो बच गई। वह पुराने शिकवे-गिले भूलकर नूरा और सिद्दीक के निरापद और सुखी भावी जीवन के लिए सच्चे दिल से दुआ माँगती है। उसे अब हाँजी की बेटी के दरिया तो क्या 'सिरीनगर' भी छोड़ जाने का दुख नहीं है, क्योंकि वह जानती है कि यहाँ बेकारी, ग़रीबी, भुखमरी और साल-दर-साल सैलानियों के इन्तज़ार के सिवाय अब रखा क्या है...?

उसे समझ में नहीं आता कि वह अपनी और पूरे कश्मीर की इस दयनीय हालत के लिए किसे ज़िम्मेदार माने और किसे लानत दे? "ख़ुद को...कबाइलियों को, जिन्होंने उसके घर, उसके वतन में तलातुम[1] मचाकर मुफ़लिसी, तंगहाली से उसे और उस जैसे जाने कितनों को अब सड़क पर पहुँचा दिया? या उस अवामी राज को, राजशाही की ज़्यादतियों के बाद जिससे ज़िन्दगी की सारी उम्मीदें वाबस्ता थीं, पर जो अब तक शायद कुछ भी सँभाल नहीं पा रहा? कहाँ है 'नया कश्मीर'? कहाँ ढूँढ़ें?" ये सवाल बेगम सन् 1954-55 में पूछती हैं, लेकिन ये कैसी विडम्बना है कि बेगम का वह सवाल आज लगभग 65-66 वर्ष बाद भी जवाब की उम्मीद में ज्यों-का-त्यों वहीं खड़ा बार-बार पूछ रहा है, "कहाँ है नया कश्मीर?" और इस मुकाम पर पहुँचकर हम 'तब' और 'अब' के कश्मीर को हमक़दम-सा महसूस करने लगते हैं।

---

1. **तलातुम**— समन्दरी लहरों की ज़ोरदार हलचल।

टुकड़े-टुकड़े होकर बिक चुके अपने हाउस बोट 'गुले यास्मीन' को खोकर टूटते हुए हाउसबोट जैसे मरणासन्न खालक़ा के साथ अपने डूँगे में नितान्त बेबस और बिलकुल अकेली रह गई बेगम को दूर से दरिया को देखकर ऐसा लगता है कि जैसे "ख़ामोश आहें भरती पूरी घाटी काँप रही है। काँपते दरिया पर काँपता आसमान और थरथराते आस-पास के पहाड़! साथ ही वो बचे हुए हाउस बोट जो उस दरिया में देख रहे थे अपनी सहमी-सहमी-सी परछाइयाँ...!"

उपन्यास के कथा-रस को बरकरार रखते हुए इसके कथानक और चरित्रों को मीरा कांत ने जिस सूझ-बूझ, कल्पनाशीलता एवं कुशलता के साथ इस बहुअर्थगर्भी अन्तिम बिम्ब तक पहुँचाया है, वहाँ सम्पूर्ण कश्मीर काँपते हुए दरिया में प्रतिबिम्बित होने लगता है और काँपता हुआ दरिया बेगम के चरित्र में थरथराता-सा लगता है। मोहन राकेश की अन्य अनेक रचनाओं की तरह इसके अन्त को अनिश्चित और खुला रखा गया है।

इस कथा-प्रयोग की सफलता-असफलता के बारे में तो मैं कुछ नहीं कह सकता—वह तो सुधी पाठकों एवं समीक्षकों के अधिकार-क्षेत्र का मामला है। इतना विश्वास ज़रूर है कि राकेश के अधूरे उपन्यास को पूरा करने वाला यह कथा-प्रयोग पाठकों को एक नया आस्वाद एवं अनूठा अनुभव प्रदान करेगा। रोचक तथा रुचिकर होने के साथ-साथ ये अतीत के माध्यम से आज फिर एक बिलकुल नए और अप्रत्याशित मोड़ पर खड़े कश्मीर को जानने-समझने में एक सार्थक भूमिका का निर्वाह भी करेगा। ये जानते हुए भी कि कई प्रबुद्ध पाठक भाषा-शैली और अन्दाज़-ए-बयाँ के आधार पर इसके पूर्वार्द्ध एवं उत्तरार्द्ध के भेद को आसानी से जान जाएँगे; इसके बावजूद व्यापक सामान्य पाठक वर्ग की दृष्टि से पुराने और नए हिस्सों को एक निरन्तरता में प्रकाशित किया गया है। इसके कथा-प्रवाह को अविरल बनाए रखने के लिए मूल उपन्यास एवं उसके पूरक विस्तार वाले हिस्से को निरन्तरता में छापने के बावजूद इनकी पृथकता का उल्लेख प्रासंगिक पृष्ठ की पाद-टिप्पणी में कर दिया गया है।

व्यक्तिगत रूप से मैं डॉ. मीरा कांत के प्रति अपनी कृतज्ञता व्यक्त करता हूँ कि उन्होंने मेरे प्रस्ताव/अनुरोध को न केवल सहर्ष स्वीकार किया बल्कि अपने सर्जक मन से राकेश की अधूरी रह गई सृजन-यात्रा को बड़े मनोयोग, निष्ठा और रचनात्मकता के साथ गंतव्य तक पहुँचाया। इस सन्दर्भ में एक महत्त्वपूर्ण एवं विशेष रूप से उल्लेखनीय बात ये है कि उन्होंने ये सारा काम अपने प्रिय रचनाकार मोहन राकेश और उनकी उत्कृष्ट रचनाशीलता के प्रति अपना सम्मान प्रकट करने की भावना से किया है। सम्भवत: इसीलिए उन्होंने इस काम के लिए किसी रूप में भी इसका कोई पारिश्रमिक लेना भी स्वीकार नहीं किया।

मैं श्री अशोक महेश्वरी का भी हृदय से आभारी हूँ कि उन्होंने मेरे इस प्रयोग और निर्णय पर न केवल विश्वास किया बल्कि बिना किसी हस्तक्षेप के उसे बराबर बनाए भी रखा।

आज मैं अपने निर्णय, चयन और प्रयास को लेकर सन्तुष्ट हूँ और ये सोचकर प्रसन्न भी हूँ कि आख़िरकार मैं अपने प्रिय लेखक मोहन राकेश की इस उपन्यास को लेकर की गई अन्तिम इच्छा को पूरा करने का निमित्त बन सका।

नई दिल्ली

—जयदेव तनेजा

पूर्वभूमि

खालका और उसके परिवार से मेरा परिचय सन् चौवन में हुआ। तब मैं एक तरह से पहली बार कश्मीर गया था। एक तरह से इसलिए कि उससे पहले एक बार बचपन में जा चुका था। उन दिनों की कुछ धुँधली यादें मन में थीं, पर इस बार जाकर जिस कश्मीर को देखा, वह मेरे लिए बिलकुल नया था।

बस स्टैंड पर उतरते ही जो आदमी सबसे पहले मिला, वह अब्दुल कादिर था। धुली हुई कलफ़दार सलवार-कमीज़ और चुस्त कोट में वह साधारण हाँजी लगता था। बात करने का ढंग भी काफ़ी मँजा हुआ था। पहले मुझे यही लगा कि वह कोई पढ़ा-लिखा नागरिक है, जो मेरे नएपन को भाँपकर मेरी सहायता करना चाहता है।

वह मुझे जेहलम के उस पार अपने हाउसबोट में ले गया। उतने अच्छे और सजे हुए हाउसबोट की मैंने कभी कल्पना नहीं की थी। जो किराया उसने बताया, वह मेरी जेब के लिहाज़ से बहुत ज़्यादा था। मैंने यह बात उससे कही नहीं। बहाने से उससे विदा लेनी चाही। पर उसने मेरे संकोच को भाँप लिया। मुझे अपने साथ इस पार, बाँध के किनारे, एक और बोट दिखाने के लिए ले आया। यह मुझे बाद में मालूम हुआ कि वह बोट उसका नहीं, उसके ससुर खालका का है। यह बोट उतना अच्छा नहीं था और उसमें उन दिनों और कोई नहीं था। एक कमरा मैंने ले लिया, बाक़ी दोनों कमरे ख़ाली रहे, इसलिए काफ़ी अकेलापन-सा लगता था।

खालका का डूँगा, जिसमें खाना बनता था और जहाँ वह अपने परिवार के साथ रहता था, मेरी खिड़की से बिलकुल सटा हुआ था। मेरा खाना और नाश्ता उसी खिड़की के रास्ते कमरे में पहुँच जाता था। वहीं से कभी उन लोगों से बातें भी हो जाती थीं।

उस छोटे से डूँगे में वे पाँच व्यक्ति थे। खालका, उसकी पत्नी बेगम, लड़की नूरा, बावर्ची सिद्दीक और ऊपरी काम-काज करनेवाला लड़का मामदा। पहले मेरा ख़याल था कि सिद्दीक और मामदा खालका के नौकर हैं। बाद में पता चला

कि एक रिश्ते में उसका मामूज़ाद भाई है, दूसरा भतीजा। खालका की बड़ी लड़की नजमा की शादी को तब सात साल हो चुके थे।

अगस्त के महीने में श्रीनगर में प्राय: उतनी बारिश नहीं होती, जितनी उस साल हुई। सारा-सारा दिन मुझे अकेले हाउसबोट में बन्द रहना पड़ता था। खालका अक्सर अपनी उसी खिड़की के पास आकर बैठा रहता था, जो मेरी खिड़की से सटी हुई थी। कई बार घंटों हम लोग बातें करते रहते। बाद में कई और हाँजियों से भी मेरा परिचय हुआ है, और बाहर से आनेवाले 'विज़िटर्ज़' के बारे में उनका अपना जो एक नज़रिया रहता है, उसे भी मैं अच्छी तरह जानता था। पर खालका उनसे बिलकुल अलग था। ज़िन्दगी से हारे हुए उस आदमी का ज़िन्दगी के बारे में अपना ही एक दर्शन था। उससे बात करते हुए मुझे लगता जैसे हम कोहरे से घिरी हुई एक वादी में भटक आए हों और कोहरा धीरे-धीरे घना होकर हमारे पूरे अस्तित्व को अपने में समाए ले रहा हो। खालका दमे का मरीज़ था। जब साँस चढ़ जाती थी, तो कितनी-कितनी देर एक शब्द भी नहीं बोल पाता था। तब उसके चेहरे की संजीदगी बढ़ जाती थी और वह बेचैन होकर अपनी हर साँस के साथ संघर्ष करता जान पड़ता था।

जब खालका बात न कर पाता या चादर ओढ़कर लेटा रहता, तो बेगम उसकी जगह ले लेती। बेगम की उम्र तब चालीस के करीब रही होगी, पर शरीर से वह इतनी चुस्त और पुरमज़ाक थी कि उसके सामने आते ही कुहासा छँटने लगता था। खालका में जितनी थकान थी, बेगम में उतना ही आत्मविश्वास था। चेहरे पर हलकी लकीरें पड़ जाने के बावजूद वह बहुत सुन्दर लगती थी। उसके इकहरे शरीर में ढलाव ज़रा भी नहीं आया था। वह जब भी सामने आती, मुझे सीधी तराश की रोमन मूर्तियों की याद हो आती। उसकी सीधी-लम्बी गरदन में खम पड़ते मैंने नहीं देखा। बात करते हुए उसके पतले होंठों पर हर वक़्त एक हलकी मुसकराहट बनी रहती। बेगम को कश्मीर की ज़मीन से, हरियाली से और जेहलम से बहुत प्यार था। जेहलम से और जेहलम के बच्चों से। वुलर झील की वह जब भी बात करती, उसकी आँखें भर आतीं। उसी झील में एक छोटे-से डूँगे में वह पैदा हुई थी और वहीं उसका बचपन बीता था। बाद में भी, जबकि वह दो बच्चियों की माँ बन चुकी थी, वह कुछ साल वहाँ रही थी। शब्द 'बच्चा' उसके मुँह से सुनने में बहुत ही सार्थक हो उठता था। जिन बच्चियों की वह माँ थी, वे दोनों अब जवान थीं, फिर भी उतनी सुन्दर नहीं लगती थीं।

बेगम के—और खालका के—दिमाग़ में एक ही बात हर वक़्त छाई रहती थी। नूरा की शादी की। अब्दुल कादिर से वे लोग खुश नहीं थे। उस दामाद ने उन्हें जो

तकलीफ़ें दी थीं, उनका बयान करते हुए वे फिर से उन्हीं तकलीफ़ों में जीने लगते थे। पर जिस लड़की को लेकर वे इतने चिन्तित थे, उसे जैसे इन बातों से कोई वास्ता ही नहीं था। नूरा की उम्र उस समय सत्रह या अट्ठारह साल की होगी। शरीर और मन, दोनों से वह काफ़ी स्वस्थ थी। बहते दरिया में वह उसके बहाव की तरह ही जीना चाहती थी। अपनी सहेली जयश्री की कुछ-एक चिट्ठियाँ ख़ुद उसी ने मुझे पढ़ने को दी थीं। बहुत-सी बातें भी उसके बारे में बताई थीं।

जब और कोई न रहता, तो मामदा और सिद्दीक एक-एक करके मेरे कमरे में चले आते। मामदा सिगरेट माँगने के बहाने आता और कई बार बिना बात देर-देर तक हँसता हुआ खड़ा रहता। उधर से आवाज़ पड़ती, तो कहता कि मेरे कमरे में काम कर रहा है। सिद्दीक दुनियाभर की शिकायतें लेकर आता। ज़्यादा शिकायतें अब्दुल कादिर, नजमा, नूरा और मामदा को लेकर होतीं। जाते हुए हमेशा कहता, "अभी और बहुत-सी बातें हैं। कभी फुरसत में आकर बताऊँगा। इस वक़्त बहुत काम है। यहाँ का सारा काम मुझे अकेले को ही करना पड़ता है।"

बेगम वुलर का बहुत ही ज़िक्र किया करती थी, इसीलिए कुछ दिन बाद मैं उसे और सिद्दीक को साथ लेकर एक शिकारे में वुलर की यात्रा पर निकल गया। तीन दिन, तीन रातें हम लोग उस शिकारे में साथ रहे। खाना-वाना सब शिकारे में ही होता था। पहली रात जंगल में, दूसरी सोपोर में और तीसरी फिर जंगल में। बेगम खाना बनाती थी, सिद्दीक शिकारा चलाता था। कभी उसे विश्राम देने के लिए बेगम चप्पू सँभाल लेती थी। रात को मैं बेगम से कहानी सुनाने को कहता। पहली रात उसने लैला-मजनू की कहानी सुनाई। दूसरी रात एक कश्मीरी औरत की। यह पता कहानी सुनते हुए ही चल गया कि वह कश्मीरी औरत वह ख़ुद ही है। जब यह बात मैंने उससे कही, तो बेगम अपने ख़ास ढंग से गरदन तानकर हँस दी। बाद में सिद्दीक मुझे बताता रहा कि जो बातें बेगम ने बताई थीं, उनमें कहाँ और कितना (उसके लिहाज़ से) ठीक था, कितना ग़लत था।

उस रात सोपोर में बेगम ने एक तरह से मेरी जान बचाई। किसी वजह से सोपोर में साम्प्रदायिकता उस समय ज़ोर पकड़े थी। कुछ लोग आधी रात को बेगम से पूछने आए थे कि शिकारे में सोया हुआ 'विज़िटर' हिन्दू है या मुसलमान। बेगम ने बिना ज़रा भी घबराहट या हिचकिचाहट के उनसे कह दिया कि मैं उसका चचाज़ाद भाई हूँ। बाद में पास आकर धीरे से मुझे मेरा नया नाम-पता भी बता दिया : "कोई पूछे, तो कह देना—मेरा नाम ज़फ़र है और मैं अनन्तनाग में रहता हूँ।" सुबह होने से पहले ही उसने सिद्दीक को जगाकर शिकारा खोल दिया। सुबह की पहली किरण हमने झील पर उड़ते सफ़ेद कबूतरों के साथ देखी।

सिद्दीक उस इलाके में आकर बहुत उदास हो गया था। उसका पुश्तैनी घर वहीं था और पुश्तैनी ज़मीन भी, जो कि उसने कुछ अरसा पहले बेच दी थी। वह सारा रास्ता कोई-न-कोई गीत गाता रहा। कुछ गीत मैंने उससे नोट भी किए। मगर भाषा न जानने के कारण उन्हें ठीक से नहीं लिख सका। अर्थ भी वह ठीक से नहीं बता सका। बाद में गीत कुछ कश्मीरी मित्रों को दिखाए, तो वे भी शब्दों के साथ अर्थ की संगति नहीं बैठा सके। इसका मुख्य कारण मेरी और सिद्दीक की लिखने और लिखाने की विशेषता ही थी। बाद में कुछ गीत नूरा ने भी लिखाए। पर उनकी भी स्थिति वही रही।

जब कभी अब्दुल कादिर खालका के डूँगे में आता, वे सब लोग गुमसुम हो जाते। एक बार उसमें और सिद्दीक में ख़ासी झड़प हो गई। उस सिद्दीक ने अब्दुल कादिर के कई क़िस्से बताए। वह चाहता था कि मैं उसे अपने साथ उस 'जहन्नुम से बाहर' ले चलूँ, पर उस बोट से बाहर एक भी दिन टिकना उसके लिए असम्भव था।

चौवन के बाद पचपन, छप्पन, उनसठ और इकसठ में भी मैं कश्मीर गया। हर बार खालका और उसके परिवार से भेंट होती रही—सिर्फ़ इकसठ में खालका से भेंट नहीं हुई। चौवन से इकसठ तक कई बार इस कहानी को उठाने की कोशिश की, मगर किसी-न-किसी कारण से हर बार यह प्रयत्न बीच में रह गया। एक बड़ा कारण कश्मीरी मित्रों की दृष्टि भी थी। हिन्दी और उर्दू में कश्मीर के जीवन—विशेष रूप से जेहलम के जीवन—को लेकर कितनी ही यथार्थ और रूमानी कहानियाँ लिखी गई हैं, जो वहाँ रहनेवालों के यथार्थ-बोध को चोट पहुँचाती हैं। इसलिए जब भी कोई ग़ैर-कश्मीरी कश्मीर की कहानी लिखने की बात करता है, तो वे उसके प्रयत्न को सन्देह की दृष्टि देखते हैं। एक बार लगभग दो सौ पन्ने लिख चुकने के बाद भी मैं इस कहानी को रखे रहा क्योंकि जिन लोगों के जीवन की यह कहानी है, उनसे मेरा सीधा सम्पर्क तो नहीं ही रहा। परन्तु दस साल गुज़र जाने पर भी जब इस कहानी की चुभन मन से नहीं गई तो इस बार मैंने लिख डालने का ही निश्चय किया। जानता हूँ कि यह कश्मीर की रूमानी कहानियों में से नहीं है, इसलिए उस दृष्टि से मन में संकोच भी नहीं है। हाँ, बेहतर होता यदि यह कहानी किसी कश्मीरी लेखक के हाथों लिखी जाती। परन्तु जितना मैंने जाना है, कश्मीर में रहते हुए भी हाँजियों के जीवन से वहाँ के बुद्धिजीवियों का लगभग उतना ही सम्बन्ध-सम्पर्क है, जितना बाहर के लोगों का। फिर भी इतना मुझे मानना ही चाहिए कि उनमें से

कोई यदि इस कहानी को उठाता, तो तथ्यबोध की दृष्टि से इसे अधिक प्रामाणिकता दे पाता। परन्तु तथ्यबोध ही यथार्थबोध नहीं, इसलिए अपनी सीमाओं का खेद होते हुए भी मुझे विश्वास है कि खालका और उसके परिवार की कहानी इन हाथों से लिखी जाकर यथार्थ की दृष्टि से अप्रामाणिक न होगी—क्योंकि यथार्थ जिन लोगों के जीवन का है, उन्हीं के माध्यम से मैंने उसे जाना है।

कहानी का एक अपना दर्द, एक अपनी कचोट न होती, तो शायद फिर भी मैं इसे लिखने से अपने को बचाए रखता। यह दर्द कहाँ तक एक लेखक की मजबूरी बन सकता है, इसका अनुमान कहानी को पढ़ चुकने के बाद शायद लगाया जा सके। न लिखता तो शायद खालका के साथ ही नहीं, अपने साथ भी मैं न्याय न करता।

—मोहन राकेश

"नहीं ...नहीं," खालका ने कहा और उसका ज़र्द चेहरा और ज़र्द पड़ गया, डूबी हुई आँखें और डूब गईं। बेगम चुपचाप उसकी तरफ़ देखती रही, उसके होंठ दो-एक बार फड़ककर रह गए। जो बात मुँह तक आई थी, वह उससे कही नहीं गई। लगा कि कहना बेकार है, कहकर वह उसे नहीं, अपने को ही चोट पहुँचा सकती है। उस आदमी को तो अब चोट लगती ही नहीं, कम-से-कम चोट की तरह नहीं लगती। वह गीली मिट्टी का लोंदा है जो पत्थर फेंकने से ढहता-टूटता नहीं। बस, थोड़ा धसक जाता है और पत्थर को ज़िन्दगी भर के लिए छाती में समेट रखता है।

वह उसके पास से हटकर बावर्चीख़ाने में आ गई। नजमा समावार से गिलास में चाय डाल रही थी। उसकी त्योरी से अन्दाज़ा नहीं होता था कि वह किससे नाराज़ है—बेगम से, कादिर से या अपने से। दुबला चेहरा, ऐसे लग रहा था जैसे लकड़ी तराशकर बनाया गया हो। आँखों का भाव भी वैसा ही था। जान थी, तो उसके हाथों में ही। सिद्दीक अपनी लोई में गुमसुम चूल्हे के पास बैठा था। आग की लौ में उसका चेहरा सुर्ख़ नज़र आ रहा था, जैसे कि अन्दर से लहू बाहर फूट आया हो। आँखें जलते कोयलों और उन पर जमा होती राख में कुछ खोज रही थीं। बेगम को बाहर आते देखकर वह पहले से ज़्यादा सिकुड़ गया। बेगम के चेहरे की तरफ़ देखने का हौसला उसे नहीं हुआ।

नजमा ने चाय का गिलास बेगम के सामने कर दिया। सुर्ख़ चाय से उठती भाप बेगम की नाक और माथे को सहला गई। उसने आँख के हलके संकेत से मना कर दिया और डूँगे से बाहर चली गई।

नजमा पहले उसे, फिर अपने हाथ के गिलास को देखती खड़ी रही। फिर जाकर चूल्हे के दूसरी तरफ़ खिड़की के पास बैठ गई। एक घूँट भरकर गिलास को पूरे हाथ से ढककर उसने पास रख लिया। आँखें लोई बनकर बैठे सिद्दीक की पीठ पर स्थिर हो रहीं। उठती-गिरती साँस से लोई में जैसे जान आ गई थी। आग की लौ से सिद्दीक का चेहरा ही नहीं, वह लोई भी बीच-बीच में सुलग जाती थी।

"चाय लोगे?" आँखों से लोई के रेशे अलग करते हुए उसने पूछा। लोई कुनमुनाई। सिद्दीक की आँख का एक कोना उसकी तरफ़ मुड़ आया। नजमा ने गिलास उठाकर दूसरा घूँट भर लिया।

"बेगम को नहीं दी?" सिद्दीक की नज़र नजमा को हमेशा की तरह चुभ-सी गई। हमेशा की तरह उसे अफ़सोस भी हुआ कि उसने सीधे उससे क्यों बात की।

"तुम अपनी बात करो," वह चिढ़कर बोली, "तुम्हें चाहिए, तो समावार लाकर गिलास में डाल लो।" उसकी तरफ़ से आँखें हटाकर वह खिड़की से बाहर देखने लगी। चाय का गिलास उसके हाथ में काँप गया।

न देखते हुए भी उसने देखा कि सिद्दीक ने लोई को थोड़ा खोलकर फिर लपेट लिया है, उसके खिचड़ी बालों के गुच्छे लोई से बाहर झाँककर फिर उसमें सिमट गए हैं। लोई जगह-जगह से फट रही थी और लाल और खाकी कपड़े के पैबन्द उसमें लगे थे। दो-एक जगह नए पैबन्द लगाने की ज़रूरत थी।

सिद्दीक का पूरा चेहरा अब उसकी तरफ़ था—घुटने बाहर को निकले हुए और कुहनियाँ उन पर टिकी हुईं। मैली कमीज़ का कॉलर लोई से बाहर नज़र आ रहा था। "खालका से भी पूछ लूँ?" कहता हुआ वह उठ खड़ा हुआ। धारीदार पाजामा लोई से बाहर निकल आया। नजमा ने उड़ती नज़र से उसे पास से गुज़रते देखा। हमेशा की तरह इज़ारबन्द दो इकाइयों में, घुटनों तक लटक रहा था। उसने चाय का घूँट भरा, तो कुछ चाय उसके होंठ से ठोड़ी पर बह आई। फिरन की आस्तीन से उसने उसे पोंछ लिया।

सिद्दीक जैसे गया था, वैसे ही क्षणभर में लौट आया। इज़ारबन्द के दोनों सिरे पास आकर रुके, तो नजमा का शरीर झुरझुरा गया।

"खालका सो गया है," सिद्दीक बोला, "मैं पहले जाकर एक गिलास बेगम को दे आता हूँ।" भारी समावार तख़्ते से ऊपर उठ गया। सिद्दीक के मैले पैर थोड़े फासले पर चले गए।

"तुम अपने लिए डाल लो," नजमा हवा के लिए खिड़की से बाहर झुक गई। "अम्मा को ज़रूरत होगी, तो मैं जाकर दे आऊँगी।"

सिद्दीक ने गिलास भरकर समावार रख दिया। पलभर खड़ा रहकर वह फिर चूल्हे के पास जा बैठा। "मैं इस घर में कौन हूँ?" गिलास घुटने पर रखे हुए बोला। "मुझे कभी कोई बात कहनी ही नहीं चाहिए। समझ में नहीं आता कि मैं यहाँ रहता ही क्यों हूँ।...हाँ, बताए कोई मुझे कि मैं यहाँ क्यों रहता हूँ!"

"मन नहीं लगता यहाँ, तो क्यों नहीं दूसरी जगह चले जाते?"

गिलास सिद्दीक के घुटने से फ़र्श पर आ गया। हाथ चिमटी से चूल्हे की राख कुरेदने लगे। "यही तो इतने साल तिल-तिल करके इस ख़ानदान के लिए अपने को गलाने का मुझे फल मिला है," वह बोला, "और क्या मिला है मुझे? यहाँ रात-दिन चूल्हा झोंककर मैंने आधे बाल सफ़ेद कर लिए, लेकिन इस बात का सोचनेवाला कौन है? कौन है इस घर में जो सिद्दीक को अपना सगा समझता है? सिद्दीक अपने दोनों हाथ काटकर दे दे, तो भी इस घर का दुश्मन है। अपना जिगर निकालकर रख दे, फिर भी सबका मोहताज है। उसका यहाँ रहकर दो वक़्त भात खाना भी सबको भारी लगता है। इस घर में अपना उसी को समझा जाता है जो इनकी बोटी-बोटी खाने को आए। अब्दुल कादिर इस घर का अपना है। वह आज आकर खालका की हड्डी-हड्डी तोड़ गया है, फिर भी अपना है। कल को उसका भाई कासिम भी इनका अपना हो जाएगा। सिद्दीक सब बातों को समझता है। क्या है जो वह नहीं समझता? आज चाहे कितना फ़साद हो, आख़िर इस घर का दूसरा दामाद अब्दुल कासिम ही बनेगा। कादिर ने इस बार हड्डियाँ तोड़ दी हैं, तो सारा घर ख़ामोश है। दूसरी बार आकर आँख ही दिखाएगा, तो सब लोग अपने को चुपचाप उसके सामने बिछा देंगे। बेगम ख़ुद उससे पूछेगी कि नूरा के साथ कासिम की शादी के लिए कौन-सा दिन मुकर्रर किया जाए। ख़ुद ही उसके लिए नमकीन पुलाव की हाँडी भी चढ़ाएगी। नमकीन पुलाव कादिर को बहुत पसन्द है न! नमकीन पुलाव और आबगोश्त। सिद्दीक उस दिन भी बाहर से लकड़ी काटकर लाएगा और चूल्हे में अपने हाथ जलाएगा। मियाँ अब्दुल कादिर के सामने तश्तरी सजाकर रखेगा। फिर जूठी तश्तरी साफ़ करेगा। सिद्दीक चाहे तनख़्वाह न ले, पर है तो इस घर का नौकर ही। नौकर से ज़्यादा उसकी हैसियत ही क्या है?"

गिलास ऊपर उठ गया। चाय सुड़कती हुई उसके गले से नीचे उतरने लगी। नजमा की त्योरियाँ गहरी हो गई थीं। वह अपने पर जब्र करके उसी तरह खिड़की पर झुकी रही। जैसे कि सिद्दीक की बक-बक उसके कानों तक पहुँच ही न रही हो। "इस घर की ख़िदमत में सिद्दीक ने ज़िन्दगी के पन्द्रह साल निकाल दिए," सिद्दीक की ज़बान धार पकड़ती गई। "तीस की उम्र में चालीस-पैंतालीस का नज़र आने लगा। ज़रूरत पड़ी, उसने अपना सब कुछ निकालकर इन्हें दे दिया। इस घर का कर्ज़ चुकाने के लिए अपनी ज़मीन तक बेच दी। मुट्ठी भर भात और साग के अलावा उसने इस घर से कभी कुछ लिया है? पर उससे जो उसे हासिल हुआ, वह सामने है। पन्द्रह साल में अपने लिए वह एक लोई तक नहीं खरीद सका। जो लोई ओढ़कर इस घर में आया था, इसी को ओढ़े हुए एक दिन यहाँ से चला भी जाएगा। यही दौलत इस घर में रहकर उसे हासिल हुई है।"

लोई एकाएक उसके कन्धों से उतरकर नजमा के सामने फ़र्श पर फैल गई। नजमा इससे गुस्से में भी चौंक गई। सिद्दीक का फटा हुआ कोट, फटा हुआ स्वेटर, फटी हुई कमीज़—सब बाहर उघड़ आए थे। चेहरा और हाथ-पैर जैसे जगह-जगह लगे हुए पैबन्द थे।

नजमा खिड़की के पास से उठ खड़ी हुई। सिद्दीक की आँखें ऐसे हो रही थीं जैसे अभी बाहर को फट पड़ेंगी। साथ ही वे उसके शरीर को भी जैसे निगल लेना चाहती थीं। वह आदमी जब भी इस तरह उसकी तरफ़ देखता था, उसे लगता, उसका शरीर सुरक्षित नहीं है।

...उन दिनों की याद ताज़ा हो आती थी जब कादिर से अभी उसकी शादी नहीं हुई थी। सिद्दीक दिनभर किसी-न-किसी बहाने उसके आसपास चक्कर काटता रहता था। जाने-अनजाने, जब भी, उसे जहाँ कहीं से छू लेना चाहता था। ख़ुद अपने हाथ से उसके कपड़े धो देता था। सूख जाने पर ख़ुद ही उसे देने चला आता था। "देख लो, ठीक धुल गए या नहीं," कहता हुआ वह देर तक उन कपड़ों को उसके सामने हाथ से मसलता रहता था...

"तुम्हें इस घर से शिकायत है तो अब्बा से कहो न, मैं अब इस घर की क्या होती हूँ? मेरा घर दरिया के उस पार है। मेहमान की तरह मैं यहाँ आती हूँ, मेहमान की तरह यहाँ से चली जाती हूँ।"

"जाने मेहमान की तरह आती हो या मालकिन की तरह," सिद्दीक हाथ बगलों में दबाए उठकर उसके सामने आ खड़ा हुआ, "इस डूँगे, इस हाउसबोट की मालकिन अब तुम नहीं हो, तो कौन है? तुम मालकिन न होतीं तो आज कादिर इस तरह खालका की हड्डियाँ तोड़कर चला जाता और हम ख़ामोश बने रहते? तुम लोगों के मन में जो बात है वह किसी से छिपी हुई है? कादिर अपने जुआरी भाई कासिम से नूरा की शादी क्यों चाहता है? इसलिए न कि दोनों भाई इस घर के दामाद होंगे, तो यहाँ की पूरी मिल्कियत उनकी हो जाएगी। फिर वे जब चाहें हमें यहाँ से निकालकर बाहर कर सकते हैं। सिद्दीक को ही नहीं, खालका और बेगम को भी। यही है न कादिर का इरादा या कुछ और है? तुम्हारा ख़याल है कि खालका को इसका पता नहीं है? या बेगम को नहीं है? कौन नहीं जानता कि मियाँ कादिर क्या चीज़ है? आज नूरा की कासिम से शादी होगी और कल यह बोट मियाँ कासिम का जुए का कर्ज़ उतारने में चली जाएगी। आज सिर्फ़ बड़ी बेटी उनकी तरफ़ से लड़ने आती है, कल दोनों बेटियाँ आएँगी। आज बात शादी की है, कल बँटवारे और बोट को बेच देने की होगी। खालका में इतनी जान बाक़ी है कि वह मुँह से भी कुछ कह सके? आज उसने चुपचाप हड्डियाँ तुड़वा ली हैं। कल पगड़ी

उतरवाकर चुपचाप उस किनारे पर जा खड़ा होगा। कादिर से उम्मीद है कि वह उसे पानी भी पूछेगा?" लोई उसने फ़र्श से समेट ली और एक सिरा कन्धे पर डालकर बाक़ी हिस्सा बाँह पर फैला दिया, "सिद्दीक मियाँ के पास तब भी ज़िन्दगीभर की यह कमाई होगी—फटी हुई लोई और सूखा हुआ शरीर। यह शरीर, जब मैं इस घर में आया था, तब क्या इस तरह सूखा हुआ था? तब में और अब में तुम्हें कुछ फरक नज़र नहीं आता? देखो न आज मेरे इन हाथों को!"

नजमा के हाथ पकड़कर उसने ज़बरदस्ती अपने हाथ उनमें भर दिए। नजमा ने हाथ हटाने की कोशिश की, तो उसने उन्हें अपने हाथों में जकड़ लिया। कहता रहा, "और अपने इन हाथों को भी कभी ग़ौर से देखा है? ऐसे थे तुम्हारे हाथ—फटे-फटे और मुरझाए हुए? किस चाव से बेगम ने तुम्हें पालकर बड़ा किया था! कौन-सी मुराद थी तुम्हारे मन की जो वह पूरी नहीं करती थी? क्या इसलिए कि तुम भी आकर इस घर के साथ इस तरह की दुश्मनी करो? अभी तुम इक्कीस की नहीं हुईं कि तुम्हारे चेहरे की सारी चमक चली गई! कभी अपने चेहरे को देखकर तुम्हें ख़याल नहीं आता कि असल में दुश्मनी तुम किसके साथ कर रही हो?"

नजमा गुस्से से उसके हाथ झटककर अलग हो गई। बीच के कमरे में खालका खाँस रहा था—वह दबी-दबी खाँसी जो कि उसकी छाती की न जाने किस गहराई से उठ रही थी। नजमा की बात कुछ देर मुँह में रुकी रही। एक नज़र अन्दर की तरफ़ देखकर वह जबड़े सख़्त किए हुए किसी तरह बोली, "तुम्हें शरम-लिहाज़ नहीं है किसी का आज भी? अब्दुल कादिर को इस करतूत का पता चल जाए, तो वह तुम्हें ज़िन्दा नहीं छोड़ेगा।"

सिद्दीक लोई लपेटकर टोपी लगाने लगा, जैसे कि उसे तुरन्त वहाँ से चल देना हो। शरीर उसका आवेश से काँप रहा था, हाथ ठीक से टोपी को सिर पर जमा नहीं पा रहे थे। टोपी पहनकर वह डूँगे के सिरे तक गया, फिर लौट आया। नजमा तब भी उसी तरह खड़ी थी। वह क्षण, जब सिद्दीक ने उसके हाथों को झिंझोड़ दिया था, अभी उसके लिए बीता नहीं था। सिद्दीक के हाथों की जलन अब भी उसके हाथों में बाक़ी थी। सिद्दीक लौटकर आया, तभी वह उस क्षण से आगे बढ़ पाई। "गए नहीं तुम?" उसने कहा, "कोई चीज़ छूट गई है क्या?"

सिद्दीक पलभर उससे नज़र बचाए रहा, फिर एकटक उसकी तरफ़ देखने लगा। "तुम चाहती हो चला जाऊँ, तो मैं अभी छोड़कर चला जाता हूँ।" वह पिटे हुए स्वर में बोला, "किसी से मैं डरता नहीं हूँ, यह भी मैं तुम्हें बताए देता हूँ। वह कादिर हो या और कोई हो। कोई मर्द की तरह लड़े, तो दो के बराबर मैं आज भी हूँ। मगर इस लड़ाई-झगड़े में पड़कर खालका की जान मैं नहीं लेना चाहता। हाँ,

खालका एक बार कह दे तो बंड[1] के सारे हाँजी देख लेंगे कि सिद्दीक की हड्डी फौलाद की बनी है या नहीं।"

उसका उलटा हाथ एक बार फिर नजमा के सामने फैल गया। हरी धमनियों की जाली अभी तक काँप रही थी।

"मुझे क्यों दिखाते हो अपना हाथ? मुझे देखने की ज़रूरत नहीं है," कहकर नजमा अन्दर जाने लगी।

"सुनो," सिद्दीक की आवाज़ एकाएक बैठ गई। नजमा रुक गई। उसका चेहरा अब काठ का नहीं रहा था। तेज़ साँस से कानों में चाँदी के कनवाज हिल रहे थे।

"कहो।"

"देखो, तुम्हें एक बात कहता हूँ..." नजमा चुपचाप देखती रही। सिद्दीक की आँखें फिरन के अन्दर से झलकते उसके दूधिया मांस पर स्थिर हो रहीं। "तुम... तुम खालका से यह बात तो नहीं करोगी?"

"कौन बात?"

"यही बात। वह बीमार है, उसे तकलीफ़ होगी। मैं सिर से टोपी उतारकर तुमसे माफ़ी माँगता हूँ।"

टोपी सिर से उसके हाथ में आ गई। उसकी लम्बी नाक रुआँसी हो आई थी। लगता था कि चेहरे के किसी भी हिस्से से आँसू टपक पड़ेंगे। "तुम जानती तो हो कि मेरे मुँह से ऐसी बातें क्यों निकल पड़ती हैं!" उसका गला काँप गया, कन्धे आगे को झुक आए।

"मैं कुछ नहीं जानती," नजमा की आवाज़ में अस्वाभाविक तनाव आ गया।

"मुँह से न कहो, पर दिल से तुम अच्छी तरह जानती हो। अगर खालका और बेगम ने उन दिनों सिद्दीक के दिल की बात को समझा होता..."

"मैं यह बकवास नहीं सुनना चाहती।" नजमा अन्दर चली गई। खालका उसी तरह खाँसता रहा था। आँखें बन्द थीं। नजमा पास जाकर उस पर झुकी, तो उसे लगा कि उन बन्द आँखों में नींद शायद नहीं है।

बेगम हाउसबोट की छत पर चली गई थी। वहाँ उसने मिर्चें और मसाले की टिकियाँ सूखने के लिए फैला रखी थीं। कुछ देर वह उन्हें उठा-उठाकर देखती रही, हालाँकि मन उसका, काम करते हाथों से हटकर, जेहलम के रास्ते दूर कहीं चला गया था—वहाँ, जहाँ जेहलम की धार वुलर झील के बीच से होकर पहाड़ियों में सिमटती

1. **बंड**—बाँध।

हुई नीचे उतरने लगती है। धार के साथ-साथ सोपोर पहुँचकर एक चट्टान के पास वह रुक जाती थी। चट्टान पर खड़ी होकर धार के बढ़ते पानी को देखते हुए बचपन में एक बार उसका पाँव फिसला था। इतने बरस बीत जाने पर भी वह फिसलन, वह चोट, वह मिट्टी पर बना पैर का निशान, सब कुछ ज्यों-का-त्यों था—उतनी ही छोटी होकर दरिया की लहराई हुई धार को उन्हीं आँखों से अब भी वह देख लेती थी, उसी तरह धार के पास जाकर मिट्टी रचे पैरों को उसमें धो लेती थी।

चट्टान से थोड़ा हटकर बिफरी हुई धार में हिलता हुआ वह डूँगा था जिसके धार में बह जाने की आशंका से उसका मन काँप जाता था।

रात-दिन उसी डूँगे में वे लोग रहते और सफ़र करते थे—वह और उसका बाप नबी नागू। माँ नहीं थी, घर में कभी उसका ज़िक्र भी नहीं होता था। माँ के नाम से एक हरे फिरन का रंग उसकी आँखों में उभरता था, पर चेहरे और आकार की कोई रेखा नहीं बनती थी। यह भी याद नहीं था कि कब और कैसे वह रंग एकाएक पास से ओझल हो गया। होश आने के बाद से उसने अपने और नबी नागू के अलावा डूँगे में किसी को नहीं देखा था—सिवाय नबी नागू के कई-कई दोस्तों के जो शाम गहरी होने पर उनके यहाँ आ जमते थे और जिनके साथ बैठकर नबी देर-देर तक शराब पीता, ताश खेलता और गप लड़ाता था। वे लोग इतनी ऊँची आवाज़ में हँसते कि उसका दिल दहल जाता। लगता कि बरसों की सीलन से गले और स्याह पड़े डूँगे के तख़्ते उस आवाज़ से छिटककर अलग हो जाएँगे और हाँडी के पास बैठी वह औरों से अलग होकर अकेली धार में बहने लगेगी। नबी सूखा कुलचा चाय में भिगोकर खाता हुआ अपने मैले दाँत उघाड़कर गले से कुछ इस तरह की आवाज़ें पैदा करता था कि आसपास जमा लोग हँस-हँसकर लोटपोट हो जाते थे। लोग हँसते, तो वह होंठ सिकोड़कर अपनी बीस दिन की बढ़ी दाढ़ी को एक उँगली से खुजलाने लगता। फिर अपनी कत्थई आँखों से मुसकराता और एकाएक गला फाड़कर हँस उठता। उसके हँसने पर बाक़ी लोग नए सिरे से हँसना शुरू करते।

ज़िन्दगी थी, झील से दरिया और दरिया से झील में आना-जाना। पास हटते और दूर हटते किनारों को देखना। झील में समाधि लगाए पक्षियों पर पानी उछालना। बाँडीपुर के पास झील के सिंघाड़े चुनना, कमल तोड़ना, शहतीर, ईंटें, मिट्टी और ऐसा ही सामान ढोकर यहाँ से वहाँ ले जाना। निंगल में मछलियाँ पकड़ना। काँटे से मासेर पकड़ने के लिए परेशान अंग्रेज़ मर्द-औरतों के साथ-साथ घूमना। चूल्हा जलाना, मांस धोना, लग्गी सँभालना। वक़्त मिले, तो नंगे बदन दरिया में डुबकियाँ लगाना। सुबह-शाम, शाम-सुबह नबी नागू की झिड़कियाँ सुनना। रात

को झील से होकर आते जिनों-भूतों से आशंकित रहना, दूर की हर रोशनी को किसी जिन का चिराग़ समझना। बाबा शुक्रदीन से मानता मनाना कि वह नबी नागू की नाख़ून बढ़ाने की आदत छुड़ा दें, उसके गंजे सिर पर बाल उगा दें, उसकी हँसी में सलीका ला दें। अपने पैदा होने से पहले गुज़र चुके भाई को याद करना, उससे रूठ जाना कि वह अब तक जीता क्यों नहीं रहा। अपने अकेले खेलों में उसे साथी बनाना, उसकी तरफ़ से ख़ुद ही अपने साथ खेलना। लड़-झगड़कर ख़ुद जीत जाना, फिर मनाते हुए उसे जीत जाने देना। शाम को आनेवाले मेहमानों के न आने की दुआ माँगना, उनके चले आने पर बाबा शुक्रदीन से रूठ जाना। सोने से पहले आसमान की झील में बिखरी सितारों की किश्तियों को इधर-से-उधर चलाना, आँखें मूँदकर उन्हें डूब जाने देना। उस दिन की बात सोचना जिस दिन उसका दूल्हा आकर उसे उस डूँगे से दूसरे डूँगे में ले जाएगा—वहाँ, जहाँ नीली झालर के पर्दे फड़फड़ाते होंगे, रेशमी डोरियों से छोटे-छोटे फुँदने लटकते होंगे। आसमान की किश्तियों में अपनी एक किश्ती को पर्दों से सजाना, डोरियों से बाँधकर किनारे की तरफ़ खींच लाना...।

खालका से निकाह होने पर यह मुराद एक तरह से पूरी हो गई थी। श्रीनगर में उनके हाउसबोट में आकर कुछ दिन तो वह चकाचौंध हो रही थी। हाउसबोट अपने रहने के लिए नहीं था, फिर भी था तो अपना ही—अपने रहने के लिए डूँगे से इतना सटा हुआ कि जब चाहो उसके पर्दों को हाथ से छू लो, जब चाहो, उसके गलीचों पर सिर रखकर लेट रहो। मगर खालका ख़ुद...वह तो वैसा नहीं था जैसा उसने सोचा और चाहा था।

चचा रमज़ान से डरा-डरा, दबा-दबा वह आदमी, हर वक़्त हर चीज़ को उदास नज़र से देखता रहता था। बात करता था तो ऐसी धीमी दबी हुई आवाज़ में कि एक बार उसे झटक देने को मन होता था। बोट का अकेला वारिस होकर भी वह एक नौकर की तरह रमज़ान के आदेशों का पालन करता था, बल्कि नौकर से भी बदतर, एक-एक पैसे के लिए उसका मोहताज रहता था। रमज़ान की बलगमी आवाज़ किसी के भी जिस्म में सिहरन पैदा कर देती—खालका तो वह आवाज़ सुनने से पहले ही हर काम पूरा कर देने की फ़िक्र में रहता था। रमज़ान के दढ़ियल चेहरे के सामने पड़ते ही उसके घुटने ढीले होने लगते थे। अपने में खोई हुई उसकी आँखों में आब पहले ही नहीं थी, रमज़ान को देखते ही उनका रहा-सहा रंग भी उड़ जाता था। वह इस तरह बेबसी की नज़र से रमज़ान को देखता था जैसे अपनी एक-एक साँस उसे रमज़ान से भीख में मिलती हो, जैसे रात-दिन मेहनत करके वह सिर्फ़ रमज़ान का कर्ज़ ही चुकाता हो...।

खालका के तब के चेहरे से आज के चेहरे में ख़ास फ़र्क नहीं आया था—जैसे तब रमज़ान से डरता था, वैसे ही आज अपने दामाद से और हर एक से डरता था। जिस किसी से बात करता था, उसके हाथों में उसकी ज़िन्दगी गिरवी रखी रहती थी। दमे का दौरा उठने पर हर बार वह जैसे उस दुनिया को हाथ लगाकर लौटता था और लौट आने पर ख़ुदा का नहीं, हर किसी का शुक्रगुज़ार होता था। आज अब्दुल कादिर ने आकर पीट दिया था, तो उसके लिए भी शायद वह किसी-न-किसी का शुक्रगुज़ार था—क्योंकि पीटनेवाले ने पीटकर ही छोड़ दिया था, जान तो नहीं ली थी।

मिर्चों और टिकियों को समेटकर बेगम उठ खड़ी हुई। छत पर चँदोवा डालकर कुर्सियाँ बिछा दी गई थीं—उन आगन्तुकों के लिए जो पिछले तीन साल से नहीं आए थे। हर साल मार्च के अन्त में चँदोवा ताना जाता, कुर्सियाँ बिछा दी जातीं। नवम्बर के शुरू में उन्हें उठाकर रख दिया जाता। धूल न होने पर भी कभी उन्हें हलके हाथों से झाड़ दिया जाता जैसे कि झाड़ देने से आगन्तुकों के आने की सम्भावना बढ़ जाती हो। धूप और बरसात में आए साल कुर्सियों के रंग फीके पड़ते जाते थे—इस्तेमाल न होने पर भी उनके कपड़े में जगह-जगह सूराख़ बन जाते थे। हाथ ख़ाली होते, तो बेगम सुराख़ों को सी दिया करती। किसी एक भी सुराख़ पर नज़र पड़ जाए, तो खालका की घिरी हुई आँखें और घिर आती थीं—हर बीतते साल के साये उसकी आँखों में गहरी जालियाँ बुन जाते थे। बेगम की कोशिश रहती थी कि वे साये जल्दी-जल्दी गहरे न हों। सायों से उसे उतना खालका के लिए नहीं जितना अपने लिए हौल उठता था।

वहाँ से नीचे जाते हुए छत उसे रोज़ से भी अकेली लगी—जैसे कि रोज़ के परिचित अकेलेपन की जगह एक अपरिचित और अजनबी एकान्त ने ले ली हो, आकाश की उमड़ती स्याही में रँगकर वह एकान्त बहुत गाढ़ा और भारी हो उठा हो। भारीपन का अहसास अपने अन्दर भी था, अपने से बाहर भी। आसपास की हर चीज़ रुँधी और रुकी हुई थी—बहते हुए जेहलम की धार भी। धार पर काँपते रोशनी के साँप जैसे अपनी जगह पर जकड़ गए थे। उस पार की टिमटिमाती रोशनियाँ जैसे बुझ-बुझ जाना चाहती थीं। रात अभी उतरी ही थी कि हर चीज़ सोई-सोई नज़र आने लगी थी।

बेगम कुछ देर खड़ी देखती रही। इन्तज़ार करती रही। इन्तज़ार किसी व्यक्ति या घटना का नहीं, न आने और न होनेवाली एक स्थिति का, जिसका आभास हर साँझ को वह आसपास महसूस करती थी। बहती धार पर हलके पैरों चलकर जैसे उसे उस स्थिति तक पहुँचना था—धार के विपरीत संघर्ष करके ऊपर को आते डूँगों और शिकारों में से किसी एक के अन्दर से अपने को पहचान लेना था। एक

डूँगा, घनी प्रेत की छाया की तरह, धीरे-धीरे सरकता हुआ पास से जा रहा था। आगे शहतीर भरे थे। पीछे चूल्हे पर हाँडी रखी थी। हाँडी में से हलकी भाप उठ रही थी। बकरी के मांस की गन्ध ही, तीन-चौथाई पके मांस की, डूँगे को चारों तरफ़ से घेरे जैसे उसे आगे-आगे धकेल रही थी—गन्ध और तीन आदमियों की थकी-थकी आवाज़ : "या पीर! दस्तगीर! या अल्लाह! हिलिल्लाह!"

धार में सलवटें पड़ रही थीं—डूँगे को रास्ता देने में पानी को तकलीफ़ हो रही थी।

छत से सीढ़ी हाउसबोट की पैंट्री में आती थी। अलमारी में प्लेटें और छुरी-काँटे सजाकर रखे हुए थे। कितने दिन हो गए थे, कितने ही, जब से किसी के लिए उन्हें मेज़ पर नहीं लगाया गया था, किसी ने उन्हें जूठा नहीं किया था। वहाँ से गुज़रते हुए बेगम को लगा कि वह पैंट्री में अकेली न होकर किसी के साथ खड़ी है। वह कोई उसके साथ मिलकर छुरी-काँटों की गिनती करा रहा है और लगातार हँस रहा है। कह रहा है कि इनमें कोई काँटा ऐसा नहीं, जिससे उसने एक-न-एक बार खाना न खाया हो, कि कल का खाना वह तभी खाएगा, जब उसके लिए नए छुरी-काँटे ला दिए जाएँ। वह ख़ुद उसके साथ हँस रही है, मगर उसे डाँट भी रही है कि यह काम उसके करने का नहीं, वह अपने कमरे में जाकर सो जाए। परन्तु इस पर वह मचल उठता है कि वह सोएगा नहीं। जब तक वह चलकर पास नहीं बैठेगी, उलटी-सीधी बातें करके उसे उकता नहीं देगी, उसे नींद नहीं आएगी। वह हँस रहा है, हुज्जत कर रहा है और उसके हाथ से काँटे छीनकर वह उसे कन्धे से धकेलती हुई कमरे की तरफ़ भेजने की कोशिश कर रही है। कह रही है, "बात मानकर तुम सोओगे नहीं, तो कल सुबह ही मैं तुम्हारा सामान यहाँ से उठवा दूँगी। ख़ान होगे तुम पेशावर में, यहाँ तुम्हारा रौब माननेवाला कोई नहीं है।"

पैंट्री से डूँगे में आते हुए उसे लगता रहा जैसे वहाँ ख़ान को अकेला छोड़कर वह आ रही हो, छुरी-काँटों की गिनती अभी पूरी न हुई हो और डूँगे से समावार लेकर अभी उसे ख़ान के कमरे में जाना हो।

ख़ान के कमरे में, ख़ान के जाने के बाद, अब तक कोई भी आकर नहीं रहा था। तख़्ते पर पैर सीधा नहीं पड़ा, इसलिए बेगम थोड़ा लड़खड़ाकर डूँगे में उतरी। डूँगा हिल गया। सिद्दीक ने चूल्हे के पास से आँख उठाकर देखा, फिर इस तरह साग की हाँडी में व्यस्त हो रहा जैसे किसी के आने-जाने से उसे मतलब ही न हो। बेगम भी बिना उसकी तरफ़ देखे पास से निकलकर बीच के कमरे में आ गई। खालका सचमुच सो गया था। मुँह आधा खुला होने से चेहरा बहुत छोटा लग रहा था, छोटा और असहाय। एक बाँह कम्बल से बाहर निकली हुई थी। बेगम ने

उसकी बन्द आँखों से आँखें चुराते हुए बाँह को कम्बल में ढक दिया और डूँगे के दूसरी तरफ़ चली गई। नजमा, बहाव की तरफ़ देखती हुई, वहाँ अकेली बैठी थी।

"नजमा!"

नजमा ने घूमकर देख लिया। दरिया की छाया उसकी आँखों में अब भी सिमटी हुई थी।

"नूरा अभी नहीं आई?"

"नहीं।"

"मामदा भी लौटकर नहीं आया?"

"नहीं।"

बेगम की आँखें ज़रा-सी भिंच गईं, माथे पर सलवटें पड़ गईं। "उस कामचोर को तो बस बहाना चाहिए।"

"उससे कहा था नूरा को साथ लेकर आए। हो सकता है इसी में उसे देर हो गई हो। या उसकी वजह से नूरा न आ पाई हो। बदज़ात वहाँ पहुँचा भी होगा कि नहीं, कुछ ठिकाना है?"

"पहुँचा वह ज़रूर होगा। कम-से-कम आज के दिन...।"

"उसे जैसे फ़र्क पड़ता है! कमीने लोगों की औलाद...!"

नजमा का हाथ अनजाने पास रखी लालटेन की बत्ती को ऊँची-नीची कर रहा था। बत्ती एकाएक बहुत ऊँची होकर चिमनी को स्याह करने लगी, तो उसने हाथ हटा लिया। फिर जल्दी ही उसे ठीक करके लालटेन से थोड़ी परे सरक गई।

बेगम को लगा कि उसकी आँखों में कोई बात है जिसे वह छिपाए रखना चाहती है, या चाहती है कि उससे उस बारे में पूछा जाए, तभी वह बात ज़बान से कहे। उसे क्या कहना है, इसका भी कुछ अनुमान बेगम को था। नजमा की आँखों की हर लहर से वह परिचित थी। जानती थी कि वह बार-बार पलकें झुकाकर ऊपर उठाती है और उसकी आँखों के नीचे खसरे के दोनों दाग़ गहरे होने लगते हैं, तो उसके मन में क्या बात होती है। बात मुँह पर आती है, तो या तो वह साथ रो देती है, या बराबरी का दावा लेकर जवाब-सवाल करने लगती है। बात से बचने के लिए वह वहाँ से हटने लगी, तो नजमा ने ख़ुद ही आवाज़ देकर उसे रोक लिया।

"मैं जानना चाहती थी कि आज मैं लौटकर अपने डूँगे में जाऊँगी या नहीं।"

"तुम जाना चाहो, तो मैं सिद्दीक से कह देती हूँ वह अभी तुम्हें उस पार पहुँचा दे। रात यहाँ रहना चाहो, तो सुबह मामदा के साथ चली जाना।"

"बात मेरे चाहने की है क्या?"

बेगम को लगा कि नजमा बराबर से भी ऊपर उठने की कोशिश कर रही है। उसके माथे की लकीरें गहरी हो गईं। "क्यों?"

"उसने कहा नहीं था कि कासिम के साथ नूरा की शादी की बात तय नहीं होती, तो आज से इस डूँगे की दोनों लड़कियाँ यहीं रहेंगी?" बेगम ने कनखी से देख लिया कि सिद्दीक चूल्हे के पास से हटकर वहीं उसके पीछे आ खड़ा हुआ। उसने उसे डाँट दिया, "दूसरों की बातें सुनने के सिवा तुम्हें कोई काम नहीं है?"

सिद्दीक चिढ़ गया। "मैंने बात में अपना नाम सुना था, इसलिए उठकर चला आया। वरना मुझे क्या लेना है तुम लोगों की बातों से? न आता, तो सुनना पड़ता कि जान-बूझकर परे हटकर बैठा रहता है। घर में क्या होता है, क्या नहीं, इससे इसे मतलब ही नहीं है। सिद्दीक घर की बात के बीच में पड़े, तो भी उसकी मुसीबत है, न पड़े तब तो मुसीबत है ही।" और जिस तरह वह लौटकर गया, उससे डूँगे के तख़्ते हिल उठे, खालका की बन्द आँखें खुल गईं।

बेगम गुस्से में सिद्दीक से कुछ कहने को हुई, पर खालका की आँख खुली देखकर ख़ामोश रह गई। नजमा की आँखें अब भी जवाब के लिए रुकी हुई थीं। किसी तरह अपने को सँभालकर उससे उसने कहा, "दोनों लड़कियाँ इस डूँगे में रहेंगी, तो कयामत नहीं ढह जाएगी। शादी से पहले इस घर में तेरे लिए साग-भात बन सकता था, तो आज भी बन सकता है। पर मेरे जीते जी कादिर की मंशा पूरी नहीं होगी। कासिम के साथ नूरा की शादी हरगिज़ नहीं होगी।"

"तो किसी को भेजकर मेरे बच्चों को वहाँ से बुलवा दो। उनके बग़ैर मैं भी हरगिज़ ज़िन्दा नहीं रह सकती।"

नजमा के खसरे के दाग़ लाल हो गए थे। जितनी वह उत्तेजित होती थी, दाग़ उतने ही गहरे हो जाते थे। वह जो बात कहना चाहती थी, वह तो साफ़ थी ही। कादिर ने जाते हुए कहा था कि वह नजमा को तलाक देकर बच्चों को अपने पास रखेगा, नजमा को उनकी शक्ल तक देखनी नसीब न होगी।

"तुम्हें अपने बच्चे बहुत अज़ीज़ हैं," बेगम ने चिढ़ती साँस के साथ कहा। "मुझे ही अपनी लड़की अज़ीज़ नहीं है!"

"तुम्हारी एक ही तो लड़की है न!" नजमा की आवाज़ में जैसे चीख़ भर गई। "मुझे अपनी लड़की तुमने समझा ही कब है! समझतीं, तो मेरी शादी के वक़्त भी ये सब बातें न सोचतीं? उस वक़्त तो अब्दुल कादिर और उसके ख़ानदान को जैसे तुम जानती ही नहीं थीं!"

"जानती थी, इसीलिए तो जानबूझकर तुम्हें उनके घर में ब्याह दिया था। तभी तो उस पाजी को पेट के लड़के की तरह मानकर रात-दिन उसके खाने-पहनने

की फ़िक्र किया करती थी। न जानती, तो यह सब करती? जो कुछ करती थी, उसके डर के मारे ही तो करती थी। जितनी शुक्रगुज़ारी उस मरदूद में है, तुममें उससे कम नहीं है!" नजमा जहाँ खड़ी थी, वहीं बैठ गई और आस्तीन में मुँह छिपाकर रोने लगी।

"बेगम!" खालका की आवाज़ जैसे गुफा के अन्दर से सुनाई दी।

बेगम ने जवाब नहीं दिया। अन्दर ही अन्दर गुस्से से काँपती हुई नजमा को देखती रही। "इस तरह रोकर बाप का फातिहा पढ़ने से अच्छा है कि अपने खाविन्द से कहकर दो-चार हड्डियाँ उसकी और तुड़वा दो। जो थोड़ी-बहुत जान बाक़ी है, वह भी निकल जाएगी, तो कोई तुम लोगों से कुछ कहनेवाला नहीं रहेगा। माँ भी जिस काठ पर खड़ी है, उससे बाँधकर उसे दरिया में फिंकवा देना। माँ-बाप के अहसानों का बदला चुकाने का इससे अच्छा रास्ता हो ही क्या सकता है!"

नजमा की आँखें आस्तीन से उठ गईं। "तुमने उसे मरदूद कहा है। तुम चाहती हो कि वह..."

"हाँ, मैं यही चाहती हूँ। न चाहती, तो उसे दामाद बनाकर घर में लाती? उसकी बीमारी में रात-दिन उसके सिरहाने बैठकर जागती? घर से बचा-बचाकर उसके खेल-तमाशों के लिए पैसे जुटाती? मुझे मालूम होता कि जिस आदमी के लिए मैं यह सब कुछ कर रही हूँ वह ज़ात का इतना कमीना है, तो मैं...तो मैं इस घाट के पास भी उसे फटकने देती?"

"बेगम!" खालका की आवाज़ फिर सुनाई दी, पहले से ऊँची, मगर और भी गहरी। बेगम के पतले होंठ काँपते रहे और वह खालका के पास चली गई। "कुछ चाहिए?" उसने पूछा।

"चाहिए कुछ नहीं," खालका बोला, "तुम नजमा से कहो कि रोए नहीं। कल तक सब ठीक हो जाएगा।"

"तुम्हारी हड्डी का दर्द कैसा है?"

"अब ज़्यादा नहीं है। दो बार और रूई से सेंक दोगी, तो सुबह तक ठीक हो जाएगा।"

"चाय दूँ?"

खालका ने सिर हिला दिया। "चाय अभी नहीं पचेगी।"

"और कुछ?"

खालका ने फिर सिर हिला दिया। नजमा आस्तीन से आँखें पोंछती हुई बेगम के पास आ गई।

"रोओ नहीं नजमा!" खालका ने उठने की कोशिश की, पर उससे उठा नहीं

गया। उसका बढ़ा हुआ हाथ नजमा ने अपने हाथ में ले लिया और उसके पास बैठ गई। "अब्बा, मैं क्या उस घर में वापस नहीं जाऊँगी?" खालका के नज़दीक होकर उसने उसकी बाँह को अपने से सटा लिया। खालका की कमज़ोर उँगलियाँ उसके कन्धे तक उठकर नीचे फिसल गईं।

"क्यों नहीं जा पाओगी? वह तुम्हारा अपना घर है। कौन तुम्हें वहाँ जाने से रोक सकता है?"

"अब्दुल कादिर ने आज जाते हुए कहा नहीं था कि..."

"उसकी फ़िक्र मत करो। कल मैं उसे बुलाकर समझा दूँगा, तो...।"

"मेरे मरने के दिन तक वह इस डूँगे में क़दम नहीं रखेगा," बेगम की आवाज़ काँप गई। तनी हुई गरदन और तन गई। "उससे मार खाकर भी बात करने का शौक अभी बाक़ी है, तो उसके लिए कहीं और जाकर ही तुम्हें बात करनी होगी। तुम्हारी बेटी उसके पैर चाटने के लिए तुम्हें शिकारे में बैठाकर उसके पास ले जाएगी। पर यहाँ इस डूँगे में उसका साया भी नज़र आया, तो देख लेना, किसी-न-किसी की जान पर बन जाएगी।"

खालका कोट और पाजामा पहने लेटा था। पगड़ी पास ही खुली पड़ी थी। नजमा उसका हाथ वापस उसकी छाती पर रखकर पगड़ी को लपेटने में व्यस्त हो गई। बेगम से उसने आँख नहीं मिलाई। खालका अलबत्ता एकटक बेगम को देखता रहा। बेगम की तरफ़ देखते उसकी आँखें उससे बँधी-सी जाती थीं। वह चाह रहा था कि बेगम की आँख उससे मिल जाए, तो वह हाथ पकड़कर उससे भी पास बैठ जाने को कहे। पर बेगम इसका मौका न देकर बाहर बावर्चीख़ाने में चली गई।

बेगम को देखते ही सिद्दीक ने लपककर समावार उठा लिया। जल्दी से प्याली में चाय उँडेलता हुआ बोला, "अब उसे सचमुच कभी इस डूँगे में नहीं आने देना चाहिए। ऐसा बेग़ैरत आदमी मैंने आज तक नहीं देखा।"

बेगम की भवें तन गईं। "तुमसे इस बारे में किसी ने पूछा है?"

"आदमी हमेशा पूछने पर ही दिल की बात कहता है?"

सिद्दीक ने प्याली बेगम की तरफ़ बढ़ा दी। "जिस आदमी की आँखें देख सकती हैं, कान सुन सकते हैं, वह देख-सुनकर भी मुँह से कुछ न कहे, यह क्या मुमकिन है? मैं इतनी बात और कहना चाहता हूँ कि खालका ने अब इस आदमी को घर में आने दिया, तो मैं एक दिन भी यहाँ नहीं रहूँगा। अपनी इज़्ज़त की मुझे फ़िक्र नहीं...मेरी तो कोई इज़्ज़त है ही नहीं...पर खालका की इज़्ज़त इस तरह ख़ाक में मिलते मैं नहीं देख सकता।"

बेगम ने प्याली उसके हाथ से नहीं ली। अन्दर की तरफ़ इशारा कर दिया, "जाकर नजमा को दे दो।"

सिद्दीक पलभर रुका रहा। फिर लोई समेटता हुआ अन्दर चला गया। लोई का एक सिरा नजमा के कन्धे से छू गया, तो उसने तीखी नज़र से सिद्दीक की तरफ़ देख लिया।

"बेगम ने तुम्हारे लिए भेजी है।" सिद्दीक का प्यालीवाला हाथ भी नजमा के कन्धे से छू गया।

"मुझे नहीं चाहिए।"

"बेगम ने कहकर भेजी है।"

"मैंने कहा है, मुझे नहीं चाहिए।" खालका की पगड़ी ठिकाने से रखने के बहाने नजमा ने अपना जिस्म समेट लिया।

"तुम्हारी मर्ज़ी।" सिद्दीक वापस बावर्चीख़ाने में आ गया और बेगम से बोला, "वह कहती है, उसे नहीं चाहिए।"

"मैंने सुन लिया है।" बेगम के कनवाज अन्दर की तरफ़ घूमे और फिर सीधे होकर कुछ देर हिलते रहे। "तुम बैठकर अपना काम करो।"

"नूरा अभी तक नहीं आई। मैं जाकर पता करूँ?"

"तुम काम करो। वह आ जाएगी।"

"काम सब हो गया है। तुम कहो तो मैं अभी जाकर..."

"मैंने कह दिया है कि तुम्हें कहीं नहीं जाना है। ज़रूरत होगी, तो मैं ख़ुद जाकर पता कर लूँगी।"

"इतनी रात तक नूरा के बाहर रहने से..."

बेगम ने तीखी नज़र से उसे देख लिया...सिद्दीक की ज़बान लड़खड़ा गई। "मैं हिफ़ाज़त के ख़याल से कह रहा था।"

"मेरी लड़की अपनी हिफ़ाज़त ख़ुद कर सकती है। तुम्हें उसके लिए परेशान होने की ज़रूरत नहीं," कहती हुई बेगम डूँगे के सिरे पर चली गई। सिद्दीक की समझ में नहीं आया कि हाथ की चाय का क्या करे, तो उसने उसे वापस समावार में डाल दिया।

डूँगे की छत से जुड़ी हुईं खालका की आँखें वहाँ से हटकर अपने पर आईं, तो लकड़ी के फ़र्श पर बेजान-से पड़े शरीर पर उसे तरस हो आया। खाँसी उठने लगी, तो उसने हाथ से छाती को दबा लिया।

लालटेन बुझ गई थी। कोई आहट भी नहीं थी। घाट को छूकर जाते पानी की हलकी आवाज़ थी, या दूर से आते डूँगों और बहचों[1] के चलने की मद्धिम लय, पानी की काँपती सतह के साथ काँपती हुई। हवा से पेड़ों की पत्तियाँ हिलतीं तो उनकी सरसराहट उसे अपनी हड्डियों को सहलाती महसूस होती। खिड़की से दिखाई देता घाट और आकाश का छोटा-सा टुकड़ा, डूँगे की छत की तरह उसके अस्तित्व का ही एक हिस्सा था। कितने बरसों में कितनी तरह उसने उसे जिया था।

घाट ज़्यादा चौड़ा नहीं था। उतनी ही जगह थी जितनी में चार आदमी हुक्का गुड़गुड़ाते हुए बैठकर बात कर सकें। हरे और सुरमई पत्थर इतने चिकने पड़ गए थे कि ज़रा-सी बूँदाबाँदी से ही उन पर से पाँव फिसलने लगता था। घाट से बाँध की सड़क तक जानेवाली लकड़ी की सीढ़ी दो-एक जगह से टूट रही थी, जिससे आते-जाते गिरने का डर बना रहता था। घाट और डूँगे के बीच का तख़्ता इतना गल गया था कि किसी भी समय ऊपर से गुज़रते आदमी के साथ दरिया में बैठ सकता था। सालभर से सिद्दीक से कहा जा रहा था कि उसे बदल दे, पर वह रोज़ बात को कल पर टाल देता था। पीछे स्याह पत्थरों की दीवार घास और काई से जगह-जगह हरी हो आई थी। मेढकों ने उसमें जहाँ-तहाँ सूराख़ बना रखे थे। पास से गुज़रते शिकारों और बहचों की रोशनी में घाट की स्याही कभी चमक जाती, वरना अँधेरे में डूबा घाट अँधेरे का ही एक हिस्सा बना रहता।

बाँध के ऊपर पेड़ों से घिरे आकाश को बिजली का एक खम्भा बीच से काटता था। बचपन में जब वह खम्भा वहाँ नहीं था, तब आकाश उसे ज़्यादा नज़दीक और ज़्यादा अपना लगता था। जब से खम्भे ने आकाश को दो टुकड़ों में बाँट दिया था, तब से वह उसे बेगाना-सा लगने लगा था। खम्भे को एकटक देखते हुए अक्सर उसके मन में उदासी घिर आती, उसे अपना आप अपने से कटा हुआ लगने लगता। उस खम्भे ने आकाश को ही नहीं, दरिया और घाट को भी कुछ हद तक अजनबी बना दिया था।

आकाश के बँट जाने के बाद ही बेगम उसके साथ वहाँ रहने के लिए आई थी। बेगम को अपने साथ देखते, उसके साथ वहाँ रहते-सोते, एक अजब-सा ख़ला खालका को घेरे रहता। बेगम की खुली हँसी, खुली बातचीत और खुले व्यवहार के सामने अपना घर और अपना आप उसे बहुत छोटा लगता। उम्र में ज़्यादा फ़र्क न होने पर भी अपने को वह बेगम के सामने काफ़ी बड़ा और पुराना-सा महसूस करता। चाहता कि बेगम के खुलेपन का साझीदार बन सके, उसके साथ उसी जैसा होकर जी सके, पर हर कोशिश के बावजूद यह सम्भव

1. **बहच—** भारी सामान ढोने वाली बड़ी नाव।

न हो पाता। उसकी ज़बान और हाथ-पैर बेगम के सामने जकड़े-से रहते। उन क्षणों में भी, जब बेगम के शरीर की गरमी उसके शरीर को गरमा रही होती, उसे ज़्यादा अहसास अपने ठंडेपन का ही होता। रात को साथ लेटे हुए बेगम आवेश में उसके होंठों को चूमने लगती, तो कोमल शरीर के रोमांचक आक्रमण को सहते और कहीं अन्दर उसमें सुख पाते हुए भी वह अपने को सिकुड़ते हुए पाता। कभी अस्फुट शब्दों में उससे कह भी देता, "देखो, आवाज़ न करो। चचा की नींद कहीं खुल गई, तो..."

बेगम मचल जाती। और भी आवेश में उसे चूमने लगती। कहती, "खुल जाने दो उसकी नींद। उसका बस चले तो वह मुझे तुम्हारे पास फटकने भी न दे।"

खालका तब अपने को कमज़ोर पाकर निढाल हो रहता। कोशिश करता कि तख़्ते पर टिकी हुई बेगम की कुहनियों को अपने हाथों से सँभाले रहे, उसके घुटनों को अपने घुटनों का सहारा दिए रहे, और जहाँ तक बन पड़े, साँसों की तेज़ आवाज़ को कम्बलों में ढाँपे रहे। बेगम उसकी सतर्कता से झुँझलाकर उसकी गरदन या कन्धे में दाँत गड़ा देती। खालका के गले से हलकी-सी आवाज़ निकलती—पा लेने के सन्तोष और न सह सकने के दर्द की। साथ ही शरीर आशंका से काँप जाता। वह आहट लेने लगता कि साथ के कमरे में रमज़ान करवट तो नहीं बदल रहा। फुसफुसाकर बेगम के कान में कहता कि अब सो जाना चाहिए। मगर बेगम का हठ बढ़ता जाता। खालका सिमटने की कोशिश करके भी सिमट न पाता। बेगम के बढ़ते आवेश के नीचे बेबस पड़ा उन क्षणों के बीत जाने की प्रतीक्षा करता। दुआ माँगता कि इस बीच रमज़ान की नींद न खुल जाए। बेगम उससे अलग होकर सामने की खिड़की की तरफ़ सरक जाती, तो कुछ क्षण वह हाँफता हुआ पड़ा रहता। उधर रमज़ान करवट बदलता या खाँस उठता तो उसका शरीर सुन्न होने लगता।

"तुम आदमी हो? तुम्हें तो घोंघा बनकर पैदा होना चाहिए था," उसे बेगम से सुनना पड़ता। "कोई भी आदमी का बच्चा तुम्हारी तरह नहीं डरता होगा।"

"मैं डरता नहीं," वह उसे समझाना चाहता, "सिर्फ़ बुड्ढे के चिड़चिड़ेपन से बचा रहना चाहता हूँ। तुम जानती हो कि किस तरह बात-बेबात पर वह गला फाड़ने लगता है।"

बेगम और नाराज़ हो जाती। "तुम्हीं हो जो उसकी बकझक चुपचाप सुन लेते हो। तुम्हारी वजह से दूसरों को भी चुप रह जाना पड़ता है।"

"चुप रहने में ही बेहतरी नहीं है? उसके सामने किसी का बस चलता है?" बेगम एक बार तेज़ नज़र से उसे देखकर पास से हट जाती। "कम-से-कम तुम्हारा बस नहीं चलता, इतना मैं जानती हूँ।"

चार साल के फ़र्क से उनके दो बच्चे हुए—दोनों लड़कियाँ। बेगम को दोनों बार निराशा हुई—अपने से कम, खालका से ज़्यादा। लड़का न होने की मुख्य ज़िम्मेदारी जैसे खालका पर ही हो। नबी का घर छोड़कर इस घर में वह आई थी, तो मन में कहीं यह आशा लिये थी कि भाई के साथ खेल न पाने की हसरत अब वह दूसरी तरह पूरी कर सकेगी। यह भी उसने सोच रखा था कि अपने लड़के का वही नाम रखेगी जो उसके भाई का था—अहमद। वह बड़ा होगा, तो उसे अपने साथ वुलर में घुमाने ले जाएगी, ख़ुद ही उसे चप्पू सँभालना और मछली पकड़ना सिखाएगी। लड़का ख़ूब गोरा-चिट्टा होगा, ख़ूब सुडौल—चार-चार आदमियों के साथ वह अकेला लड़ जाया करेगा। न तो वह नबी की तरह बेहूदा ढंग से हँसेगा, न रमज़ान की-सी कर्कश आवाज़ में चिल्लाएगा, न खालका की तरह दब्बू बनकर दूसरों की ख़िदमत करेगा। उसके भरोसे ज़िन्दगी भर वह गरदन तानकर रह सकेगी। उससे ऊँची बात करने या टेढ़ी नज़र से उसे देखने का किसी का हौसला नहीं होगा।

पहली बार लड़की हुई तो उसने किसी तरह मन मार लिया, मगर दूसरी बार वह बरदाश्त नहीं कर सकी।

खालका झुकी आँखों से बेगम के सख़्त-से-सख़्त ताने सुन लेता और काम में लगा रहता। उसका विरोध करके या तेज़ बात उससे कहकर वह उसका दिल नहीं दुखाना चाहता था। तेज़ बात तो उसके मुँह से निकलती ही नहीं थी। प्यार और हमदर्दी से वह बेगम को देखता हुआ ज़्यादा-से-ज़्यादा इतना कह देता, "ख़ुदा की रज़ा यही है, तो हम-तुम उसमें क्या कर सकते हैं? उसकी रज़ा होगी तो अगली बार तुम्हारी गोद लड़के से भर जाएगी। यह भी उसका शुक्र है कि उसने दो बच्चे तो दे दिए हैं। कितने लोग ऐसे नहीं हैं जो बच्चे का मुँह देखने को ही तरस जाते हैं!"

"तुम नहीं कहोगे, तो कौन कहेगा?" बेगम तुनकती, "तुम्हें तो मरा हुआ बच्चा भी मिल जाता तो तुम इसी तरह ख़ुदा का शुक्र बजा लेते।"

"बच्चों की सलामती की दुआ माँगो बेगम! ऐसी बात कभी मुँह से नहीं निकालनी चाहिए। ख़ुदा ने जो कुछ दिया है, उसके लिए शुक्रगुज़ार न होंगे तो आगे के लिए वह अपना हाथ समेट नहीं लेगा?"

"अपनी कमज़ोरी ख़ुदा पर डालते हुए शरम नहीं आती? आदमी के अन्दर जो होगा, वही तो बाहर आएगा! औलाद आदमी के ख़ून से बनती है। आदमी के ख़ून में वह माद्दा ही न हो, तो ख़ुदा के करने से भी क्या होगा?"

बार-बार खालका को अपमानित होना पड़ता, फिर भी वह सोचता कि शायद अगली बार वह अपनी बात बेगम को ठीक से समझा सके। उधर रमज़ान उसकी

लगामें खींचे रखता। बेगम से रमज़ान को हर तरह से शिकायत थी—कि वह ठीक से उसका अदब नहीं करती, कि घर के काम से वह जी चुराती है, कि ज़बान उसकी बहुत तीखी है और बातचीत में वह बड़े-छोटे का लिहाज़ नहीं करती, कि रहन-सहन का सलीका उसे बिलकुल नहीं आता, कि बाप के घर में अकेली लड़की होने से वह बहुत आवारा मिज़ाज हो गई है, कि सुई में डोरा डालने तक की तमीज़ उसे नहीं है, कि खालका जैसा बेग़ैरत आदमी ही ऐसी औरत को सिर पर चढ़ाकर रह सकता है—कोई और होता तो कब का उसे उसके बाप के घर छोड़ आता। पर बेगम के सामने कुछ कहने की हिम्मत रमज़ान की भी नहीं होती थी। बेगम मुँह से भले ही कुछ न कहती, पर एक ऐसी नज़र से उसे देख लेती थी कि रमज़ान की पसलियाँ चटकने को हो आती थीं। वह अपने लबादे में सिमटा उसके पास से हट जाता और जो कुछ कहना होता, मुँह में बुदबुदाता रहता। बाद में सारा गुबार वह खालका के सिर पर निकाल लेता।

पर एक दिन जब बेगम और रमज़ान के बीच सीधे चखचख हो गई और रमज़ान ने खालका से कह दिया कि वह उसी वक़्त जाकर बेगम को नबी के यहाँ छोड़ आए, तो खालका बहाने से वहाँ से निकलकर फिर लौटकर नहीं गया।

बात मामूली-सी थी। बगतुओं का लड़का कादिर अक्सर उनके यहाँ आया करता था। उस सोलह साल के लड़के से बेगम को ख़ास ही लगाव था। उस दिन बेगम ने उसे खाने के लिए रोक लिया था और उसके लिए आबगोश्त चढ़ाया था। पर इससे पहले कि हाँडी में गोश्त पकता, रमज़ान उबलकर आपे से बाहर हो गया। कादिर के साथ बेगम का नाम जोड़कर उसने जो कुछ कहा, वह उतना अप्रत्याशित नहीं था जितना बेगम का फ़र्श पर कलछी पटककर खड़ी हो जाना और सीधी ज़बान से रमज़ान का हिसाब तय करने लगना। बरसों से जितनी बातें छाती में रुकी हुई थीं, वे सब बेगम ने कह डाली थीं। आख़िर यह कहकर उसने बात समाप्त की थी कि सोलह साल के कादिर से, जिसे वह अपने बच्चे की तरह मानती है और जिससे अपनी बड़ी लड़की का निकाह करने की सोचती है, उसका नाम जोड़कर बात करनेवाला आदमी, आदमी नहीं, नाबदान[1] का कीड़ा है, बल्कि उसे कीड़ा कहना भी कीड़े का अपमान करना है।

खालका पास ही खड़ा सुन रहा था। जब इसके जवाब में रमज़ान के फेफड़े धौंकने लगे, तो वह बाँध की मुँडेर पर चला गया। रमज़ान ने पुकारकर उसे नीचे बुलाया, तो वह मोटर स्टैंड तक हो आने की बात कहकर वहाँ से उठ आया। उसके बाद ज़िन्दगी भर रमज़ान की शक्ल उसने नहीं देखी।

1. **नाबदान**—मोरी।

वहाँ से उसके जाने और लौटकर आने के बीच सात साल गुज़र गए थे। जब वह गया, तब नजमा ग्यारह साल की थी। और नूरा सात साल की।

सात साल खालका कलकत्ते में रहा। कलकत्ते के एक शाह साहब—शाह मुहम्मद अनवर—एक साल पहले उनके हाउसबोट में ठहरे थे। वे शाहख़र्च आदमी थे, उससे ज़्यादा शाहज़बान। खालका के साथ रमज़ान के व्यवहार से वे बहुत चिढ़ा करते थे। तभी वे खालका को अपने साथ ले जाने को तैयार थे। कश्मीरी ढंग से पके गोश्त, ख़ासतौर से आबगोश्त, गोश्ताबा और यख़नी, उन्हें इतने पसन्द थे कि उन्हीं के लिए वे एक कश्मीरी बावर्ची साथ रख लेना चाहते थे। खालका तभी चला जाना चाहता था, पर रमज़ान के डर के मारे इस बात को ज़बान पर नहीं ला पाया था। शाह साहब जाते हुए अपना पता उसे एक कार्ड पर लिखकर दे गए थे। कह गए थे कि जब वह चाहे उनके पास चला आए, उसके लिए जगह उनके पास हमेशा रहेगी। वह फटा हुआ कार्ड, शाह साहब के साथ उतरी हुई उनकी तसवीर के साथ, हर वक़्त खालका की वास्कट की जेब में रहता था।

रसद खरीदने के लिए जो पैसे उसकी जेब में थे, उनसे वह कलकत्ता पहुँच गया। एक दिन घूमने-भटकने के बाद शाह साहब का घर उसने ढूँढ़ लिया। शाह साहब ने इस तरह उसे लिया जैसे वह पहले से ही उस घर में मुलाज़िम हो। पहले दिन से ही बाग़ और बावर्चीख़ाने का काम उसे सौंप दिया गया।

बिलकुल और तरह की दुनिया थी वह। और ही तरह के वहाँ के नाते-रिश्ते थे। खान-पान, बातचीत, रहन-सहन सब कुछ और तरह का था। पहले छह महीने उसका मन नहीं लगा। वह हर वक़्त घर और जेहलम के लिए ललकता रहा। हुगली के किनारे जाकर उसका मन उदास हो जाता। वहाँ पर तैरती पालवाली नावें उसे और अजनबी बना देतीं। वह रोज़ शाह साहब से इजाज़त लेकर लौट जाने की सोचता मगर जब उनके पास यह बात कहने जाता, तो और ही बात कहकर चला आता।

धीरे-धीरे उस ज़िन्दगी की आदत होने लगी। वहाँ के नाते-रिश्ते पहले से कम बेगाने लगने लगे।

लड़ाई के दिन थे। कलकत्ते में हर वक़्त जापानियों के हमले का ख़तरा बना रहता था। उस ख़तरे के बीच रहना, हर वक़्त मौत और ज़िन्दगी के बीच की पटरी पर चलना, उसके मन को और ही तरह से बाँधने लगा। उसका मन रोज़ इन्तज़ार करता आसमान से बमबारी होने की, आसपास की बड़ी-बड़ी इमारतों को तहस-नहस होते देखने की। ऊपर हवाई जहाज़ों की गूँज और नीचे फ़ौजी दस्तों के जूतों की आवाज़ उस घड़ी को हर रोज़ नज़दीक लाती महसूस होती। जब सुनने को

मिलता कि कलकत्ते पर शायद हमला नहीं होगा, तो इस बात पर वह विश्वास न करना चाहता।

दो-एक बार जापानी हवाई जहाज़ आए भी। उसे लगा कि अब ज़्यादा इन्तज़ार नहीं करना होगा। लड़ाई की शुरुआत अब होनेवाली है। मगर शुरुआत होकर भी नहीं हुई। लड़ाई कलकत्ते की सरहद को छूकर ही लौट गई।

शाह साहब के घर में हर तरह का आराम था। जब चाहे, तब छुट्टी भी मिल जाती थी। मगर उसका मन, अन्दर ही अन्दर किसी चीज़ के लिए छटपटाता रहता था। वह ख़ुद नहीं समझ पाता था कि वह छटपटाहट क्या है, किस चीज़ के लिए है। उससे पूछा जाता कि वह छुट्टी लेकर घर क्यों नहीं हो आता, तो वह अपने को भी ठीक से जवाब न दे पाता कि वह क्यों वहाँ से नहीं जाना चाहता।

बेगम की याद अक्सर आती थी। नजमा और नूरा की भी। तो क्या वह इसलिए लौटकर नहीं जाना चाहता था कि बेगम का सामना करने का हौसला उसमें नहीं था? उसे यह भी तो मालूम नहीं था कि उसके चले आने के बाद रमज़ान ने बेगम को वहाँ रहने दिया था या सचमुच नबी के पास भेज दिया था। पर वापस न जाने का कारण इतना ही तो नहीं था...।

शाह साहब के यहाँ रहते उनकी आया एलिस से उसकी अच्छी आशनाई हो गई थी। साथ-साथ उनके क्वार्टर थे। रंग काला होते हुए भी एलिस के गदराए शरीर में अपना ही एक आकर्षण था। रहती भी वह ख़ूब बन-ठनकर थी। दूसरे नौकर कहते थे कि नौकरी तो उसके लिए बहाना है, असली आमदनी उसे फ़ौजी बैरकों से है। कई बार रात-रात वह अपने क्वार्टर से ग़ायब रहती। पूछने पर कहती कि अपनी मौसी और मौसेरी बहनों से मिलने जाती है। मौसेरी बहनों की बात पर सुननेवाले मुसकरा देते।

औरत के शरीर को कितनी तरह के सहारे देकर रखा जा सकता है, यह उसे पहली बार तब मालूम हुआ जब एक रात एलिस बाहर से पिए हुए लौटी और ग़लती से अपने क्वार्टर की जगह उसके क्वार्टर में चली आई। उस रात उसे सँभालने-सँभालने की कोशिश में उसे कई तरह की नई जानकारियाँ हासिल हुईं। एलिस की साँसों की तेज़ बू कितने ही दिन उसके दिमाग़ से नहीं निकल पाई।

एलिस अपने बाहर आने-जाने के बारे में जो कुछ भी कहती थी, उस पर वह सहज ही विश्वास कर लेता था। इस पर भी कि दूसरे लोग उससे जलते हैं, इसलिए बिना वजह उसकी बदनामी करते हैं। वे उसे पाना चाहते हैं पर वह उन पर थूकना भी पसन्द नहीं करती। थोड़े पैसे जमा हो जाएँ, तो वह शादी करके घर बसा लेगी। इन कमीने लोगों के बीच नहीं रहेगी। अपना घर हो जाएगा, तो आया का काम भी नहीं करेगी। टाइपिंग सीखकर दफ़्तर की नौकरी करेगी।

"तुमने अब तक शादी क्यों नहीं की?" एक रात खालका की बाँह पर सिर रखे हुए उसने पूछा। खालका के मन में कील-सी गड़ गई।

"मैं शादीशुदा हूँ," उसने कहा, "मेरे दो बच्चियाँ भी हैं।"

"तुम झूठ बोल रहे हो।"

"नहीं, मैं बिलकुल सच कह रहा हूँ।"

एलिस सिर उठाकर उसके ऊपर झुक आई। हाथ से उसकी बाँह की मांसपेशियों को टटोलती रही। "तो तुम कभी उनसे मिलने क्यों नहीं जाते? कभी उनका ज़िक्र क्यों नहीं करते?"

"ऐसे ही। कभी मौका ही नहीं आया।"

"नहीं, यह बात नहीं है। बात कुछ और ही है।" खालका चुप ही रहा, अपने से और एलिस से दूर हटकर दीवार के हाशिए में कुछ खोजता रहा।

"मैंने भी एक बार शादी की थी," एलिस दाँत उघाड़कर मुसकराई। "दो महीने के लिए।"

खालका चौंक गया। आँखें उसकी दीवार से हट आईं। "दो महीने के लिए?"

"मतलब, दो महीने रही वह शादी। फिर मैंने उसे तलाक दे दिया।"

"क्यों?"

"वह मुझे बहुत डाँटता था...और घर के अन्दर बन्द रखना चाहता था। एक दिन मुझे गुस्सा आ गया, तो मैंने पानी का जग उस पर दे पटका और उसके घर से चली आई।"

खालका को अपने पर एलिस का वज़न कुछ भारी महसूस हो रहा था। वह थोड़ा एक तरफ़ को सरक गया। पर एलिस की गरम साँसें उससे दूर नहीं हुईं।

"तुम तलाक लेकर दूसरी शादी क्यों नहीं कर लेते?"

"दूसरी शादी...?"

"हाँ, क्यों नहीं? तुम इतने जवान आदमी हो। स्वभाव के इतने अच्छे हो फिर अच्छी नौकरी पर हो। कोई भी औरत तुमसे शादी करना अपनी खुशक़िस्मती समझेगी।"

खालका के मुँह से शब्द साफ़ नहीं निकले। गले से हलकी आवाज़ पैदा होकर रह गई।

कई रातें उसे ठीक से नींद नहीं आई। अधनींदेपन में बार-बार वह अपने को डूँगे में लौटते और रमज़ान की गालियों का सामना करते देखता। बेगम के माथे पर दूर से ही त्योरियाँ नज़र आतीं और पास जाने की उसकी हिम्मत न होती। नजमा और नूरा को प्यार करने लगता तो वे उसके हाथों से छूट-छूट जातीं। फिर वह हुगली के

किनारे पहुँच जाता और वहाँ एलिस की बाँहें उसे कसने लगतीं। वह जितना छूटने का प्रयत्न करता, उतना ही बाँहें कसती जातीं। अकेले में वह अपनी मांसपेशियों को टटोलकर देखता, बाँहों और जाँघों की मज़बूती का जायज़ा लेता। मन में विश्वास भरने लगता तो रमज़ान फिर गालियाँ बकता हुआ सामने आ खड़ा होता, बेगम उसकी तरफ़ पीठ किए बाँध की मुँडेर के साथ-साथ चलती हुई दूर-दूर होती जाती।

एक और बात सोचकर उसका मन बैठने लगता। इतने दिन एलिस से सम्बन्ध रखने पर भी उसका कुछ परिणाम क्यों नहीं निकला? क्या बेगम की बातें ही सच थीं कि उसके ख़ून में वह माद्दा ही नहीं जिससे...। पर एलिस ने कभी उससे ऐसी शिकायत क्यों नहीं की?...फिर नूरा और नजमा आख़िर उसी की तो बेटियाँ थीं!

एक बार उसने एलिस से पूछा लिया, "तुम्हें डर नहीं लगता?"

"कैसा डर?"

"हमारे बीच में जो कुछ होता है, उससे किसी दिन...किसी दिन कोई मुसीबत भी तो खड़ी हो सकती है।"

एलिस हँस दी। "मैं नहीं जानती थी कि तुम इतने डरपोक हो।"

डरपोक! उसे लगा जैसे यह बात एलिस के नहीं, बेगम के मुँह से सुन रहा हो।

"वैसे डरने की बात नहीं," एलिस बोली, "वह झंझट ही मैंने ख़त्म कर रखा है।" खालका अवाक् उसकी तरफ़ देखता रहा। एलिस ने बात उसे ठीक से समझा दी। "मैं नहीं चाहती थी कि रोज़-रोज़ की परेशानी मन में बनी रहे।"

खालका को लग रहा था जैसे उसके हाथ-पैरों में ख़ून रहा ही न हो, या उसकी जगह किसी भुरभुरे पदार्थ ने ले ली हो।

"तुम फिर से शादी करोगी, तो तुम्हें बच्चे की ख़्वाहिश नहीं होगी?"

"बिलकुल नहीं!"

"कभी नहीं?"

"कब्बी नहीं।"

"पर मैं तो...मैं तो सोचता था कि..."

एलिस ने उसके गाल में उँगली गड़ा दी। "तुमने ज़िन्दगी अभी देखी नहीं है! देख लोगे, तो जान जाओगे कि जिस ख़्वाहिश की इतनी कीमत देनी पड़े, उसे मन से निकाल फेंकना ही अच्छा है।"

सूखा दरिया...उतरा हुआ पानी...जमकर बर्फ़ हुई, झील डल...बर्फ़ में मुरझाए हुए कमल...बेबस बाँहों की तरह झुके-झुके कमलनाल...।

वह जितना इन सपनों को मन से निकाल फेंकना चाहता, उतना ही उनका जमघट मन में बढ़ता जाता। खालका देखता कि वह अपने डूँगे की छत पर बैठा बर्फ़ के पिघलने और दरिया के फिर से भर जाने की राह देख रहा है। बर्फ़ीली झील पर धूप के इन्द्रधनुष झिलमिलाते, बर्फ़ नरम पड़ने लगती कि सहसा उसकी नींद टूट जाती। सामने मटियाली दीवार पर जामुन के साए सिर हिला रहे होते।

रात के आख़िरी पहर में वह प्राय: रोज़ ही नए सिरे से ज़िन्दगी शुरू करने की बात सोचता। सोचता कि एलिस से कहे, तो क्या वह कलमा पढ़कर उससे शादी करने को तैयार नहीं हो जाएगी? और वह न तैयार हो कलमा पढ़ने को, तो क्या वह ख़ुद ही उसकी ख़ातिर बपतिस्मा स्वीकार नहीं कर सकता?

मगर सुबह होने के साथ ही यह बात ओछी लगने लगती। वह और बपतिस्मा! वह भी एलिस जैसी लड़की के साथ शादी करने के लिए?

शाम के वक़्त एलिस उसे सुन्दर लगती। लगता कि उसके साथ वह पूरी ज़िन्दगी काट सकता है। मगर सुबह नाश्ते के वक़्त उसके शरीर और चेहरे में सौ-सौ दोष नज़र आने लगते। लगता कि उस जैसे स्वभाव की औरत के साथ चौबीस घंटे भी तो नहीं काटे जा सकते।

एलिस का शरीर उसके शरीर से सटा होता, तो वह बेगम के शरीर की तुलना में उसकी विशेषताओं का विश्वास अपने को दिलाया करता। पर ज्यों ही वह पास से हटती, वे विशेषताएँ भी साथ ही मन में ओझल हो जातीं। बाद दोपहर उसे अक्सर अपने और एलिस से नफ़रत हुआ करती। मगर शाम होते-होते उसकी सौन्दर्य-भावना का तराज़ू फिर पलटा खा जाता।

एक दिन सुबह उठने पर पता चला कि एलिस को नौकरी से जवाब मिल गया है और वह रात को ही क्वार्टर छोड़कर चली गई है। उसे यह भी लगा कि सब लोग उसकी तरफ़ भी सन्देह और आशंका की नज़र से देख रहे हैं। कारण उसकी समझ में नहीं आया। किसी से पूछने का हौसला भी नहीं हुआ। शाह साहब का नाश्ता लेकर उनके कमरे में गया, तो उन्होंने नाश्ता एक तरफ़ रखवा दिया और कुछ देर स्थिर दृष्टि से उसे देखते रहे।

"तुम्हें घर से आए कई साल हो गए," कहते हुए शाह साहब की आँखें हाथ के अख़बार की तरफ़ झुक गईं। "इस बीच तुमने बीवी-बच्चों की कभी ख़बर तक नहीं ली। तुम्हारा मन कभी उनके पास जाने को नहीं करता?"

खालका की आँखें गलीचे पर बने दाग़ को देखने लगीं। एक बार उसी के हाथ से वहाँ चाय छलक गई थी। तब वह नया-नया आया था। "सोचता था कि हुज़ूर जब ख़ुद ही ठीक समझेंगे, तब एकाध महीने की छुट्टी लेकर हो आऊँगा।"

शाह साहब ने अख़बार का पन्ना पलटा, फिर उसे तह करके रख दिया। "मैंने हाल ही तुम्हारे चचा को श्रीनगर चिट्ठी लिखी थी कि तुम यहाँ मेरे पास काम कर रहे हो। वहाँ से कल ही जवाब आया है।" खालका को लगा कि गलीचे का दाग़ पहले से गहरा हो गया है। उसके घुटने कमज़ोर पड़ रहे थे। मन हो रहा था कि वहीं फ़र्श पर बैठ जाए।

"क्या लिखा है?" उसने खुश्क होते गले से पूछा।

"खत सिद्दीक नाम से किसी आदमी ने लिखा है। कुछ अरसा पहले तुम्हारे चचा की मौत हो चुकी है। बोट की देखभाल आजकल तुम्हारा दामाद अब्दुल कादिर कर रहा है।"

दाग़ एक से दो, दो से तीन होने लगे। अपने काँपते घुटनों को सँभालना खालका को असम्भव लगा, तो वह उकड़ूँ होकर बैठ गया। "अब्दुल कादिर से नजमा की शादी हो गई है?"

शाह साहब अख़बार रखकर कुर्सी से उठ खड़े हुए। "तुम्हें इसकी भी ख़बर नहीं? कितनी शर्म की बात है!...तुम आज ही रात की गाड़ी से वापस जा रहे हो। मैं चिट्ठी लिखकर वहाँ पता दिए देता हूँ।"

शाम को अपने बिस्तर और बक्से के साथ हावड़ा स्टेशन की भीड़ में बैठे हुए खालका के घुटने काँप रहे थे। चलने से पहले वह कई ऐसी बातें सुन आया था जिन्होंने अन्दर से उसे और निढाल कर दिया था। दूसरे नौकरों से पता चला था कि एलिस की नौकरी एक ख़ास वजह से छुड़ाई गई। शाह साहब की बच्ची की ज़बान पर कुछ ख़तरनाक क़िस्म के छाले निकल आए थे। डॉक्टर ने बताया था कि इसका कारण किसी ऐसे व्यक्ति का चूमना ही हो सकता है जो गम्भीर रूप से सिफलिस जैसी बीमारी से पीड़ित हो। यह एलिस ही हो सकती थी, क्योंकि बच्ची की देखभाल उसी के सुपुर्द थी। उसे यह भी बताया था कि उसके साथ एलिस के सम्बन्ध की बात शाह साहब बहुत दिनों से सुन रहे थे और बहुत पहले से उसे वापस श्रीनगर भेज देने की सोच रहे थे।

स्टेशन पर बैठे खालका को महसूस हो रहा था जैसे उसके शरीर में चींटियाँ रेंग रही हों। यह अहसास नया नहीं था, पहले भी कितनी बार उसे ऐसा महसूस हुआ था। यह सोचकर कि शायद ठीक से न नहाने की वजह से ऐसा हो, वह कई दिन अच्छी तरह साबुन रगड़-रगड़कर नहाता रहा था। मगर नहाकर भी वह अहसास जाता नहीं था। कई बार यह सोचकर कि शायद शारीरिक भूख की वजह से ऐसा हो, वह उस अहसास को एलिस के शरीर में डुबो देने की कोशिश करता था।

पर आज वह अहसास अहसास नहीं रहा था, एक ख़तरा बनकर दिमाग़ पर छा गया था। उसे न सिर्फ़ शरीर में जलन महसूस हो रही थी, बल्कि यह भी लग रहा था जैसे एक तेज़ बू—एलिस के शरीर की बू से मिलती-जुलती—उसकी खाल के रेशे-रेशे में से बाहर फूट रही हो। वह जलन और वह बू अपने में लिये हुए बेगम के पास उसका वापस जाना क्या ठीक था?

गाड़ी प्लेटफ़ार्म पर आ गई, और भीड़ का रेला गाड़ी की तरफ़ बढ़ा, तो भी वह जड़-सा अपनी जगह पर बैठा रहा, घूमते पहियों पर सवार होकर सफ़र करने की जगह मन-ही-मन उन पहियों को अपने पर से गुज़रते देखता रहा। पिछली पटरी से गुज़रते एक इंजन की भाप ने उसे पूरा ढक लिया, तो अचानक उसे वहाँ से उठने का ध्यान आया। जब तक भाप छँटी, तब तक उसने अपना सामान सामने के डिब्बे में रख दिया था।

हलके पैरों की आहट सामने की खिड़की के पास आकर रुकी और वहीं रुकी रही।

खालका आहट पहचानता था—बेगम के पैरों की हर आहट का अलग-अलग अर्थ भी जानता था। आँखें बन्द रहते हुए भी उसने जैसे देख लिया था कि दरवाज़ा पार करते हुए बेगम झुकी है, एक बार आँख बचाकर उसने उसकी तरफ़ देखा है, फिर उसकी तनी हुई गरदन झटके के साथ दूसरी तरफ़ मुड़ गई है और अपने काँपते होंठों को बात कहने से रोककर वह खिड़की के पास चली गई है।

"बेगम!"

जवाब नहीं मिला, तो खालका को लगा कि उसकी आवाज़ छाती में ही घरघराकर रह गई है, बाहर सुनाई नहीं दी। गला साफ़ करने की कोशिश करते हुए उसने करवट बदली। दुखती हड्डी में सोया हुआ दर्द जाग आया, जिसे उसने माथे की शिकन से पी लेना चाहा।

"बेगम!" उसने फिर आवाज़ दी। बेगम उसकी तरफ़ पीठ किए चौखट के सहारे खड़ी थी। सड़क के लैम्प की रोशनी में फिरन का उड़ा-उड़ा रंग धीरे-धीरे साँस ले रहा था।

खालका पल भर देखता रहा। फिर पास जाने के लिए खड़े होने की चेष्टा करने लगा, तो फिरन की पीठ खिड़की की तरफ़ मुड़ गई, बेगम का चेहरा सामने आ गया। "क्या बात है?" बेगम ने कहा, "कहीं जाना है क्या?"

उठने की चेष्टा में खुले हुए घुटने फिर जुड़ गए और खालका ने दीवार के तख़्ते से टेक लगा ली। रोशनी का एक छोटा-सा वृत्त बेगम के चेहरे पर रुका

हुआ था। चेहरे की खाल आज भी उतनी ही चिकनी लग रही थी जितनी कि बरसों पहले। बिनाई के रेशे ज़रा भी तो ढीले नहीं पड़े थे। पल भर आँख मूँदकर खालका ने उठती साँस को किसी तरह रोका, फिर आँख से ही बेगम को पास आने के लिए इशारा किया। साथ ही हलके से कहा, "यहाँ आओ।"

बेगम के पास आने पर खालका ने अपना हाथ उसकी तरफ़ बढ़ा दिया। मगर बेगम ने हाथ नहीं पकड़ा, वैसे ही पास बैठ गई। खालका का हाथ ढीला होकर वापस घुटने पर चला गया।

"तुम कुछ कहना चाहते थे?" बेगम ने पूछ लिया।

"इतना ही कहना चाहता था कि उस बात को लेकर तुम अब तक इतनी परेशान क्यों हो?"

"किस बात को लेकर?"

"उसी बात को। कादिर ने जवानी के जोश में अगर एक नाजायज़ हरकत की भी है, तो..."

"मैं उस बात को लेकर परेशान नहीं हूँ।"

"तो क्यों अब तक इस तरह हो रही हो?"

खालका ने अब उसका हाथ अपने हाथ में लिया, तो बेगम ने हाथ हटाया नहीं। वैसे ही आत्मसमर्पण में उसके हाथ में रहने दिया जैसे कई साल से, कभी-कभी, अपने को रहने देती थी। आँखें उसकी फिर भी खालका को जैसे अभियुक्त के रूप में देखती रहीं। "तुम्हें किसी की परेशानी से उलझन क्यों होने लगी?" उसने कहा, "ज़िन्दगी में यह पहली परेशानी तो है नहीं।"

खालका की आँखें झुकीं, उठीं, फिर झुक गईं। बेगम की नज़र और उसके शब्दों के सामने वह हमेशा की तरह अपने को सिमटते पा रहा था। वर्षों का इतिहास बेगम की एक नज़र या एक शब्द में नए सिरे से उसे छू जाता था। कुछ देर बेगम का हाथ उसके हाथ में ढीला-सा पकड़ा रहा, फिर एक कमज़ोर दबाव के साथ उसने उसे थोड़ा-सा कस लिया। "क्या मैं नहीं जानता," उसने कहा, "कि मेरी वजह से तुम्हें आज तक कितनी तकलीफ़ें उठानी पड़ी हैं? तुम्हारी जगह कोई और होती, तो जाने कब की छोड़कर चली गई होती।"

बेगम के माथे पर हलकी सलवटें उभर आईं। हाथ उसने खालका के हाथ से छुड़ा लिया। "ज़िन्दगी भर यही सब बातें करने के सिवाय कुछ और भी करोगे तुम?"

खालका की आँखों में आँसू आ गए। कुछ देर चुपचाप आँखें झपकाता रहा। फिर बोला, "तुमने सँभाला न होता, तो शायद इतनी भी बात करने के लिए आज ज़िन्दा न होता।"

"अब सो रहो। सुबह उठकर अभी जाने और किस-किस मुसीबत का सामना करना है। अब तक जो कुछ हुआ है, वह तो अभी शुरुआत ही है।"

"सुबह सिद्दीक को भेजकर कादिर को बुला लेना। मैं उससे..."

"तुम्हें उससे कोई बात नहीं करनी है। जो बात करनी होगी, मैं ख़ुद कर लूँगी पर जिसकी वजह से बात करने की ज़रूरत पड़ रही है पहले उसे तो लौट आने दो।"

खालका को लगा कि बेगम की आवाज़ में, उसकी आँखों के आसपास और नाक के सिरे पर कोई चीज़ काँप रही है। उसका हाथ बढ़कर बेगम के कन्धे पर चला गया। वहाँ स्पर्श की तह के नीचे भी वह चीज़ उसी तरह काँप रही थी। बेगम का चेहरा उस समय उस दुलहन का-सा लग रहा था जो ब्याह के पहले दिन लगभग इसी तरह उसके पास बैठी थी। कुछ बैठी हुई आवाज़ में उसने कहा, "लड़की अब तक नहीं आई, तो सुबह लौट आएगी। वह अपने फूफा के यहाँ गई है, किसी बेगानी जगह पर नहीं। ख़ुद तुम्हीं ने उसे भेजा है। रात हो जाने से उन लोगों ने आने नहीं दिया होगा। मामदा का कुछ भरोसा नहीं कि वह वहाँ पर पहुँचा भी होगा या नहीं। तुम सिद्दीक से कह देतीं, तो वह कब का उसे लेकर आ गया होता।"

बेगम बिना आँख झपके उसे देखती रही, फिर खिड़की के बाहर घाट के साथ-साथ रेंगकर जाते पानी को देखने लगी। एक बड़ा-सा लौंदा घाट और डूँगे के बीच आकर अटक गया था। किसी क्षण पानी उसे डुबो देता, पर दूसरे क्षण वह फिर बाहर नज़र आने लगता। वहाँ से उसकी नज़र वापस खालका की तरफ़ आई, तो मुँह खोले वह एकटक उसकी तरफ़ देख रहा था।

"मैं तुम्हें बताना नहीं चाहती थी," उसने कहा, "तुम रात भर सो नहीं पाओगे, इसलिए। पर यह भी तो नहीं सोच पाती कि तुम्हें न बताऊँ, तो बताऊँ किसे? न बताने से चल सकता, तो जैसे भी होता अपने पर जबर किए रहती।"

बेगम की ठोड़ी झुक गई थी। गरदन की लकीरें गहरी हो गई थीं। चेहरे की हर जुम्बिश के साथ जैसे हवा में कोई चीज़ फड़फड़ा उठती थी। खालका ने मुँह का थूक निगला, तो वह गले के साथ चिपक-सा गया। अन्दर से एक चुभती हुई नोक ऊपर को आ रही थी। हाथ की हिलने-डुलने की शक्ति पहले से कम हो गई थी। "कोई और बात हुई है क्या?" उसने नोक से अपने को बचाते हुए पूछा।

लगा कि बोलने में उतना परिश्रम न करता, तो शायद शब्द भी गले में ही चिपके रह जाते।

"तुम्हारी लड़की अपने फूफा के डूँगे में नहीं है। मामदा के साथ वह कबकी वहाँ से चली आई है।"

चुभती हुई नोक खालका के गले में आकर अटक गई, "तुमसे किसने कहा है?"

"मैं उसे लाने के लिए ख़ुद वहाँ गई थी।"

"तुम वहाँ गई थीं?" खालका की हड्डी को पीछे ज़्यादा ठोस सहारे की ज़रूरत महसूस होने लगी। "और वह वहाँ नहीं है?"

बेगम ने अपने काँपते होंठों को थोड़ा सिकोड़ लिया।

"वे दोनों वहाँ से शिकारे में चले थे?"

बेगम के माथे पर शिकन काँप गई।

"शिकारा तुम्हें रास्ते में नज़र नहीं आया?"

बेगम की आँखें झपक गईं। नीचे की एक शिकन ऊपर की शिकन में खो गई।

"तुमने किसी से पता करने की कोशिश नहीं की?"

"नहीं।"

"क्यों?"

"क्योंकि मैं नहीं चाहती थी कि इस पार के आधे हाँजी यहाँ आकर जमा हो जाएँ। लोग आकर तरह-तरह की बातें पूछते, तो क्या जवाब देते तुम उन्हें? कि लड़की बदचलन और आवारा है जो इतनी-इतनी रात तक एक जवान लड़के के साथ बाहर रह जाती है? दो दिन में यह बात सोपोर और बारामूला तक पहुँच जाती, तो ज़िन्दगी भर तुम किसी के सामने सिर उठा पाते?"

"मगर, बेगम..."

"तुम इस बात की फ़िक्र न करो। वह उसे लेकर कहीं नहीं जा सकता इतना तो मामदा को मैं जानती ही हूँ। ज़्यादा-से-ज़्यादा जाएगा, तो नगीन या चिनार बाग़ तक। थोड़ी देर में हिनहिनाता यहीं लौट आएगा।"

"फिर भी अगर..."

बेगम उठ खड़ी हुई, "अगर और कुछ देर वह लौटकर नहीं आता, तो सुबह उसकी खाल तुम मेरे हाथ में देख लेना। यह बात वह भी जानता है कि बेगम अगर अब्दुल कादिर जैसे आदमी के मुँह पर थूक सकती है, तो उस जैसे पिल्ले का ख़ून भी पी सकती है।"

खालका खुले मुँह से देख रहा था। उसका मुँह बन्द हो गया, आँखें फ़र्श के तख़्ते में डूब गईं। बेगम उस गठरी बने शरीर को कुछ देर तक देखती रही। फिर वहाँ से हटकर डूँगे के पिछले हिस्से में चली गई। वहाँ देखा कि नजमा एक पतवार सिर के नीचे रखे सीधी लेटी है। उसकी आँखें खुली देखकर बेगम ने हलके से उसके सिर को हाथ से छू दिया।

"नज़म!"

नजमा कुछ क्षण उसे एकटक देखती रही, फिर अपने में सिमटती हुई उठ बैठी।

"तुम्हें नींद नहीं आई?"

"नहीं।"

कुछ देर ख़ामोशी रही। फिर नजमा ने पूछ लिया, "तुम क्या कह रही थीं अभी?"

स्वर की चुनौती ने बेगम को चौंका दिया, "क्या कह रही थी?"

"कि नूरा उस डूँगे से मामदा के साथ..."

"मैं जो कह रही थी वह तो तुमने सुन ही लिया है। अब उसमें और तुम्हें क्या जानना है?"

"जानना यह है कि क्या आज नूरा की खाल भी तुम उसी तरह खींचोगी, जिस तरह..."

"मैं क्या करूँगी, क्या नहीं, यह मुझे तुमसे नहीं पूछना है। तुम किस शह पर बात कर रही हो, मैं जानती हूँ। पर बेहतरी इसी में है कि आज की रात अपनी ज़बान पर काबू रखो। और जो कुछ कहने-सुनने को होगा, वह कल सुबह कह-सुन लिया जाएगा।" और बेगम तुरन्त ही वहाँ से चली आई। खिड़की के रास्ते हाउसबोट पर आते हुए उसे लगा जैसे नजमा की चमकती आँखें अँधेरे में उसका पीछा कर रही हों, पीछे से आकर उसके शरीर में खुभ जाना चाहती हों, उसकी आँखों के स्याह घेरे शरीर पर जगह-जगह अपनी छाप छोड़ जाना चाहते हों। चिलुक् चिलुक् चिलुक्—एक मछली दो-तीन बार पानी की सतह से उछली और गहरे में डूब गई। बेगम को लगा जैसे वह आवाज़ भी मछली के उछलने और बोट के टकराने की न होकर उसके अन्दर से किसी चीज़ के सिर उठाने और डूब जाने की हो। बाँहों को फिरन में समेटे हुए वह पैंट्री में आ गई।

पैंट्री में सिद्दीक की चटाई बिछी थी, पर वह ख़ुद वहाँ नहीं था। लोई इस तरह बिखरी थी जैसे ओढ़ने के बाद एकाएक उसे पैरों से हटा दिया गया हो। बेगम ने एक बार गैलरी के एक सिरे से दूसरे सिरे तक घूमकर देख लिया। सिद्दीक बोट में नहीं था।

गैलरी की उस खिड़की के पास आकर वह रुक गई, जिससे बहते पानी की धार दूर तक नज़र आती थी। कितनी-कितनी बार वह रुककर ख़ामोश बहते पानी को देखती रहती थी, कितने-कितने साये पानी की सतह पर मँडराते रहते थे। उन दिनों एक रात उसे वहाँ देखकर ख़ान ने कहा था, "दरिया में कोई चीज़ खो गई है क्या, बेगम? तुम्हारी आँखें हर वक़्त इसमें क्या ढूँढ़ती रहती हैं?"

वह मुसकराई थी। "हाँ, कोई चीज़ खो गई है।" उसने कहा था, "पर यह मालूम नहीं कि वह क्या चीज़ है।"

"तुम जानती तो हो कि क्या चीज़ है, पर बताना नहीं चाहतीं—इसलिए कि कहीं कोई ढूँढ़कर ला न दे।"

इस पर वह हँस दी थी, ख़ान के भरे चेहरे को देखती रही थी—इतनी देर कि ख़ान को अपनी आँखें हटा लेनी पड़ी थीं। फिर उसी तरह धार को देखते हुए उसने कहा था, "तुम नहीं जानते, यह दरिया मेरा कितना अपना है! मेरे दिल में इसके लिए जो मुहब्बत है, वह मुझे अपनी माँ से मिली है।"

ख़ान बात समझ नहीं पाया। हठ करने लगा माँ के बारे में जानने के लिए। यह भी कि किसी दिन साथ चलकर वह उसकी माँ से ज़रूर मिलेगा। वह हँसती रही। बोली, "तुम मेरी माँ से मिलने चलोगे? जानते हो वह यहाँ से कितनी दूर रहती है?"

"कितनी भी दूर रहती हो। तुम्हें एक दिन मुझे ज़रूर ले चलना पड़ेगा।"

"पूरा एक दिन और एक रात शिकारे में चलकर वहाँ पहुँचोगे।"

"बस, इतना ही? एक दिन और एक रात का सफ़र तो कुछ ख़ास नहीं।"

"तुम इतना लम्बा सफ़र करके उसके पास पहुँचो, और वह तुम्हारी ख़ातिर करने की जगह तुम पर हाथ-पैर चलाने लगे, तो? मेरी माँ को अक्सर पागलपन के दौरे पड़ते हैं।"

ख़ान फिर ज़िद पकड़े रहा। रोज़ कहता कि किस दिन वह उसे अपनी माँ के पास ले चल रही है। आख़िर एक दिन चलने की तैयारी हो गई। सुबह-सुबह नूरा, सिद्दीक और ख़ान के साथ वह शिकारे में निकल पड़ी।

ख़ान के साथ वह सफ़र...क्या उसे वह कभी भूल सकती थी?

गेट से निकलने के बाद ही ख़ान का मन उदास होने लगा था। घास-फूस से ढके लकड़हारों के डूँगे, काले फिरन, नंगी गोरी टाँगें और बहाव के साथ-साथ बढ़ती किनारों की मुफ़लिसी।

ख़ान की आँखें कभी ऊँचे कगारों पर रुकी रहती हैं, कभी पानी में तैरती बतखों पर, कभी चप्पू चलाती नूरा के चेहरे पर और कभी सड़े-गले बहचों की खिड़कियों पर, जिनमें से एक-एक पूरे परिवार की पीली ख़ामोश आँखें उन्हें ताकती हुई पास से गुज़र जाती हैं। शिकारा अपनी लय में आगे बढ़ता जाता है—दड़ाक् शप् दड़ाक् शप् दड़ाक् शप्। बीच में कोई बतख बोल उठती है, "कुआक्-कुआक्..."

दूर की पहाड़ियों पर नज़र जमाए हुए ख़ान कहता है, "ख़ुदा का करिश्मा है यहाँ की कुदरत—और यहाँ का इनसान—यह शायद इनसान का करिश्मा है।"

नूरा हँसने लगती है, तो ख़ान ख़ामोश हो रहता है। फिर पूछ लेता, "बेगम, तुम कभी कश्मीर से बाहर नहीं गईं?"

"कश्मीर से बाहर?" वह भी हँसती है, "हाँजी की बेटी के मुँह से घर का कोई मर्द यहाँ से जाने की बात भी सुने, तो उसे हलाल कर देगा। हाँजी की बेटी पानी में पैदा होती है और पानी में ही मर जाती है। इस दरिया की मछली फिर भी दूसरे दरिया में जा सकती है, पर हाँजी की बेटी यहाँ से बाहर नहीं जा सकती।"

"शिकारा बढ़ता जाता है। ख़ान किनारे से गुज़रते लोगों से बात करना चाहता है। किसी से वक़्त पूछता है। एक कहता है, "बजा होगा नौ-दस!" सौ-पचास गज़ पर दूसरा कहता है, "बजा होगा दो-ढाई।"

शादीपुर। खाना खाने के लिए शिकारा रोक दिया गया है। सिद्दीक चिनारों के आसपास मँडरा रहा है। "क्या खो गया है, सिद्दीक?" ख़ान उससे पूछता है।

सिद्दीक बताना नहीं चाहता। बहुत पूछने पर कहता है, "ऐसे ही देख रहा हूँ। अब वह मिल थोड़े ही न सकता है!"

"पर गुम क्या हुआ है?"

"ग्यारह रुपया, नकद।"

"अभी?"

सिद्दीक खिसियाना हो जाता है। "अभी नहीं। पहले। बहुत दिन पहले। उस बार भी इसी तरह इधर आया था।"

"कब की बात है यह?"

"बार-टाइम की।"

शिकारा आगे चलता है। सामने—सबसे पीछे बादल हैं—धुँधले और सफ़ेद। उनसे आगे धुँधली-धुँधली पहाड़ियाँ हैं। उनसे आगे सफ़ेद चिनार और बेंत के पेड़। उनसे आगे कच्ची मिट्टी और घास-फूस के घर। उनसे आगे खुला पानी। फिर तैरती हुई बतखें। फिर शिकारे का कोना। कोने में वह सुर्ख चेहरा। कितनी-कितनी देर ख़ान की आँखें उससे मिली रहती हैं। वह न जाने क्या सोच रहा है!

हो—ओ...! हो—ओ...! बच्चों की कतारें कगार पर दौड़ती नज़र आती हैं। उनके पीछे घड़ों और नंगी टाँगों की पंक्तियाँ हैं। हो—ओ...! हो—हो...!

ख़ान का ध्यान बँटाने के लिए वह दूर की एक पहाड़ी की तरफ़ इशारा करके कहती है, "वह पहाड़ी देखते हो?"

ख़ान चौंककर उस तरफ़ देखता है और सिर हिलाता है।

"मेरी माँ वहीं रहती है।"

"पता है कितनी देर में वहाँ पहुँचोगे?" नूरा हँसकर पूछती है। सिद्दीक चुपचाप चप्पू चलाए जाता है। कमीज़ उसने निकाल दी है। ढलती धूप में उसकी बाँहें और कन्धे चमक जाते हैं।

"दो-एक घंटे तो और लग ही जाएँगे," ख़ान दूरी का अन्दाज़ा करके कहता है। नूरा लोट-पोट हो जाती है। ख़ान को यह जानकर विश्वास नहीं होता कि वहाँ पहुँचने के लिए आज के अलावा कल भी सफ़र करना होगा।

ईंटें, बजरी और शालि ढोकर ले जाते हुए बहच। ख़ान को इस पर भी विश्वास नहीं आता कि उन्हें बारामूला से श्रीनगर पहुँचने में एक-एक महीना लग जाता है। एक बहच में से कोई पूछ लेता है, "कहाँ जा रही हो बेगम?"

"अपने मायके।"

"कब लौटकर आओगी?"

"परसों।"

"बस, एक ही दिन में?"

वह जवाब नहीं देती।

"नबी से हमारा सलाम कहना।"

वह फिर भी कुछ नहीं कहती।

"आज हवा बहुत तेज़ है।"

"हाँ, बहुत तेज़ है हवा।"

"सँभलकर जाना। शिकारा कहीं हवा में उलट न जाए।"

"हमारा शिकारा नहीं उलटेगा। अपने बहच की ख़ैर मनाओ।"

"दरिया में रहते कोई डर नहीं है। मौत के फ़रिश्ते तो झील में रहते हैं।"

"मगर कभी-कभी वे दरिया में भी चले आते हैं—पके शालि को देखकर।"

"ख़ैर, सँभलकर जाना। ख़ुदा हाफ़िज़!"

"ख़ुदा हाफ़िज़!"

ख़ान ग़ौर से उस आदमी को देखता रहता है। फिर बहच के निकल जाने पर कहता है, "कितना डरावना चेहरा है इस आदमी का।"

साँझ के साये में ख़ान के बाल सुनहरे नज़र आते हैं। वह उससे कहती है, "यह कश्मीरी बच्चा जब पैदा हुआ था ख़ान, तो इसका हुस्न देखने लायक था। पर बड़े होने पर इसके हुस्न को इसकी ज़िन्दगी ने खा लिया है। आज यह मज़दूरी कम करता है, चोरी-चकारी ज़्यादा। यहाँ तक कि डरती हूँ, बात करने-करने में यहाँ से कोई चीज़ उड़ाकर न ले गया हो।"

सिद्दीक अपनी कमीज़ की जेब टटोलकर उसे गले में पहन लेता है।

हवा तेज़ होती जाती है। दरिया में ऊँची लहरें उठने लगती हैं। शिकारा डगमगाने लगता है।

"कैसा लग रहा है ख़ान?"

"अच्छा लग रहा है बेगम!"

"ऐसी तेज़ हवा में किश्ती चलाने से ही हाँजी का ख़ून बनता है। देखो न सिद्दीक का चेहरा कितना सुर्ख़ हो रहा है! बिलकुल बंदरिया के बच्चे की तरह। क्यों सिद्दीक, तू मेरा बच्चा है न?"

सिद्दीक मुसकराती नज़र से एक बार उसे और नूरा को देख लेता है। चेहरा उसका सचमुच सुर्ख़ हो उठता है। गले से हुंकारने की-सी आवाज़ निकलती है। चप्पू वह और तेज़ चलाने लगता है।

दोनों किनारों से कई-कई आँखें—रुकी-रुकी और डूबी-डूबी शिकारे को गुज़रते देखती रहती हैं। तूफ़ान बढ़ता जाता है। सिद्दीक शिकारे को किनारे-किनारे ले चलता है।

"माँ, अब कहीं रुकेंगे नहीं?" नूरा तूफ़ान से डरी-डरी-सी पूछ लेती है।

"नहीं।"

"अब रात भी हो रही है, क्यों न किसी गाँव में रुक जाएँ? सुबह आगे चलेंगे।"

"नहीं, रात भर इसी तरह चलते रहेंगे।"

"रात को कहीं पहुँचकर पहाड़ तोड़ना है क्या?"

"पहाड़ नहीं तोड़ना है, ख़ान को मेरी माँ से मिलना है।"

हर सौ-पचास गज़ पर दरिया में मोड़ आ जाता है। शिकारे को बहुत सँभालकर चलाना पड़ता है। झुटपुटे में मक्की की पकी बालियाँ और गनार के लाल फूल सिर धुनते नज़र आते हैं।

"जेहलम के ये मोड़ बहुत ही ज़ालिम हैं," वह ख़ान से कहती है, "इतने कि इनकी ख़ूबसूरती किसी की भी जान ले सकती है।"

ख़ान के चेहरे पर हलकी मुसकराहट आ जाती है—उदास मुसकराहट। गनार की कुछ झड़ी हुई पंखुड़ियाँ हवा से उनकी तरफ़ उड़ आती हैं।

शिकारा मछुओं की किश्तियों में घिर जाता है। बीस-बीस जाल एकसाथ फेंके जा रहे हैं, जैसे वे उनके शिकारे को भी अपनी लपेट में ले लेंगे।

"यह नाला बाँडीपुर को जाएगा?" सिद्दीक एक मछुए से पूछता है। तेज़ लहरों ने उसे भी डरा दिया है।

"नहीं, दरिया के रास्ते ही जाना पड़ेगा।"

"इस वक़्त ज़्यादा ख़तरा तो नहीं?"

"इस वक़्त ख़तरा नहीं, तो और किस वक़्त होगा?"

सिद्दीक चप्पू रखकर अपनी बाँहों को झटक लेता है। एक मछुआ किश्ती पास लाकर कुछ मछलियाँ उन्हें दे जाता है। नूरा की आँखें सहमी हुई हैं। "डर

नहीं, ख़ुदा ख़ैर करेगा," वह मछलियाँ उसे देती हुई कहती है, "माँ भी क्या याद करेगी कि बेटी किस तूफ़ान में मिलने आई थी।"

ख़ान बिलकुल ख़ामोश है। वह उसे ख़ामोशी से बाहर निकालना चाहती है। "ख़ान!"

"बेगम!"

"डर तो नहीं लगता?"

"डर! डर किस बात का?"

"फिर इतने ख़ामोश क्यों हो?"

"ऐसे ही—एक बात सोच रहा था।"

"क्या बात सोच रहे थे?"

"अपने बारे में, अपने घर के बारे में, और न जाने क्या?"

वह कुछ क्षण उसे देखती रहती है। पूछना चाहती है कि उस वक़्त वह घर के बारे में क्यों सोच रहा है?

"चाहो तो रात भर के लिए किनारे पर रुक जाते हैं। इससे आगे हमें अब कोई बस्ती, कोई गाँव नहीं मिलेगा।"

"यही तो सोच रहा था। बिना बस्ती और बिना गाँव के अगर ज़िन्दगी भर इसी तरह चलते रहा जा सके—रात-दिन, दिन-रात..."

"गौड़े गसि सऽर करुन, अद मरुन, छुया मनज़ूर हो...(पहले मैदान सैर करना चाहिए, फिर मरना चाहिए, मंज़ूर है तुम्हें?)", वह सहसा शिकारे में खड़ी हो जाती है। हवा से सिर का कपड़ा उड़-उड़ जाता है।

दड़ाक् शप् दड़ाक् शप् दड़ाक् शप् की आवाज़ और ख़ामोशी...लहराता हुआ पानी ख़ामोश...दोनों तरफ़ के किनारे ख़ामोश...पहाड़ों की चोटियाँ ख़ामोश...सफ़ेदे की पत्तियाँ ख़ामोश...उन पर झुका हुआ तीज का चाँद ख़ामोश...सिद्दीक, नूरा, ख़ान और वह ख़ुद, सब ख़ामोश...।

दो बड़े-बड़े मगरमच्छ मुँह उठाए सामने से चले आ रहे हैं। दोनों लकड़ी ढोनेवाले बहच हैं। शिकारा उनके दरम्यान से होकर निकलता है।

"बड़ा दरिया! बड़ा दरिया!" सिद्दीक चिल्ला उठता है। किनारे दूर चले गए हैं। चाँदनी में चमकता खुला पानी ही सामने है।

"यहाँ जेहलम का पाट कितना चौड़ा हो गया है!" ख़ान कहता है।

"यह जेहलम नहीं है, वुलर है, वुलर झील, समन्दर!" सिद्दीक ख़ान को बताने लगता है। कहता है कि यही वह समन्दर है जिसमें एक बार बड़ा तूफ़ान आया था। हज़रत नूह ने अपने बेड़े में ख़लक को बचाया था।

ख़ान सिद्दीक को समझाना चाहता है कि यह समन्दर नहीं है, समन्दर इससे कहीं बड़ा होता है। पर सिद्दीक अपनी ही बात पर अड़ा रहता है। "इससे बड़ा समन्दर और कहाँ है? इससे ऊँची लहरें और कहाँ उठती हैं? यही समन्दर दुनिया का सबसे बड़ा समन्दर है। हज़रत नूह इसी समन्दर के उस किनारे पर रहते थे, बाँडीपुर के पास।"

बात अभी चल ही रही है कि शिकारा एक जगह दलदल में फँस जाता है।

"क्या हुआ?"

"यहाँ उथला पानी है। शायद सिंघाड़े के घने खेतों में आ फँसे हैं।"

"अब तो रात भर यहीं रहना होगा," सिद्दीक जैसे इत्मीनान के साथ कहता है, "सुबह से पहले शिकारा आगे नहीं चल सकेगा।"

"क्यों नहीं चल सकेगा?" वह आगे जाकर लग्गी सँभाल लेती है। "देखो, अभी कैसे दलदल से बाहर निकलता है! एक चप्पू तुम हाथ में रखो, दूसरा ख़ान को दे दो। नूरा उधर के सिरे पर रहेगी। आओ ख़ान!"

और शिकारा धीरे-धीरे रेंगने लगता है।

"या पीर!
दस्तगीर!
ला इल्लाह!
हिलिल्लाह!"

कुछ ही मिनटों में शिकारा खुले पानी में आ जाता है। अब दूर-दूर तक किनारे की रेखा नज़र नहीं आती। पानी बहुत गहरा है। लहरों के थपेड़े खाकर शिकारा बार-बार उलटने को हो जाता है। हिलती बाँहों के सिवाय सिद्दीक के शरीर में कोई गति नज़र नहीं आती। वह जैसे काठ हो गया हो। ख़ान के बाल उड़ रहे हैं। उसे जैसे हवा का ही अहसास हो, पानी में उठती लहरों का नहीं। नूरा चुप बैठी है। कभी उसकी तरफ़ देख लेती है, कभी ख़ान की तरफ़।

"ख़ान, पूरी जिन्दगी सचमुच इसी तरह रहना पड़े तो रह सकते हो?"

"एक क्यों, कई ज़िन्दगियाँ इसी तरह रहना पड़े तो रह सकता हूँ।"

"तो क्यों नहीं किसी हाँजी लड़की से शादी करके यहीं रह जाते?"

"कोई हाँजी लड़की मुझसे शादी करने को तैयार हो तो कौन कम्बख़्त यहाँ से लौटकर पेशावर जाना चाहेगा?"

दूर, बहुत दूर, पहाड़ी के ऊपर हलकी रोशनी झिलमिलाती है। सिद्दीक की आँखें उसी पर स्थिर हो रहती हैं।

"वह रहा क्यूनुस गाँव!" वह कहता है।

"वह रोशनी देख रहे हो, ख़ान?" वह पहाड़ी की तरफ़ संकेत करके कहती है, "वह—वहाँ पहाड़ी के ऊपर। वह बाबा शुक्रदीन की ज़ियारत है। वहीं नीचे हमारा गाँव है—क्यूनुस गाँव।"

ख़ान सहसा उत्साहित हो उठता है। "अब तो जल्दी ही वहाँ पहुँच जाएँगे न? बेगम, तुम्हारी माँ देखने में कैसी लगती है? तुम्हारी ही तरह ख़ूबसूरत है?"

वह हँसती है। "क्यों सिद्दीक, कैसी लगती है मेरी माँ? मुझसे कहीं ज़्यादा ख़ूबसूरत नहीं है?"

नूरा के मुँह से चीख़ निकल पड़ती है। शिकारा उलटते-उलटते बड़ी मुश्किल से सँभलता है। बेगम सिद्दीक को हटाकर चप्पू अपने हाथ में ले लेती है।

"बाबा शुक्रदीन लबे दरियाव
निशि वऽतित ख़ोश हवाव!
ज़लज़ल वौलरिकेन मोदानन
मस्त म्ये दितनय मस्तानन!
दीदार सांडव अस्तानन..."

(वुलर के किनारे बाबा शुक्रदीन की ज़ियारत है, जहाँ पहुँचने पर ठंडी हवा स्वागत करती है। यही हवा वुलर झील के विस्तार में उथल-पुथल भी मचा देती है। मुझे प्रेम-रस का प्याला उसी मस्ताने (बाबा शुक्रदीन) ने दिया है। आओ, उसके दीदार के लिए उसकी ज़ियारत पर चलें।)

"बेगम, तुम्हारी माँ तुम्हारी तरह खुशमिज़ाज भी है?" ख़ान पूछता है।

"खुशमिज़ाज?" वह तेज़-तेज़ चप्पू चलाती हुई कहती है, "अपनी आँखों से इसे देख नहीं रहे हो तुम? यह झील, यह वुलर ही तो मेरी माँ है।"

झील ने ऐसा तूफ़ान एक बार पहले भी झेला था। तब भी इसी तरह ऊँची-ऊँची लहरें उठ रही थीं...इसी तरह शिकारा डगमगा रहा था...इसी तरह दूर पानी में डूबी-डूबी कोई एकाध रोशनी लहरों पर पहरा दे रही थी...।

उस दिन शाम को साथ ही तूफ़ान के आसार बनने लगे थे। माल लाने या शिकार करने के लिए झील में गए बहच, डूँगे और शिकारे दरिया में वापस आने लगे थे। एक दिन पहले तेज़ बारिश हुई थी। बूँदाबाँदी उस वक़्त तक चल रही थी। दरिया का रंग दोपहर से ही मटमैला हो रहा था; दिन ढलने के साथ-साथ रंग

गहरा होता गया था। उथले पानी में तैरती बतखें किनारे की तरफ़ लौट आई थीं। घिरे आकाश के साये में, धार की सलवटें तेज़ होती जा रही थीं, लग रहा था जैसे एक गहरी ख़ामोशी दरिया पर उतर आई हो। दो-एक जानवरों की लाशें लहरों के धक्के खाती पास से गुज़र गई थीं। निंगल के पास बेंत का घना जंगल जैसे सजदे में झुका-झुका जाता था। पास से सुनाई देती आवाज़ें दूर जान पड़ती थीं। गहरे धब्बे-से लगते थे सब लोग—लग्गियाँ और चप्पू चलाते हुए, सामान ढकते हुए, किनारे लगने की जगह ढूँढ़ते हुए।

उन्हीं धब्बों में एक धब्बा था, जो अपने अर्थात् नबी के डूँगे की तरफ़ बढ़ता नज़र आया था। एक मुद्दत हो गई थी फिर से उसी डूँगे को अपना डूँगा, अपना घर, माने हुए। रेशमी फुँदनोंवाली किश्तियाँ अब आकाश में नहीं चलती थीं। टूटे-फूटे, मैले-पुराने, स्याह गले-सड़े तख़्तों, दो वक़्त के मोटे चावल और हर वक़्त की नबी की झिड़कियों के अलावा ज़िन्दगी में कुछ रह ही नहीं गया था। काम करना, शराब की बहक में नबी को अबा-तबा बकते सुनना और नूरा को जिस किसी तरह आँख के घेरे में रखना, बस इससे बाहर ज़िन्दगी का कोई मतलब, कोई मकसद रह ही नहीं गया था। एक बार रमज़ान का डूँगा छोड़ आने के बाद वह लौटकर वहाँ नहीं गई थी—रमज़ान की मौत के बाद भी नहीं। नजमा और कादिर ने खत लिखे थे। सिद्दीक लिवा ले जाने भी आया था, वह वहाँ गई नहीं, नूरा के चाहने, ज़िद करने और नबी के सौ-सौ तानों के बावजूद। कादिर से उसने कहला दिया था कि वह हाउसबोट और डूँगा किसी भी कीमत पर बिकवा दे—वह अब लौटकर श्रीनगर नहीं आएगी। उसके बाद से कादिर ने कोई ख़बर नहीं दी थी। उसकी भेजी हुई दो-दो चिट्ठियों का जवाब भी नहीं दिया था।

साँझ के झुटपुटे में कभी-कभी उसे बाँध के घाट की, अपने डूँगे की, आसपास हिलते सायों की और ऊपर मुँडेर पर मूरत की तरह जमकर बैठे आदमी की याद आती, पर साग की हाँडी में झाग को हिला-हिलाकर वह अपने को उससे बाहर ले आने की कोशिश करती। आधी रात को नबी खर्राटे भर रहा होता, या नूरा नींद में बड़बड़ा रही होती, तो अचानक आँख खुल जाने से वह खिड़की के साथ सटकर देर-देर बहते पानी को देखती रहती। पानी की हलकी आवाज़ फिर उसे श्रीनगर के उसी घाट की तरफ़ ले जाती, घाट के स्याह पत्थरों पर रोशनियाँ झिलमिलातीं, मुँडेर पर बैठा आदमी एकटक अपनी तरफ़ देखता नज़र आता। वह उसकी आँखों से आँखें बचाने की कोशिश करती, अपने को व्यस्त रखकर उसकी नज़र को भुला देने की कोशिश करती, मगर जब भी एकाध बार उस तरफ़ देख लेती, तो पाती कि वह वहीं उस तरफ़, लैम्प पोस्ट पर हाथ रखे बैठा है, उसी तरह पथराई

आँखों से उसे देख रहा है—कुछ ऐसी उम्मीद के साथ कि एक बार भी अगर फुसफुसाकर उसे बुला लिया जाए, या उसका नाम ही ले लिया जाए, तो वह वहाँ से उठकर लकड़ी की सीढ़ी पर पाँव रखता हुआ घाट पर उतर आएगा, बीच के तख्ते से होकर डूँगे में पहुँच जाएगा और पास आकर वास्कट के बटन खोलता हुआ धीरे से कहेगा, "बेगम!"

उस आदमी का नाम साँस में बनकर गले तक आता, होंठों तक भी आ जाता, पर मुँह से न निकल पाता। यों दिन में कई-कई बार वह नाम वहाँ सुनाई दे जाता था—ज़्यादातर नबी के मुँह से। किसी-न-किसी बहाने नबी खालका का ज़िक्र बात में ले आता था और उस ज़िक्र के शुरू होते ही उसकी ज़बान में रवानी आ जाती थी। तब वह दो-दो घंटे खालका और उसके सब पुरखों को याद किया करता। गालियाँ चुक जाने पर नई-नई गालियाँ ईजाद करने लगता। "सूअर और कुतिया के मेल की औलाद...वह हरामखोर आदमज़ाद है ही नहीं...आदमज़ाद होता, तो इस तरह अपनी औरत और औलाद को छोड़कर चला जाता? बरसाती मिट्टी से पैदा हुआ मेंढक का नुत्फ़ा[1]...रुई के पेट से पानी के झाग की सन्तान...।"

वह इस बात को लेकर कभी नबी से नहीं उलझती थी। और किसी बात को लेकर भी नहीं उलझती थी। इस तरह बाप का ज़िक्र सुनकर नूरा की भौंहें तन जातीं, तो गहरी नज़र से देखकर वह उसे भी कुछ कहने से रोक देती थी। नूरा नबी की पीठ के पीछे मुँह बनाती और हाथ तानती रहती। कभी नबी की नज़र उस पर पड़ जाती, तो थोड़ा धौल-धप्पा भी हो जाता।

पहले नबी थोड़ा-बहुत काम कर लिया करता था, अब उसने वह भी छोड़ दिया था। एक वक़्त खाने और एक वक़्त पीने के अलावा और किसी चीज़ से उसे सरोकार ही नहीं था। साग-भात का ख़र्च चलाने के लिए वह ख़ुद कुटाई-पिसाई करती थी, नूरा को सिंघाड़े बीनने के लिए भेजती थी। नबी अक्सर दोपहर से ही घर से ग़ायब रहता। लौटकर आता, जब आसपास के डूँगों में ज़्यादातर चूल्हे बुझ चुके होते। नूरा अक्सर उसके आने से पहले ही सो जाती थी, या कम-से-कम सोने का बहाना करके पड़ जाती थी। शाम को नबी के दोस्तों की मजलिस अब उस डूँगे में नहीं, सतारा के घर में जमती थी—सतारा की बीवी के गुज़रने के बाद से वह घर नबी तथा कुछ और लोगों के लिए एक सराय की तरह हो गया था। वह वहीं गप्प करते थे, ठर्रा चढ़ाते और पड़े रहते। जब उनमें से एक उठकर अपने घर या डूँगे की तरफ़ चलता, तो उसकी जगह दूसरा वहाँ आ पहुँचता। कई बार नबी को लौटने में आधी रात हो जाती। तब नशे में धुत डूँगे में आकर वह इस तरह

1. **नुत्फ़ा**—औलाद।

ज़ोर-ज़ोर से चिल्लाता और खाने की माँग करता कि आसपास के डूँगों में सोए लोग करवटें बदलते और नाराज़गी से गाली देने लगते। वह नबी को खाना देकर बिना कुछ कहे नूरा के पास जाकर लेट जाती। कभी नूरा गुस्से में करवट बदलकर दूर हट जाती, कभी उसे बाँहों में लेकर अपनी गीली आँखें उसकी छाती से पोंछने लगती। अक्सर उसे कौंचती कि क्यों उसे लेकर वह श्रीनगर नहीं चलती। अब, जबकि रमज़ान का डर भी नहीं है, तो क्यों वे लोग वहाँ कुत्तों की-सी ज़िन्दगी काट रही हैं। कभी वह नूरा को डाँटकर चुप करा देती, कभी बातों से बहलाने की कोशिश करती। कहती कि वे लोग वहाँ से चली जाएँगी, तो नबी अपने बुढ़ापे और मुफ़लिसी के दिनों में चार दिन भी ज़िन्दा नहीं रह पाएगा। नूरा इससे और चिढ़ती कि उस आदमी की उन सारी हरकतों के बावजूद क्या उसे ज़िन्दा रखने के लिए ही वे लोग वहाँ रह रही हैं? रमज़ान की तुलना में नूरा नबी को कहीं बदतर इनसान समझती थी और यह बात अक्सर कह भी देती थी।

उस दिन भी नबी, दोपहर को जाने के बाद तब तक लौटकर नहीं आया। जाते हुए हवा के रुख और पानी के रंग को देखकर पल भर के लिए रुका ज़रूर था। एक नज़र झील की तरफ़ देखकर बड़बड़ाया था, "आज किसी-न-किसी की मौत आएगी!" और एक बार अपने मैले दाँत उघाड़कर बारिश की झीनी जालियों में से होता हुआ वह बाज़ार की तरफ़ चल दिया था। किनारे पर नहाते नंगे बच्चों में से दो-एक ने उसकी दूर जाती गंजी खोपड़ी की तरफ़ जीभें निकाली थीं। फिर नूरा सिंघाड़ों की टोकरी लिये हुए आ गई थी, और एक-दूसरी की तरफ़ देखती हुई वे दोनों देर तक ख़ामोश बैठी रही थीं।

झील के आकाश में हिलती रेखाएँ तब तक धुँधली और स्याह पड़ गई थीं—स्याही को धुन्ध ने ढक लिया था, धुन्ध को स्याही ढकती जा रही थी। दूर से पास आता वह धब्बा छोटे से बड़ा होते-होते बहुत बड़ा हो गया था। पर ज्यों ही अपने शिकारे को डूँगे की तरफ़ लाते उस व्यक्ति का चेहरा साफ़ होने लगा, वह एकाएक अपनी जगह से हटकर अन्दर चूल्हे के पास चली आई। चूल्हे पर कुछ भी पक नहीं रहा था—राख की हलकी परतों के सिवाय उस वक़्त आसपास भी कुछ नहीं था। मन में और हाथ-पैरों में जो कँपकँपी भर गई थी, उस पर वह काबू पाने की कोशिश कर रही थी। नूरा सामने ही बैठी थी। एक बार मन हुआ था कि नूरा को देखने के लिए बाहर भेज दे, पर बिना कुछ कहे वह एक सिकड़ी लेकर राख को हिलाने लगी थी। शरीर का रोयाँ-रोयाँ इन्तज़ार कर रहा था—उस क्षण का, जबकि पास आता हुआ वह शिकारा सहसा डूँगे के साथ आ टकराएगा, और एक आदमी उससे उतरकर डूँगे में आकर, आवाज़ देगा। या शायद...शिकारा डूँगे के पास से होकर आगे निकल

जाएगा और पीछे से देखने पर पता चलेगा कि आनेवाला आदमी वह नहीं, कोई और था जो कि झीनी बूँदों में घिरकर आगे बढ़ता हुआ धब्बे में बदल गया है और वह धब्बा धीरे-धीरे छोटा होता हुआ धार के कई-कई धब्बों में ओझल होता जा रहा है...।

कितने ही क्षण गुज़र गए, राख को हिलाते हुए। इतने कि शिकारे के निकलकर आगे चले जाने का लगभग विश्वास हो गया। तभी डूँगे के साथ-साथ अपने दिल पर एक हलकी चोट का अहसास हुआ था। निश्चय हो जाने पर कि शिकारा वहीं आ लगा है, आँखें राख में बनी लकीरों में जड़ी रह गई थीं।

एक-एक आहट तब अपने अन्दर महसूस की थी—महसूस ही नहीं की, उसकी कई-कई गूँजें भी अपने अन्दर से सुनी थीं।

"बेगम!"

धमनियाँ उस आवाज़ को सुनकर झनझना उठी थीं। आँखें फिर भी राख की लकीरों से हटकर उस तरफ़ मुड़ नहीं सकी थीं। अपने पर गुस्सा आ रहा था, क्योंकि ज़ब्त रखने पर भी आँसू उमड़ आए थे। आँसुओं की धुन्ध में नूरा को अपनी जगह से चौंककर उठते देखा था। वह लगभग दौड़ती हुई जाकर उस आदमी से लिपट गई थी। "माँ, देखो कौन आया है।" उसने पास से गुज़रते हुए कहा था। फिर भी वह अपनी जगह से हिली नहीं। उसी तरह राख की लकीरों को धीरे-धीरे छेड़ती रही।

कई क्षण बीत गए। खालका उस बीच नूरा के सिर और माथे को चूमता रहा। फिर नूरा ने वहीं से कहा, "माँ, मैं नबी नाना को बुलाने जा रही हूँ। अभी सतारा के घर से उसे लेकर आती हूँ।"

उसने हाँ-ना कुछ नहीं कहा। इतना ही देखा कि नूरा बच्चों की तरह उछलकर भीगती हुई जल्दी-जल्दी बाज़ार की सीढ़ियाँ चढ़ गई है।

कुछ देर ख़ामोशी रही। फिर पैरों की परिचित आहट उसके पीछे आकर रुक गई।

"कैसी हो बेगम?"

"खुश हूँ।" और वह चूल्हे के पास से उठ खड़ी हुई। उस आदमी की तरफ़ मुड़कर अब भी उसने नहीं देखा।

"तुम्हें बुरा तो नहीं लगा?" खालका की आवाज़ पहले से धीमी पड़ गई।

"क्या?"

"मेरा इस तरह यहाँ चले आना, बिना ख़बर दिए।"

उसने कहना चाहा कि जाते वक़्त क्या तुम मुझे ख़बर देकर गए थे, पर होंठ भींच वह ख़ामोश रही। फिर पल भर बाद में पूछ लिया, "सूखा जोड़ा साथ लाए हो?"

"हाँ, शिकारे में है।"

"पहले बदल लो, नहीं ठंड खा जाओगे—परदेस में।"

खालका पल भर चुप रहा। फिर बोला, "मैं तुम्हें साथ ले जाने के लिए आया हूँ, बेगम!"

"मुझे?"

"हाँ, तुम्हें और नूरा को।"

"कहाँ ले जाने?"

"सिरीनगर। अपने डूँगे में।"

"क्यों?"

"क्योंकि वह तुम्हारा अपना घर है। देखो, तुम आज इस बात के लिए ना नहीं करोगी। पहले जो भी कुछ हुआ है, उसके लिए मैं तुमसे माफ़ी माँगता हूँ।"

"देखो, कपड़े बदल लो। रात का वक़्त है, बीमार पड़ जाओगे। मैं तब तक समावार गरम करती हूँ।"

खालका ने कपड़े बदल दिए, तो चाय का गिलास उसके हाथ में देते हुए पुराने दिनों की याद हो आई थी—ख़ास तौर से उस दिन की जबकि पहली बार चाय की प्याली उसके हाथ से लेते हुए खालका देर तक उसके हाथ को अपने हाथ में थामे रहा था। तब खालका के हाथ उतने रूखे नहीं थे, न ही उन पर हरी जालियाँ नज़र आती थीं। अपने हाथ भी उतने मैले और कटे-फटे नहीं थे।

"चाय ठीक बनी है?" खालका को चुपचाप बड़े-बड़े घूँट भरते देखकर उसने पूछ लिया।

खालका ने सिर हिलाया और आँखें झपक लीं। "एक मुद्दत के बाद ऐसी चाय पी रहा हूँ।"

"अब तो इसकी आदत नहीं रही होगी," वह बोली। "नूरा आ जाए, तो उससे अभी सूखी पत्ती और चीनी मँगवाती हूँ।"

"यहाँ आकर भी सूखी पत्ती और चीनी की चाय पिऊँगा? मैं तो इस सुर्ख़ नमकीन चाय के लिए तरसा करता था।"

खालका का चेहरा काफ़ी मुरझाया हुआ लग रहा था। गालों की लकीरें पहले से गहरी हो गई थीं। माथे पर और आँखों के नीचे दाग़ पड़ गए थे। आगे के दो दाँत भी कुछ और तरह के लग रहे थे। जितनी बार नज़र उसके चेहरे की तरफ़ जाती थी, कहीं-न-कहीं, कुछ-न-कुछ बदला हुआ नज़र आता था।

"और चाय दूँ?"

"नहीं। अब इस वक़्त नहीं। बाद में ले लूँगा।"

वह उठने लगी। "तुम्हारे लिए भात चढ़ा दूँ? हम लोगों के लिए तो सुबह का बना रखा है।"

पर खालका ने हाथ पकड़कर उसे रोक लिया। कहा, "अभी बैठो। मुझे कुछ बात करनी है। नबी के आ जाने पर तो कुछ भी बात नहीं हो पाएगी। अच्छा ही है जो इस वक़्त वह यहाँ पर नहीं है...।"

"उसके होने-न-होने से कुछ फ़र्क नहीं पड़ेगा, बल्कि ज़्यादा अच्छा होगा कि तुम उसके आ जाने पर ही बात करो।"

खालका का चेहरा फीका पड़ गया। "और सब बात मैं चलते हुए तुम्हें रास्ते में समझा सकता हूँ। इस वक़्त मैं इतना ही चाहता हूँ कि सुबह यहाँ से चलने के बारे में नबी से तुम्हीं कह दो। उसके लिए अकेले में मुझसे मिन्नत करा लो, पर नबी के सामने...।"

"तुम्हें किसी की मिन्नत करने की ज़रूरत नहीं।" कहती हुई वह उठ खड़ी हुई। "नबी को इस बारे में क्या कहना है, यह तुम उसी से जान सकते हो। उसकी मर्ज़ी या ज़बान पर न मेरा बस है, न किसी और का ही, मैं अपनी बात तुम्हें अभी बताए देती हूँ। सात साल पहले मैं तुम्हारे डूँगे से आई थी, तो उसे आख़िरी बार छोड़कर ही आई थी। यह घर न होता, तो भी वहाँ मैं हरगिज़ न रहती। आज रमज़ान के गुज़र जाने पर वहाँ की मिलकियत सँभालने भी मुझे नहीं जाना है। आज जहाँ और जिस हाल में हूँ, वहीं और उसी हाल में, अब ज़िन्दगी भर मुझे रहना है। हाँ, तुम्हारी लड़की जाना चाहे, तो उसे तुम साथ ले जाओ। एक की शादी मैंने कर दी थी, दूसरी की तुम कर देना। पर वह भी अगर यहीं रहना पसन्द करे, तो उसकी शादी का बन्दोबस्त भी मैं जिस किसी तरह कर दूँगी। किसी को उसके लिए मदद करने नहीं आना होगा। जिस तरह अब आए हो, उसी तरह निकाह के वक़्त पास बैठने के लिए चाहे चले आना।"

उसके बाद खालका कितनी ही बातें कहता रहा, पर वह अनसुनी करके अपने काम में लगी रही। चूल्हा अभी ठीक से सुलग भी नहीं पाया था कि नबी बाज़ार से ही गाली बकता हुआ आ पहुँचा। नूरा शायद उसके डर के मारे उसके साथ डूँगे पर नहीं आई।

नबी ने खालका को जैसे देखकर भी नहीं देखा, उसके सलाम का जवाब भी नहीं दिया। सीधे चूल्हे के पास आकर खड़ा हो गया। "क्या तय किया है तुमने?" उसने छूटते ही पूछा। "तुम इस हरामी के पिल्ले के साथ इसके डूँगे में वापस जाना चाहती हो?"

बिना नबी की तरफ़ देखे वह चूल्हे में सिकड़ियाँ लगाती रही। बोली, "मैंने ऐसा कुछ तय नहीं किया।"

"नहीं किया, तो पहले तय कर लो। उसके बाद इस घर में चूल्हा जलाना। मैं

बताए देता हूँ कि यहाँ, अपने घर में, अपनी थाली में मैं एक कुत्ते को भात खिला सकता हूँ, सूअर को खिला सकता हूँ, इस आदमी को नहीं खिला सकता। मेरी नज़र में यह आदमी, आदमी नहीं जानवर है, बल्कि जानवर से भी बदतर है। इसके पहले कि यह मेरे मुँह लगे, इससे कह दो, यहाँ से चला जाए। मैं मैला खा सकता हूँ, पर उस खानदान में किसी को पानी नहीं पूछ सकता।"

"यह सब मुझे सुनाने की ज़रूरत नहीं," वह बोली। "जिसे सुनाना चाहते हो, वह तुम्हारे पास बैठा है। सीधे उसी से बात क्यों नहीं करते?"

"मैं और इससे बात करूँ?" नबी गरजता रहा। "मेरा यह जूता, यह भीगा हुआ जूता भी इनके ख़ानदान में किसी से बात नहीं करेगा...मैं इससे बात करूँगा? यह सोचकर आया होगा कि रमज़ान मर गया, अब नबी भी मरनेवाला है। क्यों न लगे हाथों उसके डूँगे पर कब्ज़ा पा लिया जाए। पर इसे बता दो कि नबी अभी बीस साल और नहीं मरने का। और जब मरेगा तो अपना डूँगा और शिकारा तो क्या, एक तिनका भी इनके लिए नहीं छोड़कर जाएगा—एक कच्चा और काना तिनका भी नहीं। नबी नागू शराबी है, जुआरी है। अपने मरने के दिन तक वह अपना सब कुछ ख़ुद ही खा-पीकर साफ़ कर जाएगा। जो नबी एक बार छोड़ने के बाद ज़िन्दगी भर अपनी औरत के मुँह नहीं लगा, उसके मरने के दिन भी उसे देखने नहीं गया—वह इसके मुँह लगेगा? इससे दोस्ती करेगा? इसे अपने घर में मेहमान बनाकर खाना खिलाएगा? नबी नागू और कुछ भी करे, यह ज़लील काम कभी नहीं करेगा—कभी नहीं। जिस्म में जान रहते एक बार भी नहीं।"

हवा और बारिश के बावजूद एक अजब ख़ामोशी घिर आई थी। झील की तरफ़ से आती नावों की आवाज़ें लगभग रुक चुकी थीं। छत से बाहर डूँगे के खुले हिस्से में मद्धिम और मरी-मरी रोशनियों के उजाले से अँधेरा चमक रहा था। ऊपर आसमान और नीचे गले-सड़े तख़्ते भी।

सिकड़ियों ने आग पकड़नी शुरू कर दी थी। तभी कोने में बैठा आदमी गीले कपड़ों का बकुचा बगल में लिये आहिस्ता से उठ खड़ा हुआ। छत से बाहर पहुँचने तक उसने किसी से कुछ कहा नहीं। वहाँ से हलके से मुड़कर उसकी तरफ़ देखा और चलते-चलते कहा, "मैं एकाध दिन ही अब रुकूँगा सिरीनगर में। फिर वापस चला जाऊँगा। कादिर से तुमने कह ही रखा है, बोट और डूँगे के लिए कोई ग्राहक ढूँढ़ने को। वह बाद में उसका इन्तज़ाम करता रहेगा।"

नबी की बकझक खालका के उठने और चलने के साथ ही रुक गई थी। खालका ने शिकारे में उतरकर उसकी रस्सी खोलते हुए फिर एक बार उन लोगों की तरफ़ देख लिया और कहा, "अच्छा, ख़ुदा हाफ़िज़!"

सिकड़ियाँ तब धू-धू जल रही थीं। आग की लपट छत को छूना चाह रही थी। वह जिस तरह बैठी थी, कुछ देर उसी तरह बैठी रही। फिर चुपचाप उठकर उसने छींटे देकर आग बुझा दी। स्याह लकड़ियों पर पानी की बूँदें कुछ देर तड़पती रहीं।

बाहर निकलकर उसने नूरा को आवाज़ दी। नूरा किनारे पर नहीं थी। शायद अन्दर की बातचीत से बचने के लिए पास के किसी डूँगे में चली गई थी।

लौटते हुए उसकी आँखें पहली बार नबी की आँखों से मिलीं। नबी का मुँह आधा खुला था, माथे पर गहरी त्योरियाँ थीं। जितना कुछ उसे कहना था, वह सब कहने का मौका ही उसे नहीं मिला था। रुका हुआ गुस्सा उसकी आँखों में मँडरा रहा था।

"चला गया है वह?" नबी ने इस तरह कहा जैसे उसके साथ यह एक नई गुस्ताख़ी की गई हो।

"तुम्हारे सामने ही तो गया है।"

"तुम्हारा ख़याल है कि वह रात-रात में झील पार करके वापस जाना चाहेगा?"

"यह तो वही जानता होगा। मैं कैसे कह सकती हूँ?"

"जिस किसी की मौत आई होगी, वही ऐसी रात में झील पार करके जाएगा... लोग मुझे बनकर दिखाते हैं...सुबह यहीं किसी घाट पर वह कुलचा चबाता नज़र न आए, तो मुझसे कहना।"

तब पहली बार उसके मुँह से एक ऐसी बात निकल गई, जिसकी कि ख़ुद उसे अपने से आशा नहीं थी। "तो उस हालत में तुम जाकर कुलचा उससे छीन लेना और उसे दरिया में फेंक देना। जो चाह तुम्हारी इस तरह पूरी नहीं होगी, वह उस तरह पूरी हो जाएगी।"

नबी देर तक बकझक करता रहा। पर उसके बाद फिर दूसरी बात उसने बेगम से नहीं कही। वह चुपचाप सुनती रही और काम करती रही। नूरा लौटकर आई तो खालका को वहाँ न देखकर हैरान हुई। नूरा के पूछने पर भी कुछ जवाब उसने नहीं दिया। नबी चाहता था, वह कुछ कहे, पर जब वह इस तरह ख़ामोशी अख़्तियार किए रही, तो चिढ़कर नबी ने उससे भी कितना कुछ बुरा-भला कह डाला। यह भी कि उसे बहुत गुमान है अपना, तो क्यों अब तक उसके यहाँ पड़ी हुई है? क्यों नहीं अपनी लड़की को लेकर ख़ुद भी वहाँ से चली जाती?

काफ़ी देर गला फाड़ने के बाद नबी थककर सो गया। अक्सर जब उसे बहुत गुस्सा आता था, तो तकिए पर सिर रखकर वह खर्राटे भरने लगता था। नूरा लेटकर कुछ देर करवटें बदलती रही, फिर उसे भी नींद आ गई। पर वह सो नहीं पाई। सोचती रही, उस आदमी के बारे में जो उस समय झील की तूफ़ानी लहरों में शिकारा

चला रहा था...बाबा शुक्रदीन की ज़ियारत के पास से गुज़रता हुआ अपनी जान की ख़ैर मना रहा था...अँधेरे और बरसात की वजह से उसे रास्ता भी शायद नहीं सूझ रहा था...पर लौट आए, इसका भी चारा उसके पास नहीं था।

वह उस आदमी को लहरों से संघर्ष करते, उनके साथ ऊपर-नीचे और उनमें डूबते-उतराते देखती रही। पानी की सतह पर अब एक धब्बा भी नहीं था...लहरों के झाग जितना अस्तित्व भी उसका उस समय किसी को नज़र नहीं आ सकता था। उसे लगा कि वह आदमी उस समय उससे कहीं निरीह है जितना कि वह रमज़ान की ज़िन्दगी में उसके सामने नज़र आया करता था या जितना अभी कुछ ही देर पहले वहाँ उसके सामने बैठा नज़र आ रहा था।

बेगम कुछ देर सोने की कोशिश करती रही, फिर उठकर बैठ गई। बारिश थम चुकी थी। रात के सन्नाटे में दरिया की आवाज़ दूर की गूँज की तरह सुनाई देती थी। लगता था, दूर से कोई लहर उठती आ रही है जो अभी उससे आ टकराएगी... लहर की आवाज़ में एक आदमी की आवाज़ मिली होगी...नबी उस आवाज़ से चौंककर जाग जाएगा और फिर से गाली बकने लगेगा...आवाज़ तब तक लौटकर दूर जा चुकी होगी और क्रमशः और दूर होती जाएगी...।

सोने पर नबी के होंठ पूरे बन्द नहीं होते थे—एक पतली दरार से उसके मैले दाँत बाहर नज़र आते रहते थे। खर्राटे भरने पर उसका पूरा शरीर हिल-हिल जाता था। इस आदमी के लिए प्यार या ममता का भाव उसके मन में कब का मर चुका था—बल्कि वह भाव कभी था, इसी में कई बार उसे सन्देह होता था। बचपन में मन में एक आतंक-सा रहता था। बाद में उसकी जगह सहानुभूति ने ले ली थी। पर इन कुछ सालों में सहानुभूति भी नहीं रही थी—रह गई थी एक उदासीनता, जो कि उतनी ही अपने प्रति भी थी जितनी उसके प्रति। इन सालों में जैसे सोचना ही नहीं, महसूस करना भी उसने छोड़ दिया था।

नबी जिस तरह सोया था, उससे उसके चेहरे का दायाँ हिस्सा ही सिर्फ़ नज़र आ रहा था—दाँतों की आधी लकीर के साथ। वह उसके पास गई, जैसे कुछ कहने के लिए, पर पास जाकर मन बदल गया। उसे लगा जैसे वह सोया हुआ व्यक्ति एक साँस लेते मांसपिंड के अलावा और कुछ भी न हो; कुछ भी अर्थ न रखता हो; उसके लिए ही नहीं, किसी के भी लिए। और उस मांसपिंड के लिए किसी चीज़ का कोई अर्थ न है—न साँस लेने का; न सोने-जागने का, न किसी के पास होने-न होने का, न इस क्षण का, न आनेवाले कल के किसी क्षण का...।

वह उसके पास से हट आई और एक पुरानी टूटी हुई लालटेन की चिमनी से कालिख़ साफ़ करने लगी।

...उस वक़्त रात आधी बीत चुकी थी जब उसने हलके से छूकर नूरा को जगाया। नूरा बड़बड़ाकर उठी, तो उसे उसने दबे पैरों अपने साथ बाहर आने को कहा। नूरा ने आकर देखा कि एक गठरी, एक लालटेन, एक कनस्तर और रसद की एक टोकरी शिकारे में रखी है, तो वह पलभर आँखें झपकती रही। "हम लोग कहीं चल रहे हैं?" उसने पूछा।

नूरा की बात का उत्तर न देकर वह शिकारे की रस्सी खोलने लगी।

"कहाँ चल रहे हैं?" नूरा ने फिर पूछ लिया।

"सिरीनगर! तुम्हारे अब्बा के पास।"

"इस वक़्त रात को?"

उसने शिकारे में बैठकर चप्पू सँभाल लिए। "हाँ, इसी वक़्त। तुम्हें डर तो नहीं लगेगा?"

नूरा ने मुँह से कुछ नहीं कहा, पर चेहरे से लगा कि इस वक़्त सफ़र करने की बात उसे पसन्द नहीं है।

"तुम न चलना चाहो, तो यहीं रुक जाओ। मैं बाद में बुला लूँगी।" उसे यह भी लगा कि इस तरह नबी बिलकुल अकेला नहीं रहेगा...।

"मैं यहाँ अकेली रहूँगी? उसके पास?" नूरा ने डूँगे में उस तरफ़ देखा जहाँ नबी सोया हुआ था और मुँह बिचका दिया। "तुम न होतीं, तो मैं आज तक कभी एक दिन भी न रहती।"

शिकारा खुला, तो नबी अन्दर बड़बड़ाता हुआ करवट बदल रहा था। यह आवाज़ और करवट रास्ते भर पीछा करती रही।

...बादल फट गया था। आसमान की हलकी लौ पानी की सतह पर उतर आई थी। पर स्याही उसमें कम नहीं हुई थी। शिकारा झील के खुले पानी में आ गया था, फिर भी नूरा उसी तरह ख़ामोश बैठी थी।

"तुम इतनी चुप क्यों हो?" बेगम ने पूछा। "नींद लग रही है क्या?"

"नहीं तो।"

"फिर क्या बात है?"

"कुछ नहीं...तुम्हें चलना ही था, तो कुछ देर पहले ही नहीं चल सकती थीं क्या? अब्बा के साथ।"

वह ख़ामोश रहकर चप्पू चलाती रही।

"या सोने से पहले मुझे बता ही देतीं, तो मैं...मैं जाकर कुछ लोगों से मिल आती। अब पता नहीं कभी उनसे मिलना होगा या नहीं।"

वह किन लोगों से मिलकर आना चाहती थी यह उसने उस लड़की से नहीं

पूछा। कुछ एक चेहरे उसके सामने आए...मेहर, अजीज़ा, रशीद और सिराज के—ख़ास तौर से सिराज का। सत्रह-अट्ठारह साल का वह छरहरा-सा लड़का था। जिन आँखों से नूरा की तरफ़ देखा करता था, उनका कुछ-कुछ अर्थ भी वह जानती थी। उसने ख़ुद उसके बारे में कई बार सोचा था, पर वह लड़का उम्र के लिहाज़ से उसे नूरा के लिए काफ़ी छोटा लगता था—नहीं, उम्र के लिहाज़ से उतना नहीं जितना क़द-काठी के लिहाज़ से। नूरा पन्द्रह की होकर भी शरीर से इतनी भरी हुई थी कि अट्ठारह से कम ही नहीं लगती थी। पिछले एक साल में तो उसके शरीर की गोलाइयाँ कहीं अधिक उभर आई थीं। वह चप्पू चलाती दूर से आ रही होती, तो उसे देखकर खुशी भी होती थी, चिन्ता भी होने लगती थी। डर लगता था कि और दो साल में यह लड़की क्या-से-क्या नहीं हो जाएगी! पर सिराज...वह...बहुत दुबला था। क़द भी उसका ऊँचा नहीं उठा था। कादिर जैसे आदमी के बराबर खड़ा कर दिया जाए, तो बिलकुल खरगोश जैसा नज़र आए। कादिर चाहे, तो उसे एक झपट्टे में दबोच ले। नहीं, नूरा को ऐसे लड़के से ब्याहने की बात वह सोच भी नहीं सकती थी। नूरा के लिए वह ऐसा लड़का चाहती थी जिसके सामने कादिर भी ओछा पड़े। दोनों बराबर खड़े हों, तो कादिर को गरदन उठाकर देखना पड़े...।

"सिरीनगर जाकर इसी साल मैं तेरी शादी कर दूँगी," उसने नूरा के ग़मगीन चेहरे पर आँखें जमाए हुए कहा। नूरा ने जैसे सुनकर भी नहीं सुना। चेहरे या आँखों से भी उसने इस बात में दिलचस्पी ज़ाहिर नहीं की थी।

"तेरे अब्बा पर बात नहीं छोड़ूँगी," उसने कहा, "तेरा अब्बा तो वुलर नाग[1] की तरह है। सारी ज़िन्दगी टालमटोल करते काट देगा।"

गहरे पानी में आकर शिकारा डोलने लगा था। रह-रहकर लहरों के छींटे उन्हें भिगो जाते थे। झील में एक ही बत्ती नज़र आ रही थी। पर कभी वह सामने नज़र आती थी, कभी पीछे की तरफ़ चली जाती थी। उसने एक चप्पू रखकर टोकरी से थोड़े चावल निकाले और पानी में छोड़ दिए। शिकारा एक बार ज़ोर से हिचकोला खा गया। उसने जल्दी से कुछ और चावल पानी में छोड़ दिए।

"हम लोग वुलर नाग के पास से ही जा रहे हैं," शिकारे को किसी तरह सँभालकर वह फिर बात करने लगी। अपनी आवाज़ सुनकर उसे ख़ुद कुछ तसल्ली मिल रही थी। "वुलर नाग रात के वक़्त किसी को अपने ऊपर से बिना चावल छोड़े गुज़रकर नहीं जाने देता। वह सब चश्मों का राजा है, इसलिए हर माँझी से शालि की भेंट लेता है। वुलर नाग की भी एक बेटी है। तुम्हारे जितनी बड़ी। तुम्हारी ही तरह ख़ूबसूरत बल्कि तुमसे ज़्यादा ख़ूबसूरत। लेंलाब की घाटी में एक और बड़ा

1. **नाग**— जल-स्रोत।

चश्मा है—बडशाह नाग। उसे अपने पर बड़ा नाज़ है और अपने को वह भी बड़ा बादशाह समझता है।

"वुलर नाग की बेटी से वह शादी करना चाहता है पर वुलर नाग उसे अपनी बेटी शादी में देता नहीं। हर बार छह महीने के लिए टाल देता है। वसन्त में कहता है, पतझड़ में आना और पतझड़ में कहता है, वसन्त में आना। बडशाह नाग हर छह महीने के बाद गुस्से से फुंकारता हुआ आता है—अपनी ताकत दिखाने के लिए चट्टान, पेड़, पशु और पुल वग़ैरह भेंट में लेकर, पर वुलर नाग फिर भी नहीं मानता। उसे फिर अगले छह महीने के लिए लौट जाना पड़ता है। वुलर नाग कयामत के रोज़ तक इसी तरह उसे टालता रहेगा। कयामत के रोज़ उसकी बेटी की शादी बडशाह नाग से होगी और उसके साथ ही सारी दुनिया तबाह हो जाएगी।"

ऊँची लहर के एक थपेड़े के बाद शिकारा किसी तरह उलटते-उलटते बचा। उसकी आवाज़ और ऊँची हो गई। "लड़केवाला हो, तो वह कभी वुलर नाग के ऊपर से बचकर नहीं जा सकता। उसका डूँगा-शिकारा जो भी हो, वह ज़रूर डूब जाएगा..." और फिर जैसे हवा, आसमान, पानी और दूर झिलमिलाती रोशनी सबको सुनाती हुई ज़ोर से कहने लगी, "पर हमें कोई ख़तरा नहीं। लड़कीवालों को वुलर नाग कभी कुछ नहीं कहता। बल्कि उनको किसी भी तरह से ख़तरा हो, तो वह उनकी रखवाली करता है। वुलर नाग हमेशा लड़कीवालों की रखवाली करता है।"

हवा की वजह से आवाज़ में कोई गूँज पैदा नहीं हुई। उसने जल्दी-जल्दी कलमा पढ़कर कुछ और चावल पानी में छोड़ दिए। दूर की रोशनी का रुख़ अब जल्दी-जल्दी बदल रहा था। शिकारे के अन्दर काफ़ी पानी भर आया था। क्या सचमुच वुलर नाग उस दिन उन्हें माफ़ नहीं करना चाहता था? बार-बार रुख़ बदलती रोशनी क्या उसी के किसी जिन का चिराग था। वह चिराग क्या उनकी ज़िन्दगी के चिराग बुझाने को ही जल रहा था?

तभी दूर, उस रोशनी में भी आगे, बहुत दूर पानी तक झुके आसमान में एक फीका-सा रंग दिखाई दे गया—सुबह का रंग। उसने आँखें झपककर एक बार फिर देख लिया। पौ फट रही थी। अँधेरे का जिन अब अपने चिराग से उन्हें गुमराह नहीं कर सकता था।

नूरा ने इस बीच कोई बात नहीं की। जब सुबह का रंग थोड़ा और निखर गया, तो डिब्बे से शिकारे का पानी निकालते हुए उसने इतना ही पूछा, "माँ, अब्बा के शिकारे में शालि था?"

नूरा की बात से उसका दिल धड़कने लगा। "ज़रूर होगा," उसने जैसे अपने को विश्वास दिलाते हुए कहा। "सफ़र में वह रसद लेकर नहीं आया होगा?"

"...क्या पता, लौटते वक़्त के लिए लेकर आया भी हो या..."

"ज़रूर लेकर आया होगा। नबी नागू के स्वभाव को वह जानता नहीं है?"

नूरा ने पहली बार ऐसी बात कही जिससे लगा कि वह लड़की अब सचमुच बड़ी हो गई है। "अगर जानता, तो उसे आना ही नहीं चाहिए था।"

नूरा की बात मन में चुभी क्योंकि उसका अर्थ कुछ दूसरा भी हो सकता था। साथ ही मन में एक डर भी समा गया। सचमुच खालका को इस वक़्त अकेले जाने देना क्या ग़लती नहीं थी? इतनी दूर से आने पर नबी ने जिस तरह खालका का अपमान किया, जिस तरह वापस चले जाने के लिए उसे मजबूर किया, इसे चुपचाप देखते जाना, सुनते जाना और अपनी तरफ़ से कुछ न कहना—यहाँ तक कि चलते हुए खालका ने जो बात कही, उसका जवाब तक न देना—यह क्या उस आदमी के साथ—गुज़रे दिनों की भारी कटुता के बावजूद ज़्यादती नहीं थी? क्या सोचता हुआ वह आदमी वहाँ से चला होगा? अँधेरे में तूफ़ानी झील पार करते हुए क्या-क्या ख़याल उसके मन में आ रहे होंगे? क्या उसे भी किसी चिराग ने गुमराह किया होगा? क्या उसका भी शिकारा वुलर नाग से होकर गुज़रा होगा?

उजाले के स्पर्श से पानी की सतह चमकते पारे-सी हो गई थी। जहाँ-तहाँ कमल और सिंघाड़ों के हरे-हरे द्वीप अँधेरे की धुन्ध से बाहर आ रहे थे। बीच-बीच में कुछ स्याह दाग़ नज़र आते थे—ख़ाली शिकारे, सिंघाड़े चुनते हुए लोग, पंख फड़फड़ाते पक्षी। रात के तूफ़ान के बाद झील पर एक गहरी उदासी घिरती आ रही थी।

झील से दरिया में आने तक दो-एक जगह औंधे और टूटे हुए शिकारों को देखकर हौल-सा उठा, पर पास जाकर निश्चय किया कि उनमें वैसा शिकारा कोई नहीं है, जैसा कि पिछली शाम श्रीनगर से आया था। फिर भी झील से विदा लेते समय वह एक आतंकभरी दृष्टि से उस पानी की तरफ़ देखती रही, देखती रही...।

दरिया का पानी अभी काफ़ी मैला था और कगारों की ऊँचाई से दो-दो फ़ुट ही नीचे था। उसमें धार से ऊपर की तरफ़ शिकारा ले जाना आसान नहीं था। कई जगह उन्हें बिलकुल किनारे-किनारे होकर चलना पड़ता, कई जगह रस्से और लग्गी की मदद लेनी पड़ती। कोई मर्द साथ न होने से रस्से से शिकारा खींचने में बहुत तरद्दुत[1] पड़ता। पूरा दिन बारी-बारी और कई बार साथ-साथ धार से संघर्ष करके भी रात तक वे सुम्बल से आगे नहीं पहुँच पाईं। सुम्बल में एक परिचित हाँजी ने बताया कि उसने खालका को कल जाते हुए तो देखा था, पर अब तक उधर से आते नहीं देखा। इससे मन इतना डरा कि रात के बाद अगली दोपहर तक वे वहीं

1. **तरद्दुत**—परेशानी।

रुककर खालका के शिकारे की राह देखती रहीं। पर जो सैकड़ों डूँगे और शिकारे सोपोर की तरफ़ से आए, उनमें खालका का शिकारा नहीं था।

"अब दिन-दिन में सोपोर तक जाकर देख लें?" नूरा ने पूछा। उसकी बातों से लगता था जैसे वह खालका के लिए माँ से ज़्यादा परेशान हो।

वह अब भी इस बारे में सोच रही थी। पर नूरा की बात की उसने हामी नहीं भरी। अब लौटकर नबी के डूँगे में जाने का क्या अर्थ होगा, यह वह जानती थी। नबी के गंजे सिर और मैले दाँतों का सामना अब वह ज़िन्दगी भर नहीं कर सकती थी—और हौसला करके अगर वापस चली भी जाए, तो फिर वहाँ से लौटकर तो क़दापि-क़दापि नहीं आ सकती थी।

"नहीं," उसने कहा। "आज रात तक जैसे भी हो, हमें सिरीनगर पहुँच जाना चाहिए। इन लोगों ने भले ही न देखा हो, पर वह ज़रूर कल शाम से पहले ही यहाँ से निकल गया होगा। तुम्हें मालूम नहीं—वह उलटी धार में भी बहुत तेज़ शिकारा चला सकता है। ज़बान से वह आदमी जितना ख़ामोश है, हाथ-पैरों से उतना ही मज़बूत है।...फिर जाते हुए उसने जो बात कही थी उससे यह न हो कि हम लोगों के पहुँचने से पहले ही वह सिरीनगर छोड़कर चला जाए।"

और फिर जैसे अपने ही मन को सहारा देने के लिए कहा, "वह जिस हालत में वहाँ से आया था, उसमें यहाँ या और कहीं रुकता भी कैसे?...उसकी तो कोशिश बल्कि यही रही होगी कि किसी भी दोस्त या वाकिफ़कार से उसका सामना न हो।"

सुम्बल से शादीपुर तक दोनों लगभग ख़ामोश रहीं। नूरा जाने क्या सोच रही थी। शिकारा चलाते हुए उसकी बड़ी-बड़ी आँखें भीग जाती थीं। "क्या सोच रही हो?" उससे पूछा, तो भी वह सिर हिलाकर चुप रही। लगता था, उसकी आँखें जैसे अब भी पहाड़ियों की ओट में ओझल हुई झील के विस्तार में भटक रही हों—जैसे वह अब भी हवा में काँपते कमल और पंख फड़फड़ाते पक्षियों को देख रही हों—जैसे टूटे और औंधे पड़े शिकारे अब भी उसके सामने तैर रहे हों...। दरिया के आसपास दूर तक का जंगल उस लड़की की आँखों में समा गया लगता था। जाने वह खालका के बारे में ही सोच रही थी या और किसी के बारे में...जंगल के सायों में किसी चेहरे को पहचान लेना असम्भव था।

"क्या बात है?" एक बार फिर उससे पूछ लिया, "किसके बारे में सोच रही हो तुम?"

"किसी के बारे में नहीं," नूरा ने संक्षिप्त-सा उत्तर दिया। "अब तो सिरीनगर पहुँचने के बारे में ही सोच रही हूँ।"

शादीपुर तक आते-आते शाम हो गई थी और वे दोनों काफ़ी थक भी गई

थीं। एक मन हुआ कि रात भर के लिए वहाँ रुककर सुबह आगे चलें, पर मन में जल्दी श्रीनगर पहुँचने की ऐसी उतावली भर रही थी कि बिना उस विषय में बात किए, जैसे एक ख़ामोश समझौते से ही, वे कुछ देर बाद वहाँ से चल दीं। सात साल बाद उन परिचित किनारों के बीच से गुज़रते हुए; थकान के बावजूद, अपने में कुछ ताज़गी महसूस करने लगी। कल जैसे सोपोर से श्रीनगर न जाकर आज के रुकाव से गुज़रे हुए दिनों की हलचल में लौट रही हो—धार को काटते चप्पुओं की आवाज़ उसे पिछले वक़्त की तरफ़ वापस ले जा रही हो। उस इलाके के चिनार और बेंत...सब जैसे उन दिनों के परिचित थे जो तब से अब तक उस वक़्त को अपने में रोके खड़े थे जिस वक़्त वह वहाँ से निकलकर सोपोर की तरफ़ गई थी। गँदले पानी से लहराते पेड़ों के साये जैसे कतार बाँधे उसे लौटते देख रहे थे और एक-दूसरे की तरफ़ सिर हिला रहे थे। किनारे से लगातार एक आवाज़ सुनाई दे रही थी, "मिमी...मिमि-मिमि-मिमि-मिमि-मिमि-...!"

पानी उतर रहा था, इसलिए शिकारा चलाना पहले जितना मुश्किल नहीं था। किनारे भी अब पहले की तरह सुनसान और उदास नहीं थे। पेड़ों की लटकी पंक्तियों के अलावा कई-कई लोग साँझ के झुटपुटे में आते-जाते नज़र आने लगे थे। कभी कोई बस, जीप या कार दाएँ कगार के उस तरफ़ से धूल उड़ाती गुज़र जाती थी। कुछ लड़कियाँ एक-दूसरी के पीछे दौड़ रही थीं। एक आदमी मछलियों की बहँगी उठाए जा रहा था। एक औरत अपने छोटे-से बच्चे को बाँहों में लिये, उसे दरिया में डुबकियाँ दे रही थी। बच्चा कुलबुलाता हुआ हाथ-पाँव पटकता था, फिर आँखें मूँदे और जिस्म को अकड़ाए हुए पानी में डुबकी खाता था, फिर बाहर निकलकर साँस आते ही रोने लगता था...।

वह देर तक उस बच्चे को देखती रही...तब तक जब तक कि दरिया में मोड़ आ जाने से वह बिलकुल आँखों से ओझल नहीं हो गया। उसके बाद भी उतरते अँधेरे में वह एक सपने की तरह उसे देखती रही—उसी तरह हाथ-पैर पटकते साँस रोकते और फिर चिल्लाते हुए...। चप्पू उस वक़्त उसके हाथों में थे। वह जैसे एक नए जोश के साथ उन्हें चलाने लगी। नूरा ने एक बार आश्चर्य के साथ उसकी तरफ़ देखा और पूछ लिया, "इस तरह चलाओगी तो जल्दी नहीं थक जाओगी?"

"हाँजी की बेटी होकर तू थकने की बात करती है?" वह बोली, "जितनी जल्दी चलेंगे, उतनी ही तो जल्दी घर पहुँचेंगे।"

और चप्पू चलाते हुए महसूस करती रही जैसे कि वह बच्चा, हाथ-पैर पटकता हुआ, उसके शरीर में डुबकियाँ ले रहा हो—बार-बार साँस रोककर शरीर में जाता हो और फिर बाहर आकर उसी तरह हाथ-पैर पटकने और चिल्लाने लगता

हो...कभी उसका चेहरा उसे कादिर की तरह लगता, कभी सिराज की तरह और कभी-कभी बिलकुल खालका की तरह! इस बच्चे में खालका का चेहरा देखकर उसके रोएँ खड़े हो जाते और वह और भी उत्साह के साथ चप्पू चलाने लगती। बच्चे का चेहरा छोटे से बड़ा होने लगता। उसकी मसें भीग जातीं और वह मुसकराता हुआ पास आकर चप्पू उसके हाथ में से ले लेना चाहता। फिर वह उतरकर किनारे पर चला जाता और शिकारे की रस्सी खींचता हुआ दौड़ने लगता। फिर मछलियों के ढेर लिये हुए उसके पास आ जाता और हठ करने लगता कि वह और सब काम छोड़कर पहले उसके लिए मछली तल दे...फिर वह कमीज़ की बाँहें चढ़ाकर किसी से उलझ पड़ता और उसे दरिया में गोते देने लगता, फिर जाकर बाँध की मुँडेर पर बैठ जाता और ख़ामोश आँखों से बिजली के खम्भे की तरफ़ देखने लगता...और यहीं से सपना टूटता और बच्चा फिर दरिया में डुबकियाँ लेने लगता है...।

...श्रीनगर से बहुत पहले ही रोशनी से सुलगते आकाश को देखकर उसने कहा, "लो आ गया सिरीनगर। अब घंटे-दो घंटे में ही अपने हाउसबोट में पहुँच जाएँगे।"

हाउसबोट को अपना कहने से मन में धक्का-सा लगा—फिर अनागत की आशंका से मन काँप-सा गया। वह सोचने लगी कि खालका को जब पता चलेगा कि नूरा को लेकर उसके पीछे-पीछे चली आई है, तो वह कैसा महसूस करेगा, डूँगे से बाहर आकर पहली बात क्या कहेगा। उसके बाद जब वे अकेले एक-दूसरे के सामने होंगे तो वही खालका से क्या बात कर पाएगी। जो गुमान लेकर वह सात साल नबी के डूँगे में रह गई थी, इस तरह आकर क्या उसने ख़ुद ही उसे ख़त्म नहीं कर दिया था? मगर...मगर इसके अलावा और वह कर भी क्या सकती थी?

रात आधी के करीब बीत चुकी थी जब उनका शिकारा 'गुले यासमीन' से टकराया! सोचा था, शायद बोट को पहचानने में कुछ दिक़्क़त हो, पर दरिया के मोड़ और सफ़ेद आकार के परदों ने एक पल की भी दुविधा नहीं होने दी।

"सिद्दीका!" लालटेन ऊँची उठाकर नूरा ने आवाज़ दी। दूसरी या तीसरी आवाज़ पर सिद्दीक आँखें मलता हुआ खिड़की के पास आया। "कौन बेगम?" उसे देखकर सिद्दीक को ज़्यादा आश्चर्य नहीं हुआ। हाथ बढ़ाकर सामान पकड़ते हुए उसने फिर पूछा, "खालका साथ नहीं है?"

"वह अब तक पहुँचा नहीं?" नूरा ने कनस्तर सिद्दीक को देने के लिए ऊँचा उठा दिया था, पर उसका हाथ सहसा नीचे को लटक आया।

"वह अलग से आया है क्या?"

वे दोनों कुछ नहीं कह सकीं। नूरा के हाथ-पैर काँपने लगे थे। उसे परे हटाकर वह ख़ुद सिद्दीक को सामान पकड़ाने लगी। कुछ वक़्फ़े के बाद बोली, "हाँ, वह दूसरे शिकारे में आया है। हो सकता है, रात हो जाने से रास्ते में कहीं रुक गया हो।"

कहने को तो कह दिया, पर हाथ उसके अपने भी जवाब दे रहे थे। किसी तरह जब वे डूँगे में पहुँच गईं, तो नूरा की अवहेलना देती आँखों का सामना करना उसे मुश्किल लगा। अचानक, बिना वजह ही उसने नूरा को डाँट दिया, "अब सो जाओ। बातें भी करनी हों, सुबह करना।"

सिद्दीक पूरी स्थिति को समझ नहीं पा रहा था और उस बारे में कुछ पूछना चाहता था। उसे भी मालकिन के अन्दाज़ में उसने झिड़क दिया, "तुम भी अब खड़े मत रहो। सुबह जल्दी उठकर कितने ही काम करने होंगे।"

उनसे तो सोने को कह दिया, पर ख़ुद उसे नींद नहीं आई। उसी जगह जहाँ कि जाने से पहले लेटा करती थी, लेटकर सोचती रही, सोचती रही। कहीं सचमुच ही तो कोई दुर्घटना नहीं हो गई थी? अगर ऐसा होता, तो क्या उसका मन इसकी शहादत न देता? क्यों उसे अब भी विश्वास था कि खालका की जान सलामत थी और उसे सुबह तक ज़रूर वहाँ पहुँच जाना था।

जो-जो बातें खालका से कहने की सोची थीं, वे एक-एक करके दिमाग़ में आती रहीं। कोशिश करती रही कि उन्हीं बातों को सोचे, दूसरी बात दिमाग़ में न आने दे। पर ज्यों-ज्यों वक़्त बीतता जा रहा था, मन में छिपा हुआ डर उसके दिमाग़ को पूरी तरह छाए ले रहा था। सुबह हुई तो वह उसी तरह खुली आँखों से छत की तरफ़ देखती हुई पड़ी थी—मन-ही-मन खालका की सलामती की दुआएँ मानती हुई—चाहती हुई कि नबी की कही हुई बात ही सच निकले कि खालका उस रात सोपोर से चला ही न हो, कि सुबह वह फिर नबी के डूँगे में गया हो और उसे वहीं पता चल गया हो कि वह नूरा को साथ लेकर वहाँ से चली आई है। पर सुबह-सुबह जब उसकी आँख झपकने लगीं, तो अचानक उसे जागकर उठ जाना पड़ा। सिद्दीक ने आकर बताया कि खालका का शिकारा भी आ पहुँचा है।

हुआ सब कुछ उसी तरह था, जैसे कि वह तब चाह रही थी। उसे सही-सलामत सामने देखकर आशंका दूर हुई, तो मन में एक टीस भी उठी। क्यों, क्यों उस आदमी की बात को सच होने दिया था? क्यों उसे अपनी जान इतनी प्यारी थी कि वह रात को झील पार करने का हौसला नहीं कर सकता था?...जो काम वे लोग औरतें होकर कर सकीं, वह मर्द होकर नहीं कर सकता था?

और उसे लगा जैसे आज भी वही दिन हो, जिस दिन खालका मुँडेर पर बैठा डूँगे की तरफ़ देख रहा था, और फिर वहीं से उठकर चला गया था—जैसे तब से

आज तक एक भी दिन नहीं बीता था और वह आदमी बिलकुल वैसा, बिलकुल वैसे ही, मुँडेर से उठकर लकड़ी की सीढ़ी से होता हुआ उसके सामने आ खड़ा हुआ था। खालका ने अब भी पूछा, "कैसी हो बेगम?" तो उसने कोई जवाब नहीं दिया। चुपचाप उसके सामने से चली गई।

उसके बाद पूरा दिन वह उसके सामने पड़ने से बचती रही। आधी रात को जब सब लोग सो गए थे, तो खालका के हाथ का स्पर्श अपने सिर पर महसूस करके वह उठ बैठी।

"बेगम!"

दिन भर का बाँध—बल्कि इतने सालों का बाँध—तब एकाएक टूट गया। अपने उमड़ते हुए आँसुओं को उससे रोका नहीं गया और खालका के कन्धे पर सिर रखकर वह फूट पड़ी।

खालका चुपचाप उसके बदन पर हाथ फेरता रहा। वह उसके साथ सटती गई, सटती गई। खालका के शरीर की वह परिचित गन्ध...उसके हाथों का वह परिचित स्पर्श...उसकी साँसों की वह परिचित लय...उसे फिर लगा कि वह उलटी धार में शिकारा चलाती हुई उस तरफ़ आ रही है...फिर एक बच्चे को बार-बार बहते पानी में डुबकियाँ दी जा रही हैं...कि बच्चा बारी-बारी सहमता और चिल्लाता है, चिल्लाता और सहमता है...कि उसके कई-कई चेहरे हैं, पर वास्तविक चेहरा उसका खालका का-सा है...कि वह उसके पास खड़ा भुट्टा चबा रहा है, जिससे उसका छोटा-सा मुँह बार-बार खुलता और बन्द होता है...कि वह तुक्का फेंककर उससे लिपटने को उसकी तरफ़ बढ़ा आ रहा है...।

"मैं जानता हूँ कि तुम्हें मेरे पीछे कितनी तकलीफ़ उठानी पड़ी है..." खालका कह रहा था।

"मैं यह सब नहीं जानती...मैं कुछ भी नहीं जानती...", उसने अपने को कहते पाया। "तुम्हें अगर छोड़कर जाना ही था, तो कम-से-कम इतना तो करते कि मेरी रखवाली के लिए अपना एक वारिस तो मुझे दे जाते।...पर तुम देकर गए मुझे सिर्फ़ बोझ...दो-दो लड़कियों का...और अब भी तो वही बोझ मेरे ऊपर छोड़कर चले जाना चाहते थे। फ़र्ज़ करो मैं न आती, तो तुम तो...तुम तो छोड़कर चले ही जानेवाले थे।"

और जब उसने पाया कि खालका की बाँहें उसके गिर्द नहीं कस रही हैं, तो उसने ख़ुद उन्हें अपने गिर्द कस लेना चाहा। "बताओ, यही तुम्हारी मर्दानगी थी? बोलो!"

पर उसकी कोशिश के बावजूद खालका के ढीले हाथ और ढीले हो गए। एक तरह से खालका ने अपने को बिलकुल उससे अलग कर दिया। वह चुँधियायी-सी कुछ क्षण उसकी तरफ़ देखती रही।

"मुझे अपने बारे में तुम्हें बहुत कुछ बताना है," खालका आँखें दूसरी तरफ़ किए हुए बोला, "मैं आज इस लायक नहीं रहा कि तुमसे...।"

वह खालका पर झुकी-सी लेटी थी, सहसा उठकर बैठ गई। "तुम क्या कहना चाहते हो मुझसे?" आँखों से जैसे वह उसके एक-एक रोंये को टोहती हुई बोली। "और जो कहना चाहते हो, क्या वही कहने के लिए सोपोर से मुझे लाने आए थे?"

खालका के चेहरे पर स्याही पुत गई थी। वह मरी-सी आवाज़ में बोला, "देखो, मैं इलाज करूँगा। हो सकता है, ठीक भी हो जाऊँ।...पर तुम्हारी ज़रूरत मुझे कितनी है, और क्या है, यह तुम क्या नहीं जानती?"

वह उठ खड़ी हुई। लग रहा था जैसे उसके लहू में किसी ने जहर छोड़ दिया हो। "जानती क्यों नहीं?" उसने सारी कड़वाहट ज़बान पर लाकर कहा, "मैं नहीं जानूँगी तो और कौन जानेगा?" और वहाँ से निकलकर बाहर खुली हवा में आ गई। गहरी ख़ामोश रात थी। दूर तक कोई रोशनी, कोई आवाज़ नहीं—सिवाय आसमान में दस्तकें देती एक हलकी-हलकी आवाज़ के :

"बाल यार! क़ाल यार! या पीर! ला इल्लाह! हिलिल्लाह!"

बरसों से यह आवाज़ हवा में उसी तरह ठहरी हुई थी; बरसों से वे साये रात को उसी तरह दरिया की सतह पर मँडराया करते थे। वहीं से हाउसबोट की उसी खिड़की के पास खड़े-खड़े बेगम ने न जाने कितनी बरसातों का पानी पास से गुज़रता देखा था, बोट से टकराकर उसे हिलाता, मैला गँदला पानी, जो कि कुछ ही गज़ दूर जाकर पानी नहीं रह जाता था—बहते हुए गाढ़े अँधेरे में बदल जाता था...।

पिछले पुल की तरफ़ से अँधेरा बहता हुआ आता था और अगले पुल की तरफ़ निकल जाता था। ज़िन्दगी हर आज की रात के बाद, हर कल की रात तक, उन दो पुलों के बीच रुकी-सिमटी रहती थी। मौसम बदलने के साथ पानी घटता-बढ़ता रहता था, उसी हिसाब से घाट के साथ बोट की ऊँचाई-नीचाई का रिश्ता भी बदलता रहता था, पर इन परिवर्तनों से ज़िन्दगी में अन्तर कुछ नहीं आता था—सिवाय इसके कि हर गुज़रते साल के साथ चेहरे कुछ-कुछ बदल जाते थे।

वहाँ खड़े-खड़े कुछ देर वह भूली रही थी कि क्यों वहाँ खड़ी है, क्यों एकटक दो पुलों के बीच सिमटे अँधेरे को देख रही है। अपने वहाँ होने का अहसास भी तब हुआ था, जब सिद्दीक की छाया को दो-एक बार पास से गुज़रते, रुकते और फिर निकल जाते देखा था। वह जाने कहाँ से आकर चुपचाप अपने बिस्तर में लेट

गया था। तब शायद वह अपने को सोपोर के डूँगे में देख रही थी—वहाँ से चलने के लिए सामान बाँधते हुए...।

और दूसरी बार अहसास हुआ, जब पीछे की तरफ़ से एक शिकारा बोट से आ टकराया।

"माई।"

मामदा की आवाज़ उसे अँधेरे से बाहर ले आई। मुड़कर उसने शिकारे की तरफ़ देखा, तो पहले उसकी नज़र मामदा पर नहीं, नूरा पर पड़ी जो कि अभी शिकारे में अपनी जगह से उठी नहीं थी—अपनी चमकती आँखें उसके चेहरे पर स्थिर किए जैसे अब भी उसका जायज़ा ले रही थी। मामदा अपनी आँखें बचाए हुए शिकारे को धीरे-धीरे बोट के साथ-साथ सरकाता हुआ उसके नज़दीक ला रहा था।

बेगम उन दोनों को देखती रही। कोई बात उसके मुँह से नहीं निकली। बहुत पास आकर नूरा अपनी जगह से उठी और उसी खिड़की के रास्ते बोट में आ गई। मामदा ने मुँह से कुछ कहा—शायद शिकारा घाट से बाँधकर आने की बात—और चप्पुओं से छींटे उड़ाता हुआ आगे निकल गया।

नूरा बिना कुछ कहे डूँगे की तरफ़ जाने लगी, तो बेगम के मुँह से पहली बात निकली, "ठहरो इधर।"

नूरा रुक गई। बेगम चार क़दम चलकर उसके सामने आ गई।

"कहाँ थी तू अब तक?"

नूरा की आँखें एक बार झपक गईं। रुकती-सी आवाज़ में बोली, "वहीं थी डल गेट पर समदू फूफा के डूँगे में।"

"वहीं थी तू? हैं...", बेगम ने उसकी बाँह पकड़कर झिंझोड़ दी। "आधी रात तक वहीं बैठी फूफीजान से कहानियाँ सुन रही थी। है न?"

नूरा ने विरोध नहीं किया। बाँह छुड़ाने की कोशिश भी नहीं की। एक बार अपने निचले होंठ को ज़बान से छू लिया कि वहाँ ज़्यादा सोज़िश तो नहीं। बेगम के हाथ ने जिस तरह उसकी बाँह को जकड़ रखा था, उसका असर अब भी उसे अपनी रग-रग में महसूस हो रहा था। नगीन के किनारे चिनार के साये में वह जिस संघर्ष में से गुज़रकर आई थी, उसे अपने में सँभाल सकने के लिए इस तरह झटक दिया जाना उसे काफ़ी सहायक लग रहा था। अगर उससे कुछ न कहा जाता, तो शायद अपने को काबू में रखकर वह किसी से एक बात भी न कह पाती।

बेगम की आवाज़ से सिद्दीक सहसा कुनमुनाकर उठ गया। अपनी जगह रुककर वह पलभर दोनों को देखता रहा—फिर डूँगे में जाकर उसने खालका

को जगा दिया। "नूरा लौट आई है, मामदा के साथ।" उसने बहुत धीमी आवाज़ में कहा, जैसे कि किसी चोर के घर में घुस आने की सूचना दे रहा हो। "तुम उठकर बेगम को रोको, नहीं तो दोनों को वह आज जान से मार डालेगी।"

पर इसके पहले कि खालका सिद्दीक के हाथ का सहारा लेकर खड़ा होता, बेगम नूरा को साथ लेकर डूँगे में आ गई।

"तुम्हारी लड़की कह रही है कि वह अब तक फूफा के डूँगे में थी," कहते हुए बेगम ने उसे पीठ से धकेलकर खालका के सामने कर दिया। "वहाँ इसकी फूफी इससे धान छँटवा रही थी। अब तुम इसे थोड़ा पुचकार दो, जिससे बेचारी की थकान कुछ दूर हो जाए। फूफी का काम करते-करते देखो अपने हाथ-मुँह सब नीले कर आई है। एक बार इसके चेहरे को तुम ज़रा ग़ौर से देखो।"

बेगम ने खालका के पास रखी लालटेन उठाकर नूरा के चेहरे के पास ला दी, तो नूरा ने अनायास एक हाथ से अपने होंठों को ढक लिया।

"कहाँ थी तू अब तक? बोल।" खालका ने बोलने में इतना ज़ोर लगा दिया कि उसकी आवाज़ बीच में ही टूट गई। "तेरी माँ ख़ुद देखकर आई थी, वहाँ समदू के डूँगे पर। कहाँ गई थी तू वहाँ से? और कहाँ रही इस वक़्त तक? इस आधी रात तक? बोल?"

नूरा बिना कुछ कहे आँखें झपकती हुई खालका की तरफ़ देखती रही।

"अगर तू इस तरह नहीं बोलेगी तो तुझे दूसरी तरह से बुलवाना पड़ेगा।" अब की खालका आवेश में अपने से ही उठ खड़ा हुआ। घुटने काँप रहे थे, फिर भी किसी तरह वह अपने को सँभाले रहा। "और वह हरामी कहाँ है?" उसने सिद्दीक से कहा। "उसे भी ज़रा मेरे सामने लेकर आओ।"

"वह यहाँ नहीं है। शिकारा घाट पर छोड़कर ऊपर कहीं चला गया है।" बेगम ने आँखें उठाकर देखा। नजमा भी उठकर वहीं पास आ खड़ी हुई थी। नजमा से आँखें मिलते ही नूरा की बाँह पर कसा हुआ उसका हाथ ढीला पड़ गया। और उसने नूरा को थोड़ा अपनी आड़ में कर लिया। खालका के लिए अब और खड़े रहना मुश्किल हो रहा था, इसलिए हाथ से उसने खिड़की का सहारा ले लिया। "अच्छा है, अगर वह ख़ुद ही चला गया है," वह बोला, "नहीं तो अभी इसी वक़्त उसके तीन टुकड़े करके मैं उसके माँ-बाप के सुपुर्द कर आता।" आख़िरी शब्दों तक आते-आते उसकी आवाज़ चीख़ की तरह से हो गई और हाँफता हुआ खिड़की के सहारे उसी जगह बैठ गया। सिद्दीक और नजमा के हाथ उसे सहारा देने के लिए हिले, पर उनके पैर अपनी-अपनी जगह से आगे नहीं बढ़ पाए।

"देख रही है बाप की हालत?" बेगम नूरा के चेहरे पर आँखें गड़ाए हुए बोली, "जो कुछ उसकी जान पर बीत रही है, किसकी वजह से बीत रही है?...

और जिसकी ख़ातिर बीत रही है, वह लड़की कितनी होनहार है कि आधी रात को अपनी आबरू मिट्टी में मिलाकर फिर वापस आ रही है। यहाँ आने की बजाय वहीं कहीं दफ़न क्यों नहीं हो गई तू?"

नूरा की आँखों में एक बार बिजली-सी तड़प गई, पर वह उसी तरह ख़ामोश बनी रही। होंठों पर रखा उसका हाथ धीरे-धीरे नीचे को सरक गया। खालका के मुँह से बात नहीं निकल पा रही थी। वह अपनी सुलगती हताश आँखों से उन तीनों की तरफ़ देखता रहा।

"यही करनी करनी थी तुझे, तो क्यों नहीं बाप से कह दिया? किसी भी कुत्ते के साथ तेरी शादी कर देता।" बेगम ने इस बार उसके फिरन को गले से पकड़कर हिला दिया। "या शादी न करता, तो तेरा कीमा करके ख़ैरात बाँट देता...तू वापस क्या यह सोचकर आई है कि इसके बाद भी वह तुझे अपने घर में रहने देगा? तुझे गले से लगाएगा न, कि तूने उसकी इज़्ज़त में चार चाँद लगा दिए हैं?...तुझमें इतना हौसला बाक़ी है कि तू आकर उसके सामने इस तरह खड़ी हो, और खड़ी रहे? खालका बनतू की लड़की—और एक मर्द के साथ रात काटकर भी उसके सामने आँखें खुली रखे।...मैं तेरी माँ न होती, तो कुछ मुझे भी शक होता कि तू इस नेक आदमी की औलाद है या किसी...किसी मैला खानेवाले सुअर की...या किसी..."

सिद्दीक ने बात के बीच में ही बेगम का हाथ दबा दिया। "आहिस्ता बात करो, नहीं तो आसपास के डूँगे में लोग जान जाएँगे। तुम ख़ुद ही खालका से कह रही थीं कि...।"

बेगम ने एक बार चीरती नज़र से सिद्दीक की तरफ़ देख लिया। गुस्से में भी यह बात उसके ज़हन में उभर आई कि जब वह खालका से बात कर रही थी, उस वक़्त सिद्दीक तो वहाँ नहीं था। फिर उस आदमी ने कैसे उसकी बात सुन ली थी?

"लोग सुनें या न सुनें, इसकी फ़िक्र मुझे होनी चाहिए, तुम्हें नहीं। तुम्हारा या और किसी का यहाँ इस वक़्त कोई काम नहीं। मुझे तुममें से किसी की मदद की ज़रूरत होगी, तो मैं तुम्हें बुला लूँगी।"

सिद्दीक ने नजमा की तरफ़ देखा। नजमा एक नज़र खालका और बेगम पर डालकर उसी वक़्त वहाँ से हट गई। जाते-जाते कोई बात उसने मुँह से कही। पर इतनी स्पष्ट नहीं कि ठीक से किसी को सुनाई दे जाए। सिद्दीक मगर साफ़ बड़बड़ाया, "तुम लोगों की बरबादी अब होकर रहेगी, यह मुझे साफ़ नज़र आ रहा है। सिद्दीक तो क्या सिद्दीक का ख़ुदा भी तुम लोगों के बचाव के लिए कुछ नहीं कर सकता।" और जेब से एक बीड़ी निकालकर उसे सुलगाता हुआ वह डूँगे से चला गया।

कुछ देर बेगम, नूरा और खालका, तीनों अपनी-अपनी जगह जड़ हुए रहे। फिर खालका ने नूरा की तरफ़ से मुँह फेरकर अपना चेहरा लकड़ी की दीवार में गर्क कर दिया।

नूरा को महसूस हुआ कि अब वह बेगम के साथ वहाँ अकेली रह गई है—रात के गहरे सायों में चमकती हुई बेगम की दो आँखों का ही उत्तर अब उसे देना है।

"कहाँ गई थी तू उसके साथ?" बेगम की आवाज़ में तीखेपन की जगह अब संजीदगी ज़्यादा थी।

नूरा की ज़बान लड़खड़ा गई। "उसने कहा था...कहा था कि नगीन से होते हुए घर वापस चलेंगे।"

"क्यों? नगीन में किसी के यहाँ जश्न हो रहा था?"

"नहीं। उसने कहा था कि..."

"क्या कहा था उसने? ज़बान को लकवा क्यों मार गया है?"

नूरा आँखों से सहारा ढूँढ़ती रही—घाट के पत्थरों से, पानी पर झिलमिलाती रोशनियों से। "उसने कहा था कि वह मुझसे कुछ बात करना चाहता है।"

"वह तुझसे कुछ बात करना चाहता था! अलग से! अकेले में! रात के वक़्त! और आज रात को ही!...मैं जानती हूँ, वह क्या बात करना चाहता था!"

नूरा ने इस बार खालका की तरफ़ देखा—कि शायद उसकी आँखों से कुछ सहारा मिले, मगर खालका करवट बदल लेने के बावजूद उनकी तरफ़ नहीं देख रहा था। उसका एक हाथ माथे पर था, दूसरा छाती पर और आँखें उसकी इस तरह चढ़ी हुई थीं, जैसे दिमाग़ से उनका ताल्लुक टूट गया हो। नूरा के होंठ कुछ कहने के लिए काँपे, मगर काँपकर ज़र्द पड़ गए। उसके हलक में इतना मवाद जमा हो गया था कि उसे गले पर हाथ रख लेना पड़ा।

"बताया नहीं तूने कि क्या बात करना चाहता था वह तुझसे?"

"तुम उसे बुला लो," नूरा किसी तरह कह पाई। "मैं उसके सामने ही बात करना चाहूँगी।"

"उसके सामने बात करना चाहोगी! उसके! उसे आने तो दो मेरे सामने—अगर जीते-जी फिर वह एक आवाज़ भी मुँह से निकाल सके! या तुम्हीं मुँह से उसके सामने एक लफ़्ज़ बोल सको! उसके सामने!"

खालका की आँखें अब बेगम के चेहरे पर आ टिकीं। बहुत सोच-सोचकर जैसे वह किसी फ़ैसले पर पहुँच पाया था। "इससे अब कोई बात कहने-पूछने की ज़रूरत नहीं," वह कमज़ोर पर अधिकारपूर्ण स्वर में बोला—"मैंने फैसला

कर लिया है। कल ही मैं कासिम से इसका रिश्ता तय किए देता हूँ। तुम भी अब इसमें और दख़ल मत देना। इस लड़की को मैं एक दिन भी कुँवारी घर में रखने को तैयार नहीं हूँ।"

बेगम की भौंहें तन गईं। पल भर उसे ख़ुद अपनी उठती-गिरती साँस की आवाज़ सुनाई देती रही "मैं जानती थी तुम बहुत बुज़दिल हो," आख़िर उसने कहा, "पर इतने बुज़दिल हो, यह नहीं जानती थी।"

खालका की आँखें झुक गईं। बेगम को लगा कि मिट्टी के लोंदे में एक और पत्थर जा धँसा है। "क्योंकि आज एक के बाद दूसरे आदमी ने भी तुम्हें ज़लील किया है, इसलिए दूसरी ज़लालत से बचने का यही तरीका है कि पहली ज़लालत को भूलकर उस आदमी के क़दमों में जा गिरो। इससे बढ़कर और खुद्दारी किसी में क्या होगी!"

खालका ने सिर ऊँचा किया और कुहनियों के बल सीधा होकर बैठ गया। बेगम को यह स्वाभाविक नहीं लगा, क्योंकि अक्सर ऐसे मौकों पर वह आगे बात नहीं कर पाता था।

"खुद्दारी से तुम्हारा यह मतलब है कि मैं अपने जीते-जी, अपनी आँखों के सामने, अपने ख़ानदान की मिट्टी पलीद होते देखता रहूँगा, तो ऐसी ख़ुद्दारी मुझे नहीं चाहिए।" आवाज़ उसकी फिर रुक रही थी, पर किसी तरह कोशिश करके वह आगे बोलता रहा, बोलता रहा। "यह ख़ुद्दारी ही तो है, जो मैं हर रोज़ आँखों से कितना कुछ देखता हूँ, कानों से कितना कुछ सुनता हूँ फिर भी ख़ामोश बना रहता हूँ। कोई पेड़-पत्थर क्या बरदाश्त करता होगा जो मैं यहाँ रहकर करता हूँ। कादिर ने तो मुझे एक ही हाथ लगाया है—इतने बरसों में आज पहली बार—पर जिनकी मार मुझे रात-दिन सहनी पड़ती है—बिना हाथ की मार—उन्हें मेरी ख़ुद्दारी का बहुत ख़याल रहता है। आज तक सब कुछ मैं ख़ामोशी से सहता आया हूँ, पर अब और सहना मेरे बस का नहीं है। मैं इस लड़की की ख़ातिर इतने दिनों से रुका हुआ हूँ—और दरअसल लड़की की भी ख़ातिर नहीं, सिर्फ़ तुम्हारी ज़िद की ख़ातिर। मुझे इस दुनिया में और किसी चीज़ से कुछ लेना-देना नहीं है—बस इस लड़की को दूसरे घर भेजकर हज के लिए निकल जाना है। यह बोट और इसमें जो भी सामान है, वह सब तुम लोगों का है—तुम लोग इसके लिए मरो-खपो, लड़ो-झगड़ो, मुझे इससे कोई मतलब नहीं है। मुझे हज के लिए जो रुपया चाहिए, उसका इन्तज़ाम मैं अपने आप कहीं से कर लूँगा—उतना रुपया मुझे शाह साहब से ही कर्ज़ हुसैनी के तौर पर मिल जाएगा। कर्ज़ हुसैनी से हज के सवाब के हक़दार ही तो वे होंगे न! हों! यहाँ से जाकर कम-से-कम इस रोज़-रोज़ की ज़हमत से तो

मुझे छुटकारा मिल जाएगा। मैं सुबह ही शाह साहब को चिट्ठी लिख रहा हूँ। तुम्हें मेरे यहाँ रहते लड़की का निकाह करना है, तो कल कादिर को बुलाकर उससे बात पक्की कर लो। नहीं करना है, तो मेरे जाने के बाद जो मन में आए करती रहना। न मैं तुमसे पूछने आऊँगा, न तुम्हें मुझे बताने की ज़रूरत पड़ेगी। न मुझे ज़िन्दा वहाँ से लौटकर आना है और न ही यह सब तमाशा आकर देखना है। न जाने कौन-सी कम्बख़्ती थी, जो उस बार भी मुझे यहाँ वापस ले आई थी। न आता, न रात-दिन यह ख़ुद्दारी का पत्थर सिर पर लादे घूमता।" और निढाल होकर बाँह पर छाती रखे वह खिड़की के चौखट पर झूल गया।

झूल न जाता, तो बेगम को लगता कि वह खालका के नहीं, किसी अजनबी के मुँह से यह सब सुन रही थी। इतनी बात, और इस तरह, उस आदमी ने ज़िन्दगी में कभी नहीं की थी। अगर वह बिना निढाल हुए यह सब कह सकता, और बरसों पहले से कह सकता, तो ज़िन्दगी का रुख कुछ दूसरा ही न होता? तब क्यों वह सोपोर में किसी और के आसरे अकेली रही होती—और क्यों उसने कादिर, ख़ान या किसी भी और से ज़िन्दगी में कुछ उम्मीद की होती? वह कई पल चुपचाप सुन्न हुई उसे देखती रही। चाहती रही कि वह चौखट से सिर उठाकर फिर कुछ कहे, उसी तरह उसी आवाज़ में कुछ और गुबार बाहर निकाले, मगर खालका एक बार झुका, तो झुका ही रहा; चौखट पर रखा सिर फिर देर तक नहीं उठ पाया।

बेगम देखती रही और रोके हुए आवेश से अन्दर ही अन्दर काँपती रही। प्रतीक्षा करने पर भी खालका का सिर नहीं उठा, तो उसका आवेश दुगुना-चौगुना होने लगा। "तुम्हें यहाँ कोई पत्थर ढोने को नहीं कहता," उसने कहा। "तुम्हारे पत्थर ढोने में हमें जो कुछ हासिल है, वह न ही हो, तो अच्छा है। तुम्हारा मन हज पर या जहाँ कहीं जाने को हो, तुम चले जाओ। मगर कासिम के साथ शादी तुम इस लड़की की नहीं, इसके ताबूत की ही करके जा सकोगे!" फिर एकाएक नूरा की तरफ़ देखकर उसे उसके कन्धे से झिंझोड़ दिया। "और तू किस उम्मीद में मेरा मुँह ताक रही है? जिस कमीनज़ाद को तू अपना खसम बनाना चाहती है, उसे भी तेरी लाश ही हासिल होगी—बल्कि उससे पहले उसकी ख़ुद की लाश दफ़नाई जा चुकेगी।"

झिंझोड़ने से नूरा का शरीर हिला पर पैर अपनी जगह कायम रहे। हलके से अपना पटका उतारकर उसने सिर के बालों को झटक लिया। साँस उसकी भी फूल आई थी, पर जो कुछ उसे कहना था, वह उसकी आँखों से और रोंये-रोंये से कहा जा रहा था। शब्दों की शायद उसे ज़रूरत ही नहीं रही थी।

"यह किस तरह देख रही है मेरी तरफ़?" बेगम से उसका देखना सहा नहीं गया। "अगर आज रात के बाद सुबह का मुँह देखना है, तो वह लिहाफ़ पड़ा

है, जाकर चुपचाप उसमें दफ़न हो जा। सुबह तक जो भी फ़ैसला होना होगा तेरी तक़दीर का, वह अपने आप हो जाएगा।"

पर नूरा अपनी जगह से हिली नहीं। उसी तरह खड़ी देखती रही।

"मैंने क्या कहा है? तूने सुना नहीं है?"

नूरा का चेहरा पहले से कुछ सख़्त हो गया। पर उसने आँख तक नहीं झपकी।

"तो तुझे दूसरी तरह से अपनी बात सुनानी पड़ेगी?"

नूरा फिर भी उसी तरह मूरत बनी रही।

बेगम ने उसके कान उँगलियों के बीच लेकर उसका चेहरा दोनों हाथों से दबा लिया और उसे हिलाती हुई बोली, "तो तू सिवाय इस तरीके के और किसी तरह से नहीं सुनेगी? हाँ!"

पर नूरा ने दाँत भींचे हुए एक ही झटके से उसके हाथ अपने चेहरे से हटा दिए और फिर चुपचाप उन्हीं आँखों से उसे देखती रही। झटका खाकर बेगम को एकसाथ दोहरा अहसास हुआ—एक उस लड़की के अपने से कहीं ताकतवर होने का और दूसरा—जो बहुत गहरे तक उसके अन्दर उतर गया—अपने बीत जाने का। गुस्से के मारे उसका मन हुआ कि बावर्चीख़ाने से एक लकड़ी लाकर उस लड़की को बुरी तरह पीट दे, पर दूसरा अहसास इस तरह छा गया था कि वह फिर उसे हाथ से छू भी नहीं सकी।

"तुझे इस घर में नहीं रहना है?" आवाज़ में तीखापन बनाए रखने के लिए उसे कोशिश करनी पड़ी।

"नहीं।"

"दरिया में डूब मरना है?"

"तो क्यों नहीं...!"

पर इस बीच ही खालका की आँखें ऊपर उठ गईं। "यह...यह तुझे दरिया में डूबकर मरने भी नहीं देगी। यह तो तुझे रस्सी से बाँधकर अपने पास बिठा रखेगी जब तक कि दो साल, दस साल, बीस साल में इसका वह...वह इसका ख़ान लौटकर नहीं आता, जिसे इसको अपना...जिसे इसको तेरा...शौहर बनाना है।"

बेगम की त्योरियाँ गहरी हो गईं। नाक फड़कने लगी। "शरम नहीं आती तुम्हें लड़की के सामने इस तरह की बात करते?"

"शरम ही तो नहीं आती," कहते हुए खालका ने मुँह फेर लिया। "शरम आती तो अब तक क्या-क्या न कर दिया होता।"

नूरा बिना दोनों में से किसी की भी तरफ़ देखे कुछ देर खड़ी रही, फिर डूँगे के पिछले हिस्से में चली गई, जहाँ नजमा के बराबर उसका बिस्तर बिछा था। नजमा सीधी लेटी थी, पर उसके आ जाने पर उसने करवट बदल ली।

बेगम प्रतीक्षा करती रही कि शायद खालका फिर आँखें उठाकर उसकी तरफ़ देखे। पर खालका अब पहले से भी ज़्यादा सिमटा, बिलकुल काठ की तरह पड़ा था। वह पहले कुछ देर अपने बिस्तर पर बैठी रही, फिर कम्बल ओढ़कर लेट गई। फिर सहसा ध्यान आ जाने से उसने कम्बल चेहरे से हटाकर सिद्दीक को आवाज़ दी। सिद्दीक तुरन्त वहाँ चला आया, जैसे कि आवाज़ की प्रतीक्षा ही कर रहा हो।

"वह आदमी अभी आया तो नहीं?" बेगम ने पूछा।

"कौन, मामदा?"

"वह नहीं तो और कौन?"

"अभी नहीं आया।"

"जब आए, मुझे ख़बर कर देना।"

"तुम न कहतीं, तो भी मैं उसके आते ही ख़बर कर देता। तुम समझती हो, मैं रात भर सोने जा रहा हूँ? सिद्दीक जब तक उस आदमी की मरम्मत नहीं कर लेगा, उसे नींद नहीं आएगी।"

"उससे कुछ भी कहने से पहले तुम्हें मुझे ख़बर देनी है। अब जाओ।"

और सिद्दीक के जाते ही उसने फिर से अपना सिर-मुँह कम्बल में लपेट लिया।

एक-एक क्षण करके रात बीत रही थी...हर क्षण जो कि बीतने के साथ हाथ से फिसलता जाता था। खालका ने कितनी ही बार सिर-मुँह ढाँपकर पड़ी आकृति की तरफ़ देखा...देखा कि शायद वह अभी हिले...अभी और बात करे... क्योंकि उन दोनों के बीच तो बात अभी हुई नहीं थी...बिना उनके बीच की एकान्त बातचीत के बात समाप्त कैसे हो सकती थी? नूरा के सामने इतना कुछ कह लेने के बाद भी बहुत कुछ था जो अभी बाक़ी था, जो अभी मन में घुमड़ रहा था... जो आज और उसी समय कहा जाना चाहिए था...क्योंकि इतने बरसों में पहली बार आज वह लिहाज़ की दीवार तोड़ पाया था...अपनी कमज़ोर स्वीकृति के कुहासे को पार कर पाया था। आज वह कुछ भी कह सकता था...सभी कुछ कह सकता था। पर बेगम ने अपने को दूर कर लिया था...ताब नहीं थी उसमें कि सुन सके। जिस तरह कि वह बरसों से सुनता आया था उस तरह आज, सिर्फ़ आज एक बार ही सुन सके। पर साथ ही मन कहीं बँधा हुआ भी था, अफ़सोस और पश्चात्ताप से...कि इतने बरसों से एक नाज़ुक धागे का जो सिरा हाथ में सँभाले था, उसे आज उसने छूट जाने दिया था और छूटने के झटके से शायद वह कहीं से टूट भी गया था...।

उसने चेहरे का रुख बदला, करवट बदली। दो-तीन बार खँखारकर बेगम का ध्यान अपनी तरफ़ खींचने की कोशिश की। मगर बेगम जिस तरह पड़ी थी,

पड़ी रही। पर एक हलकी-सी जुम्बिश से उसने अपने जागते होने का अहसास उसे करा दिया।

उसने एक बार आवाज़ देकर बेगम को बुलाना चाहा, पर विचारों के जमघट के बीच आवाज़ जैसे जकड़कर रह गई थी। वह नाम जो कि इतना परिचित था, उस वक़्त ज़ुबान के लिए बेगाना पड़ रहा था...और एक और नाम जो कि अजनबी था...जिसके साथ जुड़े चेहरे को वह सोचा करता था कि वह बिलकुल भूल चुका है...वह दिमाग़ में मँडरा रहा था...बुझती लालटेन के इर्द-गिर्द चक्कर काटते कीड़े की तरह...अन्देशा होता था कि वह अभी चिमनी से चिपक जाएगा और फिर हमेशा-हमेशा के लिए उसी तरह चिपका रहेगा।

ख़ान!

वह ख़ुद ही मोटर स्टैंड से एक दिन उस आदमी को बोट में लाया था। ऊँचे डीलडौल का गोरा आदमी था। खुशमिज़ाज। हँसता, जैसे दरिया की लहर घाट से आ टकराए। उनके यहाँ आकर दो दिन में ही जैसे उनके घर का आदमी हो गया था। उन दिनों काम करनेवाला कोई आदमी उनके यहाँ नहीं था। मामदा अभी आया नहीं था और सिद्दीक बीमार था। बावर्चीख़ाने का सारा काम बेगम सँभालती थी, बाज़ार का और खिलाने का काम वह ख़ुद करता था। कुछ हाथ नूरा भी बँटा देती थी, पर वह जवान लड़की को अकेले आदमी के कमरे में ज़्यादा आने-जाने देना नहीं चाहता था। सैंतालीस का जुलाई महीना था। ख़ान के सिवाय उन दिनों बोट में और कोई नहीं था। बँटवारे के डर से बहुत कम टूरिस्ट उस साल आए थे। ख़ान जब आया, तो एक ही कमरा उसने लिया था, पर चार रोज़ बाद उनकी हालत देखते हुए, उसने पूरे बोट का किराया देना मंज़ूर कर लिया था।

उनके यहाँ आनेवाले और टूरिस्टों से बिलकुल अलग तरह का आदमी था वह। न अंग्रेज़ों की-सी साहबियत, न पंजाबी-गुजरातियों का-सा लिजलिजा नख़रा। कई बार गोश्त बनाने वह ख़ुद बावर्चीख़ाने में पहुँच जाता और बेगम को पेशावरी ढंग से मुर्गा-मटन बनाना सिखाया करता। जब वह अपने हाथ से गोश्त बनाता, तो खिलाता भी सबको ख़ुद ही...मेज़-कुरसी पर बैठकर चीनी के बरतनों में खाने की बजाय खाता भी उन्हीं के बीच बैठकर इनैमल की तश्तरियों में। जब ख़ुद न बनाता, तब भी वहीं बावर्चीख़ाने में आकर बेगम से कश्मीरी ढंग से गोश्त बनाना सीखता रहता...कहा करता कि अगले साल आएगा, तो वे सब चीज़ें भी उन्हें अपने हाथ से बनाकर खिलाएगा।

पर पराए आदमी का इस तरह घर में घुल-मिल जाना अच्छा भी लगता था... नहीं भी लगता था। महसूस होता था, जैसे उतने दिनों के लिए अपनी स्वाभाविक

ज़िन्दगी स्थगित हो गई हो...जैसे वह उस डूँगे के मालिक न होकर ख़ुद किसी के यहाँ मेहमान बनकर ठहरे हों। जब आठ-दस रोज़ इस तरह से गुज़र चुके, तो सुम्बल चिट्ठी लिखकर उसने सिद्दीक को बुला लिया। सिद्दीक अभी कमज़ोर था, पर उसकी तबीयत ठीक हो चुकी थी। सोचा था कि सिद्दीक के आने के बाद बावर्चीख़ाने का काम उसके सुपुर्द हो जाएगा, तो ज़िन्दगी अपने पहले ढर्रे पर लौट आएगी। पर हुआ बिलकुल उससे उलटा। बावर्चीख़ाने का ज़्यादा काम तो सिद्दीक के सुपुर्द हो गया, पर बेगम अब सारा-सारा दिन ख़ान को लेकर और भी व्यस्त रहने लगी। अब ख़ान की कमीज़ों के बटन लगाए जा रहे हैं, अब उसके लिए नमदे, गब्बे और पेपर-मेशी के फूलदान खरीदे जा रहे हैं। इस वक़्त उसे अपने साथ लेकर बाज़ार जा रही है, तो उस वक़्त बाज़ार के लोग सामान दिखाने बोट में चले आ रहे हैं। वह जब भी बाहर से लौटकर आता, पता चलता कि बेगम या तो किसी काम से ख़ान के कमरे में है, या उसे साथ लेकर बाहर गई है, दो घंटे में वापस आएगी। मन में उसे बहुत झुँझलाहट होती। पर ख़ान के सामने वह कुछ भी कह न पाता। अकेले में एकाध बार उसने बेगम से बात करनी चाही, तो उसे बहुत संक्षिप्त उत्तर मिल गया। "किसी एक आदमी के लिए यह सब करके ज़िन्दगी में एक बार मैं अपना चाव पूरा कर सकती हूँ, तो क्यों न करूँ? बाप और खाविन्द ने तो कभी मौका नहीं दिया कुछ करने का। भाई रहा नहीं, लड़का हुआ नहीं...तो किसी के लिए दो-चार चीज़ें खरीदकर मुझे अपना शौक पूरा कर लेने दो। और अपने पैसे से तो उसके लिए कुछ खरीदती नहीं। जो कुछ खरीदना होता है उसी के पैसे से तो खरीदा जाता है।"

किसी भी आगन्तुक की खरीदी चीज़ों में उन्हें कमीशन मिल सकता था, दस फीसदी कम-से-कम। पर बेगम की इस खरीदारी में वह भी हासिल नहीं था। "तुम्हारे लिए या अपने लड़के के लिए खरीदती, तो उसमें से कमीशन लेती?" वह कहती। एक दिन जब बहुत देर हो गई बाज़ार से लौटने में, तो वह कह बैठा, "मुझे तो लगता है कि बाप, खाविन्द, दामाद इन सबसे ज़्यादा वह तुम्हारा सगा है।"

बेगम इस पर चमक उठी। "हाँ, है वह मेरा सगा! तुम सबसे ज़्यादा। बोलो, अब तुम्हें क्या कहना है?"

"मुझे कुछ नहीं कहना है। कहने का असर हो, तो आदमी कुछ कहे!"

बेगम तमतमा उठी, "कुछ कहने से पहले आदमी आदमी तो हो।"

उसकी आँखें उठीं, झुकीं और अपने में खो गईं। पास से हटते हुए उसने कहा, "तुमसे तो बात करना गुनाह है। क्या पता, कब क्या बात तुम्हारी ज़बान पर आ जाए। तुम्हारा आदमी तुम्हारे लिए आदमी नहीं है, आदमी वह जो..."

"सुनो," बेगम ने पीछे से कहा।

वह रुक गया और झुके चेहरे तथा उठी हुई आँखों से उसे देखता रहा।

"तुम...तुम...आज भी तुम मुझ पर शक करते हो? उस औरत पर जो तुम्हारी ख़ातिर सात साल अकेली सोपोर में सड़ती रही है?"

"मैंने यह कहा है?"

"नहीं कहा, तो और क्या मतलब है तुम्हारा? क्या यही सब कहने-सुनने के लिए उस दिन मुझे लाने सोपोर आए थे?"

उसका चेहरा फीका पड़ गया। "तुम धीमी आवाज़ में बात नहीं कर सकतीं?"

"क्यों करूँ मैं धीमी आवाज़ में बात? मैं कोई चोर या गुनहगार हूँ, जो धीमी आवाज़ में बात करूँ? हाँ, तुम एक हो जिसे ख़ुदा ने ऊँची आवाज़ में बात करने का हक नहीं दिया। जाने कौन-से गुनाह की मार है जो कभी तुम्हें खुलकर बात नहीं करने देती।"

और एक दिन किसी बात के सिलसिले में बेगम ने कहा, "मैं उसे क्या समझती हूँ क्या नहीं, उससे क्या चाहती हूँ क्या नहीं, यह जानने की तुम्हें शायद ज़रूरत नहीं। तुम अपने सिवाय ज़िन्दगी में कभी किसी की फ़िक्र रखते भी हो? पर मुझे तो फ़िक्र है कि मेरे घर में जवान लड़की है। एक लड़की को हाँजियों के यहाँ देकर जो कुछ पा लिया है, वह अब और मुझे नहीं चाहिए।"

वह समझ नहीं पाता था कि बेगम क्या चाहती है। क्या वह ख़ान को अपना दामाद बनाने की सोच रही थी? वे लोग क्या अपनी लड़की को बिरादरी से बाहर, शहर से बाहर, भेज सकते थे? बेगम क्या इतनी ही बेसमझ थी कि इतनी-सी बात भी नहीं सोच सकती थी?...और सिद्दीक कभी-कभी जो बात दबे-दबे कहता था...कहता नहीं, जिसकी तरफ़ इशारा करता था? सोभाना और लस्सू का नाम लेकर घाट की जिन चेमेगोइयों का ज़िक्र करता था? हालाँकि उन लोगों को वह गाली ही देता था, पर उसके कहने के अन्दाज़ से यह नहीं झलकता था कि कुछ हद तक वह ख़ुद भी उन बातों में विश्वास करता है? घुमाकर बात इसलिए करता है कि सीधे से कहने का उसका हौसला नहीं पड़ता।

...आधी रात को कई बार वह चौकन्ना होकर उठ जाता। महसूस होता कि पास ही कहीं किसी के पैरों की आवाज़ सुनी है। पर देर-देर तक इन्तज़ार करने पर भी बोट से टकराते डूँगे या डूँगे से टकराते शिकारे के सिवाय कोई आवाज़ सुनाई न देती। करवट बदलने का हौसला न पड़ता, इसलिए वह उसी तरह लेटे-लेटे हाथ को लकड़ी के फ़र्श पर धीरे-धीरे सरकाता...तब तक सरकाता रहता जब तक कि वह बेगम के शरीर से न छू जाता। छू लेने पर बेगम के शरीर में

अगर कसमसाहट होती, तो वह खाँसने लगता...जैसे कि खाँसने में ही हाथ उधर जा लगा हो।

कोई कारण सन्देह का न मिलता...कई बार सन्देह से अपना आप ओछा और छोटा भी लगता...पर वह किसी भी तरह उसे मन से निकाल न पाता। रात-दिन के हर काम में, हर बातचीत में, हर तेवर और मुसकराहट में कहीं अन्दर की सतह पर एक हलकी मगर दर्दभरी लय...दूर किसी पहाड़ी के ढाए जाने की हवा में खोई आवाज़ जैसी...हमेशा चलती रहती। वह सिर्फ़ बेगम को ही नहीं, कभी-कभी नूरा को भी सन्देह की लपेट में लेकर देखने लगता। वह लड़की उस आदमी के सामने उतना खुलकर क्यों हँसती है? क्यों चलते हुए अपना फिरन टखनों से घुटनों तक उठा लेती है? क्यों जब सिद्दीक उस आदमी के कमरे में चाय लेकर जाने लगता है, तो उसके हाथ से ट्रे लेकर कहती है, "मैं दे आती हूँ।"

उसकी इच्छा होती कि जितनी जल्दी हो सके, वह आदमी वहाँ से चला जाए...हालाँकि वक़्त अच्छा नहीं था और जल्द किसी नए टूरिस्ट के आने की सम्भावना भी नहीं थी। वह बात ही बात में ख़ान से पूछ भी लेता, "अब तो हिन्दुस्तान-पाकिस्तान का बँटवारा होने में बहुत थोड़े दिन रह गए हैं। आपके घर के लोग आपके लौटने की फ़िक्र नहीं करते होंगे? आपके यहाँ होने से हमें हालाँकि बहुत आसरा है, फिर भी इसलिए कह रहा हूँ कि..."

ख़ान उसकी बात पर हँस देता। कहता कि उसके घर के लोग कभी उसके लिए फ़िक्र नहीं करते। जानते हैं कि हर हालत में वह अपनी देखभाल कर सकता है; और कि बँटवारा हो जाने के बाद हिन्दुस्तान-पाकिस्तान में फिर कोई झगड़ा नहीं रह जाएगा। आज आपस में जो नफ़रत है, बँटवारे के बाद वह दूर हो जाएगी। ख़ान बयालीस के दिनों के अपने संस्मरण सुनाने लगता, जब उनके कॉलेज की यूनियन ने आन्दोलन में ख़ूब बढ़-चढ़कर हिस्सा लिया था और जलूस के साथ नारे लगाते हुए पुलिस की लाठियाँ खानी पड़ी थीं। "हम लोगों के अन्दर जितना गन्दा मवाद था, वह सब इन दिनों निकल गया था," वह कहता, "अब हम लोग साफ़ दिल और साफ़ दिमाग़ से अच्छे पड़ोसियों की तरह साथ-साथ रहने की बात सोच सकेंगे।"

जिन दिनों वह सोच रहा था कि ख़ान अब दो-चार दिन में ही वापस चला जाएगा, उन्हीं दिनों बेगम ने उसके साथ वुलर की यात्रा का कार्यक्रम बना लिया था। पहले सिद्दीक के साथ जाने की बात नहीं थी, पर ख़ुद उसी ने हठ करके सिद्दीक को साथ भेज दिया था। "मैं तुम्हें ऐसे नहीं जाने दे सकता," उसने बेगम

से कहा था, "रास्ते में जाने कब क्या तकलीफ़ आन पड़े। ऐसे में एक जानकार मर्द का साथ होना ज़रूरी है।"

तीन दिन, तीन रातें वह डूँगे में अकेला रहा। किसी के साथ बात करने का उसका मन नहीं होता था, किसी के साथ उठने-बैठने या कहीं आने-जाने को भी जी नहीं करता था। वह दिन भर लेटा रहता या छत पर जाकर हुक्का गुड़गुड़ाता हुआ आसमान की तरफ़ देखता रहता। आसमान का खुलापन उन दिनों और भी खुला लगता था, जैसे कि दूर-दूर तक उसके दरवाज़े खोल दिए गए हों। उन दरवाज़ों से वह आसमान की गहरी, धुँधली और रहस्यमय दुनिया में प्रवेश कर सकता था—दूर पहाड़ियों पर ढले-झुके रंगीन बादलों को पार करके उनसे आगे, बहुत आगे, उस दुनिया तक जा सकता था, जहाँ किसी चील के पंख नहीं पहुँच पाते। पर जब साँझ गहराने लगती और आसमान के दरवाज़े बन्द होने लगते, तो उसे मजबूर होकर घाट के छोटे-से आँगन में लौट आना पड़ता। छत से उतरकर सुनसान डूँगे में दियासलाई से रोशनी करनी होती और देखना होता कि सुबह के खाने में से इस वक़्त के लिए क्या और कितना बचा है।

तीसरी रात आने तक उसका धीरज छूटने लगा। लगने लगा कि अब और इन्तज़ार वह नहीं कर सकता...इन्तज़ार से आगे भी चार मंज़िलें लाँघकर वह उस मुकाम तक आ पहुँचा है, जहाँ हर चीज़ एक रुकावट में बदल गई है...अपनी एक-एक साँस से वक़्त के एक-एक लम्हे तक। जैसे कि उसके सिवाय ज़िन्दगी में और सब कुछ बीत चुका हो...एक तूफ़ान ने उसके घर के लोगों को ही नहीं, सारी दुनिया को निगल लिया हो और डूँगे के अँधेरे में बैठा वह...अकेला वह उस बीती हुई ज़िन्दगी का गवाह हो और मन-मारे उस क्षण की प्रतीक्षा कर रहा हो, जबकि बाक़ी दुनिया के साथ, उसी की तरह से भी बीत जाना होगा...।

चौथे रोज़ सब लोग सही-सलामत लौट आए। वुलर के तूफ़ान का क़िस्सा सबकी ज़बान पर था। ख़ान बेगम की तारीफ़ करते नहीं थकता था कि मौत के मुँह में भी उसने उनका हौसला टूटने नहीं दिया। जब झील की लहरों में शिकारा उलटने को हो रहा था, तो उसकी हिम्मत थी, जो उन्हें बचाकर क्यूनुस के किनारे तक ले गई थी। बीच में एक क्षण भी ऐसा नहीं आया जब बेगम का विश्वास डगमगा गया हो, या उसके मज़ाक में फ़र्क आया हो।

बेगम वुलर से एक नई योजना लेकर लौटी थी। ख़ान कुछ दिनों के लिए वहाँ से पेशावर जाएगा, और फिर वहीं लौट आएगा। अपना बोट खरीदकर वहीं रहेगा। जिन-जिन लोगों के बोट बिकाऊ हैं, उन सबसे पता करना होगा। उनसे बात करनी होगी। बोट इस पार के चालू बोटों में से नहीं होगा। उस पार के रईसी

बोटों में से कोई एक बोट देखना होगा। 'फ़िरदोस' के मिस्टर और मिसेज़ बर्टन वहाँ से छोड़कर जाने की सोच रहे थे। उनसे बात करनी होगी। सफ़ेद रंग का वह बोट ख़ान को बहुत पसन्द था। सामान भी उसका बहुत अच्छा था। बुराई एक ही थी कि कादिर के बोट के बहुत पास था। पर वहाँ से उसे हटाया जा सकता था। इधर के किसी घाट पर अच्छी-सी जगह देखी जा सकती थी। ख़ान को क़ीमत की परवाह नहीं थी। बीस-पच्चीस-तीस हज़ार तक वह कुछ भी ख़र्च कर सकता था। बस उसके जाने से पहले बात तय हो जानी चाहिए थी।

...अगस्त शुरू हो चुका था। ख़ान कह रहा था कि सितम्बर के पहले नहीं, तो दूसरे हफ़्ते तक वह ज़रूर लौट आएगा। पूरी सरदी वहीं रहेगा। बर्फ़ के दिनों में काँगड़ी लेकर बैठा करेगा। फिरन पहना करेगा। कोई उसे पहचान भी नहीं सकेगा कि वह बाहर से आया है या वहीं का रहनेवाला है।

"दो महीने में तुम मुझे अपनी ज़बान सिखा दोगी न?" वह बेगम से कहता।

"क्यों नहीं सिखा दूँगी? नूरा से तुम महजूर के गीत सीखना। तुमने कभी सुना नहीं...कितना अच्छा गाती है यह लड़की!"

नौ अगस्त का दिन था शायद...जिस दिन ख़ान को वहाँ से जाना पड़ा—बोट की बात तय होने से पहले ही। घर से बुलावा आ गया था। वे सब उसे मोटर स्टैंड पर छोड़ने गए। चलते वक़्त बेगम का हाथ थामे हुए ख़ान की आँखें भर आईं। लौटकर डूँगे में आने के बाद बेगम से उस दिन कुछ खाया नहीं गया।

ख़ान के जाने के बाद एक ख़ला का अहसास ख़ुद उसे भी होने लगा। वह नुक़्ता जिसके गिर्द ज़िन्दगी चक्कर काट रही थी, एकाएक बीच से निकल गया था। जितने दिन ख़ान वहाँ था, शरीर और मन दोनों से व्यस्तता रही थी—शरीर से ज़्यादा मन से। सुबह उठने के साथ ही ख़ान के चाय-नाश्ते की फ़िक्र शुरू हो जाती थी—साथ ही अन्दर की वह जद्दोजहद...जो रात होने तक मन को निढाल कर देती थी। पर अब न वैसी व्यस्तता थी, न वह जद्दोजहद—कम-से-कम उस रूप में नहीं थी। ज़िन्दगी की अपनी स्वाभाविकता, जो ख़ान के आने से पहले थी, वह भी फिर लौटकर नहीं आई थी। हालाँकि फ़र्क किसी चीज़ में नहीं था। उसी तरह सुबह उठना, उसी तरह खाना-पीना और उस तरह यहाँ से वहाँ आना-जाना होता था, मगर कुछ था, जो आसपास की हवा से...बल्कि अपने अन्दर कहीं से...गुम हो गया था।

बेगम से बहुत कम बात होती थी। करनी पड़े, इस मजबूरी से दोनों ही बचना चाहते थे। आमने-सामने पड़कर भी बिना एक-दूसरे की तरफ़ देखे, बिना एक-दूसरे की तरफ़ ध्यान दिए, पास से निकल जाने में ही सुविधा लगती थी। फिर भी जब कभी बहस होती, उसी की तरफ़ से होती। बढ़ते हुए अजनबीपन से बाहर आने

की कोशिश उसी को करनी पड़ती। बेगम गरदन को ज़रा-सा मोड़कर उसकी बात का जवाब दे देती। फिर अपने काम में व्यस्त हो रहती। उसे हर बार अहसास होता कि बात करके उसने अपने को छोटा किया है। मगर रात-दिन की अस्वाभाविक ख़ामोशी उसे इस तरह कचोटती कि फिर एक बार बात करने—एक बार फिर से शुरुआत कर देखने से वह अपने को न रोक पाता।

मगर शुरुआत हो नहीं पाती थी। किसी भी तरह नहीं हो पाती थी। ख़ान के साथ वुलर से होकर आने के बाद से बेगम ने जैसे अपनी दुनिया बिलकुल अलग कर ली थी। उस दुनिया में उसे नूरा और ख़ान को लेकर अलग रहना था, अलग तरह से ही उन दोनों के साथ अपने भविष्य की रूपरेखा बनानी थी। उस दुनिया में वह—खालका—एक अनावश्यक प्रसंग की तरह था, जिससे बेगम को ख़ास मतलब नहीं था। वह उसके साथ ज़िन्दगी काट रही थी, आगे भी काट सकती थी—मगर अब से उसकी दुनिया में रहकर नहीं, उसे अपने साथ अपनी दुनिया में रखकर।

ख़ान के लिए हाउसबोट खरीदने की बात ख़ान के चले जाने के बाद भी बेगम के दिमाग़ पर छाई रही थी। बर्टन परिवार के अलावा और कुछ लोगों की बोट भी वह देख आई थी। सिद्दीक तथा कुछ और लोग उसके इस शौक़ में शामिल थे। उसे आकर बताते रहते थे कि कहाँ कौन बोट किस क़ीमत पर बिक रहा है। बेगम ख़ुद देखने जाती और घर आकर घंटों उसके साज़-सामान की क़ीमतें जोड़ती रहती। वह सोचे हुए थी कि ख़ान का ख़त आने तक कम-से-कम तीन-चार बोटों का पूरा ब्यौरा उसे लिख भेजेगी...।

मगर हालात ऐसे थे कि आज का तैयार किया ब्यौरा कल-तक ग़लत हो जाता था। ज्यों-ज्यों पन्द्रह अगस्त का दिन पास आ रहा था, हर नई अफ़वाह के साथ बोटों की क़ीमतें घटने-बढ़ने लगती थीं। सुबह जिस बोट की क़ीमत अट्ठारह हज़ार बताई जाती, शाम तक पता चलता कि वह बाईस हज़ार में बिक गया है। इससे पैदा हुई निराशा अभी मन से दूर न हो पाती कि पता चलता, वह बोट फिर सत्रह हज़ार में बिकाऊ है; और यही नहीं उससे अच्छा दूसरा बोट जो परसों तक बीस हज़ार का था, अभी हाथों हाथ पन्द्रह हज़ार में ख़रीदा जा सकता है।

सिद्दीक बहुत उत्साहित होकर ये ख़बरें लाता था। बेगम सुनकर कभी उत्साहित और कभी हताश हो उठती। उसका बस चलता तो बिना ख़ान के ख़त की प्रतीक्षा किए वह किसी-न-किसी बोट का सौदा तय कर डालती। पर अब मजबूरी थी। ख़ान का ख़त आने तक ही नहीं, ख़ुद ख़ान के लौटकर आने तक उसे इन्तज़ार करना था। तब तक ब्यौरा ही जमा कर सकती थी, और वह ऐसा खेल था, जिसमें दिन में दो-दो बार ख़ुद अपने से हार जाती थी।

और हर गुज़रते दिन के साथ बेचैनी बढ़ती जाती। क़ीमतों की वजह से उतनी नहीं, जितनी दूसरी अफ़वाहों की वजह से। नौ अगस्त को ख़ान गया था। तेरह-चौदह से पहले तो उसका ख़त आ ही नहीं सकता था। पर लोग कह रहे थे कि चौदह-पन्द्रह अगस्त के बाद उस तरफ़ से कोई ख़त आना मुमकिन ही नहीं होगा। उधर से ख़त डाला भी जाएगा, तो वह पानेवाले तक नहीं पहुँचेगा। आने-जाने के रास्ते भी हमेशा के लिए बन्द हो जाएँगे। जिसे जाना हो, पन्द्रह से पहले ही चला जाए। बेगम इन बातों से परेशान होकर भी इन्हें स्वीकार नहीं करना चाहती थी। उसे अफ़वाहों से ज़्यादा भरोसा ख़ान की बात पर था—कि एक बार बँटवारा हो जाने के बाद फिर बहुत जल्दी सुलह-सफ़ाई हो जाएगी। उसकी सबसे बड़ी दलील यही थी कि अनपढ़ हाँजी जो कुछ कहते हैं, वह ख़ान जैसे पढ़े-लिखे आदमी की बात से ज़्यादा सही कैसे हो सकता है? इसलिए वह लोगों से लड़ भी पड़ती थी। "यह सब झूठ बात है," वह कहती, "ऐसे लड़ाई-झगड़े पहले क्या नहीं हुए? रास्ते चार दिन चाहे बन्द रहें, पर हमेशा के लिए बन्द नहीं हो सकते हैं। बँटवारा होगा, तो ज़मीन के दो टुकड़े नहीं हो जाएँगे।"

बेगम के मुँह से ऐसी बातें सुनकर वह संजीदा हो जाता। कादिर बेगम का मज़ाक उड़ाता। जान-बूझकर बात में ख़ान का ज़िक्र लाकर अपनी चुस्त सलवार के बल ठीक करता हुआ कहने लगता, "महाराजा हरिसिंह को चाहिए कि दस दिन के लिए हुकूमत की बागडोर बेगम के हाथ में सौंप दें। बस, फिर दस दिन में ही पेशावर के सब ख़ान कश्मीर में आ बसेंगे और यहाँ के हाँजी पेशावर जाकर अंगूर बेचने लगेंगे!"

बेगम कादिर की बात से चिढ़कर भी उसके मुँह पर ख़ामोश रहती। कादिर के प्रति उसके व्यवहार में पहले से ज़्यादा रूखापन आ गया था। पहले जिन बातों पर उससे झगड़ने लगती थी, अब उन्हें सुनकर भी अनसुनी कर जाती। ख़ान के जाने के बाद कादिर का उनके यहाँ आना-जाना काफ़ी बढ़ गया था। बेगम के मन की बात का अन्दाज़ा शायद उसे भी था और वह इस टोह में था कि पेशावर से सचमुच कोई ख़त आए तो उससे बात छिपी न रहे। इन्हीं दिनों कासिम के साथ नूरा के रिश्ते की बात भी उसने चला दी थी। बात सुनकर बेगम के माथे पर एक शिकन आई, मगर उस वक़्त कादिर के सामने मुँह से कुछ ज़ाहिर नहीं होने दिया।

पन्द्रह अगस्त का दिन आकर बीत गया। एक-एक करके और भी कितने ही दिन निकल गए। इस बीच ख़ान का कम-से-कम एक तो खत आना ही चाहिए था, जो कि नहीं आया। डाक का वक़्त होने पर बेगम हर रोज़ सिद्दीक को पोस्ट ऑफ़िस पता करने भेजती। सिद्दीक घंटा-डेढ़ घंटा लगाकर लौटता और रोज़

घर की सीढ़ी से ही सिर हिलाकर बता देता कि ख़त नहीं आया। बेगम तब तक उत्सुकता से उस तरफ़ देख रही होती, मगर पता चलने के बाद फ़ौरन अपने को किसी-न-किसी काम में व्यस्त कर लेती, ज़ाहिर करना चाहती कि चिट्ठी न आने का उसके मन पर कोई ख़ास असर नहीं है। आज नहीं आई, तो कल आ जाएगी।

पर उस दिन बेगम के लिए अपने को सँभाले रखना असम्भव हो गया, जिस दिन सिद्दीक ने आकर बताया कि कादिर भी रोज़ उस वक़्त पोस्ट ऑफ़िस में डाक का पता करने आया करता था, पर अब दो-एक दिन से नहीं आ रहा। यह नामुमकिन नहीं कि उसके नाम आई चिट्ठी उसी ने वहाँ से हथिया ली हो।

बेगम सुनकर सिद्दीक पर उबल पड़ी। "तो तुम वहाँ खड़े क्या करते रहते थे? तुमने पूछा नहीं कि हमारे नाम आई चिट्ठी किसी और के हाथ में क्यों दी गई?"

"तुम्हारा ख़याल है सिद्दीक यह सब पूछे बग़ैर ही वहाँ से चला आता है?...पर मुझे लगता है, डाकिए को भी उसने अपने साथ मिला रखा है। डाकिया कहता है, उसे कुछ मालूम नहीं। कब किसकी चिट्ठी आई, यह वह कैसे याद रख सकता है?"

"याद रख सकता है या नहीं, यह सब पता चल जाएगा।" बेगम का चेहरा सुर्ख़ हो गया, "मेरी चिट्ठी अगर उस कमीने के हाथ में दी गई होगी, तो मैं दोनों को जेल भिजवाए बिना चैन नहीं लूँगी।"

सिद्दीक इस बात से थोड़ा सहम गया था, क्योंकि उसने अपने जाने यह बात शायद बहुत साधारण समझकर कही थी; बल्कि शायद चापलूसी में ही कह दी थी।

मगर बेगम के मन में इस बात को लेकर एक बार सन्देह का बीज पड गया, तो फिर ज़िन्दगी भर नहीं निकल सका।

पोस्ट ऑफ़िस में बेगम ने ख़ुद कई चक्कर लगाए। डाकिए से हर तरह की जिरह की, ख़ुद जाकर पोस्ट मास्टर से मिली। वहाँ से भी तसल्ली नहीं हुई, तो कादिर को बुलाकर उसकी डाँट-फटकार की। कादिर क़समें खाता रहा कि उसने उनकी कोई चिट्ठी पोस्ट ऑफिस से नहीं ली, मगर साथ ही ख़ान को लेकर अबा-तबा जो कुछ मुँह में आया, बकता रहा। "तुम्हार ख़याल है हमारे जीते-जी इस घर की लड़की किसी पठान को सौंप दी जाएगी और हम ख़ामोश बने रहेंगे?" उसने कहा, "वह आदमी अब आकर क़दम तो रखे यहाँ, हम उसकी हड्डी-पसली एक न कर दें तो!...हम तो सोचते थे कि अमीर आदमी है, दस दिन आकर रहा है, इसीलिए उसके ख़त में इतनी दिलचस्पी है। यह किसने सोचा था कि घर में रखकर लड़की के साथ उसे ऐश कराने के इरादे हैं। और यह भी किसे मालूम है कि अभी इरादे ही हैं, या बात इससे आगे बढ़ चुकी है! अगर सचमुच अपना मुँह काला कर चुके हो, तो साफ़-साफ़ क्यों नहीं बताते! मैं जाकर लड़की को उसके

पास पेशावर छोड़ आता हूँ। दस और हाँजियों को भी साथ लेता जाऊँगा ताकि लड़की को उसके सुपुर्द करने से पहले पता चल जाए कि उसके जिस्म में ख़ून कितना है और पानी कितना!"

सिर-फुटव्वल उसी दिन हो जाती अगर वह बीच में पड़कर कादिर को डूँगे से बाहर न ले जाता। कादिर ने भी इतनी समझदारी कर ली कि डूँगे से बाहर निकलकर सड़क पर उस तरह बकझक नहीं की। चलते हुए वह इतना ही कहता रहा, "देखो, अब इस लड़की को ज़्यादा दिन कुँवारी नहीं रखा जा सकता! अब की ईद तक तुम्हें इसकी शादी कर ही देनी होगी। कासिम में चार ऐब हो सकते हैं, पर आजकल कौन ऐसा लड़का है जिसमें कोई ऐब नहीं? हाँजियों के और लड़कों से किस लिहाज़ में वह बुरा है?"

वह उस वक़्त कादिर का दिमाग़ ठंडा रखना चाहता था, इसलिए उसकी हर बात पर सिर हिलाता रहा। कहता रहा कि चार दिन में बेगम का गुस्सा उतर जाने पर वह उससे बात करेगा। जब अपने घर में ही कासिम जैसा लड़का है, तो किसी और से लड़की को ब्याहने की बात सोची ही कैसे जा सकती है?

बाँध के उस सिरे तक वह कादिर के साथ-साथ चलता गया। वहाँ से कादिर को उस पार भेजकर वापस आया, तो इसकी टाँगें दर्द कर रही थीं। आँखों में गनूदगी छाई थी। आकर तकिये पर सिर रखकर लेटा, तो फिर कई दिन होश-हवास खोकर लेटा ही रहा। बाद में लोगों ने बताया कि वह घंटों बड़बड़ाता रहता है। एक दिन हालत यहाँ तक पहुँच गई थी कि उसके जीने की उम्मीद भी छोड़ दी गई थी। पर उसे लगा था जैसे एक लम्बी, बहुत लम्बी रात में वह लगातार एक सपना देखता रहा हो...कलकत्ते का फुटपाथ—जहाँ वह भीड़ से बचता हुआ एक तरफ़ चल रहा है...एस्प्लेनेड की तरफ़ से फ़ौजी दस्ते के जूतों की आवाज़ आ रही है...हवाई जहाज़ों की गूँज सुनाई दे रही है...लोग दीवारों के पीछे छिपने के लिए दौड़ रहे हैं...अचानक पास ही कहीं एक बम फटा है और वह लहूलुहान होकर फुटपाथ से सड़क पर जा गिरा है...सड़क सुनसान हो गई है और दूर-दूर तक कोई इनसान नज़र नहीं आता...वह चिल्लाना चाहता है, मगर उसके गले से आवाज़ नहीं निकलती...उसकी गरदन एक तरफ़ को लुढ़ककर वहीं पथरा गई है...उसके हज़ार कोशिश करने पर भी सीधी नहीं होती...फिर एक तख़्ता है जिस पर डालकर कुछ लोग उसे लिये जा रहे हैं...वह उसका जनाज़ा है...वह तख़्ते से उठना चाहता है...कहना चाहता है कि वह अभी मरा नहीं, ज़िन्दा है...मगर उठ सके, या बोल सके, इतनी ताकत उसमें नहीं है...वह अब एक गड्ढे में है और लग रहा है कि अभी गड्ढे को मिट्टी से पाट दिया जाएगा...वह पड़ा-पड़ा इन्तज़ार

कर रहा है, मगर मिट्टी ऊपर से नहीं डाली जाती...तभी एक हाथ धीरे-धीरे माथे को सहलाने लगता है...अब वह गड्ढे की जगह बिस्तर पर है और करवट बदल रहा है...एलिस का नंगा शरीर उसके शरीर पर झुका है और वह उससे लिपटकर पूछ रही है कि उसके लिए वह कश्मीर से क्या तोहफ़ा लाया है...बाहर से शाह साहब की आवाज़ सुनाई दे रही है...वह डर रहा है कि शाह साहब को पता न चल जाए कि वह वहाँ लौट आया है, और एलिस के साथ बिस्तर में लेटा है... बाहर से उसे बुलाया जा रहा है...वह एलिस के नंगे शरीर को ऊपर से हटाकर बाहर आता है...बाहर आते ही शाह साहब से नहीं, रमज़ान से सामना होता है। रमज़ान उसे देखते ही गाली बकने लगता है और उसकी बाँह पकड़कर उसे घसीट ले चलता है...सामने दरिया है...हुगली नहीं जेहलम...रमज़ान उसे दरिया में धकेल देना चाहता है...एक औरत अपनी किश्ती में बैठी ख़ामोश आँखों से सब देख रही है...वह नीले रंग का फिरन पहने है और उसके कानों में चाँदी के कनवाज हैं... पानी में धकेल दिए जाने पर वह उस किश्ती की तरफ़ तैरने लगता है...मगर वह किश्ती उससे दूर-दूर हटती जाती है...आगे घना जंगल है...किश्ती ग़ायब हो जाती है, वह जंगल में भटकने लगता है...।

जब होश में आया, तो पता चला कि कई हफ़्ते बुख़ार में पड़ा रहा है। उस वक़्त बेगम उसके सिरहाने बैठी थी। पहली बात जो उसने बेगम से पूछी थी, वह थी, "ईद में कितने रोज़ बाक़ी हैं?"

"बहुत रोज़ बाक़ी हैं," बेगम ने उसके सिर पर हाथ फेरते हुए कहा। "तुम अभी से ईद की फ़िक्र क्यों करने लगे?"

ईद...पर ईद से कुछ रोज़ पहले ही आसमान का रंग बदलने लगा था।

एक दिन बारिश हुई थी...हलकी बूँदाबाँदी। दूसरे दिन सलेटी रंग की ज़िन्दा भाप आसपास घिर आई थी...बाँध के एक सिरे से दूसरे सिरे तक, टीन की छतों के ऊपर, दरिया के आर-पार। आदमी, नावें, पेड़ सब कोहरे में डूबी, हिलती हुई धुँधली लकीरों में बदल गए थे। सामने का पुल और सड़क पर बिजली के खम्भे आसमान को नापते सिलसिलेवार स्याह निशानों जैसे नज़र आ रहे थे। अपने हाथ-पैरों से लेकर पहने हुए कपड़ों तक सब कुछ इतना ठंडा हो गया था कि उसी दिन से आनेवाले बर्फ़ानी दिनों का अहसास होने लगा था। वह दिन भर ऊनी पाजामा पहने, काँगड़ी लिये सिमटकर बैठा रहा था।

धीरे-धीरे कोहरे के रंगों में घुल-मिलकर शाम गहरी हुई थी...शाम का गहराना जिस्म के और हिस्सों से ज़्यादा नंगे हाथ-पैरों और उकड़ूँ घुटनों को महसूस हुआ था। अभी छह नहीं बजे थे कि आसपास रात की तारीकी घिर आई थी...उसके साथ-साथ

एक और तारीकी जो पिछले दो दिन से ठंडे माहौल को और भी ठंडा बना दे रही थी। बाँध के उस तरफ़ से आई कई तरह की ख़बरें घाट के सन्नाटे में फुसफुसाहट भर जाती थीं। परसों सुना था कि पाकिस्तान की सरहद से बहुत-से कबाइली दस्ते... अफ़रीदी, वज़ीरी, महसूद और दूसरे...कृष्णगंगा का पुल पार करके लूटमार के इरादे से मीरपुर और पुंछ के इलाके में आ दाख़िल हुए हैं। कल ख़बर आई थी कि वे सिर्फ़ लूटमार के लिए नहीं, सारे काश्मीर पर कब्ज़ा करने के लिए उस तरफ़ आ रहे हैं... कि उनमें सिर्फ़ कबाइली ही नहीं, पाकिस्तानी फ़ौज के सिपाही भी शामिल हैं, जो मोटरों और ट्रकों में दोमेल-बारामूला की सड़क से इस तरफ़ को बढ़े आ रहे हैं...कि वे सब तरह की मशीनों, तोपों और गोले बारूद से लैस हैं...और कि मुज़फ़्फ़राबाद तक आते-आते उन्होंने कई गाँव जला दिए हैं और कितने ही लोगों को नंगा खड़ा करके गोलियों से उड़ा दिया है और आज पता चला था कि वे लोग उड़ी तक आ पहुँचे हैं और अब, किसी भी वक़्त, बारामूला और सोपोर पहुँच सकते हैं।

दशहरे का दिन था...फिर भी बाँध पर बहुत कम लोग आते-जाते नज़र आ रहे थे। हवा की ठिठुरन में एक वीरानी-सी भरी थी—रुकी और सहमी हुई-सी वीरानी... जैसे कि शहर की ज़्यादातर आबादी शहर से बाहर चली गई हो।

दरिया में भी कोई ख़ास हलचल उस दिन नहीं थी...सिवाय यहाँ-वहाँ की रोशनी के, या उन हलकी-हलकी आवाज़ों के जो दरबार के सिलसिले में नीचे की तरफ़ जाते शिकारों में से सुनाई दे जाती थी। धुन्ध की वजह से रोशनियाँ बुझी-बुझी-सी नज़र आती थीं—आसमान में इधर-उधर बिखरे बेजान धब्बों जैसी...और आवाज़ें उस ख़ामोशी में बहुत अजनबी लगती थीं।

डूँगे के सर्द अँधेरे में वे लोग ख़ामोश बैठे थे। खाना जल्दी खा लिया गया था। दोनों लालटेनें, बेगम के कहने से सिद्दीक ने बुझा दी थीं। बेगम का शायद ख़याल था कि सब लोग जल्दी से सो जाएँगे, पर नींद किसी की भी आँखों में नहीं थी। सब अपनी-अपनी जगह बैठे, एक-दूसरे से आँखें हटाकर देख रहे थे... बीच-बीच में कभी एक-दूसरे की तरफ़ भी देख लेते थे। शायद एक ही बात सबके मन में थी, जो वे एक-दूसरे से कह नहीं पा रहे थे। आख़िर सिद्दीक ने, आँखों से हरेक के चेहरे की टोह लेते हुए, पहली बात कही थी, "तो अब...अब उसका क्या होगा, मेरी ज़मीन का?"

सिद्दीक का इस तरह ख़ामोशी को तोड़ना किसी को अच्छा नहीं लगा... उसे तो बिलकुल ही नहीं। उसके घुटनों में ख़ून जम गया था। उन्हें सीधा करके वह चुपचाप सिद्दीक की तरफ़ देखता रहा। सिद्दीक की बात का जवाब बेगम ने दिया, "तुम्हें इस वक़्त भी अपनी ज़मीन की सूझ रही है?"

सिद्दीक इससे थोड़ा आगे को सरक आया। बोला, "मेरे पास सिवाय उस ज़मीन के और है ही क्या? तुम्हें और ख़ान को सोपोर छोड़कर वहाँ गया था, तो मुझे बारह सौ मिल रहा था उसका, पर मैंने नहीं लिया कि वही तो चीज़ है जिसके आसरे मैं घर बसाने या कुछ भी करने की सोच सकता हूँ। ज़मीन बेच दूँगा, तो मेरे पास क्या रह जाएगा? और ज़मीन के सिलसिले में कभी बारामूला तक आना-जाना हो जाता है...ज़मीन ही चली गई तो मैं फिर कभी बारामूला किसलिए जाऊँगा? और अब अगर यह सच है कि उधर के लोग..." और यह कहते हुए सिद्दीक की आवाज़ धीमी हो गई।..."अगर यह सच है कि कबाइली लोग वह सब करने इधर आ रहे हैं जो कि लोग कहते हैं, वे कर रहे हैं और कल तक अगर सचमुच बारामूला पर उनका कब्ज़ा हो जाता है, तो मुझे सोचना नहीं चाहिए कि मेरी ज़मीन का क्या होगा? ज़मीन के काग़ज़ तब कौन मुझसे देखेगा और वह वापस किस तरह मिलेगी?"

"तुम्हारी ज़मीन!" बेगम की आवाज़ में पहले से ज़्यादा कड़वाहट आ गई। "तुम्हें सिवाय अपनी ज़मीन के दुनिया में और किसी चीज़ से वास्ता भी है? बारामूला और सोपोर में लोगों की जान पर क्या गुज़रेगी, इससे तुम्हें कुछ भी मतलब नहीं, मतलब है सिर्फ़ इससे कि तुम्हारी उस चार बीघा ज़मीन का क्या होगा!"

"चार बीघा?..." सिद्दीक के चेहरे की सिकुड़नें गहरी हो गईं। "नौ बीघा ज़मीन है मेरी वहाँ पर...कम-से-कम भी होगी तो आज वह दो हज़ार की होगी। जिसने बारह सौ दाम लगाया था, उसने सोचा होगा कि मुझे ज़मीन की कीमत का कुछ अन्दाज़ा ही नहीं है। पर मैं कितना भी बेवकूफ़ क्यों न होऊँ, इतना नहीं हूँ कि दो हज़ार की ज़मीन बारह सौ में किसी को दे दूँ। और तुम उसे ज़मीन कहती हो, पर सिद्दीक के लिए वह ज़मीन नहीं, उसकी जान है। ज़मीन ही हाथ से चली गई तो सिद्दीक के पास रह क्या गया? समझ लो कि उसकी जान भी साथ ही चली गई!"

"तो क्यों नहीं रातोंरात वहाँ चले जाते?" बेगम ने तल्ख़ होकर कहा। "जाकर ज़मीन पर औंधे लेट रहना ताकि उसे कोई उठाकर न ले जाए।" इस पर हलकी-सी हँसी नूरा के गले से सुनाई दी, तो बेगम ने उसे भी डाँट दिया।

बेगम की परेशानी को उस वक़्त सिर्फ़ वही समझ रहा था। जानता था कि बेगम वह बात अपने मुँह से नहीं कहेगी...अपने मन की कमज़ोरी किसी के भी सामने ज़ाहिर नहीं होने देगी। परेशानी की झलक बेगम की बातचीत में कल से ही मिल रही थी—तभी से जब कबाइलियों के बारामूला और सोपोर की तरफ़ बढ़ने की ख़बर पहली बार सुनी गई थी। उसने कल भी चाहा था कि बेगम से उस बारे में बात करे, पर इसका मौका ही उसे नहीं मिल पाया था।

"तुम्हारी ज़मीन अपनों की जान से ज़्यादा कीमती नहीं है," घुटने को हाथ से मलते हुए उसने सिद्दीक से कहा, "बारामूला में तुम्हारे ही कितने रिश्तेदार हैं। सोपोर में बेगम का मायका है। नबी नागू अकेला है वहाँ पर...इस उम्र में अब इतनी जान भी नहीं है उसमें कि ख़तरे के वक़्त वहाँ से निकलकर चला आए...या किसी महफ़ूज़ जगह पर जा रहे। मैं तो सोचता हूँ कि हममें से कोई आदमी वहाँ जाकर उसे साथ ला सके, तो..."

"वह यहाँ हरगिज़ नहीं आएगा," बेगम ने बात बीच में ही काट दी। "उसे अकेले मरना मंज़ूर होगा, मगर किसी के भी जाने से वह सिरीनगर नहीं आएगा, और न ही एक दिन भी हम लोगों के साथ आकर यहाँ रहेगा। उसकी बेटी को अपना इतना मान है कि वह उस दिन के बाद उससे मिलने नहीं गई...उसे ख़ुद को अपना कितना मान है, यह क्या यहाँ किसी को मालूम नहीं?"

"तुम भी अगर चलो," वह बोला, "और मैं तुम्हारे साथ चलूँ, तो हो सकता है। उसे आने के लिए राज़ी किया जा सके...।"

"वह फिर भी नहीं आएगा," कहते हुए बेगम का चेहरा दूसरी तरफ़ हट गया। "किसी भी हालत में वह यहाँ आने के लिए राज़ी नहीं होगा।" फिर पल भर ख़ामोश रहने के बाद उसने कहा, "और मैं ही क्यों उसे लाने जाऊँगी? उस दिन आई थी, तो ज़िन्दगी भर के लिए उसे छोड़कर ही तो आई थी। उसके लिए भी उसकी लड़की उसी दिन मर-खप गई...उसका बस चलेगा, तो वह मुझे अपना कफ़न तक नहीं छूने देगा।"

सिद्दीक बाँहें लपेटकर बैठ गया था और बारी-बारी से दोनों की तरफ़ देख रहा था। नूरा उँगली से तख़्ते पर लकीरें खींच रही थी। सिवाय उसकी हिलती हुई सफ़ेद उँगली और सब लोगों की उठती-गिरती साँसों के कहीं कोई और हरकत नज़र नहीं आ रही थी। नीचे घाट पर मुर्गियाँ कुड़कुड़ा रही थीं। सिद्दीक रात के लिए उन्हें डूँगे में लाना भूल गया था। उनके पंखों की फड़फड़ाहट हवा में लगातार चलती एक छटपटाहट की तरह महसूस होती थी। एक बार आँखें उठाकर उसने सिद्दीक की तरफ़ देखा। सिद्दीक मुर्गियों को किनारे से लाने के लिए उठ खड़ा हुआ। पर उसके डूँगे से नीचे जाने और लौटकर आने के बीच ही एक बहुत बड़ी घटना हो गई। दरिया पर फैली धुन्ध में झिलमिलाती सबकी सब रोशनियाँ एकाएक गुल हो गईं। दरिया की काँपती हुई सतह भी कुछ देर अँधेरे में ओझल हो रही।

सिद्दीक अभी शायद घाट पर ही था...क्योंकि तख़्ते पर आते हुए उसके पैरों की हड़बड़ाहट का अन्दाज़ा सभी को हुआ। डर भी लगा कि वह तख़्ते से कहीं नीचे तो नहीं जा गिरा। पर इससे पहले कि कोई भी अपनी जगह से उठता, सिद्दीक

दोनों कुड़कुड़ाती मुर्गियों को छाती से सटाए, हिलते हुए डूँगे में उनके सामने आ खड़ा हुआ...एक बिना चेहरे के स्याह बुत की तरह। "सारे शहर की बत्तियाँ गुल हो गई हैं," उसके गले से डरी और बैठी आवाज़ सुनाई दी। "आज...दरबार के दिन...शहर की सारी बत्तियाँ गुल हो गई हैं।"

मुर्गियाँ सिद्दीक की बाँहों में कुड़कुड़ा रही थीं। उँगली एक ही जगह पर रुकी हुई हलके-हलके काँप रही थी। बेगम की आँखें जैसे अँधेरे को चीरकर पहले पुल के पास कुछ देखना चाह रही थीं। सिद्दीक ने जैसे खड़े-खड़े बात की थी, वैसे ही बुत की तरह खड़ा रहा। और उसकी टोपी डूँगे की छत को छू रही थी। बाहर धुन्ध के बड़े-बड़े लच्छे कच्ची बर्फ़ के लोंदो की तरह दरिया की सतह पर धीरे-धीरे चल रहे थे।

एक सवाल उस वक़्त शायद उन सबकी ज़बान पर आया था, उनमें से किसी ने वह पूछा ही नहीं। साँस रोके इन्तज़ार करते रहे कि शायद अभी रोशनियाँ फिर से जल जाएँ...पर रोशनियाँ उस वक़्त की बुझी, छब्बीस रोज़ बाद तक नहीं जलीं।

गहरे अँधेरे में ही उस बार की ईद आई...और बिना रोशनियों के ही उस बार की दीवाली हुई। मगर ईद और दीवाली के बीच जितना कुछ हुआ...और उसके बाद में...वह उनमें से किसी ने कभी ख़्वाब में नहीं सोचा था।

मोहरा के बिजलीघर पर कबाइलियों ने कब्ज़ा कर लिया था। और दो ही दिन में मारधाड़ करते बारामूला तक आ पहुँचे थे। उधर टंगमर्ग की तरफ़ से भी उनके बढ़ आने की ख़बर थी और लग रहा था कि अब कबाइली दस्ते श्रीनगर की सरहद में दाख़िल होने को ही हैं। कई-कई लोग तो कहते थे कि वे लोग एक तरफ़ शालटेंग और दूसरी तरफ़ हवाई अड्डे तक आ पहुँचे हैं। पर इस बीच जल्दी-जल्दी कई और तब्दीलियाँ हुईं जिन्होंने लड़ाई का रुख पलट दिया। महाराजा हरिसिंह ने रियासत जम्मू-कश्मीर को हिन्दुस्तान में शामिल करना मंजूर कर लिया। और उससे अगली सुबह दर्जनों हवाई जहाज़ आसमान में मँडराते नज़र आने लगे। इससे पहले कि एक भी कबाइली चेहरा श्रीनगर में नज़र आता, हिन्दुस्तानी फ़ौजों ने उन्हें खदेड़ना शुरू कर दिया। एक नाम, जो उन दिनों सबकी ज़बान पर था, वह था कर्नल राय का। सुना जाता था कि यह कर्नल राय की मोर्चेबन्दी ही थी कि जो लड़ाई श्रीनगर की हदों में दाख़िल नहीं हो सकी। पर तभी ख़बर आई कि हमलावरों की भारी तादाद में घिर जाने से कर्नल राय हलाक हो गए। एक बार फिर अन्देशा हुआ कि शायद आज या कल श्रीनगर के अन्दर मार-काट होने लगे, पर तब तक काफ़ी असला और सिपाही हिन्दुस्तान से आ गए थे। हमले के पन्द्रहवें या सोलहवें रोज़ दुश्मन से उनकी तरफ़ एक भयानक मुठभेड़ हुई...श्रीनगर से सिर्फ़ चार मील

बाहर...और उसके बाद अगले रोज़ की दोपहर तक, हिन्दुस्तानी फ़ौजों ने फिर से बारामूला पर कब्ज़ा कर लिया। दो दिन बाद ही उन्होंने हमलावरों को उड़ी से उस तरफ़ पहुँचा दिया।

और लोगों के लिए यह सब तो नया था, खालका के लिए नहीं। उसे लग रहा था जैसे वह फिर से कलकत्ते में जापानी हमले के दिनों में जी रहा हो...या वही दिन लम्बे होकर आज तक चले आए हों। रात को अँधेरा उसी तरह रहता था, हालाँकि अँधेरे को चीरती हुई सायरन की ख़ौफ़नाक आवाज़ सुनाई नहीं देती थी। उसकी जगह सुनाई देती थीं रीगल और अमरीश के पास से गुज़रते हुए जुलूसों के नारों की आवाज़ें :

"हमलावर होशियार!
नेशनल कॉन्फ्रेंस है तैयार!"

या :

"शेरे कश्मीर का क्या इरशाद?
हिन्दू मुस्लिम सिख इत्तिहाद!"

इनके अलावा हज़ारों नारे..."अवामी राज ज़िन्दाबाद!...नेशनल कॉन्फ्रेंस ज़िन्दाबाद!...और ऊँचे सुर में सब आवाज़ों से ऊपर उठती एक आवाज़..."बोल कि लब आज़ाद हैं तेरे...।"

वह घर से बहुत कम बाहर निकलता था...सिर्फ़ उसी दिन बाहर गया था जिस दिन पंडित नेहरू ने लाल चौक में तक़रीर की थी...शेख अब्दुल्ला का हाथ हाथ में लिये हुए कहा था, "ये हाथ असल में अब्दुल्ला के हाथ नहीं, हिन्दुस्तान और कश्मीर के हाथ हैं...।" और उस दिन भीड़ में धक्के खाता हुआ वह मुश्किल से अपने डूँगे तक वापस पहुँच पाया था।

उन दिनों भी रात को उसे देर तक नींद न आई। अँधेरे में दूर से सुनाई देती आवाज़ें और बाँध से चुपचाप गुज़रते पैरों की आहटें रात-रात भर उसके दिमाग़ में गूँजती रहतीं। उसे लगता कि वह बरसों से अँधेरे और आहटों के बीच जागता हुआ उसी तरह करवटें बदल रहा है...कि वह कितना ही क्यों न चाहे, उनसे बचकर कहीं नहीं जा सकता। अँधेरे का घेरा उसे एक कैदख़ाने की तरह लगता। अपनी साँसों पर उसे बे-तरह दबाव महसूस होता। लगता कि कई चेहरे हैं जो उसे चारों तरफ़ से घेरे हुए हैं...बेगम, नबी, नूरा, कादिर, सिद्दीक, ख़ान...वह भागकर कहीं चला जाए, वे चेहरे उसके साथ जाएँगे...सिर्फ़ उनके नाम दूसरी जगह और हो जाएँगे...शाह साहब, एलिस, मजीद। अँधेरा हर जगह उसी तरह रहेगा...चाहे एक

जगह उसकी आवाज़ ख़ौफ़नाक साइरन की हो और दूसरी जगह जुलूस के नारों की। लड़ाई भी हर जगह उसी तरह चलेगी...हमलावर चाहे जापानी सिपाही हों, या पाकिस्तान से आए हुए कबाइली...।

दिन में उसे अपने से चिढ़ होती कि वह इस तरह की बातें क्यों सोचता है। तब वह अन्दर से कोशिश करता है कि रात का फिर उस तरह आना, किसी तरह वह अपने को उस दम घोटते सन्नाटे से बचाकर रख सके। इसके लिए वह दिन भर घर के छोटे-छोटे कामों में दिलचस्पी लेता...नूरा और नजमा से बातें करता... नजमा के बच्चे से खेलता। पर जब कादिर सामने पड़ जाता, तो रात का सन्नाटा दिन में भी उसकी कनपटियों पर चोटें करने लगता। कादिर ने उसके बाद मुँह से बात नहीं की थी, पर उसकी आँखों से ही लगता था जैसे वह एक ही बात हो जिसे कहने के लिए वह मौक़े की तलाश में हो...जैसे कि मौक़ा मिलते ही एकाएक उसे उस पर झपट पड़ना हो। जितना ही उसका मन कादिर से डरता, उतने ही प्यार से वह उससे बात करने की कोशिश करता...पास से गुज़रते हुए कभी उसकी पीठ थपथपा देता, कभी दूर से उससे आँख मिल जाने पर बिना मतलब मुसकरा देता।

सिद्दीक ने बारामूला जाने का फैसला कर लिया था...जाकर एक बार वह अपनी ज़मीन को देख लेना चाहता था। सब लोग मना कर रहे थे कि उन दिनों वहाँ जाने में ख़तरा है, पर सिद्दीक पर यह धुन इस तरह सवार थी कि किसी का कुछ भी कहना बेमानी था। तभी सोपोर से ख़बर आई कि वहाँ किसी को भी नबी नागू का कुछ पता नहीं है...कि एक रात वह काफ़ी बीमार था, पर अगली सुबह किसी ने उसे डूँगे में या कहीं आसपास नहीं देखा। किसी का कहना है कि निंगल का पादरी उसे अपने साथ बारामूला के अस्पताल में ले गया था...और किसी का ख़याल था कि वह ख़ुद ही अपना बुचका लेकर श्रीनगर के लिए निकल पड़ा था। यह बात कबाइलियों के हमले से पहले की थी...उसके बाद उसका क्या हुआ यह किसी को मालूम नहीं था। जिस दिन यह ख़बर मिली, उस दिन बेगम सबसे अलग-थलग बैठी रही...किसी की भी बातचीत में उसने हिस्सा नहीं लिया। वह देख रहा था कि बेगम के चेहरे की पतली जिल्द के पीछे कोई चीज़ लगातार काँप रही है...जैसे हलके आँसुओं की एक धार आँखों के अन्दर की तरफ़ टपक रही हो। वह कुछ देर बेगम के सामने जाने से बचता रहा, फिर चुपचाप उसके पास आकर बैठ गया, "मैं सोचता हूँ सिद्दीक के साथ मैं भी सोपोर तक चला जाऊँ," कहकर दाएँ हाथ के नाख़ूनों को वह बाएँ अँगूठे से मसलता रहा।

"क्यों?" बेगम की आवाज़ उसे बहुत ठंडी लगी, जैसे उसे इस चीज़ में कोई दिलचस्पी ही न हो।

"ऐसे ही।...तो सिद्दीक का साथ हो जाएगा, दूसरे वहाँ पर पता कर लूँगा। अगर नबी बारामूला के अस्पताल में हुआ, तो एक बार वहाँ जाकर उससे भी मिल लूँगा।"

उसका ख़याल था कि बेगम उसे मना करेगी...एक बार तो कम-से-कम कहेगी ही कि उसे नहीं जाना चाहिए। पर काफ़ी देर ख़ामोश बाहर की तरफ़ देखने के बाद बेगम धीरे से बोली, "पर उस अस्पताल में भी तो सुना है काफ़ी कुछ हुआ है।"

सुना बहुत कुछ जा रहा था...कि कबाइलियों ने उस अस्पताल में कइयों को कत्ल करके सारी इमारत को तहस-नहस कर दिया है...कि उस अस्पताल की जगह अब एक मुर्दाघर ने ले ली है। पर वे सब कानों सुनी बातें थीं, जो कि ग़लत भी हो सकती थीं।

"सुना तो है," वह बोला, "पर जितनी बातें कान पर पड़ती हैं, वे सभी तो सच नहीं हैं। इस वक़्त सिद्दीक साथ में है, इसलिए जा भी सकता हूँ। बाद में अकेले जाना और मुश्किल होगा।"

बेगम ने इस पर कुछ नहीं कहा। डबडबाई आँखों को सँभालते हुए उसे एक खुलेपन का अहसास हुआ...कि कम-से-कम कुछ दिन तो अब वह कादिर की बाँधती हुई आँखों से दूर रह सकेगा। "तो कल के लिए सामान तैयार कर लेते हैं," उसने कहा, "कल जल्दी उठकर सुबह से पहले ही शिकारे में निकल जाएँगे।"

धूप से चमकते पानी में धीरे-धीरे रेंगता शिकारा। आसपास की हरियाली में जगह-जगह स्याह दाग—जले हुए घरों, बहत्सों और चिनारों के। किनारे की घास में तड़पकर दम तोड़ता एक मोटा, लम्बा काला साँप। पानी और मिट्टी से उठती पतझड़ की ख़ुशबू, दरिया की सतह पर तैरते झाग के चकत्ते। तपते सूरज की दोपहर और घिरते बादलों की शाम। बहाव के रुख में अकेले जाते शिकारे की मनहूस-सी आवाज़। बाईं तरफ़ सड़क पर कुछ टूटी-फूटी, नंगी पिचकी हुई लाहिरयाँ।

मोगमीर से छोटा रास्ता पकड़कर रात होने से पहले ही वे लोग सोपोर पहुँच गए। रास्ते में कितने-कितने लोगों ने हैरानी के साथ उन्हें गुज़रते हुए देखा था... जैसे कि उनका बहाव के रुख में जाना किसी अनहोनी के ग़ार में जिन्दा दफ़न होने के बराबर हो।

निंगल के मुहाने के पास बेंत के जंगल की ज़मीन अब भी जगह-जगह लाल थी। वहाँ पर पता चला कि कुछ दिन पहले बहुत-से लोगों को उस जगह जमा

करके कबाइलियों ने उनका कत्लेआम किया था...उस कत्लेआम से ही उन्होंने वहाँ अपनी फ़तह का जश्न मनाया। दूर-दूर तक कुछ जले-अधजले घर नज़र आते थे, कुछ घुन-खाए-से घास के ढेर और राख की बालियों में बदले हुए खेत। ज़्यादातर लाशें पिछली रात से पहले वहाँ से हटा दी गई थीं, पर उनके काफ़ी दिनों तक सड़ते रहने की बू अब भी हवा में समाई थी। कुछ हाथ-पैर जो कटकर अलग हो गए थे, अब भी यहाँ-वहाँ पड़े सड़ रहे थे। चलते-फिरते लोग आसपास बहुत कम नज़र आते थे।

उनका शिकारा नबी के डूँगे से लगा, तो डूँगे के तख़्तों में से वैसी ही आवाज़ पैदा हुई जैसी कि बहुत दिनों के बाद किसी के आने पर एक ख़ाली घर से पैदा होती है। डूँगे के अन्दर जाकर देखा, तो वहाँ कुछ सामान भी नहीं था...कपड़े, बर्तन तो अलग, चूल्हा तक कोई उठाकर ले गया था। डूँगे के गले हुए तख्तों को भी किसी ने तोड़ने की कोशिश की थी...दो-एक जगह से उसकी कीलें निकली हुई थीं और औज़ार की चोट से लकड़ी के अन्दर की सफ़ेदी बाहर निकल आई थी। सिवाय एक मछली के सड़े हुए टुकड़े के, रसद का कोई सामान भी नहीं था।

"रात को हम लोग कहाँ सोएँगे?" सिद्दीक ने उससे पूछा, "इस डूँगे के अन्दर?"

"और कहाँ सो सकते हैं?" कहते हुए उसकी आवाज़ थोड़ी खिंच गई। उसे ख़याल आया कि अगर नबी इस वक़्त डूँगे में मौजूद होता, तो क्या वह इतनी आसानी से रात को वहाँ सोने की बात कह सकता था?

वह रात, और बारामूला से लौटकर उससे अगली रात, उसने वहीं नबी के डूँगे में लगभग जागते हुए काटी।

वह ख़ुद वहाँ था, सिद्दीक साथ में था, फिर भी उसे लग रहा था जैसे डूँगा बिलकुल ख़ाली हो। बहाव में डूँगे के हिलने से वह खालीपन और ज़्यादा महसूस होता था। लगता था जैसे आसपास की सारी बस्ती वहाँ से उठ गई हो। रह गया हो ख़ाली जंगल, दरिया और दो बहते हुए तख़्ते जिन पर वे दो आदमी लेटे हों। दिन भर में कई वाकिफ़-नावाकिफ़ लोगों से उसकी मुलाक़ात हुई थी। उनसे कई तरह की बातें उसने सुनी थीं। बात करते हुए हर आदमी की आँखों में एक दहशत नज़र आती थी...एक ख़ौफ़...जैसे कि मुँह से कही हुई बात पलटकर उसकी ज़बान पकड़ सकती हो। वे सब बातें जंगल में भिनभिनाते कीड़ों की तरह

अब उसके आसपास मँडरा रही थीं। वह बार-बार उन बातों को सुन रहा था और ख़ुद अपने मन में उन्हें दोहरा रहा था। हर बात के पीछे छिपे हुए कई-कई चेहरे थे...ज़र्द और तमतमाए हुए चेहरे, डरे हुए और डरावने चेहरे...जो पल-दो पल के लिए आँखों के सामने झलककर फिर अँधेरे में गुम हो जाते थे। कभी-कभी उसे लगता कि उसका सिर सिर नहीं, एक वज़नदार पत्थर है जिस पर कोई हाथ तरह-तरह की लकीरें खींचकर मिटाता जाता है। मिटने पर लकीरें चाहे नहीं रहतीं, पर उनकी स्याही फिर भी पत्थर पर पुती रह जाती है। उसका मन होता था कि कुछ देर अपना सिर दरिया में डुबाए रखे, जिससे सारी स्याही निकल जाए और पत्थर एक बार धुलकर साफ़ हो जाए।

दरिया की आवाज़ ही एक चीज़ थी जो हमेशा जैसी थी, हालाँकि उसे लग रहा था कि वह आवाज़ भी और चीज़ों के साथ अब तक बदल जानी चाहिए थी। उसके कान बार-बार उस आवाज़ को सुनते थे कि शायद आसपास घिर आए जंगल का असर उसमें भी हो। कभी वैसा भ्रम होता भी था, पर पल दो पल से ज़्यादा नहीं। वह भी शायद इसलिए कि डूँगे के चरमराने और पेड़ों के सरसराने की आवाज़ उस आवाज़ में आ मिलती थी। सिद्दीक अपनी गठरी का तकिया बनाए पास में सोया था। उसका मुँह खुला था और साँस आवाज़ के साथ आ-जा रही थी। दिन में बारामूला की गलियों में से गुज़र रहे थे, तो कितनी ही बार उसे उस आदमी से चिढ़ हुई थी। जले-अधजले घरों के पास से गुज़रते हुए, और फटेहाल लोगों की मातमी नज़रों के सामने भी उस आदमी को बस एक ही धुन समाई थी...अपनी ज़मीन की।

उसकी ज़मीन सलामत थी...कबाइली उसे अपने साथ उठा नहीं ले गए थे...इस खुशी ने और किसी चीज़ का अहसास ही उसके अन्दर नहीं रहने दिया था। ज़मीन देख आने के बाद से वह तन-मन से बहुत हलका महसूस करने लगा था। बात-बात पर इस तरह मज़ाक कर देता था कि कई बार उसे उस आदमी को टोक देना पड़ा था। टोकने पर कुछ देर वह ख़ामोश रहता, पर थोड़ी ही देर में फिर उसी रौ में बह जाता। गिरजे की तहस-नहस हुई इमारत में पहुँचकर भी जब उसका मज़ाक नहीं रुका, तो उसने उसे बुरी तरह डाँट दिया था। पर अब उस आदमी को खुले मुँह सामने पड़े देखकर उसे उसके साथ अपने सलूक के लिए अफ़सोस हो रहा था। साथ एक बेचैनी भी महसूस हो रही थी। सिद्दीक का सूखा चेहरा, सिर और दाढ़ी के सफ़ेद बाल, मैल-जमी पुतलियाँ और नींद में बेबस पड़े जिस्म का रूखापन और दुबलापन, यह सब जैसे वह आज पहली बार देख रहा था।

पहली ही बार उसे महसूस हो रहा था कि सिद्दीक अब काफ़ी उम्र का हो गया है और ज़िन्दगी में बिना कुछ भी हासिल किए अपने अकेलेपन में ही बीतता जा रहा है। कई बार उसका मन हुआ कि उसे आहिस्ता से जगाकर बात करे। एक बार हलके से उसे आवाज़ भी दी, पर फिर अचानक अपनी आवाज़ को बीच में ही रोक लिया। सिद्दीक उसकी आवाज़ से जागा नहीं, इससे उसने एक बार खुलकर साँस ली। उसे लगा कि उस आदमी के एक सुख में तो वह दिन भर ख़लल डालता रहा है। अब उसके दूसरे सुख...नींद के सुख...में ख़लल डालकर उसने एक और जुर्म कर दिया होता।

सिद्दीक के चेहरे से ध्यान हटाकर उसने अपने को जैसे और भी अकेला कर लिया। पर तब सिद्दीक की जगह एक और आदमी उस अकेलेपन में झाँकने लगा। डूँगे के अन्दर, बाहर और आसपास उस आदमी की मौजूदगी का अहसास वैसे हर पल बना रहा था...मौजूदगी का नहीं, ग़ैर मौजूदगी का। नबी वहाँ नहीं था... उसके पैरों की आहट और धुआँधार गालियों की बौछार शायद हमेशा के लिए वहाँ से गुम हो चुकी थी। वह नहीं था, इसलिए शायद उसका वहाँ होना ज़्यादा महसूस हो रहा था...हवा के हलके-से-हलके झोंके में, डूँगे पर पानी के हलके-से-हलके थपेड़े में, अपनी करवट में और दूर से सुनाई देती पनचक्की की आवाज़ में नबी वहाँ से जैसे गया नहीं था, वहाँ के वातावरण में घुलमिल गया था। जैसे पास ही कहीं वह दम साधे खड़ा था, और किसी भी वक़्त खाँसता हुआ सामने आ सकता था। वह, खालका, जैसे लेटा हुआ उसका इन्तज़ार ही कर रहा था...कि अभी घाट से पैरों की आहट सुनाई देगी...और अभी एक तीखी और कसैली आवाज़ उसके कानों में पड़ेगी।

नबी का क्या हुआ, वह कहाँ होगा, और कहीं होगा भी या नहीं, यह वह कुछ भी नहीं सोच पा रहा था। सोपोर और बारामूला में चौबीस घंटे बिताकर अब भी उस बारे में वह उतना ही जानता था, जितना चलने से पहले श्रीनगर में जान चुका था। नबी काफ़ी दिन डूँगे में बीमार पड़ा रहा था। बहुत कम वह डूँगे से बाहर निकलता था। यूँ भी एक तरह से वह बिलकुल अकेला पड़ गया था। जितने लोगों के साथ उसका उठना-बैठना था, वे सब तब तक एक-एक करके मौत के मुँह में जा चुके थे। वह अकेला डूँगे में पड़ा रहता था और किसी तरह अपने लिए थोड़ा साग-भात बनाकर खा लेता था। आसपास से कोई उसके लिए मछली या भात ले आता, तो वह उसे देखते ही गाली बकने लगता। कई बार अकेले में भी गाली बकता रहता। ज़्यादातर उसका और बेगम का नाम लेकर। डूँगे की खिड़की पर हाथ रखे वह घाट की तरफ़ झाँक रहा होता, तो कोई भी उसके सामने न पड़ना

चाहता। तब जो भी नज़र आ जाता, उसकी सात पुश्तें वह सबको गिनवाने लगता। घाट पर खेलते बच्चे उसे चिढ़ाया करते थे। बाद में वे भी उससे ख़ौफ़ खाने लगे थे। एक दिन जब उसके पास रसद नहीं रही, वह अपना बदन दिखा-दिखाकर खिड़की से लोगों को पुकारता रहा। पहले तो किसी को उसकी बात समझ में ही नहीं आई। बाद में, उसका मतलब जान लेने पर भी, काफ़ी देर किसी की उसके पास जाने की हिम्मत नहीं हुई।

लोगों ने बताया था कि जिस रात नबी वहाँ से ग़ायब हुआ, उससे पहली शाम को निंगल का पादरी डूँगे में उसे देखने आया था। पादरी को देखते ही उसका गालियों का ताँता फिर शुरू हो गया। पादरी बिना इस तरफ़ ध्यान दिए, उसके बेजान-से हाथ-पैरों को टोहता हुआ काफ़ी देर उसके पास बैठा रहा। जाते हुए पादरी ने लोगों से कहा कि अगली सुबह वह उसे अपने साथ बारामूला के अस्पताल में ले जाएगा। नबी उसके जाने के बाद और भी ज़ोर-ज़ोर से चिल्लाता रहा। रात हुई, तो बकझक करता हुआ वह अपना सामान गठरी में बाँध रहा था। कह रहा था कि देख लेगा कौन उसकी मर्ज़ी के ख़िलाफ़ उसे अस्पताल में ले जाता है! वह वहाँ पड़ा ही इसलिए है कि बेगम एक दिन लौटकर वहाँ आए और अपनी आँखों से उसका मुरदा वहाँ सड़ता हुआ देखे। पादरी उसके लिए एक मछली छोड़ गया था। उसे उसने छुआ तक नहीं। अगले दिन से वह अपने डूँगे में नज़र नहीं आया। पर पादरी भी उस दिन सुबह से अपने हाउसबोट में दिखाई नहीं दिया। उसके दो-तीन रोज़ के अन्दर कबाइली दस्ते वहाँ आ पहुँचे। उसके बाद किसी को किसी की ख़बर नहीं रही।

खालका को लग रहा था जैसे नबी, सिद्दीक और वह सब वहाँ तख़्तों पर लेटे हों और फुल-बूटों की कतारें उन्हें रौंदती हुई ऊपर से गुज़रती जा रही हों। या वे लोग अपनी पोटलियाँ लिये कच्ची सड़क पर चल रहे हों और बन्दूकों के कुन्दे चारों तरफ़ से घेरते आ रहे हों। बारामूला में उसने जो कुछ देखा-सुना था, उससे मरे हुए और ज़िन्दा लोगों के बीच फ़र्क करना ही उसे मुश्किल लगा था। नबी नबी नहीं था, वह ख़ुद खुद नहीं था, सब एक फ़सल की बालियाँ थीं, जिन्हें कभी भी चुन-बटोरकर टुकड़े-टुकड़े किया जा सकता था। और बारामूला में देखी एक इमारत...जो बार-बार उसके दिमाग़ में उभर आती थी। उस उजड़ी हुई इमारत में घूमते हुए, इधर-उधर से सुनी बातों के छोटे-छोटे टुकड़े आपस में जोड़ते हुए जैसे उसने ख़ुद वहाँ की घटनाओं के बीच जीकर देख लिया था। उसे लगा कि नबी...या नबी की जगह वह खुद...अस्पताल के जनरल वार्ड में लेटा है। एक नर्स से इंजेक्शन लगवाने के लिए उसने अपनी कमीज़ की बाँह ऊपर चढ़ाई। नर्स इंजेक्शन की सुई बाँह से छुआने ही जा रही है कि

बाहर से हो-हल्ला सुनाई देता है। सुई कुछ देर जहाँ की तहाँ रुकी रहती है, फिर वापस तश्तरी में चली जाती है। कोई घबराया हुआ बाहर से अन्दर आता है। पता चलता है कि कबाइलियों का एक दस्ता दीवार लाँघकर अस्पताल में आ दाखिल हुआ है।

चारों तरफ़ खलबली मच जाती है। साथ औरतों के वार्ड से गोली चलने की आवाज़ सुनाई देती है। एक औरत चीख़ उठती है तभी दूसरी गोली दाग़ी जाती है। आसपास से दौड़ते पैरों की आवाज़ें सुनाई देती हैं। किवाड़ खुलते और बन्द होते हैं। एक औरत जल्दी-जल्दी बात करती है। पर एक और गोली की आवाज़ से उसकी आवाज़ बन्द हो जाती है।

वह...या नबी नागू...अब बिस्तर में नहीं हैं। बरामदे के एक खम्भे के पीछे छिपकर बाहर देख रहा है। बाहर कई चेहरे नज़र आते हैं। हर चेहरे के साथ बन्दूक का एक कुन्दा है। उसकी नंगी बाँह अभी तक नंगी है। वह किसी तरह उसे ढाँपने की कोशिश करता है। लगता है कि बन्दूक की एक ठंडी गोली अभी उसे चीरनेवाली है।

दीवार पर कई और चेहरे हैं। एक आदमी दौड़ता हुआ आता है और कबाइलियों को अन्दर उतरने से रोकता है। कई गोलियाँ एकसाथ चलती हैं। उस आदमी के साथ कई और भी जिस्म गिरकर तड़पने लगते हैं। बन्दूक का एक कुन्दा एक औरत की तरफ़ तन जाता है। "जो कुछ तुम्हारे पास हो निकालकर रख दो।"

"मेरे पास कुछ नहीं है।"

"जो कुछ है, दे दो। नहीं तो गोली मार दूँगा।"

"मेरे पास कुछ नहीं है।"

"रुपया-पैसा, सोना...कुछ भी निकालकर दे दो।"

"मेरे पास कुछ नहीं है।"

एक आदमी दौड़ता हुआ बरामदा पार करना चाहता है। एक कुन्दा उसे रोक देता है। "तुम कहाँ जा रहे हो?"

दौड़ता हुआ आदमी रुक जाता है। "मेरी बीवी अन्दर है। उसके पास जा रहा हूँ।"

"तो जाओ उसके पास।" और धाँय की आवाज़ के साथ वह आदमी वहीं लुढ़क जाता है।

"यह अस्पताल है," एक औरत चिल्लाकर कहती है, "तुम लोग यहाँ यह सब क्यों कर रहे हो?" औरत की बाँहों में एक बच्चा है। उसे वह अच्छी तरह अपने साथ सटा लेती है।

धाँय-धाँय-धाँय...कई गोलियाँ एकसाथ उसकी बात का जवाब देती हैं। एक आवाज़ पूछती है, "यह बच्चा किसका है?"

"मेरा बच्चा है," औरत कहती है।

"यह तुम्हारा बच्चा नहीं है।"

"मैं कह रही हूँ, मेरा बच्चा है।"

"नहीं, काली चमड़ी का बच्चा तुम्हारा नहीं हो सकता। इसे ज़मीन पर रख दो।"

"यह दो दिन का बच्चा है। इसे मैं ज़मीन पर कैसे रख सकती हूँ?"

धाँय...और औरत फटी-फटी आँखों से अपने को और हाथ के बच्चे को देखती रह जाती है।

आसपास काँच फूटते हैं। अलमारियाँ टूटती हैं। दवाइयाँ और चीड़-फाड़ के औज़ार इधर-उधर फेंके जाते हैं। जो भी किसी कुन्दे के सामने पड़ जाता है, वह वहीं ढेर हो जाता है। एक औरत को बाँह से घसीटा जाने लगता है, तो कोई चिल्लाकर कहता है, "उसे मत छुओ। उसके पेट में बच्चा है।"

"तुम उधर खड़े रहो।" एक गरज बाक़ी सब आवाज़ों को छा लेती है।

"उसे मत छुओ। वह..."

"कहा है, अपनी जगह पर खड़े रहो। वरना एक और लफ़्ज़ ज़बान से नहीं बोल पाओगे।"

"सबको लाइन में खड़ा करके गोली मार दो," एक और आवाज़ गूँजती है। कई-एक कुन्दे सबको घेरने लगते हैं।

खम्भे के पीछे छिपा आदमी...वह...या नबी नागू...सिर से पैर तक काँप जाता है। नहीं जानता कि उसे भी वह हुक्म मानना चाहिए या नहीं। यह भी नहीं जानता कि किसी ने उसे वहाँ छिपे देख लिया है या अब तक नहीं देखा। हुक्म फिर सुनाई देता है, "सब लोग यहाँ खड़े हो जाओ...एक लाइन में।" वह काँपता हुआ खम्भे के पीछे से निकल आता है। एक कुन्दा उसकी तरफ़ उठ जाता है। वह पूरी ताकत बटोरकर कहता है, "मैं नहीं हूँ।"

"बको नहीं, लाइन में खड़े हो जाओ।"

वह अपने को देखता है। लाइन में खड़े लोगों को देखता है। सोचता है कि गोलियाँ किस तरफ़ से चलाई जाएँगी। लगता है कि उसके जिस्म पर अब कोई कपड़ा नहीं है। वह बिलकुल नंगा लाइन में खड़ा है। पसलियाँ जिस्म में तन गई हैं। पर पसली को लग रहा है कि गोली उसी को चीरकर जाएगी। मगर गोलियाँ नहीं चलतीं। लाइन में खड़े लोग इन्तज़ार करते खड़े रहते हैं। एक और आदमी के हुक्म से बन्दूकों के कुन्दे झुक जाते हैं।

"बन्दूकें रख दो।"

पर बन्दूकें रखी नहीं जातीं।

"सब लोग अस्पताल की इमारत से बाहर चले जाओ।" पर कोई बाहर जाने को तैयार नहीं होता।

"अस्पताल की इमारत में तुम्हें लूट-मार करने की इजाज़त नहीं है। मैं तुम्हें हुक्म दे रहा हूँ। तुम हुक्म के ख़िलाफ़ काम नहीं कर सकते।"

वह आदमी आगे बढ़ जाता है। लाइन में खड़ी एक औरत मुसकराती है। बन्दूक का एक कुन्दा उसके सीने से छू जाता है। "अपना सोने का दाँत निकालकर दे दो," उससे कहा जाता है।

औरत मुँह पर हाथ रख लेती है। कहती है, "यह दाँत नहीं निकल सकता। यह नकली दाँत नहीं है। मेरे असली दाँत पर सोना चढ़ा हुआ है।"

औरत को लाइन से बाहर खींच लिया जाता है। उसका मुँह खोलकर ज़बरदस्ती चाकू से दाँत निकालने की कोशिश की जाती है। तभी, वही अफ़सर दौड़ता हुआ आ जाता है। "रुको," वह कहता है, "इस औरत को छोड़ दो।" मुँह से हाथ का दबाव हट जाता है। अफ़सर लाइन में खड़े सब लोगों से वहाँ से हट जाने को कहता है। "सब लोग अन्दर चले जाओ। कोई भी यहाँ बाहर नज़र न आए। वरना तुम लोगों की हिफ़ाज़त की ज़िम्मेदारी मेरे ऊपर नहीं होगी।"

लोगों के वहाँ से हट जाने पर भी वह...या नबी नागू...अन्दर नहीं जाता। उसे लगता है कि अन्दर पहुँचने पर सबको वहीं गोली मार दी जाएगी। वह किसी तरह फिर उसी खम्भे की ओट ले लेता है। कबाइलियों का दस्ता वहाँ से हट जाता है, तो वह अस्पताल की इमारत से बाहर को चल देता है। बाहर निकलते हुए दो कबाइलियों को एक औरत को खींचने की कोशिश करते देखता है। "माशूक, तुम हमारे साथ चलो। हम तुमको बहुत-बहुत पैसा देगा।"

"मुझे छोड़ दो," औरत चिल्लाती है। "मैं मिशन की औरत हूँ। अस्पताल की सिस्टर हूँ।"

"तुम हमारा माशूक है, हम तुमको अपने साथ ले जाएगा।"

"मैं नहीं जा सकती। मैं नहीं जाऊँगी।" और उस जद्दोजहद के बीच वह सड़क पर आ जाता है।

वह नहीं जानता कि वह क्या चाहता है। मरना चाहता था, पर मौत सामने थी, तो दहशत से काँप रहा था। तब किसी भी तरह मौत से बचना चाहता था। अब ज़िन्दा बच आया है, तो उसे ज़िन्दगी से नफ़रत हो रही है। मौत का ख़ौफ़ और ज़िन्दगी से नफ़रत...इन दोनों दबावों के बीच एक और घटना आँखों के सामने आती है। बिखरे बालोंवाला एक आदमी है। मकबूल शेरवानी। कबाइलियों ने उसे बाज़ार के एक खम्भे के साथ बाँध दिया है। हाथों में कीलें ठोंक दी हैं। सामने गिरजाघर

का सलीब चमक रहा है। उस आदमी से कहा जाता है कि वह हमलावरों के हक में नारे लगाए। वह आदमी नारे लगाने से इनकार करता है। इस पर चौदह गोलियाँ उसका जिस्म छलनी कर देती हैं। टीन का एक पतरा उसके माथे में ठोंककर ऊपर लिख दिया जाता है, "इस गद्दार का नाम मकबूल शेरवानी है। यह इसकी गद्दारी की सज़ा है!"

अस्पताल के अन्दर और बाहर ज़िन्दगी और मौत, दोनों एक-सी नज़र आती हैं। मन होता है कि ज़ोर-ज़ोर से चिल्लाता हुआ आवारा कुत्ते की तरह सड़कों पर घूमने लगे। पर ऐसा वह कर नहीं पाता। बाहर नहीं रहा जाता, तो अस्पताल की इमारत में लौट जाता है। वहाँ रहना मुश्किल लगता है, तो फिर बाहर निकल आता है।

चारों तरफ़ लाशें हैं...घरों में, गड्ढों में, पेड़ों के नीचे, अस्पताल के कम्पाउंड में, बरामदे में, कमरों में। बच्चों के वार्ड में कितनी ही लाशें हैं। कटे-फटे हाथ-पैर और चीख़ते-कराहते हुए चेहरे। बिजली के बल्ब टूट गए हैं, इसलिए मोमबत्तियाँ जला दी गई हैं। मोमबत्तियों के काँपते उजाले में नन्हे हाथ-पैर हिलते हैं। बच्चे दूध के लिए रो रहे हैं...उन्हें पिलाने के लिए दूध नहीं है। वार्ड के बाहर ज़ख्मी लोगों की भीड़ है। भीड़ में अस्पताल और बस्ती के ही नहीं, ऐसे भी बहुत-से लोग हैं जो पहली बार बन्दूकें लिये वहाँ की दीवारें लाँघकर अन्दर आए थे। एक चेहरा उस भीड़ में उसका अपना भी है...हालाँकि उसके जिस्म पर कोई घाव नहीं है। कुछ लोग चादरें फाड़-फाड़कर पट्टियाँ तैयार कर रहे हैं। उसके पास आकर पूछा जाता है कि जिस्म पर कहाँ पट्टी होगी। वह अपनी बाँह उघाड़कर देखता है। कमीज़ के बटन खोलकर देखता है। उसके जिस्म पर कोई ज़ख्म नहीं है। फिर वह कैसे उस भीड़ में आ शामिल हुआ है? ज़ख्म अगर नहीं है, तो उसे इतना दर्द क्यों महसूस होता है? क्यों लगता है कि गोलियाँ खा-खाकर उसका शरीर लहूलुहान हो रहा है? वह हाथ से शरीर को जगह-जगह छूकर देखता है। नहीं, कहीं कोई घाव नहीं है। तो फिर वह क्या कहे कि उसे पट्टी कहाँ बाँधी जाए? पर अगर वह चुप रहेगा, तो शायद अभी उसे बाहर निकाल दिया जाएगा कि वह बिना ज़ख्म के वहाँ पट्टी कराने चला गया है।

खालका ने आँखें खोलीं, सुबह हो रही थी। कुछ कुड़कुड़ाती बतखें डूँगे के पास से गुज़रकर जा रही थीं।

सिद्दीक का मुँह उसी तरह खुला था। सिर्फ़ उसने करवट बदल ली थी। धीरे से हिलाकर उसने उसे जगा दिया। सिद्दीक उठकर इस तरह आँखें झपकने लगा जैसे अचानक उसे अँधेरे से रोशनी में ले आया गया हो।

"तैयार हो जाओ," उसने सिद्‌दीक से कहा। "अभी थोड़ी देर में हम वापस चल देंगे।"

"आज ही?" सिद्‌दीक अचकचा गया।

"और नहीं महीना भर यहाँ पड़े रहेंगे?"

सिद्‌दीक आँखें मलने लगा। "मैं सोचता था कि..."

वह सिद्‌दीक की तरफ़ देखता रहा कि "क्या सोचते थे?"

"सोचता था कि अगर...अगर दो एक दिन मैं और यहाँ रुक जाऊँ, तो..."

"तो क्या होगा?"

"मैंने रात को सोचा है, ज़मीन का सौदा करके ही वापस जाऊँ। उतने पैसे में एक अच्छा-सा डूँगा खरीद लूँगा और सिरीनगर में अपना काम शुरू कर सकूँगा।"

"तुम रुकना चाहो, रुक जाओ," उसने उठते हुए कहा, "मैं आज चला जाऊँगा। तुम बाद में जब चाहो, आ जाना।"

सिद्‌दीक सिर खुजलाता हुआ कुछ सोचता रहा। बोला, "तुमसे एक बात और भी पूछना चाहता था।"

"क्या?"

"इस डूँगे का अब क्या करोगे?"

वह बाहर देखने लगा। यह सवाल उसके मन में भी था। पर सिद्‌दीक का पूछना उसे अच्छा नहीं लगा। "मैं क्या कर सकता हूँ?" उसने कहा, "जिसकी मिलकियत है, वही जो चाहेगी, करेगी।"

"तो तुम इसे सिरीनगर ले जाओगे? गली हुई लकड़ी है। यह तो यहीं जिस दाम में बिक जाए, बेच देना चाहिए।"

उसने सिद्‌दीक की तरफ़ नहीं देखा। बतखें क्वाक्-क्वाक् करती डूँगे के सिर पर आ गई थीं। "मैं इसे सिरीनगर भी कैसे ले जा सकता हूँ?" उसने कहा, "बेगम से बात किए बग़ैर मैं इस बारे में कुछ नहीं कर सकता।"

"मैं तुमसे एक बात कहता हूँ," सिद्‌दीक भी उठकर खड़ा हो गया, "तुम ज़िन्दगी में कोई काम मर्दों की तरह नहीं करोगे?"

"तुम अपनी ज़बान बन्द रखो," उसका चेहरा गुस्से से तमतमा उठा। "मुझे जो करना है, वह मैं ज़्यादा जानता हूँ।"

"मुझे पता है तुम क्या जानते हो," सिद्‌दीक लोई लपेटकर सामने आ गया। "तुम डूँगे को यहीं लावारिस छोड़कर सिरीनगर चले जाओगे। पीछे चाहे लोग इसका एक-एक तख़्ता उखाड़ लें।"

"डूँगा मेरा नहीं है," उसकी आवाज़ में तुरशी आ गई। "बिना बेगम से पूछे इसे बेचने या कुछ भी करने का मुझे हक नहीं है। यह भी कैसे कह सकते हैं कि नबी ज़िन्दा नहीं है?"

"हाँ, कैसे कह सकते हैं? सोपोर में किसी को उसका पता नहीं। बारामूला में किसी ने उसको देखा नहीं। श्रीनगर में उसकी सूरत नज़र नहीं आई। अब एक बार ख़ुदा के घर में जाकर और देख लेना चाहिए।"

"तुम अपना काम करो," कहता हुआ वह सिद्दीक के पास से हट आया, "मेरी, नबी की या डूँगे की फ़िक्र करने की तुम्हें ज़रूरत नहीं।"

अकेला सफ़र! धार के ख़िलाफ़ ऊपर जाने की जद्दोजहद। सिवाय जंगल के, किसी मुकाम पर वह रुका नहीं। सिवाय दुआ-सलाम के, किसी ने उससे बात नहीं की। मन हो रहा था कि आगे भी कोई ऐसा मुकाम न आए, जहाँ लोगों के बीच उसे रुकना पड़े। अपना घर भी नहीं। वह धार किसी तरह उसकी ज़िन्दगी जितनी बड़ी हो जाए, जिससे वह लगातार चलता रहे, और दम तोड़ने के मुकाम पर पहुँचकर किसी किनारे से लगे।

अगली रात नाव अपने घाट पर जा पहुँची। बेगम घाट पर ही थी। जैसे उसे पता था कि वह उसी वक़्त वापस पहुँचेगा।

डूँगे में आने तक दोनों में बातें नहीं हुईं। अन्दर पहुँचकर बेगम जलती काँगड़ी उसकी तरफ़ बढ़ाने लगी, तो उसने धीरे से कहा, "नबी की वहाँ भी कोई ख़बर नहीं मिली।"

"मुझे ख़बर मिल गई है," बेगम बोली, "तुम्हारे जाने के बाद क्यूनुस से चिट्ठी आ गई थी। एक हाँजी के हाथ गाँववालों ने भेजी थी।"

"नबी क्यूनुस में है?"

"लिखा है, वहाँ आया था। हालत बहुत ख़राब थी। चार-पाँच रात मेरी माँ के मायके में पड़ा रहा। मेरा और माँ का नाम ले-लेकर जाने क्या-क्या बोलता रहा! ईद की सुबह उसने वफ़ात पा ली।"

वह देखता रहा कि शायद बेगम की आँखों में कुछ नमी नज़र आए। बेगम का हाथ अपने हाथ में लेने की भी उसने कोशिश की। पर बेगम अचानक उसके पास से उठ खड़ी हुई। "मैं अभी चाय बनाकर लाती हूँ," कहकर वह बावर्चीख़ाने में चली गई।

बेगम लौटकर आई, तो उसके चेहरे पर कोई ऐसा भाव नहीं था, जिससे उसके मन की बात का कुछ अन्दाज़ा लगाया जा सके। वह समावार से प्याली में चाय डालने लगी, तो उसने पूछ लिया, "तुम एक बार क्यूनुस जाना चाहोगी?"

बेगम ने सिर हिला दिया। "मैं वहाँ जाकर क्या करूँगी? माँ के मायकेवालों से कभी मिली नहीं। और किसी को भी वहाँ नहीं जानती।" कुछ देर दोनों चुप रहे। फिर बेगम ने पूछा, "सिद्दीक कब तक आएगा?"

"कह नहीं सकता," वह प्याली में देखता हुआ बोला। "कह रहा था कि ज़मीन बेचकर आएगा। हो सकता है कल-परसों में आ जाए। या अभी दस दिन न भी आए।"

"तुम उसे किसी के हाथ एक रुक्का भेज सकते हो?"

"तुम उसे क्या लिखवाना चाहती हो?"

"कि डूँगा वहीं किसी को बेच दे। कोई सामान उसमें हो, तो वह भी वहीं किसी को दे दिला दे।"

वह कुछ देर चुप रहकर धुएँ के छल्लों को बनते-टूटते देखता रहा। फिर बोला, "सामान तो उस डूँगे में अब कुछ नहीं है। ख़ाली डूँगा है। सोचता था कि तुम अगर एक बार ख़ुद वहाँ चली जातीं...।"

"मुझे वहाँ नहीं जाना है," कहते हुए बेगम ने समावार उठा लिया, "तुमसे हो सके, तो सिद्दीक को लिखकर वह डूँगा वहीं किसी को बिकवा दो। न हो सके, तो रहने दो। मैं बाप के जीते-जी उस घाट का मुँह देखने नहीं गई, तो अब डूँगे के पैसे उगाहने वहाँ जाऊँगी?"

बेगम चली गई, तो भी वह देर तक प्याली पर मरते धुएँ को देखता रहा। प्याली उठाकर चाय उसे पीनी है, यह बात उसके ज़हन में ही नहीं आई।

"मैं क्या चाहता हूँ?" अक्सर उसके मन में सवाल उठता पर साथ ही वह अपने को जवाब भी दे लेता, "ख़ुदा ही जानता है, मैं क्या चाहता हूँ।"

डूँगे में रहते हर वक़्त उसका मन करता कि वहाँ से उठे और कहीं और चला जाए। पर डूँगे से बाहर आते ही एक दहशत उसे घेर लेती और मन डूँगे में लौटने को होने लगता। उन दिनों का हौसला अब उसमें नहीं था जब एकाएक घर से निकलकर कलकत्ता के लिए चल पड़ा था। तब मन में अनजानी ज़िन्दगी का एक आकर्षण था। अब उसने जैसे सब कुछ देख लिया था और किसी भी तरह की ज़िन्दगी के लिए मन में आकर्षण बाक़ी नहीं था। घर में और घर से बाहर सब जगह सभी कुछ एक-सा था। बाहर जाकर ज़िन्दगी को बल्कि और बदतर ही बनाया जा सकता था। इसलिए बेहतर था कि वहीं रहकर जैसे-तैसे उसे ढोता रहे। पर ढोना भी इतना आसान नहीं था कि मन चुपचाप उसे स्वीकार कर ले।

वह एक कोने में ख़ामोश बैठा रहता। आसपास बूँदें पड़तीं और सूख जातीं। कभी हलकी बर्फ़ के जाल गिरते और पिघल जाते। आसमान में रोज़-रोज़ एक-से

रंग बनते और मिटते रहते...ख़ाली या बर्फ़ानी बादलों के, धूप और उजाले के, अँधेरे और झुटपुट के। उन सब रंगों में दरिया और डूँगे के साथ-साथ वह ख़ुद अपने को भी बार-बार रँगते देखता...हर बार इस वक़्त के रंग से निकलकर दूसरे वक़्त के रंग में रँगे जाने की प्रतीक्षा करता। उसे लगता कि जितने रंग उसे छूकर निकल जाते हैं वे सब कहीं उस पर अपनी छाप छोड़ जाते हैं। उन रंगों के लौटकर आने पर वह वही नहीं होता...पहले से कुछ बदल चुका होता है, कुछ बीत चुका होता है। कभी पानी में तैरते ज़र्द पत्तों में से किसी एक को वह हाथ में ले लेता, घुटने से मलकर सुखाता रहता, और फिर सूख जाने पर पानी में बहा देता।

किसी की नज़र उस पर होती, तो वह अपने हाथ-पैरों को छूकर देखता। उसे महसूस होता कि हर गुज़रते दिन के साथ उनमें ज़र्दी बढ़ती जा रही है, मांस की सलवटें गहरी होती जा रही हैं, खाल नरम पड़ती जा रही है। उसे छाती में एक रुकाव-सा महसूस होता है और वह अपनी जगह से हटकर बाहर निकल आता। नूरा और बेगम से बात करते हुए उनके मांस के कसाव को देखता। यह भी कि सर्दी बीतने के साथ दरिया में पानी फिर भर रहा है...डूँगा अपनी निचली सतह से फिर घाट की सतह की तरफ़ उठ रहा है। वह देर-देर तक दरिया के ख़ामोश बहाव को एकटक देखता रहता। फिर एक साँस के साथ वहाँ से हटता हुआ बेगम से कहता, "सोचता हूँ, मैं शाह साहब को फिर से चिट्ठी लिख ही दूँ।"

बेगम जानती थी कि वह शाह साहब को चिट्ठी लिखने की बात क्यों कहता है। वह उसकी तरफ़ ठीक से देखती भी नहीं और आहिस्ता से जवाब देती, "हाँ, लिख दो। अगर अपने पैसे से हज पर नहीं जा सकते, तो दूसरे का पैसा लेकर जाने में क्या बुराई है? इतना ही तो है कि हज का सवाब तुम्हें नहीं, उसे मिलेगा जिससे कर्ज़ लेकर जाओगे। पर इससे क्या होता है? तुम्हारा मक़सद हज करना तो है नहीं। मक़सद तो इतना है कि किसी तरह हम लोगों से पिंड छुड़ाकर चले जाओ। वह मक़सद तुम्हारा पूरा हो जाएगा।"

शाह साहब को उसने कई दिन पहले एक चिट्ठी लिखी थी। तब शाह साहब ने जवाब दिया था कि वह जब भी हज पर जाना चाहे, वे उसे उसके खर्चे का रुपया कर्ज़ हुसैनी के तौर पर दे देंगे। इसका मतलब था कि रुपया लौटाने की मजबूरी नहीं होगी। पर कहा जाता था कि कर्ज़ हुसैनी अगर लौटाया न जा सके, तो हज का सवाब हज करनेवाले को हासिल नहीं होता था। वह बेगम की बात से ख़ामोश होकर अपनी जगह पर लौट आता। उम्मीद करता कि बेगम शायद पास आकर और भी कुछ कहे। पर बेगम के लिए बात वहीं ख़त्म हो जाती—उसके बाद उसका ज़िक्र तक ज़बान पर न लाती।

बेगम के हाथ में उन दिनों रुपया था। इतना तो था ही कि उससे वह हज के लिए जा सके। कुछ रुपया नबी का डूँगा और शिकारा बेचकर मिला था। कुछ सिद्दीक अपनी ज़मीन बेचकर लाया था तो उसने बेगम के पास रख रखा था। सिद्दीक डूँगा रहन रखकर वह रुपया उसे हज को देने के लिए तैयार था। कहता था कि वह लौटकर दो साल की कमाई से धीरे-धीरे उसका कर्ज़ उतार दे। पर बेगम यह बात सुनकर ही चिढ़ जाती। कहती कि जब कमाई ही नहीं होगी, तो वह लोग कर्ज़ कैसे उतारेंगे? और रुपए की ज़रूरत सबसे पहले उन्हें लड़की की शादी के लिए है। अगर कर्ज़ लेना होगा, तो हज के लिए नहीं, उस मौक़े के लिए लेंगे। काम की हालत जितनी ख़राब थी उससे क्या कहा जा सकता था कि लड़की की शादी कब और कैसे कर पाएँगे? गनीमत थी कि कादिर काम की तलाश में कुछ अरसे के लिए श्रीनगर से बाहर चला गया था, वरना उसने तो अब तक कहर ढा दिया होता। जाते हुए भी उसने कहा था कि इस मन्दी में एक-एक हाउसबोट की कमाई से उनका ख़र्च नहीं चलेगा। दोनों हाउसबोट एक घाट पर बाँधकर उन्हें अपना खाना-पीना एक जगह कर लेना होगा। भुखमरी ने वहाँ से जाने के लिए मजबूर न कर दिया होता, तो अब तक न जाने कितनी बार इस बात को लेकर उसने तमाशा खड़ा किया होता।

सर्दियों के बाद गर्मियाँ भी आकर गुज़रने लगीं, पर एक भी टूरिस्ट उस साल उनके यहाँ नहीं आया। आसपास के सब हाउसबोटों में वही हालत थी। झुंड-के-झुंड हाँजी सुबह-सुबह बस के अड्डे पर जा जमा होते। कोई एक भी टूरिस्ट किसी भी बस से उतरता नज़र आ जाता, तो उसे अपने यहाँ ले जाने के लिए सबमें धींगामुश्ती शुरू हो जाती। नतीजा उसका यह होता कि आनेवाला उन सबको डाँटकर किसी होटलवाले के साथ चला जाता। सिद्दीक भी हर सुबह बस के अड्डे पर जाता और दोपहर को माथे पर त्योरियाँ डाले लौट आता। आकर बताता कि अड्डे पर रोज़ क्या-क्या हुड़दंग मचता है। किस तरह लोग एक-एक दो-दो रुपए देकर एक-दूसरे के ग्राहकों के सौदे करते हैं। वह यह भी बताता कि कुछ हाँजी अपने साथ लड़कियों की तसवीरोंवाले कार्ड लेकर जाते हैं। आनेवालों को तसवीरें दिखा-दिखाकर अपने यहाँ चलने के लिए फुसलाना चाहते हैं। सिद्दीक की बातें सुनकर लगता जैसे उसे ज़्यादा दुख इस बात का हो कि उसके पास इस तरह की कोई तसवीर क्यों नहीं होती। "बात करने में सिद्दीक किसी से कम नहीं है," वह कहता, "मगर बात से बात का मुकाबला हो, तब तो मैं भी देख लूँ। पर वे कमीनज़ाद मुकाबला करते हैं फ़हश और नंगी तसवीरों से। जाने कहाँ-कहाँ से लाकर हरामखोरों ने कार्डों पर चिपका रखी हैं। तसवीरें दिखाकर लोगों को साथ ले जाते हैं और रास्ते में उनका

आधा सामान गुम कर देते हैं। अब आदमी देखता रहे तसवीर को और रोता रहे अपने सामान को। यह धन्धा अब काम करनेवाले हाँजियों के हाथ में रह कहाँ गया है? यह तो आजकल कुछ गुंडों के हाथ में है जिनके पास में अपने बोट भी पता नहीं हैं कि नहीं।"

बेगम सिद्दीक से उलझ पड़ती, जैसे कि टूरिस्टों के न आने की ज़्यादा ज़िम्मेदारी सिद्दीक पर ही हो। कहती कि वह चुपचाप खड़ा तमाशा देखता रहता होगा। किसी के पास जाकर उससे बात ही नहीं करता होगा। सिद्दीक इस पर लम्बी सफ़ाई देने लगता। उन लोगों के हवाले देता जो अड्डे पर उसके साथ थे और जिन्होंने उसे लड़ाई-झगड़ा करते देखा था। पर लड़ने-झगड़ने से क्या होता है? वह कहता कि, "आनेवाले की नज़र वहाँ किसी शरीफ़ हाँजी पर तो पड़ती ही नहीं। उसकी नज़र पड़ती है उन हाथों पर जो ऊँचे उठ-उठकर तसवीरोंवाले कार्ड उसकी तरफ़ झलकाते हैं, और उन आँखों पर जो उन्हें तरह-तरह के गन्दे इशारे करती हैं। ऐसे में सिद्दीक बेचारा करे तो क्या करे? उसके पास अपनी टोपी के सिवाय किसी को दिखाने को होता ही क्या है?"

बेगम बड़बड़ाकर ख़ामोश हो जाती। वह ख़ुद देखती थी कि आसपास के हाउसबोट भी उसी तरह ख़ाली रहते हैं। हाँजियों के हर परिवार में से एक-न-एक आदमी कमाई के लिए बाहर चला गया था, पर उनके घर में तो कोई बाहर जानेवाला भी नहीं था। आए दिन आसपास के किसी-न-किसी डूँगे या हाउसबोट के टूटने, बिकने की ख़बर उन्हें मिलती। क्योंकि कोई भी ख़रीददार नहीं था। इसलिए बहुत-से लोग अपने बोट लकड़ी के दाम बेच रहे थे। पहले सोभाना का बोट टूटा था। उसके बाद लस्सू, सतारा, ज़फ़ारा कई लोगों ने अपने बोट तुड़वाने शुरू कर दिए थे। पहले अन्दर के सामान का नीलाम उठता। सड़क पर सामान निकलवाकर उसकी बोली लगवाई जाती। फिर आरे और हथौड़े लेकर बोट की खिड़कियाँ-दरवाज़े अलग किए जाने लगते। जिसका बोट टूटता, वह कुछ इस तरह से फ़ारिग़ नज़र आता जैसे अपने घर के सब लोगों को कब्र में दफ़ना आया हो। हर बोट के साथ एक परिवार भी लगभग टूट जाता। लड़कियों को लोग जिस किसी के पल्ले बाँध देते। लड़के मज़दूरी करने पंजाब या आसपास के रियासती इलाकों की तरफ़ निकल जाते। छोटे बच्चों को वे मिन्नत के साथ दूसरों के घरों में रखवा देते। जिन लोगों के बोट सही-सलामत थे, उनका रुतबा उन दिनों काफ़ी बढ़ गया था। यह मामूली बात नहीं थी कि बिना कमाई के वे अपने लिए दो वक़्त का साग-भात जुटा लेते थे।

उन्हीं दिनों वह लड़का उनके यहाँ आया था...मामदा।

मामदा उनकी रिश्तेदारी में से ही था।...उसके फूफाज़ाद भाई का छोटा लड़का। उन लोगों ने पहले अपना हाउसबोट तुड़वाया था, फिर अपना डूँगा बेच दिया था। परिवार में मामदा के अलावा उसका बाप, ज़बारा, बड़ा भाई रशीदा और एक छोटी बहन थी। माँ चार साल पहले मर चुकी थी। डूँगा बेचने के बाद बाप और भाई मज़दूरी के लिए बाहर जाना चाहते थे। लड़की छोटी थी...सिर्फ़ दस साल की। उसे उन्होंने एक और रिश्तेदार के यहाँ रख दिया था। मामदा अट्ठारह साल का था। पर उसका एक पैर ज़रा दबता था, इसलिए वे उसे मज़दूरी के लिए साथ नहीं ले जाना चाहते थे। जिस दिन ज़बारा ने उससे पहले-पहल बात की, तो उसने किसी तरह उसे टाल देना चाहा था। उसका ख़याल था कि बेगम इसके लिए राज़ी नहीं होगी। वह बात करके दोनों तरफ़ से शर्मिन्दा नहीं होना चाहता था। पर ज़बारा बहुत आजिज़ी के साथ पैर पड़ने लगा तो उसने डरती ज़बान बेगम से बात चलाई। मन में था कि इस तरह मना करने की ज़िम्मेदारी अपने सिर से टालकर वह बेगम के सिर डाल सकेगा। पर बेगम को पहले से ही इस बात का पता था। वह जाने सिद्दीक से या किससे इस बारे में सुन चुकी थी। वह बात कह चुका, तो बेगम ने सिर्फ़ इतना ही पूछा, "तो वे उसे किस दिन छोड़ने आएँगे?"

"मैंने उनसे अभी हामी नहीं भरी," वह अचकचाकर बोला, "सोचा था तुमसे बात कर लूँ। इस वक़्त एक और आदमी का बोझ सिर पर ले लेना हमारे लिए कहाँ तक मुनासिब होगा?"

"इस तरह सोचोगे, तो अपना पेट भरना भी शायद मुनासिब नहीं लगेगा," बेगम ने कुछ चुभते ढंग से कहा, "जो मुसीबत आज उन पर पड़ी है, वह कल को हम पर भी पड़ सकती है। तुम उनसे कह दो कि जब भी उन्हें जाना हो, लड़के को यहाँ छोड़ जाएँ। जहाँ चार आदमी खानेवाले हैं, वहाँ एक और से कितना फ़र्क पड़ जाएगा!"

और दूसरे रोज़ मामदा अपने फटे हुए ढीले कोट में हँसता हुआ उनके सामने आ खड़ा हुआ था।

अजीब लड़का था वह। बात-बेबात हँसता रहता। कुछ भी पूछा जाए तो जवाब बाद में देता, हँसना पहले शुरू कर देता। कई बार तो सिर्फ़ हँसकर रह जाता, बाद में धीरे से कह देता, "क्या कहा था? मैंने सुना नहीं।"

"सुना नहीं था, तो हँस किस बात पर रहा था?" उसे डाँटा जाता।

इस पर वह और हँसता। "सुना नहीं था इसलिए हँस रहा था।"

दिन भर उसे सब तरफ़ से डाँट-फटकार पड़ती। सबसे ज़्यादा सिद्दीक उसे डाँटता। उसका किया कोई भी काम सिद्दीक को पसन्द न आता। मामदा भी

जान-बूझकर सिद्दीक को चिढ़ाता रहता था और हरएक का बताया काम ठीक से कर देता। बेगम के पास शिकायत पहुँचती, तो वह पास आकर हाथ झाड़ता हुआ कहता, "उसने जैसे बताया, वैसे मैंने कर दिया। ख़ुद को तो उसे कुछ आता-जाता नहीं। जो काम ठीक हो जाता है, वह कहता है उसने ठीक बताया था। जो गलत हो जाता है, वह कहता है दूसरे ने गलत कर दिया है।"

उस घर में रहकर उस पर अहसान किया गया है, यह बात उसके ज़हन में कहीं नहीं थी। उसका बरताव पहले दिन से ही ऐसा था जैसे वह और सबसे ज़्यादा उस घर की हर चीज़ का हकदार हो। खाने-पीने के मामले में वह न सिर्फ़ बेतकल्लुफ़ी बरतता बल्कि छीना-झपटी तक पर उतर आता। सबसे ज़्यादा छीना-छपटी नूरा से करता। कहता कि जब उसे एक बोटी गोश्त दिया गया है तो नूरा को दो बोटी कैसे दिया जा सकता है? वह उम्र में नूरा से बड़ा है। उससे भी बड़ी बात यह है कि उसे भूख ज़्यादा लगती है। "मैं तो दिन भर काम करता हूँ," वह कहता, "यह क्या करती है? दिन भर खाती है और शिकारा लेकर घूमती है। मेरे बाप के घर में होती, तो वह दिन भर इससे धान कुटवाता। यहाँ पर तो कोई इससे काम करने को कहता ही नहीं है।"

कभी-कभी उसकी बदतमीज़ी हद से बढ़ जाती। आँख निकालकर वह बेगम के सामने खड़ा हो जाता और कहता कि उसे इस घर में रहकर अपनी हड्डियाँ नहीं दुखानी हैं, उसे उसके बाप और भाई के पास भेज दिया जाए। बेगम झल्लाकर उसे वहाँ से चले जाने को कहती, तो वह ताव में आकर घाट की सीढ़ियाँ चढ़ जाता और सारा-सारा दिन वहीं आसपास बाँध के चक्कर काटता रहता। रात होने तक ख़ुद ही वापस आकर चूल्हा जलाने लगता। कभी ज़्यादा देर तक लौटकर न आता, तो बेगम जाकर उसे बुला लाती। सिद्दीक को इससे और झुँझलाहट होती। वह कहता, "क्यों जाती हो उसे बुलाने? हरामख़ोर को पड़ा रहने दो न एक दिन ऊपर सड़क पर। सुबह तक हड्डियाँ पथरा जाएँगी, तो अपने-आप इसके होश ठिकाने आ जाएँगे।"

"ज़्यादा बढ़-चढ़कर बात करने की ज़रूरत नहीं," बेगम सिद्दीक को डाँट देती। "वह मेरे घर में रहता है, तुम्हारे घर में नहीं।"

सिद्दीक इससे उतना कुढ़ता नहीं, जितना अन्दर से दुखी हो जाता। यह एक ऐसी बात थी जो हमेशा उसे कचोट जाती थी। वह बेगम को कितनी बार समझाता था कि उसे सिद्दीक से इस तरह सलूक नहीं करना चाहिए। इसके अलावा सिद्दीक का और घर था ही कौन-सा? इतने सालों से वह अपने सब नाते-रिश्ते भूलकर उनके यहाँ रह रहा था। उसकी जो तनख़्वाह बनती थी, वह भी बेगम के पास जमा

रखता था। और जमा भी तो सिर्फ़ कहने की ही बात थी। एक दिन अगर वह अपना हिसाब माँग बैठता, तो बेगम के पास था इतना जो उसे अदा कर सकती? उन दिनों बल्कि वह सरमाया भी, जो नबी का डूँगा और सिद्दीक की ज़मीन बेचकर हाथ में आया था, धीरे-धीरे ख़र्च होता जा रहा था। बेगम बताती कुछ नहीं थी, और न ही वह कभी इस बारे में उससे कुछ पूछता था। पर बेगम के माथे की शिकन से ही उसे पता चल जाता था कि हाथ में पैसे की क्या स्थिति है। ज़रूरत पड़ने पर आसपास के हाँजियों को छोटे-मोटे कर्ज़ भी बेगम ने दिए थे, जिनके लिए यह सोचना भी नामुमकिन था कि उनमें से एक पैसे की भी वसूली उन्हें हो सकेगी।

एक दिन बेगम बहुत परेशान थी, तो खालका ने कहा, "तुम कहो तो मैं भी कुछ दिनों के लिए मज़दूरी के लिए बाहर चला जाऊँ?"

"तुम जाओगे?" बेगम चिढ़े हुए स्वर में बोली, "इस उम्र में मज़दूरी करोगे? तुम्हारे हाथों में इतनी ताकत भी है कि पाँच सेर बोझ यहाँ से उठाकर वहाँ रख सको?"

"मैं इसलिए कह रहा था कि इस साल की तरह अगला साल भी इसी तरह ख़ाली हो गया तो...।"

"तो मैं जाकर कहीं मज़दूरी करूँगी, तुम बैठे-बैठे इतना सोच तो लेते हो, पर जिस आदमी के हाथ-पैर ठीक चलते हैं, उसे तो यह बात कभी ध्यान में ही नहीं आती।"

बात सिद्दीक सुन रहा था। वह हाथ का काम छोड़कर उनके बीच आ खड़ा हुआ। तमतमाए चेहरे से बोला, "सिद्दीक के हाथ-पैर चलते हैं, तभी तो न इस घर की दो वक़्त की रोटी भी चल जाती है। वह काम न करता, तो देखता कैसे यहाँ सबका गुज़ारा होता है।"

बात ज़्यादा बढ़ गई होती, अगर वह सिद्दीक को अपने साथ बाहर न ले जाता। सिद्दीक बाँध पर आकर भी काफ़ी देर बकझक करता रहा। "मैं जानता हूँ वह मुझे क्यों यहाँ से भेजना चाहती है। उस हरामी को भेजने की बात उसके दिमाग़ में कभी नहीं आती जो यहाँ दूसरे का खा-खाकर मुटिया रहा है। देखा था उसका चेहरा जब पहले दिन यहाँ आया था? और आज देखो उसे। उसका बाप भी उसे देखे तो पहचानने में धोखा खा जाए। यह बात मैं इस घर में आज से देख रहा हूँ? शुरू से ही यहाँ यही हाल है। कोई-न-कोई यहाँ इन्हें पालने को ज़रूर चाहिए। बस उम्र उसकी अट्ठारह या बीस हो। सिद्दीक का सबसे बड़ा कोढ़ यही है कि उसकी उम्र तीस से ऊपर है। यह कोई नहीं सोचता कि अपनी उम्र के अच्छे साल भी वह यहीं रहकर इनकी चाकरी करता रहा है। कभी उसने इनसे कुछ माँगा नहीं है। जो उसका हक बनता है, वह भी नहीं माँगा! उसने जिस

तरह इनकी ख़िदमत की, वह किसी का सगा बेटा भी तो करके दिखाए, इन्हें घर में बेटा चाहिए...बेटा नहीं, जाने कौन इन्हें चाहिए। दूसरा कोई भी वह बेटा हो सकता है, सिद्दीक नहीं हो सकता, क्योंकि सिद्दीक की उम्र बीस साल की नहीं है। और वह इतना बेग़ैरत भी नहीं है कि शरम-लिहाज़ ताक पर रखकर कुत्ते का सूँघनी सूँघता फिरे। सिद्दीक मुँह से कुछ नहीं कहता, पर कौन-सी बात है जो वह समझता नहीं है?"

वह तब तक ठहराव से बात करता रहा था। पर सिद्दीक की इस बात से उसे लगा जैसे एक मुश्किल चढ़ाई चढ़ते-चढ़ते वह अपने आख़िरी क़दम पर आ गया हो। "तुम चाहते क्या हो?" उसने रुककर कहा। उसे लगा कि उसके घुटने काँप रहे हैं और धड़कन बढ़ गई है।

"मैं क्या चाहता हूँ? चाहने को अब मेरे पास रह ही क्या गया है?"

"तुम छोड़कर जाना चाहते हो, चले जाओ। तुम्हारा जितना पैसा बनता है, उसका हिसाब तुम आज ही कर लो। और ज़्यादा बकझक करने की ज़रूरत नहीं।"

सिद्दीक पल भर फटी-फटी आँखों से उसे देखता रहा। बोला, "तुम मुझसे जाने को कह रहे हो? तुम कह रहे हो यह बात?"

"हाँ, मैं कह रहा हूँ यह बात," वह बोला, "तुम अपना पैसा लो और चले जाओ।"

"तुम दोगे मुझे पैसा? है तुम्हारे पास पैसा?"

"मेरे पास है या नहीं, इससे तुम्हें मतलब? दो दिन में यह डूँगा और हाउसबोट सब कुछ बिक जाएगा। तुम्हें तुम्हारा पैसा मिल जाएगा। उसके बाद तुम जहाँ जाना चाहो, चले जाओ। ये दो दिन भी अगर बाहर रहना चाहो, तो खुशी से रह लो।"

वह वहीं से लौट पड़ा। सिद्दीक कुछ देर अपनी जगह रुका रहा, फिर उसके पीछे-पीछे चला आया। घाट की सीढ़ी के पीछे-पीछे पास आकर उसके सामने खड़ा हो गया।

"अब तुम क्या चाहते हो?" उसने पूछा।

सिद्दीक ने टोपी उतारकर हाथ में ले ली थी। उसकी आँखें गीली थीं। "मैं कुछ नहीं चाहता," वह बोला, "अगर मेरे मुँह से कोई गलत बात निकल गई है, तो उसके लिए तुम मुझे माफ़ कर दो।"

उसने कुछ नहीं कहा। सीढ़ी से उतरकर डूँगे में आ गया। बेगम को उसका चेहरा शायद काफ़ी बदला हुआ लगा क्योंकि उसकी आँखें उसके चेहरे से हटी नहीं। सिद्दीक तब तक उतरकर घाट पर आ गया था।

"वह क्या चाहता है?" बेगम ने अन्दर आकर पूछा।

"परसों तक हमें उसका हिसाब कर देना होगा। मैंने उससे कह दिया है कि वह यह घर छोड़कर चला जाए।"

"उसे जाना है, चला जाए," बेगम बोली, "हिसाब के लिए पैसा जब हाथ में होगा, तब उसे अदा कर दिया जाएगा।"

"मैंने उससे कह दिया है कि परसों तक मैं उसका पूरा पैसा अदा कर दूँगा।"

"तुम्हारे पास हो तो अदा कर देना, मेरे पास उसे देने के लिए पैसा नहीं है।"

वह बिना आँख झपके कुछ देर बेगम के चेहरे के उतार-चढ़ाव को देखता रहा। फिर बोला, "ठीक है। मैं ही अदा कर दूँगा। दो दिन में तुम सब अपने ठिकाने का इन्तज़ाम कर लो। यह डूँगा और हाउसबोट मुझे आजकल में ही किसी के हाथ बेच देने हैं।"

बेगम की साँस तेज़ हो गई थी। नूरा और मामदा हाउसबोट की खिड़कियों से उस तरफ़ देख रहे थे। सिद्दीक हाथ बगलों में दबाए घाट पर सिर झुकाए खड़ा रहा था।

"और इन्हें बेचने के बाद ख़ुद तुम्हें कहाँ रहना है?"

"मुझे जहाँ भी रहना हो, इससे किसी को कोई मतलब नहीं है। मेरी ज़िन्दगी अब ख़ुदा के हाथ में है। मुझे जहाँ भी जाना होगा, चला जाऊँगा।"

"तुम्हें जहाँ जाना है, मुझे मालूम है। हम सबको दर-ब-दर करके ख़ुद तुम हज करने चले जाओगे। यही न?"

उसकी साँस रुक रही थी। बात उसके मुँह से साफ़ नहीं निकली। सहारे से बैठते हुए किसी तरह उसने कहा, "हाँ, यही। यहाँ जिस दोज़ख़ में तुम लोगों ने मुझे डाल रखा है, उससे बाहर निकलना ही मेरे लिए हज के बराबर है। मेरे लिए असली हज का दिन वह होगा जिस दिन मेरी साँस निकलेगी। और तुम लोगों के लिए...तुम लोगों के लिए भी वही दिन असली निजात का दिन होगा।"

और उस दिन उनके बीच घिर आई चुप्पी अभी टूटी नहीं थी कि उस पार कादिर के हाउसबोट में आग लग गई।

दरिया में खड़े बोट में आग लगना अस्वाभाविक-सी घटना थी। ऐसा उन्होंने कभी सुना भी नहीं था। उस दिन अपनी आँख से न देखा होता, तो शायद वह कभी विश्वास ही न कर पाते। उस वक़्त आधी रात थी। मामदा ने चिल्लाकर उन्हें जगा दिया था। उस दिन कासिम भी अपने हाउसबोट में नहीं

था। शाम को किसी काम से अनन्तनाग गया था। नजमा और उसके बच्चे अपने डूँगे में अकेले थे।

पहले कुछ देर वे तय नहीं कर पाए कि आग कादिर के हाउसबोट में लगी है या किसी और हाउसबोट में। सिद्दीक कह रहा था कि वह कादिर के साथवाला बोट है। बेगम ने उन दोनों की बात में हिस्सा न लेकर मामदा और नूरा से शिकारा खोलने को कह दिया था। आसपास से और भी कई हाँजी दरिया पार कर रहे थे। आग हाउसबोट की खिड़कियों से उठकर अब छत को लपेट रही थी। जले हुए शहतीर और परदे दरिया में गिरते और गिरकर स्याह हो जाते। कुछ लोग बालटियाँ लेकर हाउसबोट पर पानी उलीच रहे थे।

"बेगम!" शिकारा खुल गया, तो उसने अपने और बेगम के बीच की ख़ामोशी तोड़ने की कोशिश की।

बेगम ने आँखें उठाकर उसकी तरफ़ देखा, पर कहा कुछ नहीं।

"मैं भी साथ चल रहा हूँ," वह बोला।

बेगम ने फिर भी मुँह से कुछ नहीं कहा। चुपचाप शिकारा डूँगे से लगा दिया। उसने शिकारे में पैर रखा, तो पीछे सिद्दीक भी उसमें उतर आया।

"पानी में खड़े बोट में आग कैसे लग सकती है! ऐसा आज तक कभी हुआ ही नहीं," उसने चलते शिकारे में जैसे अपने से कहा।

पर अपनी आवाज़ वह ख़ुद भी नहीं सुन सका। नूरा और मामदा चिल्लाकर उस पार के हाँजियों से पूछताछ कर रहे थे। हाउसबोट के पीछे से आग की एक लम्बी लकीर फिसलकर आगे आ रही थी। नूरा शिकारे में लगभग खड़ी होकर जैसे बाहर को उछलने जा रही थी। "नजमा! नजमा!" और मामदा कह रहा था, "वह उन्हीं लोगों का डूँगा है। किनारे से टूटकर पानी में बह रहा है।"

बेगम जल्दी-जल्दी चप्पू चला रही थी और साथ ही बुदबुदा रही थी, "या ख़ुदा! या रसूल!" उसकी आवाज़ काँप रही थी और वह शायद तय नहीं कर पा रही थी कि उसे शिकारा डूँगे की तरफ़ ले जाना चाहिए या हाउसबोट की तरफ़।

आग में काफ़ी नुकसान हुआ था। ग़नीमत यही थी कि नजमा और उसके बच्चे सही-सलामत बच गए। आग कैसे लगी, यह बात किसी तरह तय नहीं की जा सकी। अन्दाज़ा था कि उस पार के किसी हाँजी की ही शरारत थी। कादिर और कासिम से दुश्मनी रखनेवाले लोगों की वहाँ कमी नहीं थी।

आग लगने के अगले रोज़ नजमा उनके डूँगे में बेगम की बाँह से सटकर रो रही थी, तो बेगम उससे कह रही थी, "अपनी माँ के जीते-जी तुझे किस चीज़ की फ़िक्र है? यह घर और डूँगा क्या तेरा अपना नहीं? दस दिन के अन्दर उधर

के हाउसबोट और डूँगे की भी मरम्मत हो जाएगी। हज़ार-बारह सौ का ख़र्च ही तो है, वह सब मैं कर दूँगी। कादिर के पास जब होगा, मुझे लौटा देगा। और न भी लौटा सके, तो क्या है? आख़िर माँ-बाप अपने बच्चों के लिए ख़र्च करते ही रहते हैं।"

मामदा उस वक़्त भी जाने किस बात पर खिलखिला रहा था। सिद्दीक अपनी लोई में लिपटा ख़ामोश आँखों से उनकी तरफ़ देख रहा था। उसका मन हुआ था कि वह सिद्दीक को अपने साथ सटा ले। कहे कि कुछ देर वह खुलकर रो ले। कब तक वह इस तरह बैठा बुझी-बुझी आँखों से उन्हें देखता रहेगा?...

पूरक कथा

...सिद्दीक को एकटक देखते-देखते खालका अचानक पन्द्रह साल पीछे चला गया, जब एक मासूम चेहरे वाला हँसता-खेलता नौजवान सिद्दीक बारामूला के एक छोटे-से नगर सुम्बल से यहाँ आया था। यहाँ क्या आया कि बस यहीं का होकर रह गया। 'हमारा बावर्चीख़ाना तो इसने सँभाला ही बाज़ार के काम, कपड़े धोना, लकड़ी काटकर लाना सभी कुछ इसके ज़िम्मे आ गया। हमारा डूँगा और डूँगे के सब फ़र्द एक तरह से सिद्दीक के सहारे ही हैं। इसे कुछ दिन बीमारी भी घेर लेती है तो हम सब माज़ूर[1]-से हो जाते हैं।'

फेरन में दबाकर रखी काँगड़ी का सेक फेरन के चाक से निकलकर सीधा उसकी ठोढ़ी और लम्बी नाक को सहला रहा था। मगर वो उससे बेख़बर सिद्दीक को देखते हुए उसी के बारे में सोचे चला जा रहा था। 'हमारे डूँगे और हाउसबोट की ज़िम्मेदारियों ने ही इसके बाल भी पका दिए। अपनी उम्र से दस-पन्द्रह साल बड़ा लगने लगा है बेचारा। आज तक तनख़्वाह के नाम पर इसने कभी एक आना भी नहीं लिया। और बेगम...जब देखो बेगानों-सा सुलूक करती है इससे। बस सुबह-शाम हाख-भत्ता खाने या कहें कि शिकम[2] को किसी तरह भरने का गुनहगार है ये। यही सब मुँह खोलकर कहता है तो सबको अखरता है। कैसी क़िस्मत लेकर आया है! इतना कुछ करने पर भी इसे हासिल क्या हुआ? सिफ़र!

'मेरे सिवा दुनिया में इसका अपना है कौन! अपनी नौ बीघा ज़मीन भी

1. **माज़ूर**— अक्षम।
2. **शिकम**— पेट।

इसने समझो हम पर ही कुर्बान कर दी और मैं इतना बेग़ैरत निकला कि मैंने इसे टके-सा जवाब दे दिया! कह दिया कि जाना चाहते हो तो चले जाओ। ये सिला दिया इसकी मेहनत, अपनेपन और वफ़ादारी का! अपना बुज़ुर्ग मानकर ये मेरी इज़्ज़त करता है इसलिए इसी ने बात सँभाल ली वर्ना हमने तो रिश्ते-नाते तोड़ने में कोई कसर नहीं छोड़ी थी। सीना तान कर कह तो दिया था पर ये माँगता तो पैसा लौटाते कहाँ से इसका! क्या ख़ुद को बेचकर! कैसे ख़ामोश-सूनी आँखों से देख रहा है। इसके अन्दर भी कोई वीराना हो जैसे। अब इसे दुत्कारने की इन्तहा हो चुकी है। हमने इसका दिल तोड़ा है। किसी का दिल तोड़ना एक भरा-पूरा दरख़्त तोड़ने के मानिंद होता है। यह कुफ्र हमने किया है। ख़ुदाया ये कुफ्र हमसे कैसे हो गया!

'ये अकेला आया था यहाँ और आज तक अकेला है। भीतर का अकेलापन जैसे कभी-कभी मेरे अन्दर तलातुम मचाकर बेचैन कर देता है इसे भी तो करता होगा! उस तलातुम में मुझे अपने डूँगे, अपनी बीवी-बच्चों किसी का ख़याल नहीं रहता। ज़हन में ख़ला का सर्द अँधेरा भर जाता है जिसमें आजकल कभी-कभी दूर कहीं मलकुल मौत[1] भी चक्कर काटता दिखाई देता है। अकेलेपन का ये दलदल, ये ख़ला मेरे लिए नया तो नहीं है। इसी दलदल में फँसकर मैं सोचा करता हूँ कि आख़िर मैं चाहता क्या हूँ। इस सवाल का जवाब मुझे न मिला है और न ही शायद मिलेगा कभी। पर हाँ...इस वक़्त...कम-से-कम इस लम्हा मैं सिद्दीक को ज़ोर से गले लगाना चाहता हूँ। इतनी ज़ोर से कि उसके और अपने अकेलेपन को कस कर भींच दूँ। ख़ात्मा कर दूँ दोनों की ज़िन्दगियों में तैरते इस दलदल का।

'पर सिद्दीक के ज़हन में इस समय क्या चल रहा होगा? कौन-सा ख़याल इसे अपनी गिरफ़्त में लिए हुए है? आज नजमा का जला-उजड़ा डूँगा देखकर अपनी उजाड़-सी ज़िन्दगी, ज़िन्दगी के घुप्प वीराने से ये कहीं ख़ौफ़ज़दा तो नहीं? वर्ना इतना ख़ामोश, इतना अफ़सुर्दा क्यों बैठा है जैसे कि लोई नहीं ज़िन्दगी का सन्नाटा ओढ़ लिया हो। इस वक़्त इसकी आँखों में कैसा बेरंग अजनबीपन है! मानो डूँगे में ये हम सबके साथ न होकर कहीं बहुत दूर किसी ऊँचे पहाड़ की चोटी पर अकेला बैठा हो और हमसे इसकी कोई जान-पहचान तक भी न हो। इसे हमसे कोई लेना-देना ही न हो!'

तभी खालका ने एक साँस-सी छोड़ी। उसकी बाँहें ज़रा बेजान और ढीली होकर लटक-सी गईं। सिद्दीक की आँखों में उसे जाने क्यों अपने मटमैले-से वजूद का अक्स दिखाई दिया, 'सिद्दीक चाहकर भी अपनी ज़िन्दगी अपनी तरह नहीं जी पाता

1. **मलकुल मौत**— यमराज।

है। ठीक मेरी ही तरह। मुझमें और इसमें...शायद...शायद यही फ़र्क है कि मैं वक़्त पर अपने दिल की बात कहने की हिम्मत नहीं जुटा पाता हूँ या नहीं कहता हूँ ये सोचकर कि उससे भी आख़िर क्या हो जाएगा! उन बातों को अपनी खाँसी की तरह दबाए रखना चाहता हूँ जो धीरे-धीरे बलगम बन जाती हैं। और ये...ये सिद्दीक... बड़बड़ करके जाने क्या-क्या बोल जाता है! ज़िन्दगी में जूते की कील की तरह लगातार चुभने वाली बातों को बार-बार कहता है, दोहराता है पर नतीजा तो वही रहता है। आख़िर में ख़ुद-ब-ख़ुद झुक जाता है, दब जाता है, मौजूदा हालात की मातहती कुबूल कर लेता है। यानी लम्बी गली के आख़िरी मोड़ पर हम दोनों एक ही तरफ़ जा रहे होते हैं, दूसरों की ख़्वाहिशों, दूसरों की ज़िन्दगियों के लबादे पहने। जाने हम दोनों की ज़िन्दगियाँ कब तक दूसरी ज़िन्दगियों के फेरन पहन कर डोलती रहेंगी!'

अचानक खालका की छाती में फिर वही रुकाव-सा महसूस हुआ। साँस लेना भारी होने लगा। इससे पहले कि उसे कुछ हो जाए उसने दम साधकर एक साँस खींची और सारी दुनिया की हिम्मत बटोकर पुकारा, "सिद्दीका!" अगले ही पल वह अपनी बाईं तरफ़ गठरी-सा लुढ़क गया था। अब ज़र्द रहने वाले उसके चेहरे पर स्याही के धब्बे-से उभर आए थे। आँखें पलट गई थीं। मुँह आधा खुला था। फेरन के अन्दर दोनों हाथ कलेजा थामे हुए थे। टाँगों के बीच में रखी काँगड़ी भी बाईं तरफ़ को लुढ़क चुकी थी जिसकी चिंगारियाँ खालका के फेरन के दामन में छेद करने पर आमादा थीं।

"सिद्दीका!" की पुकार पर सबने मुड़ कर खालका की तरफ़ देखा था और सब उसी तरफ़ उठ कर दौड़े। किसी ने खालका को सँभाला तो किसी ने औंधी पड़ी काँगड़ी और उसकी बिखरी चिंगारियों को। पानी के छींटे मारकर उसे जैसे-तैसे होश में लाया गया। नूरा और नजमा उसकी हथेलियों और तलुओं को देर तक मलती रही थीं। अपने कमज़ोर निढाल जिस्म में सदियों जितनी लम्बी थकान लिए वो वहीं सो गया था।

सिद्दीक और मामदा की मदद से उसे बिस्तर में लिटाकर मोटी-सी ऊनी चादर उढ़ाते हुए बेगम मन-ही-मन जानती थी कि अब खालका की आँख हफ़्ता-दस दिन बाद ही खुलेगी। उसे ऐसी गुनूदगी घेर लेगी कि इस दुनिया में रहते हुए भी वो यहाँ का नहीं होगा। अब वो नींद में बड़बड़ाएगा। जाने किस-किस को गालियाँ बकेगा। जाने किस-किस जमाने के पुरखे उसे दिखाई देंगे, उससे बातें करेंगे। वो पुरखे उसे डूँगे और हाउसबोट को बेचने-न बेचने के सिलसिले में कुछ मशविरा भी देंगे। कभी वो राज़ी होगा तो कभी उनसे झगड़ा करेगा। झील में रहने वाले तरह-तरह के जिन और भूत-प्रेत जो कभी किसी को दिखाई नहीं दिए, वो भी उसे

घेर लेंगे और वो चीख-चीखकर उनसे बचाने की गुहार करेगा। फिर थक-हारकर ख़ुद ही सो भी जाएगा।

कुछ-कुछ हफ़्तों बाद यही होता था, बार-बार। बहुत से हकीमों को दिखाया जा चुका था। रिहाइशी इलाक़े में पास ही चलने वाला मिशनरी अस्पताल ढाई-तीन साल पहले बन्द हो चुका था। उसके बाद करन नगर में श्री महाराजा हरि सिंह अस्पताल खुला था। खालका ने वहाँ जाने से साफ़ इनकार कर दिया था पर एक बार बेहोशी की हालत में बेगम के कहने पर उसे ताँगे में लादकर वहाँ भी ले जाया जा चुका था। ये नामुराद बीमारी बेगम की समझ से बाहर थी जिसका इलाज अंग्रेज़ी अस्पताल में भी नहीं था। उसने सुना था कि कुछ हाँजी औरतों और मर्दों को भी ये बीमारी है जो कहा जाता था कि अंग्रेज़ सैलानियों की सौग़ात है। तो फिर इस अंग्रेज़ी अस्पताल के पास अपनी इस बीमारी का इलाज भला क्यों न है!

अब खालका के हाल के साथ-साथ उसकी चाल भी बदल गई थी। डूँगे में रखा चप्पू दाएँ से उठाकर बाएँ तक न रखने के बावजूद वो हमेशा अपनी हड्डियों और जोड़ों के चकनाचूर हो जाने की शिकायत करता था। जैसे कि वुलर से नाव खेते-खेते भी नहीं, ख़ुद तैर कर चला आया हो। उसकी टाँगों और बाँहों पर अजीब-सी गाँठें भी उभर आई थीं, जो लगातार बढ़ती चली जा रही थीं। चेहरे पर जब कोई स्याह धब्बा उभरता था तो वो हमेशा वहीं बना रहता था। भूख लगभग मर-सी गई थी। थोड़ा-बहुत जो खाता भी था वो हज़्म होने का नाम नहीं लेता था। नतीजतन खालका सूख कर काँटा-हो गया था।

ऐसे में एक दिन जब वो होश में था, बेगम उसे समझा-बुझा कर शहर के नामी हकीम—हकीम बिलाल शाह के पास ले गई थी। हकीम साहब खालका की नब्ज़, आँखें और ज़ुबान देखने के बाद अफ़सोस के साथ पहले तो मुँह ही मुँह में कुछ बुदबुदाए थे, "हँह...ख़ाक दवा, ख़ुदा हकीम!" फिर कुछ सोचकर ज़ाहिर तौर पर यही बोले थे, "जिगर बहुत ज़्यादा कमज़ोर है। ये दवा खिलाएँ कुछ काम करना शुरू करेगा। हाज़्मा थोड़ा बेहतर होगा।" दवा पकड़ाने के बाद बोले, "मर्ज़ इतना बढ़ गया है कि इसका इलाज तो हकीम लुकमान के पास भी नहीं होगा। अल्लाह का नाम लें...उसी के हाथ में शफ़ा है...वही राहत देगा।"

हकीम साहब ने जाने क्यों दवा की फ़ीस लेने से भी इनकार कर दिया था। शुक्र था कि बेगम साथ में कमल-ककड़ियों का एक गट्ठर ले गई थी। बस वही देकर चली आई थी खालका को लेकर। तब से हर महीने में दो बार कभी कुछ सब्ज़ियाँ तो कभी मछलियाँ लेकर बेगम ख़ुद हकीम साहब के पास जाकर दवा लाती थी।

उस दिन फिर वो सब्ज़ी बेचने भी नहीं जा पाती थी। पर खालका की ज़िन्दगी के लिए गिज़ाह से ज़्यादा अहम उसे दवा लगती थी। जब दूर-दूर तक बेउम्मीदी का उदास सर्द अँधेरा छाया हो तब भी हल्की-सी आस की टिमटिमाती कन्दील लिए बेगम हर बार वहाँ जाती थी। दवा हाथ में लिए जब वो लौटती थी तो वो कन्दील कहीं छूट गई होती थी। मन-ही-मन वो अच्छी तरह समझ-चुकी थी कि अब ऐसे ही चलेगा। जब तक दम है तब तक गम है!

ज़िन्दगी में एक ही गम होता तो बेगम के लिए जीना इतना दुश्वार न होता। वैसे तो शुरू से उसे खालका का कितना साथ और सहारा मिला था वो उसका अपना जी ही जानता और समझता था। फिर भी इस बात से वो इनकार नहीं कर पाती थी कि वो खालका नाम के धागे से ही लिपटी हुई थी। अपने जिस 'गुले यासमीन' में उसकी जान बसती थी वो भी उसकी ज़िन्दगी में आख़िर खालका की वजह से ही था। और इतना था कि खालका उसे बेचकर हज पर जाने की चाहे धमकियाँ देता रहता था पर बेचने की सिम्त एक क़दम भी नहीं बढ़ाता था। यही सब सोचते-सोचते उसने कम्बल से ढँका अपना सिर-मुँह बाहर निकाला तो खालका के खर्राटे सुनाई दिए। खालका के जिस्म की तरह उसके खर्राटे भी अब कमज़ोर हो चले थे। साँस लेते समय के खर्राटे लगता था काँपते हुए अन्दर जा रहे हैं और साँस छोड़ते समय लगता था कि ये शायद खालका की ज़िन्दगी का आख़िरी खर्राटा होगा जो जिस्म की सारी हवा बाहर करके ही दम लेगा।

तभी अचानक बेगम को लगा कि उसकी नाक कुछ ज़्यादा ही ठंडी हो गई है। कहीं से सर्द हवा के झोंके-से आ रहे थे। डूँगे का दरवाज़ा-ख़िड़कियाँ सब बन्द होने के बावजूद ये सर्द हवा कैसी! वो उठी और सबसे पहले बावर्चीख़ाने में झाँका। चाँदनी जबरन बन्द डूँगे में घुस आई थी। आते ही उसने अँधेरे को अपने आगोश में ले लिया था और दोनों ने मिल कर चारों तरफ़ ऐसी रुपहली धुन्ध-सी फैला दी थी कि कोई जानकार भी इन्हें पहचान न पाए। उसी रुपहली धुन्ध में सिद्दीक सोता दिखा। उसका बिस्तर इतना गर्म हो चुका था कि उसने सुलगती काँगड़ी बिस्तर से निकाल कर एक किनारे रख दी थी।

बेगम पलटी तो नूरा के कमरे से रुपहली धुन्ध को चीर कर आती तेज़ चाँदनी दिखाई दी। उसने धीरे-धीरे उस तरफ़ क़दम बढ़ाए। कमरे में झाँक कर देखा। एक तरफ़ नजमा सो रही थी। उसके बरक्स नूरा अपनी खिड़की खोलकर बाहर देख रही थी। उसकी हथेलियाँ खिड़की पर थीं और चेहरा उन हथेलियों पर।

कुछ लम्हा बेगम खड़ी नूरा को देखती रही। क्या देख रही होगी? उसका दिमाग दौड़ा—कहीं बाहर मामदा तो नहीं! वो फ़ौरन अपने कमरे में गई और अपनी खिड़की खोलकर बाहर का जायज़ा लिया। दरिया का पानी कभी सर्द हवाओं के झोंकों से काँपता था तो कभी उचक कर चाँदनी में हाथ सेंकता था। लगता था दरिया और हवा की आवाजों ने मिलकर अँधेरे को घाट की तरफ़ खदेड़ दिया है। मामदा क्या दूर-दूर तक कोई दिखाई नहीं दिया। न कोई शिकारा और न कोई नाव। उसने खिड़की बन्द की और पहले की तरह सिर-मुँह लपेट कर सोने की कोशिश करने लगी।

अपनी खिड़की बेगम ने धीरे से ही बन्द की थी पर दूसरी खिड़की पर रखी नूरा की हथेलियों को पास की खिड़की बन्द होने की भनक हो गई थी। नूरा ने पलटकर देखा। दरवाज़े पर कोई नहीं था। कोई हो भी तो उसे क्या—मन-ही-मन कहते हुए उसने अपना चेहरा फिर खिड़की पर रखी अपनी हथेलियों पर टिका दिया।

'दरिया में डूब मरना है?' क्यों पूछा आज अम्मा ने? जब बचपन में कभी-कभी वो सच में दरिया में डूब मरना चाहती थी तब तो उसने कभी ऐसा सवाल नहीं किया था। वो ढाई-तीन साल की थी तो उनका हाउसबोट सैलानियों से भरा हुआ था। सैलानी अंग्रेज़ थे। उनके साथ दो बच्चे भी थे। उनके आर्डर पर अब्बा ख़ुद बहुत दूर जाकर निहायत ही ख़ूबसूरत और ज़ायकेदार दिखने वाला कोई मशहूर केक लेकर आए थे। केक उसने कभी नहीं खाया था। मगर बहुत कहने के बावजूद उसे चखने के लिए भी वो केक नहीं दिया था अम्मा ने। ये उसने बहुत बाद में जाना था कि वो मशहूर वॉलनट केक था जिसे रेज़ीडेन्सी रोड जाकर एहदूस के यहाँ से लाना होता था। हर अंग्रेज़ सैलानी अखरोट वाला वो वॉलनट केक ज़रूर मँगवाता था।

जब बेगम ट्रे लेकर हाउसबोट में गई थी वो भी साथ लग ली थी। दोनों अंग्रेज़ बच्चे चम्मच से चाट-चाट कर वो केक खा रहे थे और अम्मा उन्हें प्यार से परोस भी रही थी। वो दरवाज़े के पास पर्दे को छाती से लगाए खड़ी ये सब देख रही थी।

अगले दिन वो दोनों बच्चे जाने कैसे घाट पर आ गए थे। वो मुर्गियों के साथ खेल रही थी। लड़का बड़ा था। उसने अपनी बहन से अपनी ज़ुबान में कुछ कहा था जो सुनकर लड़की आगे बढ़ी और उसकी मुर्गी को पकड़ने लगी थी। उसने फ़ौरन 'हुर्र-हुर्र' करके अपनी मुर्गी को दूसरी तरफ़ भगा दिया था। जब ये अंग्रेज़ अपना थोड़ा-सा केक उसे चखा भी नहीं सकते तो उसकी मुर्गी को कैसे हाथ लगाएँगे! क्यों लगाने दे वो मुर्गी को हाथ!

अचानक लड़की ने चीखकर उसे गुस्से से कुछ कहा था। फिर वो लड़की

आगे बढ़ी थी और सीना तानकर उसका रास्ता रोक उसके ऐन सामने आ खड़ी हुई थी। लड़की उससे लम्बी थी। इसलिए अब उसकी आँखे सीधे उसके सीने पर टिक गई थीं जहाँ चकाचक सफ़ेद जालीदार फ्रॉक की कोटी पर एक छोटा-सा ख़ूबसूरत गुलाबी फूल कढ़ा हुआ था।

वो दो थे। ये अकेली थी। वो दोनों बड़े थे। ये छोटी थी। नूरा ने अपने मिट्टी से सने हाथ उस लड़की की फ्रॉक के गुलाबी फूल के पास रख उसे पीछे को धक्का दे दिया था। लड़की दो-चार क़दम पीछे चली गई थी। उसने गर्दन झुकाकर फ्रॉक की कोटी को देखा था। सफ़ेद फ्रॉक पर हाथों के मिट्टी वाले छाप बन गए थे। लड़की ज़ोर-ज़ोर से रोते हुए हाउसबोट की तरफ़ दौड़ी थी। लड़के ने उसे घूरकर गुस्से से देखा था और फिर अपनी बहन के पीछे दौड़ गया था। पता नहीं हाउसबोट में ऐसा क्या हुआ कि कुछ ही मिनटों में अम्मा आई थी और उसे बाँह से पकड़कर हाउसबोट में उन दोनों के सामने ले गई थी। लड़की ने उसकी तरफ़ उँगली उठाकर कुछ कहा था और उसी समय उन सबके सामने अम्मा ने उसके गाल पर एक थप्पड़ रसीद कर दिया था, "मेहमानों की मदद करते हैं कि उन्हें तंग करते हैं! बेवकूफ़ लड़की! तौबा कर।" जिन बच्चों के सामने उसने ख़ुद को नीचा महसूस किया था उन्हीं के सामने वो दोबारा ज़लील हुई थी। उसे कान पकड़कर तौबा करना पड़ा था। ज़लील किया था उसकी अपनी माँ ने। वो रोते-रोते आस्तीन से अपने आँसू और नाक पोंछते हुए चली आई थी। तभी से उसके मन में बेगम के साथ शीन-जंग[1] चलने लगी थी।

उसके बजाय अम्मा हमेशा दूसरों का ख़याल क्यों करती है? वो उसे बिल्कुल नहीं चाहती। बिल्कुल भी प्यार नहीं करती। यही सब सोचते हुए वो घाट पर आ गई थी। अब वो अम्मा को तकलीफ़ पहुँचना चाहती थी। कुछ भी ऐसा काम चाहती थी कि अम्मा परेशान हो जाए...रो पड़े। तो क्या दरिया में डूबकर मर जाए? उसने अपनी अम्मा को रोते तभी देखा था जब लस्स जू के बेटे की किश्ती तूफ़ान में घिरकर पलट गई थी और वो दरिया में डूबकर मर गया था। बंड की सारी हाँजी औरतें एक साथ मिलकर रो रही थीं। पर उसकी नज़र अपनी अम्मा पर टिकी थी जो बीच-बीच में अपनी हथेलियों से अपने आँसू पोंछ रही थी। घबराकर वो अम्मा की गोद में जाकर बैठ गई थी। फिर सुबकते हुए अपनी नन्ही-नन्ही हथेलियों से उसके गीले गाल पोंछने लगी थी। तब उसे पहली बार एहसास हुआ था कि कोई मर जाए तो सब रोते हैं। अम्मा भी रोती है। इसीलिए उसके ज़हन में दरिया में डूबकर मरने का ख़याल आया था।

1. **शीन-जंग—** बर्फ़ के गोले एक-दूसरे पर फेंक कर की जाने वाली लड़ाई।

वो घाट से धीरे-धीरे पानी की तरफ़ बढ़ी थी। वहाँ उकड़ूँ बैठकर उसने पानी में हाथ डाला और एकटक पानी को घूरकर देखा था। तभी पीछे से अब्बा ने पूछा था, "मेरा बेटा यहाँ अकेला बैठा क्या कर रहा है?" उसने कोई जवाब नहीं दिया था। इस पर अब्बा पास आकर बैठ गए थे, "नूरा...मेरी नूर...क्या कर रही है?"

"अब्बा...," अब्बा ने पलकें फैलाकर उसे ठहरकर देखा था।

"अब्बा..."

"हाँ बेटा...बोल..."

"जब कोई पानी में गिर जाता है तो क्या होता है?"

"वो तैरता है और बाहर आ जाता है।"

"तैरता है? मगर...तैरना तो आता ही नहीं!"

"तब कोई और आकर उसे बचा लेता है।"

"वहाँ तो कोई है ही नहीं...तो वो मर जाएगा?"

"हाँ मर सकता है...अगर दरिया में डूब ही जाएगा तो मर जाएगा...मगर तू..."

"अब्बा मछली तो दरिया में ही रहती है। फिर वो क्यों नहीं मरती?"

"दरिया मछली का घर है। अपने घर में वो महफ़ूज़ रहती है। मरेगी क्यों?"

"दरिया मछली का घर है...जैसे हमारा डूँगा है?"

"हाँ डूँगा है और हाउसबोट भी..."

"अपने घर में हम महफ़ूज़ रहते हैं?"

"हाँ घर में हम महफ़ूज़ रहते हैं," कहते हुए अब्बा ने उसे गोद में उठा लिया था। उसके फेरन का दामन पानी में भीग चुका था और थोड़ा कीचड़ भी लग गया था। अब्बा ने डूँगे में ले जाकर अम्मा को आवाज़ दी थी कि उसके कपड़े बदल दे। पर डूँगे में कोई नहीं था। उस दिन अब्बा ने ख़ुद उसके कपड़े बदले थे। फिर एक कटोरी में उसे खाने के लिए मुरमुरे देकर कीचड़ से सना उसका फेरन धोने घाट पर चले गए थे। उसने अपने फेरन की गोद बनाकर उसमें सारे मुरमुरे पलट लिए थे और कटोरी वहीं पटक कर खिड़की पर आकर बैठ गई थी। मुरमुरे का एक-एक दाना खाते हुए अब्बा को फेरन धोते देखती रही थी।

बर्फ़ के मौसम में डूँगे की ढलवाँ छत भी बर्फ़ से ढँक जाती थी और छत के निचले किनारों से शिशरगाँठें लटकती थीं। वो डूँगे की खिड़की से अपना धड़ बाहर निकालकर हाथ लम्बा करती थी। एक शिशरगाँठ तोड़कर कट-कट-कट करके उसे चबाना चाहती थी। पर हाथ वहाँ तक पहुँच पाते तब ना! वो खालका को पुकारती थी मदद के लिए। खालका उसे उठाकर खिड़की से बाहर छत की तरफ़ उठा देता

था और दोनों हथेलियों से शिशरगाँठें[1] तोड़कर वो खुश होती थी। पर जल्दी ही खालका उन शिशरगाँठों को बाहर फेंकने के लिए भी कहता था, "इसे खाते नहीं... बीमार हो जाएगी...अब फेंक दे।" उन्हें पानी में फेंक कर डूँगे की खिड़की फ़ौरन बन्द कर दी जाती थी। फिर खालका अपने पास बैठाकर काँगड़ी से उसकी सर्द हथेलियाँ सेंकता था। तभी कहीं से सर्द हवा का झोंका आता था और वो काँगड़ी एक तरफ़ कर जल्दी से बिना कुछ कहे खालका के फेरन में घुस कर बैठ जाती थी।

"अरे...अरे...ये क्या कर रही है नूरा...अरे..."

वो हँसती थी। हँसती चली जाती थी। फेरन के अन्दर उसका हिलता सिर और दबी-दबी-सी हँसी सुनाई देती थी। खालका उसे निकालने के लिए अपने फेरन का दामन उठाना चाहता था पर नहीं उठा पाता था। वो दामन तो नूरा ने अन्दर से बहुत ज़ोर से पकड़ कर रखा होता था।

"निकल बेटा...बाहर आ फेरन से..."

"नहीं...मैं नहीं निकलूँगी...ये मेरा घर है।"

"ये घर नहीं...मेरा फेरन है...मेरी गोद है..."

"नहीं यहाँ बहुत अच्छा लगता है...ये मेरा घर है...," मन-ही-मन वो अब्बा का जुमला याद-सा करके कहती थी, 'यहाँ मैं महफ़ूज़ हूँ।'

फिर खालका गुदगुदी करके उसे किसी तरह फेरन से निकालता था। वो हँसते-हँसते निढाल होकर खालका की गोद में सिर रख सो जाती थी। नींद में बराबर उसे खालका की हल्की-हल्की थपकियों का एहसास रहता था।

ऐसे ही वो बेगम के फेरन में भी घुसकर बैठना चाहती है। उसे अपना घर बनाना चाहती है। वहाँ 'महफ़ूज़' रहना चाहती थी। पर उसके गुस्से से डरती थी। बेगम के पास इतने काम होते थे कि अक्सर कुछ भी कहने पर दुत्कार देती थी। सर्द शामों में बन्द डूँगे में बैठी वो बेगम के फेरन को देखती रहती थी कि उसके अन्दर काँगड़ी रह सकती है तो वो क्यों नहीं! कभी-कभी तो वो उसके पेटू में ही घुस कर बैठ जाना चाहती थी, सबसे छिपकर। काश वो हर शाम अम्मा के पेटू में घुस सकती और हर सुबह निकल आती!

नजमा अम्मा की दुम थी। जो बेगम करती थी वही नजमा को करना होता था। जो जाल दिखाता है हाँजियों को भी वही दिखाई देता है। बेगम बावर्चीख़ाने में होती तो नजमा को भी बावर्चीख़ाने में होना होता। बेगम शलगम की माला बनाकर सुखाती तो नजमा को बैंगन की माला बनानी होती। बेगम दूर से छोटी मछलियाँ पकड़ कर लाती तो नजमा को वो धूप में सुखानी होतीं। अम्मा सैलानियों

1. **शिशरगाँठें**—छतों से लटकतीं बर्फ़ की छड़ियाँ-सी।

के कमरों की चद्दरें बदलती तो नज़मा उन्हें धोकर सुखाती। जब देखो अम्मा की कमीज़ का अस्तर बनी रहती। वो अम्मा से कुछ कहती या पूछती तो अम्मा से पहले नजमा ही उसे झिड़क देती, "देखती नहीं हम काम कर रहे हैं...तू जा घाट पर...खेल..."

वो डूँगे में या घाट पर अकेली रह जाती थी। ऐसे में खालका अक्सर उसे अपने साथ ले जाता था। सुबह सब्ज़ी बेचने रैनावारी तक जाता तब भी और दोपहर में सब्ज़ियाँ उगाने या नदरू[1] तोड़ने जाता तब भी। सिंघाड़े तोड़ने भी खालका ने ही उसे सिखाए थे। वापसी में वो लगातार सिंघाड़े खाती जाती थी। खालका मुस्करा कर उसे देखता और चप्पू चलाता जाता था, "ये छिलके पहले घाट पर फेंक देना... अपनी अम्मा को नहीं बताना कि तूने कितने सिंघाड़े खा डाले। पेटू कहीं की!" और वो सिंघाड़े मुँह में भरकर आसमान की तरफ़ देख खिलखिलाने लगती। जैसे कि आसमान को मुँह में भरे सिंघाड़े दिखा चिढ़ा रही हो!

खालका ने ही उसे छोटा चप्पू पकड़ाकर नाव खेना सिखाया था। घाट पर कई सालों से औंधी रखी नजमा की छोटी-सी नाव को साफ़ करके दोबारा दरिया में उतारा गया था। उसे हिम्मत दी थी कि वह अकेले ही उस छोटी नाव को अपने छोटे चप्पू से चलाया करे। शुरू में उसे नाव के बीच में बैठकर एक बार दाएँ और एक बार बाएँ चप्पू चलाते हुए नाव खेनी होती थी। धीरे-धीरे वो अपनी सहेलियों के साथ भी नाव खेकर यहाँ-वहाँ जाने लगी थी।

खालका उस समय उसे हरगिज़ साथ नहीं ले जाता था जब वो डल की सफ़ाई के लिए जाता था। अक्सर सफ़ाई के लिए अपनी नाव खेता हुआ कुछ और हाँजियों के साथ वो दूर-दूर भी जाता था और वो लोग नावों में पुराने डंठलों, सड़े कमल नालों और दलदल का ढेर यानी डल का कूड़ा ढोकर लाते थे। उस दिन वो खालका का इन्तज़ार करती घाट पर सहेलियों के साथ धमा-चौकड़ी मचाती रहती थी। पर खाना तभी खाती थी जब खालका लौट आता था।

बेगम और नजमा की दुनिया कुछ अलहदा ही लगती थी उसे, जिससे वो उतनी वाकिफ़ नहीं थी। कभी-कभी एहसास होता था कि वो दरिया के किनारे किसी ऊँचे से मज़बूत लैम्पपोस्ट के सहारे बैठी है और आस-पास के शिकारे, नावें, बहच, किश्तियाँ—सभी उससे दूर होते जा रहे हैं। दड़ाक् शप...दूर...दड़ाक् शप...और दूर...दड़ाक् शप...और दूर। एक दिन ऐसा भी आया कि उसकी पीठ अचानक बेसहारा रह गई। क्यों? कैसे? वो समझ नहीं पाई थी। वो लैम्पपोस्ट अपनी जगह पर नहीं था। गुम हो गया था अपनी रोशनी के साथ किसी अनजान अँधेरे में। वो

1. **नदरू**—कमल-ककड़ी।

सात साल की थी तो खालका चला गया था किसी अनजान शहर में...सब कुछ... सबको छोड़कर...उसे भी।

सब बिखर गया था मुर्गी के दानों की तरह। नजमा की शादी हो गई थी। वो उस पार चली गई थी, कादिर के डूँगे में। बेगम उसे लेकर बहुत दूर चली गई थी। नबी नागू के पास, एक निहायत ही चरमराते डूँगे में। खालका के साथ-साथ उसका अपना डूँगा, उसका हाउसबोट, उसकी मुर्गियाँ, उसकी बतखें, डल झील, उसकी छोटी नाव और दिल की शक्ल वाला वो छोटा-सा चप्पू सब छूट गया था। उसकी सभी सहेलियाँ भी। वो उखड़ गई थी जड़ से। उसे लगा था कि वो भी सिंघाड़ों या कमल-ककड़ियों का महज़ एक गट्ठर है जिसे अपनी जगह से उखाड़ कर नाव में खेते हुए बेगम एक अजब-सी जगह, अजनबी डूँगे में ले आई थी।

चचा रमज़ान लाख बुरा था पर नबी नागू जैसा मैला-कुचैला, बदमिज़ाज और खड़ूस नहीं था। पता नहीं बचपन से आज तक वो कभी हँसा भी था या नहीं! कभी-कभी अम्मा कहती थी कि नब जू खुश है, हँस रहा है पर उसे तो वो उस समय भी ख़ौफ़नाक लगता था।

धीरे-धीरे वो वहाँ भी सिंघाड़े चुनने लगी थी। सब्ज़ियाँ बोने-काटने लगी थी। मछलियाँ पकड़ने लगी थी। पर वहाँ उसके पास अपनी छोटी नाव नहीं थी। आस-पास के हाँजियों के बच्चों के साथ ही वो आती-जाती थी, उनकी नावों में। वहाँ उसे बस घाट पर अकेले बैठ कर वगुव[1] बुनना और बुनते-बुनते कोई गीत गाना अच्छा लगता था। आस-पास के लोग उसके गले की तारीफ़ करते थे पर बेगम ने कभी कुछ नहीं कहा। बहुत सालों तक वो समझ ही नहीं पाई थी कि बेगम को उसका गाना भाता है या नहीं, जब तक कि एक बार ख़ान के सामने बेगम ने उससे कोई कश्मीरी गीत सुनाने की फ़रमाइश न की थी।

वो इतनी खुश हुई थी मानो किसी ने भीतर तक सींच दिया हो। सामने बेगम तो थी ही ख़ान भी था जिसे अपना गीत सुनाने के लिए वो बहुत दिनों से बेताब थी।

बेगम ने खान से कहा था, "मैंने कहा था ना...नूरा महजूर के गाने अच्छे गाती है...आज सुनाएगी तुम्हें।" फिर नूरा की तरफ़ देखा था, "सुना ज़रा...वो रोज़-रोज़..."

वो हाउसबोट में बिछे गलीचे पर बैठ कर गाने लगी थी—

"रोज़ रोज़ बोज़ म्येन ज़ार मदनो
दाद्यि चान्ये रोवुम आराम मदनो..."

उसने गाते-गाते नज़र उठाकर ख़ान की तरफ़ देखा था। वो एकटक बेगम को

1. **वगुव**—एक विशेष प्रकार की सूखी घास की मोटी चटाई।

देख रहा था और चेहरे पर हल्की-सी मुस्कान लिए बेगम भी उसे ही देख रही थी। नूरा ने गीत आधे में ही रोक दिया था। पर ख़ान और बेगम दोनों में से किसी ने भी उसे गीत पूरा करने को नहीं कहा था।

तभी बेगम ने ख़ान से पूछा था, "मतलब समझाऊँ?" ख़ान ख़ामोश रहा था। बस मुस्कराकर हामी भरी थी।

"औरत कहती है रुको...ठहरो...ज़रा मेरे दुख...मेरी परेशानी सुनो मदन। तुम्हारे दर्द से...मतलब तुम्हारी चाहत के दर्द से मेरा आराम खो गया है...मेरा सुकून... खो गया है।"

ख़ान तब भी बेगम को उसी महीन मुस्कान के साथ देखता जा रहा था तो बेगम बोली, "ये औरत का दुख-दर्द है..."

मगर ख़ान कहीं और था, "बेगम...जब तुम बोलती हो तब तो समझ आता है पर जब ख़ामोश रहकर कुछ सोच रही होती हो तब भी तुम्हारी कनवाज[1] हिलती हैं। बहुत प्यारी लगती हैं!"

वो धीरे से उठकर हाउसबोट से बाहर चली आई थी। उसे लगा था कि वो दोनों कमरे में ज़रूर थे, गीत भी शायद सुन ही रहे हों पर दोनों में से किसी को भी उससे कोई मतलब नहीं था।

शाम का वक़्त था। नूरा भरी पलकें और उससे भी भरा मन लिए घाट से बाँध की तरफ़ निकल गई। बहुत दूर जाकर फिर एक लैम्पपोस्ट से टेक लगाकर बैठी ही थी कि पलकों ने हाथ खड़े कर दिए। वो थक चुकी थी। अब आँसू गालों पर लुढ़क रहे थे। बेगम नबी नागू के यहाँ से उसे लेकर लौटी थी तब की टीस भी मन में रह-रह कर पस की तरह चप-चप करती थी। सो वो भी आज आँसुओं में तब्दील हो रही थी, 'हमेशा ऐसे ही करती है ये। क्यों? पता ही नहीं चलता कि मन में क्या है। अब्बा लेने आए तो मना कर दिया और फिर आधी रात के वीराने में अचानक मुझे लेकर चल दी वहाँ से। पहले बताती तो मैं अपने दोस्तों से मिल तो लेती। सिराज की टोपी भी मेरे ही पास रह गई है। अगर उसे पता चलेगा कि वो मेरे पास है तो मुझे चोर समझेगा। क्या अज़ीजा उसे बताएगी कि वो मैंने मज़ाक में ही उठाकर छिपा ली थी? सुबह लौटानी थी मगर...अब वो कहाँ मिलेगा मुझे! अज़ीजा के पास मेरी ऊन और सलाइयाँ भी छूट गईं। अल्ला मियाँ ने जाने क्या सोचकर मुझे इसकी बेटी बनाया। ये कहीं मुझसे नफ़रत तो नहीं करती? क्या पता। अब तो अब्बा से भी बात नहीं की जा सकती। वो भी जब से लौटे हैं कितना बदल गए हैं। कितने कमज़ोर हो गए हैं।'

---

1. **कनवाज**— कान की बाली।

ख़ान और बेगम का एक-दूसरे को देखते जाने वाला मंज़र नूरा की आँखों के सामने आया तो उसने डूँगे की खिड़की में अपनी हथेलियों पर रखा अपना चेहरा उठाया और खिड़की बन्द करके डूँगे की दीवार के सहारे बैठ गई, 'अब्बा तो कुछ भी नहीं समझते...आज कह रहे थे कि ये खान को तेरा शौहर बनाएगी। हँह! क्या मेरा शौहर बनाने के लिए अम्मा उसका बेसब्री से इन्तज़ार कर रही है! नहीं...नहीं... बच्ची नहीं हूँ मैं। सब जानती हूँ...सब समझती हूँ। वो ख़ुद अपने लिए परेशान है... रात-दिन उसके ख़त का इन्तज़ार करती है...उसके लिए हाउसबोट ढूँढ़ रही थी। चाहती है वो आए और यहीं बस जाए। आए तो आए...मुझे क्या है! कौन-सा मेरे लिए आ रहा है?' नूरा ने लोई ओढ़ी और तकिए पर सिर रख लेट गई।

वो नहीं जानती कि वो ख़ान के बारे में क्यों इतना सोचती है। क्यों उसकी बातें किसी से करना चाहती है। जब खालका गया था तब भी वो उसकी बातें किसी से करना चाहती थी। उसे याद कर रोना चाहती थी। रात में रोते-रोते वो अपने आँसू कभी-कभी बेगम की कमीज़ से पोंछती थी। चाहती थी उसे पता चले कि वो खालका को याद कर रो रही है। पर बेगम ने उसके रोने का सबब कभी जानना ही नहीं चाहा था। खालका की कभी कोई बात ही नहीं की थी। उसका नाम तक न लिया था।

जब बेगम उसे सुबह नबी नागू का हुक्का तैयार करने के लिए कहती थी तो उसका जी चाहता था बेगम के सिर पर उसी हुक्के की नली दे मारे। वो सिर्फ़ और सिर्फ़ अपने अब्बा का हुक्का तैयार करती थी और घाट पर उसे हुक्का गुड़गुड़ाते देखती थी। उसके अलावा वो किसी का हुक्का तैयार करना नहीं चाहती थी। बेगम आँखें तरेर कर देखती थी तो वो मजबूरी में नब जू का हुक्का तैयार करती थी मगर उसकी आँखों में बराबर खालका और उसका हुक्का ही होता था। वो बेगम को कभी-कभी उल्टा-सीधा जवाब भी दे देती थी जिसमें कई बार खालका का ज़िक्र होता था। बेगम इससे चिढ़ जाती थी तो उसे सुकून मिलता था। एक रोज़ बेगम ने वहाँ से जाते-जाते कहा था, "हाँ...करती जा बकबक...दूसरे का दर्द पानी से ज़्यादा ठंडक देता है ना...अच्छा लगता होगा!"

पर यहाँ ख़ान का ज़िक्र किसके आगे करती! उसका नाम अपनी ज़ुबान पर लाने के लिए वो तड़प रही थी। ऐसे में उसे मामदा मिला था। चाहे वो उससे लड़ता था, उसका खाना खा जाता था, झपट्टे मारता था मगर उसकी बात तो सुनता था। घाट पर, बंड पर...शिकारा में, कहीं भी वो मामदा से ख़ान की बातें कर सकती थी। ख़ाली हाउसबोट की सफ़ाई करते हुए भी।

एक बार हाउसबोट की सीढ़ी से उतरते हुए उसका पाँव मुड़ गया था। वो अपना

पाँव पकड़कर धम्म से बैठ गई थी। तब मामदा उसे गोद में उठाकर हाउसबोट के कमरे में लाया था। पलंग पर लेटा कर मामदा ने बहुत देर तक उसका पाँव सहलाया था। उसे बहुत अच्छा लगा था।

"तेरे पैर इतने साफ़ कैसे हैं?" उसके पाँव को दोनों हाथों में लेकर मामदा ने कहा था।

"अभी कपड़े धोकर आई हूँ ना इसीलिए..."

"पर इतने साफ़!"

उसका जी चाहा था मामदा कुछ और भी पूछे। मामदा ने उसका पैर उठाकर पैर के अँगूठे को अपने गाल से छुआ था। उसके दिल की धड़कनें अचानक दो गुनी हो गई थीं। उसी धड़कते दिल से उसने अपने दोनों हाथ मामदा की तरफ़ बढ़ा दिए थे, "देख...मेरे हाथ भी कितने साफ़ हैं।"

"तू सारा दिन कपड़े धोती रहा कर," कहते हुए मामदा ने उसके हाथ पकड़ कर उसे अपनी तरफ़ खींच लिया था।

"अरे...क्या कर रहा है?" उसके मुँह से यक-ब-यक निकला था। तभी मामदा ने उसके गाल पर हल्के से काट लिया था। उसने मामदा को धक्का देकर ख़ुद से अलग किया था, "चल...जंगली कहीं का!" और पलंग से उठकर लड़खड़ाते-से क़दमों से वो बाहर चली आई थी।

उसे समझ नहीं आता था कि ये मामदा बात-बात में अपने दाँत क्यों दिखाने लगता है! मामदा का बस चले तो उसे तबख़माँस की तरह चबा-चबाकर खा जाए। क्या मर्द ऐसे ही होते हैं? नहीं...ख़ान तो ऐसा नहीं था।

उसे याद आया वो दिन जब वो ख़ान के लिए कमल के फूल तोड़कर लाई थी। फूलों का गुच्छा लेकर वो हाउसबोट में दाख़िल हुई तो देखा ख़ान कुर्सी पर बैठा था और खालका गलीचे पर बैठा ख़ान की काँगड़ी की राख को ऊपर-नीचे कर जिला रहा था, "साहब, मैं नहीं मानता कि कोई हाँजी विज़िटर की चिट्ठी खोल सकता है। विज़िटर की चिट्ठी उसकी अमानत होती है। ऐसी ज़लील हरकत...नहीं...नहीं।"

"मैंने कब कहा ऐसा...पर वो...'गुलरोज़' का विज़िटर जो मुझे डलगेट पर मिला था...कह रहा था...उसके साथ शायद हुआ हो कुछ ऐसा ही..."

"नहीं जनाब...कश्मीर में मुफ़लिसी ज़रूर है पर ऐसी हरकत...नहीं...जहाँ ईमान नहीं होगा वहाँ बरकत कैसे हो सकती है!" खालका ने उठकर काँगड़ी वापस ख़ान को दी थी और 'ख़ुदाया ख़ैर कर' कहता हुआ बाहर चला गया था।

वो दरवाज़े के पीछे छिप गई थी। खालका के जाते ही ख़ान के सामने आ गई

थी, "देखो जिसे तुम कमल-जंगल कहते हो वहीं से तुम्हारे लिए ये कमल लाई हूँ।" उसने कमल के फूलों का वो गुच्छा ख़ान को थमा दिया था। फिर कमल नाल से अपनी हथेली पर टपके पानी के छींटे शैतानी से ख़ान के चेहरे पर दे मारे थे, "हैं ना ख़ूबसूरत?"

छींटों के चेहरे पर पड़ते ही ख़ान अचकचा-सा गया था। फिर चेहरा झटककर पानी झाड़ा था और उसे ठहरकर देखा, "तुम से कम ख़ूबसूरत।"

"झूठ! इतनी किताबें पढ़ते हो...और झूठ बोलते हो!"

ख़ान जवाब में मुस्करा दिया था। उसने महसूस किया था कि ख़ान की नज़रें उसके गले से नीचे फेरन के खुले चाक पर हैं। ख़ान ने उस गुच्छे में से एक कमल लेकर उसे हल्के से नूरा के सीने पर मारा था, "तुम्हारी महीन हरी-हरी नसें दिख रही हैं...इसे बन्द क्यों नहीं करती?"

"ये तो फेरन का चाक है...ऐसा ही होता है," कहकर उसने गर्दन झुकाकर अपने सीने की तरफ़ देखा और शर्माते हुए धीमे लहजे में बोली थी, "अरे! अन्दर... कमीज़ का एक बटन टूट गया है।" वही कमल उसकी नाक पर मारते हुए ख़ान ने उसे 'बावली' कहा था। जाने क्यों उस पर हल्की-हल्की गुनूदगी-सी छा गई थी! दिल तब भी ज़ोर-ज़ोर से धड़का था।

तभी सिद्दीक कहवा लेकर आ गया था, "साहब कहवा...मीठा सूफ़ियाना है...आपके टेस्ट का है।"

"अरे वाह! जाफ़रान का यह कहवा कश्मीर की नियामत है।"

"सो तो है," फिर संजीदा होकर कहा था सिद्दीक ने, "कुदरत ने क्या नहीं दिया कश्मीर को! आबेहयात जैसा पानी है। ज़रख़ेज़[1] ज़मीन है।"

"और हवा?"

"वो भी ख़ुदा की रहमत है...मगर..."

"मगर क्या सिद्दीक मियाँ?"

"इतना सब दिया अल्लाताला ने मगर इनसान यहाँ फिर भी तबाह हो रहा है। ज़लील ज़िन्दगी बसर करता है। क्यों?"

"ये भी तुम ही बता दो।"

"साहब मैं क्या बता सकता हूँ...आप पढ़े-लिखे हैं...मैं अनपढ़ हूँ...और एक हारा हुआ जुआरी हूँ...जो दाव पर लगाया था हाथ से फिसल गया। ख़ाली हाथ हूँ।"

"ऐसा क्यों कह रहे हो? क्या हुआ?"

---

1. **ज़रख़ेज़**— उपजाऊ।

"बताऊँगा कभी आराम से अपनी दास्तान...जिधर देखता हूँ आदमी परेशान है...भूखा है...मुफ़लिस है...फिर हम हाँजी तो ज़्यादा ही ग़रीब हैं...अमीर लोग ऐश करते हैं।"

"तुम्हीं तो कहते हो कि हर इनसान ख़ुदा का बेटा है...फिर ये उनकी क़िस्मत समझो।"

"नहीं...बेटा तो है अमीर इनसान भी ख़ुदा का ही मगर हरामख़ोर बेटा है।"

"तो फिर ख़ुदा इनको सज़ा क्यों नहीं देता?"

"कोई बेटा हरामख़ोर निकलता है तो बाप बेचारा क्या करे! उसी तरह ख़ुदा भी अपने हरामख़ोर बेटों को देखकर परेशान है...शर्मसार है...मगर क्या करे!"

"तुम्हारा फ़लसफ़ा बहुत अलहदा है...इन्टरेस्टिंग...ज़रा बैठो...तुमसे बात करें।"

गलीचे पर बैठते हुए सिद्दीक ने उसे कहा था, "मैं आता हूँ...तू बावर्चीख़ाने में जाकर देख जरा...हाँडी कहीं चूल्हे पर ही तो नहीं भूल आया।"

मन मारकर वो डूँगे में वापस आ गई थी। बेगम तो पीछे लगी ही रहती थी, अब ये उसका ख़बरची भी!

रात के अँधेरे को चाँदनी ने जैसे घेर रखा था वैसे ही डूँगे में लेटी नूरा के परेशान-भटकते ख़यालों ने उसकी नींद को अपने शिकंजे में कस रखा था। करवट-करवट बस बेचैनी थी। हवा में नमी की तरह। क्या करे-कैसे करे! वह फिर उठ बैठी। अपने पटके को उसने सिर पर ऐसे बाँधा कि कान ढँक जाएँ और हाथों को बगल में द्बाकर बैठ गई।

आज रशीदा डल गेट की तरफ़ जा रही थी तो उसका मन किया था कि वो भी उसी के साथ फूफी के घर चली जाए। बेगम से ज़िक्र किया तो जाने कैसे वो फ़ौरन मान भी गई थी। फूफी के ख़ानदांन के लिए कुछ बबूगोशे साथ में देकर बेगम ने उसे ख़ुद विदा किया था। यह कहते हुए कि लेने वही आएगी शाम को। सारा दिन उसने फूफी की बेटियों के साथ ख़ूब चकल्लस की। बुलिवर्ड रोड पर पैदल चक्कर काटे। फिर ज़ीरो ब्रिज की तरफ़ भी गई थीं सब घूमने।

शाम को लेने बेगम की जगह मामदा आ पहुँचा। उसके ज़हन में सारा दिन मामदा एक पल के लिए भी नहीं झाँका था। अचानक उसे वहाँ देख वो हैरान हुई। जब पता चला कि बेगम ने उसे भेजा है तो उसके साथ घर लौटने के लिए वो शिकारा में बैठ गई थी।

मामदा बहुत तेज़ शिकारा चला रहा था। आज हवा का रुख़ भी क़िस्मत से उसका साथ दे रहा था। अचानक मामदा ने हाउसबोटों और डूँगों को पीछे छोड़ अपना शिकारा बड़े डल की तरफ़ ले जाना शुरू कर दिया था। उसने पूछा भी था

कि कहाँ जा रहा है क्योंकि उनके डूँगे का रास्ता तो पीछे छूट गया था। पहले तो वो ठहाका लगाकर हँसा था फिर उसने कहा था, "वहाँ तो जाना ही है...चल आज पहले तुझे ज़रा-सा घुमा लाता हूँ।"

"कहाँ?"

"कहीं भी...बड़ी डल देखी है?"

"ख़ूब देखी है। चार चिनार भी गई हूँ।"

"तो फिर कहीं और चलते हैं।"

"कहाँ ले जाएगा?"

"तू चल तो..."

"अरे...चल तो रही हूँ...पर बता तो!"

"वहीं बताऊँगा।"

"वहीं कहाँ? और क्या बताएगा?"

"नगीन में...बताऊँगा कुछ..."

"नगीन! नगीन जा रहे हैं हम!" नूरा ने मानो ख़ुद से ही कहा। फिर आवाज़ ऊँची कर बोली, "मगर बताना क्या है?"

"बात करनी है मुझे तुझसे...ज़रूरी बात...पर वहीं।"

"यहाँ नहीं हो सकती वो बात?"

"नहीं...वहीं बताऊँगा।" वो फिर हँसा।

नूरा ख़ामोश हो गई थी। मामदा का चेहरा देखते हुए सोचने लगी थी कि आख़िर क्या बात होगी! काफ़ी देर ख़ामोश रहने के बाद बोली, "तब तक कुछ और बात कर।"

मामदा ख़ामोश रहा। उसका सारा ध्यान चप्पू पर था।

"तू बोलता क्यों नहीं है?" उसे ये चुप्पी अखर रही थी।

"मुझे शिकारा खेने दे।"

"चप्पू तो तू हाथों से चला रहा है। मुँह से कुछ बोल।"

मामदा चप्पू कुछ ज़्यादा ही तेज़ी से चलाने लगा। नूरा खीझ गई थी। वो अधलेटी-सी हो गई। सिर पर आसमान था। दरिया पर दरिया! बड़ी डल के फैलाव पर दूर-दूर तक कोई शिकारा नहीं था। बस ऊपर से आहिस्ता-आहिस्ता शाम घिरती चली जा रही थी। उनके शिकारा पर भी। दूर-दूर तक बस दरिया और आसमान। नूरा ने हल्के-हल्के एक गीत गुनगुनाना शुरू कर दिया था। कुछ लम्हों बाद वो गुनगुनाहट लफ़्ज़ों के जामों से सँवरने लगी थी—

मलाल क्याह च़्ये गोई जानाने म्योन
च़्येयासे दिल कोरुथ देवान म्योन।

गुलो बुलबुल बु छुस देवान च़्येई पत
वला छुई नापसन्द यारान म्योन।

(मेरी जान तुम्हें मलाल क्या है? मेरा दिल तुझ पर उसी तरह आशिक है जैसे गुल पर बुलबुल। तुझे मेरी मोहब्बत पसन्द क्यों नहीं है?)

बहुत देर बाद शिकारा किसी घाट से टकरा गया था। वो झटके के साथ उठ बैठी थी। पलटकर देखा था "पहुँच गए क्या? ये नगीन है?"

"हाँ...चल उतर।" मुस्करा कर कहा मामदा ने।

"सच में...यही नगीन है?"

"सवाल बाद में करना...उतर पहले।"

नूरा ख़यालों से घिरी हुई-सी शिकारा से उतरी थी। मामदा ने शिकारा किनारे से बाँधा और उसके हमक़दम होकर उसका हाथ थाम लिया था, "चल उस तरफ़ चलते हैं।"

"यहाँ क्या करना है? शाम हो गई है बहुत।"

"तू चल ना," मामदा दो क़दम आगे होकर उसे खींचे लिया जा रहा था। वहाँ इक्का-दुक्का लोग थे।

एक चिनार के नीचे जाकर मामदा ने उसका हाथ छोड़ा, "देख यहाँ से...वो... वो दरिया कैसा लगता है! अपनी तरफ़ जैसा नहीं है। गहरा है बहुत।"

"डूब कर देखें?" आँखों में शैतान-सी चमक लिए कहा था उसने।

"दिमाग ख़राब है क्या?" कहकर मामदा खिलाखिला कर हँस दिया, "डूबेगी तो बचेगी क्या?"

"क्यों? तू नहीं बचाएगा?" उसकी आँखों की वो चमक बरकरार थी।

मामदा ने ठहरकर उसे देखा और अचानक अपनी बाँह से उसकी गर्दन को घेरकर अपनी तरफ़ खींच लिया था।

"छोड़...क्या करता है?" घुटी आवाज़ में बोली थी वो। उसकी आँखों की चमक की जगह अब घबराहट ने ले ली थी। दिल सीने से बाहर आने पर आमादा था। मामदा उसके होंठों की तरफ़ बढ़ रहा था मगर उसने गर्दन दाएँ मोड़ ली थी। मामदा के होंठ उसके गालों पर ठहर गए थे, "इधर देख।"

"नहीं...छोड़ मुझे।" काँपती आवाज़ में कहा था उसने। मामदा की छाती पर अपने हाथ रख वो उसे दूर करने की कोशिश कर रही थी।

"नहीं छोड़ूँगा...क्या करेगी?"

"शोर मचा दूँगी...छोड़..."

"अरे...डर क्यों रही है?" देख तेरा दिल कैसे धक-धक कर रहा है," कहते

हुए मामदा ने अपना दूसरा हाथ उसके सीने पर रख दिया था।

"छोड़ मुझे...मैं अम्मा को बता दूँगी सब...," इस सर्दी में भी उसकी पेशानी पर पसीने की कुछ बूँदें उभर आई थीं। टाँगों में कँपकँपी-सी हुई थी। उसने अपनी दोनों टाँगें आपस में कसकर जोड़ ली थीं।

तभी मामदा ने उसके सीने और गर्दन से हाथ हटा लिया था, "मैं शादी करूँगा तुझसे।" उसने धड़कते दिल से मामदा को ठहरकर देखा था।

"यही बात तो करनी थी तुझसे यहाँ।" मामदा बोला था।

"पर अम्मा...और अब्बा?" उसका गला ख़ुश्क हो रहा था।

"तू डरती क्यों है? मैं कल ही गाँव जाकर अपने अब्बा से बात कर लूँगा... वो तेरे घर आकर बात चलाएँगे।"

"तू झूठ बोलता है।" नूरा ने मामदा की बाँह पर एक मुक्का-सा मारते हुए कहा था।

"झूठ नहीं बोल रहा।"

"बोल रहा है," नूरा ने अपनी बात पर ज़ोर देकर कहा। "अपने अब्बा से बात कैसे करेगा...वो तो बोट बेचकर कहीं बाहर गए हैं...काम करने।"

"हाँ...मगर...," मामदा कुछ हकला-सा गया, "मतलब...मेरा मतलब था... अब्बा के भाई से बात करूँगा...वो बहुत बूढ़े हैं...हम सबको उनकी बात माननी होती है। अब्बा भी मानेंगे।"

नूरा ने ग़ौर से उसका चेहरा देखा, "तू सच कहता है?"

"बिल्कुल सच...तेरी क़सम।"

"जब मैंने पूछा था...मुझसे शादी करेगा...तब क्यों चुप रहा था?"

"अब तो कह रहा हूँ।"

"पर तब क्यों नहीं कहा?"

"सोच रहा था..."

"क्या?"

"यही...यही कि अब्बा से कैसे बात करूँ। पर अब...अब तो अब्बा के भाई हैं ना।"

"अपनी बात से पलटेगा तो नहीं?

"नहीं हरगिज़ नहीं।"

"खा मेरी क़सम।" उसने मामदा का हाथ अपने हाथ में लेकर कहा था।

"तेरी क़सम!" मामदा बोला था जो उसकी हँसी में घुल गया था।

नूरा ने एक लम्बी साँस खींचकर सिर चिनार के तने से टेक दिया था। तभी

अचानक जाने कब-कैसे उसके होंठ मामदा के होंठों की गिरफ़्त में थे। चिनार और मामदा के बीच खड़ी वो दबकर रह गई थी।

वापसी में उसने पूछा था, "बहुत रात हो गई है...घर में क्या कहेंगे?"

"क्या कहेंगे! नगीन गए थे...और क्या कहेंगे! तभी देर भी हो गई। तू डरती बहुत है...मत डर...मैं भी बात करूँगा ना।"

रात के अँधेरे में अकेले बैठे सोचते-सोचते नूरा का दिमाग भन्ना रहा था। उसने बगल से हाथ निकाले और पटका हटाकर अपने बालों में उँगलियाँ फेरीं। मानो बालों को नहीं अपने आवारा भटकते ख़यालों को सुलझा रही हो। तो फिर मामदा आया क्यों नहीं? कहाँ गया होगा इतनी रात में? शिकारा घाट पर लगाकर उसे आना था। फिर? कहीं वो अपने अब्बा के भाई के पास तो नहीं चला गया? शादी की बात करने। ज़रूर वहीं गया होगा वर्ना सोने तो आता डूँगे में। पर इतनी रात में कैसे गया होगा? रात में जाने की ज़रूरत क्या थी? कह कर क्यों नहीं गया? जाने अब कब लौटे! बेगम से कुछ कहकर नहीं गया है तो दो-एक दिन में जल्द-से-जल्द लौट आएगा। उसके अब्बा जाने कब आएँ! जाने कब आकर बात करेंगे? पर जब भी आकर बात करेंगे सबके मुँह पर ताले लग जाएँगे।

क्या कहा था बेगम ने उस दिन—'सिरीनगर जाकर इसी साल मैं तेरी शादी कर दूँगी। तेरे अब्बा पर बात नहीं छोड़ूँगी। तेरा अब्बा तो वुलर नाग की तरह है। सारी ज़िन्दगी टाल-मटोल करते काट देगा।' बड़ी आई! अब ख़ुद वुलर नाग की बेटी की तरह ख़ान का इन्तज़ार कर रही है जैसे कि वो बड़शाह नाग हो! हँह लाहौरी नमक बनकर रह गया है ख़ान अब! पक्का...लाहौरी नमक ही है!

मामदा का अब्बा आएगा और निकाह की बात चलाएगा तो खालका ज़रूर हाँ ही करेगा। तब वो कहेगी कि देखा मेरा बड़शाह नाग भी आया और वुलर नाग ने भी निकाह के लिए इजाज़त दे दी है।

इस सबके बीच आहिस्ता-आहिस्ता उसकी पलकें नींद से इतनी भारी हो गईं कि बेख़ुदी की बाँह थामकर उसने अपना सिर तकिए पर छोड़ दिया।

सहर ने पलकें खोलने का मन बनाया ही था कि आफ़ताब ने डल के पानी पर आहिस्ता-आहिस्ता नए दिन की साफ़-सुथरी ताज़गी बिछानी शुरू कर दी। उस ताज़गी की ख़ुशबू डूँगे में पहुँची नहीं कि मुर्गियों ने अपने बदन से बीतती रात के बचे-खुचे असर को झाड़ फेंका। अपने पंख फड़फड़ाते हुए वो दड़बे के दरवाज़े

पर चोंच मारने लगी थीं। एक थक जाती तो दूसरी मोर्चा सम्भाल लेती। जब तक एक डटी रहती दूसरी कुड़कुड़ करके उसका हौसला बढ़ाती मानो 'हइशा-हइशा' कर रही हो। अपने और आस-पास के घाटों से आने वाली मुर्गों के बाँग की आवाजें जितना ज़ोर पकड़तीं मुर्गी उतना ही दम लगाकर 'हइशा' करती और मोर्चे पर तैनात मुर्गी जी-जान लगाकर लकड़ी के दरवाज़े पर चोंच का हथौड़ा दे मारती।

सिद्दीक अपनी लोई में कुनमुनाया, 'ये बेगम भी बस जहाँ से निराली है... काम ही ऐसे करती है! मुर्गियों को रात में डूँगे में रखने का हुक्म दे बैठी। ये मुर्गियों की निगहबानी भी अब मेरे सिर पड़ी। सिद्दीक है ना सबकी ख़िदमत के लिए तो मुर्गियों की भी करेगा साला! अच्छा-भला दड़बा है घाट पर...मगर नहीं। पिछली तीन मुर्गियों की तरह ये भी ग़ायब हो गईं तो? शक की दवा बेचारे हकीम भी नहीं बना पाए हैं अभी। जान उसकी अटकी है इन मुर्गियों में मगर आफ़त मेरी जान की! नसीब!' न चाहते हुए भी वो उठा और ताक से मिसवाक उठाकर मुँह में डाला। फिर मन-ही-मन बड़बड़ाते हुए उसने दोनों मुर्गियों को बगल में दबा लिया, 'नींद की इन दुश्मनों को बाहर तो छोड़ना हो होगा। जीना हराम कर रखा है।'

दरवाज़े से बाहर आते ही उनींदी रोशनी के साथ-साथ 'क्वैक-क्वैक' ने भी उसका इस्तेकबाल किया। डूँगे के बहुत करीब से चार-पाँच बतखों का एक झुंड टहलने जा रहा था। मुर्गियों को बगल में दबाए ही डूँगे के तख़्ते पर खड़े होकर उसने आसमान की तरफ़ निगाह उठाई तो मन में पहला ख़याल यही आया कि आज की सुबह कुछ अलहदा है। दोनों मुर्गियों की गर्माहट का एहसास चेहरे पर मुस्कान की लकीर-सी खींच गया। उसे लगा आसमान भी जवाब में मुस्करा रहा है। वो भी आज डूँगे में है और नजमा भी आज डूँगे में ही है। वो मुर्गियों को घाट पर छोड़कर और ख़ुद को हल्का करके जब तक लौटेगा वो जाग चुकी होगी और बेसब्री से उसका इन्तज़ार कर रही होगी। तभी उसके मन के किसी अँधेरे सूराख़ से गलघोंटू-सी आवाज़ आई—उसका या नून चाय का? उस आवाज़ को सिद्दीक ने दाएँ-बाएँ किया—'क्या फ़र्क पड़ता है...एक ही बात है!'

मिसवाक चबाते हुए सिद्दीक ने क़दम आगे बढ़ाए और गर्दन ज़रा मोड़कर देखा। पास खड़े हाउसबोट को भी उजाला धीरे-धीरे अपनी गिरफ़्त में लेने लगा था। तभी अचानक हाउसबोट का दरवाज़ा खुला। उसके पाँव और मिसवाक दोनों एक साथ ठिठक गए। कल रात सारी खिड़कियाँ अन्दर से बन्द की थीं। दरवाज़े पर ताला लगाया था। वहाँ कौन हो सकता है? तभी खुले दरवाज़े से कोई बाहर आया। वो पलटा और उसने दरवाज़ा बन्द किया। फिर सिर झुकाकर तेज़ क़दमों

से घाट की तरफ़ चल दिया। सिर की टोपी और चेहरे को छिपाते हुए उसने एक बड़ा-सा रूमाल बाँध रखा था। सिद्दीक दम साधे खड़ा रहा। कौन होगा? वो शख़्स जैसे ही घाट की तरफ़ जाने के लिए आगे बढ़ा उसकी हैरानी का ठिकाना न रहा—'मामदा! यहाँ...हाउसबोट में!' फिर वो मन-ही-मन मुस्कराया, 'पैदाइशी कमअक्ल है...रूमाल बाँध रखा है...मुँह छिपा रहा है...हँह...अपनी चाल का क्या करेगा! गधे...अल्ला मियाँ ने एक टाँग में जो कज दिया है उसे छिपा या अपनी चाल छिपा तो जानें! बहुत ख़ून पिया है तूने मेरा...अब देख सिद्दीक तेरा क्या हश्र करवाता है!' मिसवाक को ज़ोर से चबाते हुए सिद्दीक ने तेज़ी से क़दम बढ़ाए। घाट पर पहुँचा। मुर्गियों को नीचे की तरफ़ उड़ाते हुए छोड़ा और मामदा के पीछे दौड़ना चाहा। मगर मामदा इतने में ही दूर जाकर गुम हो चुका था।

सिद्दीक अपने उन्हीं तेज़ क़दमों से डूँगे में जल्द से जल्द लौटना चाह रहा था मगर उसके क़दमों को पुख़्तगी नहीं मिल पा रही थी क्योंकि उनसे कहीं तेज़ उसका दिमाग चल रहा था, 'कल रात पहले तो नूरा ही इतनी देर से वापस आई। फिर उससे सवाल-जवाब में वक़्त लग गया। मगर ये कहाँ रहा रात भर? क्या इसी हाउसबोट में? मगर चाबी? वो तो बेगम ने अपनी कमीज़ में खोंसकर रखी होगी या फिर इज़ारबन्द में बाँध कर। फिर? यानी इसके पास जाली चाबी है। वाह! बेगम को इतनी ही तो ख़बर देनी है...बस। फिर ये तो कोई चुगली भी नहीं! पर चाबी बनी कैसे और कब?'

उसने वापस डूँगे में पाँव रखते हुए हवा में चुटकी बजाई, 'मामदा...बेटे अब गया तू! तेरी हड्डियाँ बेगम से तुड़वाने के बाद इसी हाउसबोट की छत पर खड़े होकर तेरी बोटी-बोटी...तेरे गुर्दे-कपूरे कौवों और चीलों को न खिला दिए तो कहना। हरामी को यहाँ आए यही कोई तीन साल हुए होंगे और घर की लड़की को कब्ज़े में कर बैठा। और वो भी चल दी बेशर्म...ख़ुद को नुचवाने-कटवाने। इस औरत ज़ात का कुछ समझ में नहीं आता है। बड़ी बहन कपड़ों को हाथ लगाने पर भी मुर्गियों की तरह उचकने लगती है और छोटी खुले आम...'

कल बेगम ने पहली बार अक़्ल का काम किया कि उसे डूँगे में सोने के लिए बुला लिया। ऐसा वो करती तो नहीं पर खालका की वजह से मजबूर थी। जाने खालका को भी क्या सूझी कल रात कि इतना सुनाया बेगम को और फिर ढेर हो गया। ऐसे में उसे किसी ज़रूरत के लिए घाट तक ले जाना न बेगम के बस में था न नूरा के। बल्कि वो दोनों मिलकर भी नहीं कर सकती थीं ये काम। तभी सिद्दीक की याद आई। मगर बेटा सिद्दीक तेरा तो फ़ायदा हो गया! सुबह डूँगे का दरवाज़ा क्या खुला कि क़िस्मत खुल गई! फिर खुला हाउसबोट का दरवाज़ा। तब तो नसीब

ने मानो फूल ही बरसा दिए। वाह! एक के बाद एक दरवाज़ा खुल रहा है और सिद्दीक की क़िस्मत चमकती जा रही है। लगातार...

तभी अचानक डूँगे का दरवाज़ा खुला और बेगम बाहर आई। उसने आसमान में उगते सूरज और पहाड़ों पर नन्हे क़दमों से आगे बढ़ती उसकी सुर्ख़ी पर निगाहें टिका दीं। फिर मुड़कर हरी पर्वत की तरफ़ देखा जहाँ उन नन्ही किरणों की किलकारियाँ गूँज-सी रही थीं। उसी तरफ़ ऊँचाई पर बनी मख़दूम साहब की दरगाह को याद कर आँखें बन्द कीं और सीने पर हाथ रख मन-ही-मन सिजदा किया। तभी सिद्दीक ने पास आकर धीमे लहजे में कहा, "आ गया है वो।"

बेगम चौंकी, "कौन? मामदा। कहाँ है नामुराद?"

सिद्दीक ने एक पल भी ज़ाया किए बग़ैर फ़ौरन कहा, "चला गया...मगर रात को यहीं था...हाउसबोट में।"

"क्या बकते हो...दिमाग ठिकाने है?"

"मैंने ख़ुद देखा है...अभी वहीं से निकलकर घाट की तरफ़ गया है।"

"तुम्हारा मतलब है हाउसबोट का ताला मैंने ठीक से बन्द नहीं किया था? कहीं तुमसे कोई खिड़की तो खुली नहीं छूट गई?"

"नहीं...उसके पास चाबी थी।"

बेगम ने फ़ौरन अपने फेरन के गले के चाक से हाथ अन्दर डालकर चाबी को टटोला। चाबी हाथ से टकराई तो उसे और अच्छी तरह वहीं खोंसते हुए बोली, "चाबी तो मेरे पास है।" फिर बहुत तेज़ी से उस पर अलग-अलग ख़यालों ने हमला किया। वो होशियार-सी होकर बाली, "तुम चाय तैयार करो...किसी से कुछ कहने की ज़रूरत नहीं है। ये भी नहीं कि मैं कहाँ हूँ...आती हूँ।"

बेगम आगे बढ़ गई तो सिद्दीक ने कन्धे उचका कर ख़ुद से ही कहा, "मुझे क्या पता तुम कहाँ हो! अरे...इतनी सुबह कोई कहाँ जाता है?" फिर दरवाज़ा खोलते हुए उसने ख़ुद को अपने सवाल का जवाब भी ख़ुद ही दिया, "वहीं जहाँ मैं अब तक नहीं जा पाया। अब समावार सुलगा लूँ...फिर जाता हूँ।"

वो डूँगे में गया। बावर्चीख़ाने की तरफ़ क़दम बढ़ा रहा था कि ठिठका। बेगम डूँगे में नहीं थी। फिर क्यों न वो सुबह-सुबह नजमा को सोता हुआ देखे! आगे बढ़कर डूँगे के पिछले हिस्से में उसने नजमा के कमरे का पर्दा खिसका कर झाँका। नजमा दीवार की तरफ़ मुँह किए करवट से सो रही थी। उसकी बाँह उसके कूल्हे पर थी। सिद्दीक की निगाह एक लम्हा उसकी रूबी जड़ी चाँदी की अँगूठी पर ठहरी तो आँखों में नमी-सी लहरा गई। पर अगले ही पल पास सोती नूरा दिखी। उसने न फेरन पहन रखा था न कोई ऊनी कपड़ा। लोई पेट पर ओढ़ी थी और पाँव

भी लोई से बाहर थे। 'जवानी की गर्मी फूट रही है।' सिद्दीक ने मन में कहा और पर्दा वापस खिसकाकर बावर्चीख़ाने में चला गया।

बेगम कमान से निकले तीर की तरह सीधे अपने निशाने पर पहुँची थी। उसने हाउसबोट के दरवाज़े का ताला खोला और धीमे-सधे क़दमों से अन्दर दाख़िल हुई। अपनी उसी चाल में बिल्ली की तरह रह-रहकर सूँघते हुए उसने हाउसबोट का एक चक्कर लगाया। कहीं कोई सुराग न मिला। लौटकर दरवाज़े के पास आई। ताले में चाबी डालकर दो-एक बार ज़ोर लगाकर घुमाया। खोलने में ज़रा तंगी हुई। फिर घुमाया। खोला-बन्द किया—खोला। बन्द किया—खोला। चाबी ताले में ही छोड़ हाउसबोट की एक खिड़की के पास पहुँची। खिड़की खोली। बाहर झुककर दरिया में झाँका जैसे कि वही कोई कान में बताने वाली बात बताते-बताते ये राज़ भी खोल देगा। पास से गुज़रती बतखों के चेहरे पढ़ने की कोशिश की—क्या पता यही कुछ जानती हों! फिर हताश होकर खिड़की बन्द की और आकर गलीचे पर धम्म से बैठ गई, 'क्या सिद्दीक की बात पर भरोसा करूँ? कहीं वो मामदा से अपना कोई पुराना हिसाब चुकाने के फ़िराक में तो ये सब नहीं कर रहा? माना कि मामदा अक्खड़ है, मुँहफट है, पेटू है। कभी-कभी बेबात हँसता है तो आला दर्जे का बेवकूफ़ भी लगता है पर क्या जालसाज़ी कर सकता है वो? यानी जाली चाबी बनवाकर मुझे ठगेगा वो? मुझे? जिसने उसे पनाह दी...जो रोज़ सुबह-शाम उसका शिकम भरती है। मुझे? या ख़ुदाया तेरी दुनिया में क्या नेकी का सबब अब यही होगा?'

बेगम ने ख़ुद को हाउसबोट की दीवार के सहारे छोड़ दिया। टेक लगते ही उसकी गर्दन ज़रा बाईं ओर को झुक गई और ये क्या? नज़र जाकर ठहरी गलीचे के किनारे पड़ी दियासलाई की बुझी तीली पर। वो इस कदर झटके से उठकर उस तरफ़ गई मानो दरिया के पानी में हाथ डालकर लहराते हुए किसी बड़ी-सी मछली से टकरा गया हो। पास जाकर देखा तो बुझी तीली के पास लगभग पौने इंच का बुझा-कुचला सिगरेट का आख़िरी टुकड़ा भी था। उसकी साँस ऊपर की ऊपर और नीचे की नीचे ही ठहर-सी गई, 'हाँ...सिद्दीक सच कह रहा है। मामदा आया था हाउसबोट में। बेशक वो मामदा ही था।'

अचानक चारों तरफ़ से गुस्से ने उसे घेर लिया। उसका गुलाबी चेहरा सुर्ख़ होकर तपने-सा लगा। वो बाहर आई, दरवाज़े का ताला बन्द किया और डूँगे में लौट आई। आदतन अपने कमरे में गई। वहाँ खालका लोई और ऊनी चादरों के बोझ से दबा सो रहा था। जाने अब सो रहा था कि गफ़लत में था। रातभर तो गफ़लत में सोता-गालियाँ बड़बड़ाता रहा था। ज़िन्दगी भर इसको-उसको जो गालियाँ न बक सका वही सब बकते-बकते कभी सो जाता है, कभी सोते-सोते गालियाँ बकता

है और जाग जाता है। हालात ठीक होते तो बेगम इस वक़्त अपने जी का हाल खालक़ा को कह सुनाती। नूरा आख़िर उसकी भी तो बेटी है और मामदा तो ख़ैर है ही उसी की तरफ़ का। उसी के फूफाजाद भाई का बेटा। मगर फ़िज़ूल...ये सब सोचना भी फ़िज़ूल लगा बेगम को।

वैसे ही बैठे-बैठे कुछ मिनट बेगम लकड़ी की दीवारों को खोई-खोई नज़रों से घूरती रही। आज मामदा ने उसे ऐसी पटखनी दी थी कि उसे एहतिहात से चाबी लिए घूमता अपना वजूद भी फ़िज़ूल लगने लगा—'क्या मामदा मेरी अलमारी से ताला ढूँढ़ कर उसकी चाबी ले गया होगा जाली बनवाने के लिए? और वापस रख भी गया। क्या मामदा ने कभी मेरी कमीज़ के अन्दर हाथ डालकर चाबी निकाली होगी? और मैं बेख़बर सोती रही! या सोते में मेरे इजारबन्द से खोल कर ले गया होगा? अल्लाह! ये तो बचपन में सुने कश्मीरी ठगों जैसा किस्सा हो गया जहाँ एक ठग ने डूँगे में सोते महाराजा का पाजामा ही चुरा लिया था। महाराजा ने उस ठग को पकड़ने के लिए बहुत बड़े ईनाम का ऐलान कर रखा था। इसलिए जब महाराजा अपने काफ़िले के साथ शाही डूँगे में कुछ दिनों के लिए दरिया में तफ़रीह करने निकला तो ठग ने हुक्के की नली के ज़रिए ढेरों कटखनी चींटियाँ सोते हुए महाराजा के चूड़ीदार पाजामे में फूँक दीं। चींटियों ने काटना शुरू किया तो महाराजा खुजली से बैचेन हुआ। बस इसी बीच ठग ने महाराजा का पाजामा निकाल लिया और नींद की गफ़लत में खुजली से परेशान महाराजा ने वो पाजामा निकालने भी दिया होगा।

'यहाँ मामदा ने चाबी कैसे और कब चुराई होगी? वो खर की मानिन्द दिखने वाला मामदा क्या मुझे झाँसा दे सकता है? नहीं...मैं इस पर बेहिसाब तेल भी पी जाऊँ तब भी ये बात नहीं गटक पाऊँगी। तो फिर?' तभी वो अचानक चौकन्नी हो गई और उसके ज़हन में एक नाम पहाड़ से लुढ़कता हुआ नीचे आता दिखाई दिया। करीब...और करीब। पास से देखा तो वो सिहर गई—नूरा! हाँ...हो न हो ये नूरा की कारिस्तानी है। उसकी मदद के बिना मामदा के फ़रिश्ते भी चाबी हासिल नहीं कर सकते थे।

अब उसे नए सिरे से गुस्सा आने लगा—यानी बात इस हद तक बढ़ चुकी है! उसकी नाक के नीचे ये सब चलता रहा और उसे कानों-कान ख़बर नहीं! चाबी अचानक उसके लिए नाक का बाल हो गई। उसकी नाक का बाल ले गया कोई! और वो बेख़बर है। तैश में वो यक-ब-यक खड़ी हो गई। एक हिकारत भरी नज़र खालक़ा पर डाली—'कैसा बदक़िस्मत है ये...इसकी ब्याह लायक बेटी गुल खिला रही है और ये बद्हवास सो रहा है। जाग भी जाता तो भला क्या करता। हँह!' बेगम ने खालक़ा की तरफ़ पीठ की और बावर्चीख़ाने में चली गई।

बावर्चीख़ाने में नजमा चाय पी रही थी। नूरा पास ही टोकरी में रखे कमल- गट्टों में से एक को उठाकर उसकी नाल को नोंचती जा रही थी। उसके सामने चाय का अनछुआ गिलास रखा था। सिद्दीक ने नूरा से कहा, "समझ नहीं आता कि इस चाय ने तुम्हारा क्या बिगाड़ा है। पीतीं क्यों नहीं!"

जवाब में नजमा बोली, "तुम छोड़ दो...वो पी लेगी ख़ुद ही।"

"नहीं पीनी मुझे...कह तो दिया कितनी बार।" गुस्से में नूरा ने कहा मगर नज़रें उसकी दरवाज़े पर खड़ी बेगम के फेरन के निचले किनारे पर थीं।

तभी बेगम आगे बढ़ी। उसने झुक कर नूरा के सामने से चाय का भरा गिलास उठा लिया, "नहीं पीना है तो कोई ज़बरदस्ती भी नहीं है।" अगले पल बेगम ने उस चाय की एक चुस्की ली और ब्रुरा-सा मुँह बनाते हुए बोली, "बर्फ़ हो गई है...जरा गर्म चाय देना सिद्दीक।" उस गिलास की चाय को बेगम ने गन्दे पानी के देग़ में डालकर खाली गिलास समावार की तरफ़ बढ़ा दिया।

नूरा ने हाथ में पकड़ी नाल ज़ोर से दीवार की तरफ़ दे मारी और गुस्से में पाँव पटखती, धम्म-धम्म करती वहाँ से बाहर चली गई। डूँगा फिर काफ़ी देर तक यहाँ-वहाँ डोलता-सा रहा, ख़यालों की तरह।

सिद्दीक कान्दुर[1] से नाश्ते के लिए रोटियाँ, कुलचा और कतलम लाने गया था। लौटते हुए घाट से ही उसने देखा कि कासिम तेज़ी से शिकारा चलाता हुआ उनके डूँगे की तरफ़ आ रहा है। मगर क्यों? कादिर का आना तो समझ में आता है पर आज कासिम क्यों? ये कादिर की कोई नयी चाल होगी। रोज़ सुबह सूरज उगते ही इन लोगों का दिमाग अपने टेढ़े पासों का जुगाड़ बैठाने लगता है! हालात ऐसे हो गए हैं कि इनके नेक कामों के आगे-आगे भी ख़ुदगर्ज़ी और मक्कारी की मुश्क चलती है। ये दोनों भाई टेढ़े बर्तन हैं और टेढ़े बर्तनों के ढक्कन भी टेढ़े ही होते हैं!

मगर आज ये छैला क्यों बना हुआ है? हरी कमीज़ पर गले में छींटदार लाल रूमाल बँधा है। टाँगों में सफ़ेद बुर्राक पाजामा और कोट के नाम पर सिफ़र। बदमाश साला! अन्दर से चाहे ठिठुर रहा होगा पर लोगों को जवानी का जोश दिखाकर जलाना चाहता है। पर यहाँ क्यों आ रहा है? कहीं नूरा के चक्कर में तो नहीं? अब ये कोई नया तमाशा करने तो नहीं आ रहा? कल कादिर ने जो खालका की हड्डियाँ तोड़ीं उससे चैन नहीं मिला होगा उस हरामी को। ऐलानी हराम मग्ज़ हैं दोनों। सिद्दीक ने जैसे ही घाट से डूँगे में आने वाले तख़्ते पर पाँव

1. **कान्दुर**—बेकरी।

रखा कासिम की नज़र उस पर पड़ी, "सिद्दीक...ओ सिद्दीक...नजमा को बुला ज़रा...बता मैं आया हूँ।"

मन-ही-मन कुढ़ते हुए सिद्दीक ने कहा, "हँह मैं! मैं कौन? अकबर पादशाह है क्या या फिर मुकद्दम साहब[1] का दामाद!" मगर बाआवाज़ कहा, "क्या बात है? इतनी सुबह!"

"जिरह का वक़्त नहीं है मेरे पास...जल्दी बुलाओ वर्ना मेरा शिकारा आकर पूरे डूँगे को हिला देगा। अंजर-पंजर तो ठीक हैं ना तुम्हारे डूँगे के?"

कासिम के इतनी बुलन्द आवाज़ में लगभग ललकारने के बावजूद सिद्दीक डूँगे में बाहर ख़ामोश खड़ा रहा, 'आने दो साले को पास...इसी के शिकारा में जाकर इसकी धुनाई न लगाई तो मेरा नाम नहीं।'

"अबे...साँप क्यों सूँघ गया? या मुझे देखते ही सारा दम निकल गया!" फिर कासिम तंज़ के साथ ज़ोरदार हँसी हँसा, "होता है...ऐसा होता है...कासिम को देखकर लोगों को ऐसा ही होता है!"

कासिम इतना चीखकर बोल रहा था कि डूँगे से बेगम बाहर आई। दरवाज़ा खुलने पर सिद्दीक ने गर्दन मोड़कर देखा तो बेगम की नज़रें उससे मिलीं। बेगम को देखते ही कासिम फिर चीखा, "नजमा...नजमा...बाहर आओ।"

बेगम ने कासिम को ठहरकर ऊपर से नीचे तक देखा। उसका शिकारा बहुत करीब आ चुका था। वो आज सुबह-सुवेरे कोई तमाशा नहीं चाहती थी। कासिम बेगम से कोई दुआ-सलाम किए बग़ैर ही नजमा को पुकारता रहा। बेगम ने हतक[2] का एक बड़ा-सा घूँट गले से जैसे-तैसे नीचे उतारा और डूँगे का दरवाज़ा खोल कर नजमा को पुकारने ही वाली थी कि नजमा बाहर आती दिखाई दी। कासिम को देखकर नजमा का दिल ज़रा-सा दहला। ये यहाँ क्यों? पर उसे कुछ सोचने का मौका देता कौन! कासिम की नज़र नजमा पर पड़ी और वह चीखकर बोला, "कादिर गया है...बस अड्डे पर काम था। तुम्हारे शैतान बच्चों को कौन सम्भालेगा! घर पहुँचो फ़ौरन...मुझे जाना है।"

"क्या हुआ? इतनी सुबह कहाँ जा रहे हो?"

"कादिर से पूछतीं ऐसा सवाल तो हाथ-पैर तोड़कर रख देता तभी...अपने काम से मतलब रखो और घर पहुँचो। माई बीमार है। बच्चों ने मुसीबत कर रखी है...," यह कहते-कहते कासिम के शिकारा की नोंक डूँगे से टकरा गई।

---

1. **मुकद्दम साहब**—मुखिया, प्रधान।
2. **हतक**—अपमान।

‘माई बीमार है! क्या हुआ? बच्चों ने कुछ खाया क्या? सुन कासिम मैं...मैं चलती हूँ साथ में...”

“मुझे देर हो रही है...ताबेदार नहीं हूँ तुम्हारा...ख़ुद जाओ...,” कहते हुए कासिम ने शिकारा को वापस मोड़ना शुरू किया। नजमा ने आव देखा न ताव नीचे झुककर हाथ लम्बा किया और कासिम के शिकारा को रोकने के लिए उसकी नोंक पकड़नी चाही। लेकिन कोई डेढ़ इंच दूरी की वजह से वो हाथ में आते-आते रह गई।

सिद्दीक ख़ामोशी से ये सब देख रहा था। नजमा का मन समझते ही वो भी झट से झुका और आगे बढ़कर शिकारा की नोंक को पकड़कर डूँगे की तरफ़ खींच लिया। फिर गर्दन मोड़कर नजमा की तरफ़ देखा। दोनों की नज़रें मिलीं। शायद पहली बार दोनों ने एक-दूसरे के मन की बात समझी और उसकी तस्दीक़ की। नजमा सिद्दीक की तरफ़ आई। सिद्दीक ने एक हाथ से शिकारा थाम रखा था सो दूसरा हाथ नजमा की तरफ़ बढ़ाया जो नजमा ने फ़ौरन थाम लिया। अपना वज़न सिद्दीक के हाथ पर डालते हुए उसने क़दम उठाया। सिद्दीक ने अपने उसी एक हाथ से उसका सारा वज़न सँभालते हुए उसे आगे किया। अगले पल नजमा शिकारा में थी।

कासिम इस सब के लिए तैयार न था। ये सब इतना अचानक और जल्दी हुआ कि वो बस देखता रह गया। सिद्दीक ने अब शिकारा को धक्का देकर आगे जाने के लिए डूँगे से अलग किया। बेगम कमर पर हाथ रखे ये नज़ारा खुशी के शीरे में डूबी हैरानी के साथ देख रही थी।

“मुझे देर हो रही है...मैं तुम्हें...,” कासिम कह ही रहा था कि नजमा ने शिकारा में रखा दूसरा चप्पू उठाकर पानी में चलाना शुरू किया, “जहाँ भी जाना है मुझे बच्चों के पास पहुँचाकर जाओ।”

“ये ज़बरदस्ती है...मैंने कहा ना...,” कासिम फिर चीखकर बोला मगर इस बार उसकी चीख का दम गुबार की तरह बैठ चुका था। नजमा ख़ामोशी से नाव को अपने डूँगे की तरफ़ बढ़ाती चली जा रही थी।

बेगम ने एक गहरी साँस छोड़ी और आसमान की तरफ़ देखते हुए कहा, “शुक्र है परवरदिगार का कि ये ख़ुद ही अपने घर रवाना हो गई। एक मसला तो हल हुआ।”

सिद्दीक देर तक दूर जाते कासिम के शिकारा को देखता रहा जिसमें अब कासिम बैठ कर चप्पू चला रहा था और नजमा अगले कोने पर खड़े होकर। उसके सिर पर बँधे पटके के कोने उड़-उड़ कर पीछे की तरफ़ आना चाह रहे थे। हवा उल्टी थी और कश्ती को हवा से लड़ते हुए आगे ले जाना पड़ रहा था। नजमा के मज़बूत हाथों में चप्पू था और धूप में उन हाथों का संघर्ष निखर-निखर-सा रहा

था। सिद्दीक ने अपने हाथ को मुट्ठी बनाकर बन्द किया-खोला। नजमा के हाथों की गर्माहट अभी वहाँ बाकी थी!

दोपहर सिर पर थी। खाना लगभग तैयार था। आज सिद्दीक ने कमल-ककड़ी के साथ मछली पकाई थी। नजमा के अपने घर रवाना होने के बाद बेगम बहुत खुश-सी दिखी थी। उसने शिकारा का चप्पू सम्भाला और बिना कुछ कहे निकल गई थी। घंटे-डेढ़ घंटे भर बाद ताज़ी मछली लेकर लौटी थी। मछली ख़ासी भारी थी। सिद्दीक को देते हुए बेगम बोली थी, "लो...इसे मूली के साथ पकाना। मूली न हो तो कमल-ककड़ियाँ तो हैं ही।"

"ये तुमने पकड़ी?" मछली इतनी दमदार लगी सिद्दीक को कि ये सवाल उसके मुँह से यक-ब-यक निकल गया।

'नहीं...मेरा बाप आया था...नब जू...जन्नत से...ये मछली देकर लौट गया।" कह कर वह अन्दर जाने के लिए मुड़ी तो सिद्दीक ने बुरा-सा मुँह बनाकर ख़ुद से ही कहा, 'सीधे मुँह बात करना इसके ख़ानदान में ही नहीं है। नबी नागू...इसका वो नब जू...वो भी जब बात करता था लट्ठ मारता था। मर्ज़ है ख़ानदानी।' ज़रा ठहरकर बोला, 'वो आएगा भी तो जन्नत से कहाँ...दोज़ख़ से ही आएगा...इसमें शुबह की कोई गुंजाइश है ही नहीं।'

अब मछली और चावल की हाँड़ियाँ ढँककर वो बावर्चीख़ाने से निकला। एक बाल्टी में मैले कपड़े व साबुन लिया और खालका के कमरे में झाँका। बेगम बैठी एक उधड़ी शलवार सिल रही थी।

"खाना तैयार है। मैं कपड़े धोकर आता हूँ। तब तक नूरा भी आ जाएगी सिंघाड़े तोड़कर।"

"तुम कपड़े धो आओ। मुझे भी अभी भूख नहीं है। और ये...ये नूरा की फ़िक्र तुम कुछ ज़्यादा करने लगे हो। उसकी ज़रूरत नहीं है। मैं हूँ अभी और मैं काफ़ी भी हूँ।"

"मैं तो इसलिए कह रहा था कि उसने कल से कुछ नहीं खाया है...वर्ना मुझे क्या...तुम जानो तुम्हारी बेटी!"

"मैं तो जानती ही हूँ...सब अच्छी तरह।"

सिद्दीक पलटा और कमरे से बाहर हो गया। फिर मन-ही-मन तंज़ के साथ बोला, 'ख़ाक जानती हो...जानती तो मामदा के साथ ऐश करने जा पाती क्या वो!'

ऐसे ही बड़बड़ाते हुए उसने डूँगे से बाहर क़दम रखा और घाट की तरफ़ रुख़ किया तो उसे दूर से ही घाट पर बैठे मामदा की पीठ दिखाई दी। वो ठिठका और उस

पीठ को अच्छी तरह ठहरकर देखा। अगले पल वो बाल्टी बाहर ही छोड़ अन्दर बेगम के सामने था, "बाहर...घाट पर बैठा है। शायद नूरा का इन्तज़ार कर रहा होगा।"

बेगम ने ये सुनते ही इतनी तेज़ी से गर्दन उठाई कि सूई उँगली में चुभ गई, "उफ़!" सूई शलवार में टाँग कर वह फ़ौरन खड़ी हो गई, "आज उस नाशुक्रे की ख़ैर नहीं।" बेगम ने यहाँ-वहाँ देखा जैसे कुछ ढूँढ़ रही हो। सिद्दीक ने फ़ौरन किनारे से एक चप्पू उठाकर बेगम की तरफ़ बढ़ाया।

"तुम अपना काम करो...मैं देख लूँगी।" बेगम ने उसे झिड़क दिया तो उसने कन्धे उचकाकर चप्पू एक तरफ़ रख दिया।

बेगम ने कुछ पल इधर-उधर देखा। फिर कुछ मिला नहीं या समझ नहीं आया तो आगे बढ़कर वही चप्पू उठा लिया और बाहर चली।

मज़बूती के साथ लम्बे-लम्बे डग भरती बेगम डूँगे से बाहर पहुँची तो सिद्दीक भी पीछे ही था। उसने कपड़ों की बाल्टी उठा ली। बेगम धीमी आवाज़ में बोली, "तुम यहीं रुको।"

"मुझे तुमसे क्या मतलब...मैं तो ये...कपड़े धोने..."

"नहीं...कहा ना यहीं रुको।" कह कर बेगम तख़्ते की तरफ़ बढ़ गई और सिद्दीक मन मारकर वहीं खड़ा दूर से देखता रहा।

बेगम आहिस्ता-आहिस्ता बेआवाज़ क़दमों से वहाँ पहुँची और उसने दम लगाकर चप्पू के पीछे वाले हिस्से से मामदा की पीठ पर वार किया, "बद्ज़ात... बेग़ैरत इनसान...तेरी तो आज मैं हड्डी-पसली एक कर दूँगी।"

ये दमदार वार इतना अचानक हुआ था कि मामदा को सँभलने का मौका भी न मिला था। वो बिलबिला उठा। उठने की कोशिश करने लगा कि तभी दूसरा वार पड़ा, "हरामज़ादा...चोर कहीं का।"

अब मामदा ज़मीन पर लगभग गिर ही गया। वो बौखला उठा, "क्यों मार रही हो...क्या चुराया है मैंने?"

"क्या चुराया है?" बेगम ने दाँत पीसते हुए कहा और उसका फेरन कसकर पकड़ लिया। मामदा पर लगभग बैठकर उसके फेरन की जेब में हाथ डालकर टटोलने लगी। वहाँ एक छोटा मुड़ा हुआ मोटे तार का टुकड़ा मिला। बेगम ने देखा और दूर फेंक दिया। फिर बोली, "कहाँ रखी है वो तूने। जालसाज़ है तू...चोर है... चोर...तेरा पूरा ख़ानदान चोर है। बता वो चाबी कहाँ है?"

"अरे छोड़ तो मुझे...कौन-सी चाबी?" मामदा ने बेगम के हाथ पकड़ लिए।

"अच्छा चोरी...उस पर सीना ज़ोरी! वही जाली चाबी जिससे तूने हाउसबोट का दरवाज़ा खोला।"

"कोई चाबी-वाबी नहीं है मेरे पास...हट..."

"चोरी करके झूठ बोलता है...तेरी तो मैं...," कहकर बेगम ने अपने हाथ छुड़ाए और उसके सिर पर थप्पड़ बरसाने शुरू किए।

अब मामदा ने बेगम को दम लगाकर एक ओर को झटक दिया और उठने की कोशिश करने लगा, "नहीं...चोर नहीं हूँ मैं...उस बाबा आदम के ज़माने के ताले को चाबी की क्या ज़रूरत है!" बेगम का मुँह खुला का खुला रह गया जब उसने सुना, "वो ताला तो मैंने उसी तार के टुकड़े से खोला जो तूने वहाँ फेंक दिया।" बेगम ने गर्दन मोड़कर ज़मीन पर पड़े तार के टुकड़े को देखा। इतने में मामदा किसी तरह सम्भल कर लड़खड़ाते हुए खड़ा हो गया था।

"बेवकूफ़ बना रहा है...हरामी...," बेगम ने मारने के लिए एक पत्थर उठा लिया। "पागल हो गई बुढ़िया..., वो बकवास ताला तो एक घूँसे से खुल जाता है...," कहता हुआ वो बंड की तरफ़ भागा। तभी बेगम ने वो पत्थर दे मारा, "पागल तू...तेरा ख़ानदान...हरामी गाली देता है...तेरी कब्र खोदकर न रख दी इस घाट पर तो कहना।" पत्थर से बचने के लिए मामदा झुका तो पत्थर उसके सिर के ऊपर से निकल कर कहीं दूर जा गिरा। अब गुस्से में मामदा ने भी एक पत्थर उठाया और बेगम की तरफ़ निशाना साधा। पत्थर बेगम के बाएँ कन्धे पर ज़ोर से लगा। बेगम कन्धा पकड़ कर नीचे बैठ गई। मामदा खिलखिलाया, "अब आया मज़ा...मुझे मारने चली थी...चुड़ैल!"

बौखलाई बेगम बैठे-बैठे घाट की मिट्टी उठा-उठाकर उसकी तरफ़ फेंकती और बद्दुआएँ देती जा रही थी, "बर्बाद-ओ-फ़ना हो जाए तू और तेरा सारा ख़ानदान। कमीने हो तुम सब। ज़हरबाद[1] हो तुझे। बिजली गिरे तुझ पर। अब आकर दिखा मेरे यहाँ...टुकड़े-टुकड़े करके मछलियों को खिला दूँगी। तुझे खिलाने से क्या मिला मुझे...उन्हें खिलाऊँगी तो सवाब मिलेगा। जलती काँगड़ी गिरे तेरे सिर पर..."

मामदा अपना फेरन झाड़ते हुए तेज़ क़दमों से चलता हुआ सीढ़ियाँ चढ़कर बाँध पर दूर निकल गया। कल रात से वो भूखा था। खाना खिलाने की बजाय बेगम ने उसे मार खिलाई थी। उसके गुस्से ने पेट की भूख के साथ मिलकर दिमाग में तूफ़ान मचा दिया। चलते-चलते वो गुस्से में ज़ोर-ज़ोर से बड़बड़ाने लगा, "रात से एक दाना भात भी पेट में नहीं गया। भूख से मरोड़ उठ रहे हैं। रास्ते के बाग़ से दो सेब चुरा कर न खाए होते तो मैं मर ही चुका होता भूखा...और...उस पर बेगम ने मुझे चप्पू से मारा! ससुरी कहीं की...देखती नहीं मैं कल से भूखा दर-ब-दर भटक रहा हूँ। खाना खिलाते थे तो क्या मेहनत भी तो करवाते थे। इतनी मेहनत किसी और

---

1. **ज़हरबाद**—कानों की एक बीमारी।

के लिए करूँगा तो हाख-भत्ता तो वो भी खिला देगा। थू इन लोगों पर। मादर... कहती है आकर दिखा डूँगे में...अरे मैं मूतने भी नहीं जाऊँगा वहाँ कभी अब।"

उसने ज़मीन से एक पत्थर उठाया और गुस्से से पलटकर घाट की तरफ़ साधा। तभी अचानक उसकी चप्पल टूट गई। बौखलाहट में उसने वो टूटी चप्पल उठाई और उसे भी घाट की तरफ़ साध कर दे मारा। तभी वह चौंका कि ये क्या किया! वो दौड़ा और कुछ दूर पर गिरी अपनी चप्पल को उठा लाया। उसे हाथ में लेकर आगे बढ़ने लगा। एक पाँव में चप्पल थी एक नंगे पाँव। मगर उसका बड़बड़ाना जारी था, "मेरा पत्थर ससुरी के कन्धे तक ही पहुँचा। काश कि सिर पर लगा होता। वो जानते नहीं हैं मामदा को अभी...इनका डूँगा और हाउसबोट भी कादिर के हाउसबोट की तरह धूँ-धूँ जलता दिखेगा...मैं करूँगा ये...मामदा करेगा...तबाह कर दूँगा। दर-ब-दर कर दूँगा इन सबको भी...," वो बड़बड़ाते हुए चलता चला जा रहा था और उसका गुस्सा दरिया के मगरमच्छ की तरह उसकी दुखती पीठ से चिपका उसके साथ घिसट रहा था। वो ख़ुद भी नहीं जानता था कि किस ओर जा रहा है।

नूरा टोकरी में सिंघाड़े लेकर डूँगे में आई तो सिद्दीक ने ऐलान किया, "नूरा आ गई है...मैं खाना परोस रहा हूँ।"

"खाना परोस रहा हूँ...परोस रहा हूँ तो ऐसे कह रहा है जैसे आज वाज़वान[1] तैयार करके बैठा है। और ये नूरा-नूरा क्या लगा रखा है...अरे आ गई है तो क्या महाराज साहब के दरबार से आई है!"

"लगता है तुम्हें भूख ज़्यादा लगी है...," सिद्दीक बोल ही रहा था कि बेगम गुस्से से बावर्चीख़ाने में आई, "हाँडी पर ग़ौर कर...बक-बक पर नहीं...और बता दे इसे जो हश्र किया है आज मैंने मामदा का।"

"अरे मुझे क्या मालूम...जब मैं घाट पर आ रहा था तो तुमने रोक दिया था। आता तो कुछ मदद ही करता पर नहीं..."

"ज़रूरत नहीं है मुझे किसी की मदद की। वो भी मामदा के लिए! उस बेग़ैरत इनसान की हड्डी-पसली एक कर दी मैंने आज। अब दर्द से कराहते हुए अपने पुरखों को याद कर रहा होगा। फ़ातिहा पढ़ रहा होगा उनका। हरामी कहीं का...भेड़ की शक्ल में सियार निकला वो। ज़हरबाद हो उसे। नाम नहीं लेना उसका कभी मेरे सामने कोई।" कहते हुए बेगम मछली-चावल खाने बैठ गई।

---

1. **वाज़वान**—कश्मीरी मुस्लिम पाक-प्रणाली।

सिद्दीक कुछ देर ख़ामोशी से उसे खाता देखता रहा। फिर बोला, "नूरा आ जाती तो फिर मैं भी खा लेता।"

बेगम ने सिर उठाकर उसे एक लम्हा घूरकर देखा। फिर मुँह में भरे चावल निगल कर बोली, "खाते क्यों नहीं हो? किसने रोका है तुम्हें? जिसे खाना होगा आ जाएगा बावर्चीख़ाने में। तुम खाओ।"

सिद्दीक ने कन्धे उचकाए और अपना खाना परोसने लगा, "और खालका?"

"तुम परोस देना, मैं खिला दूँगी।" बेगम ने मछली के काँटे एक तरफ़ करते हुए कहा।

सिद्दीक ने पहला निवाला मुँह में डालकर भरे मुँह से कहा, "खाना खाकर मैं ही खिला दूँगा।"

कमरे में बैठी नूरा के कान तो बावर्चीख़ाने की तरफ़ थे ही, उसका अंग- अंग वहाँ की बातें सुनने की कोशिश में था। वो उठी और बावर्चीख़ाने में पहुँची। बेगम और सिद्दीक दोनों की नज़रें उसकी तरफ़ उठीं। वो सीधे चूल्हे की तरफ़ गई। हाँडियों में से बहुत थोड़ा-सा खाना परोसा और सिद्दीक से बोली, "तुम खाना खाओ...अब्बा को मैं खिला दूँगी।"

"ठहर मैं आता हूँ...अकेले कैसे उठाएगी उसे!"

"मैं कर लूँगी सब...पहले जगा तो लूँ।" जाते हुए उसने कहा।

"सुनती क्यों नहीं है कभी तू किसी की बात...," बेगम चीखी, "तेरी तीमारदारी से क्या आज ही उठ कर खड़ा हो जाएगा वो?"

नूरा ने न बेगम को मुड़कर देखा, न रुकी और न ही कोई जवाब दिया। आख़िरकार बेगम ने ही अपने गुस्से पर जब्र किया, "भूल गई थी मैं कि ज़िद्द का सिर नहीं होता है! हँह!"

दरअसल बेगम मन-ही-मन डरती थी कि कहीं नूरा पर खालका की बीमारी का बद्नुमा साया न पड़ जाए। उसके इस डर में कोई दम था भी या नहीं, वो ये नहीं जानती थी। पर जितना वो नूरा को दूर रहने को कहती थी उतना वो खालका के आस-पास दिखाई देती थी उसे।

"तुम खाओ फिर...कर लेगी वो सब तो करने दो उसे," कह कर बेगम ने सिद्दीक की तरफ़ देखा, "खाना खाकर ज़रा तेल में हल्दी गर्म करके दे देना।"

"वो क्यों?" सिद्दीक हैरान था।

"कुछ नहीं...बस वो...वो नामुराद निकम्मा इतना पिटा था तो ऐसे ही कैसे चला जाता। अपनी ख़सलत से बाज़ आ सकता था भला! बेड़ा ग़र्क़ हो उसका... जाते-जाते एक पत्थर ही मार गया मुझे..."

"क्या? पत्थर! लगा तुम्हें?" सिद्दीक कमल-ककड़ी पर लाल मिर्च निचोड़ कर उसका तेल निकाल रहा था।

"हाँ...कन्धे पर! मैं गलत थोड़ी कहती हूँ। वो तो नंगा इनसान है...नंगा...भला नंगे का धोबी भी क्या धो लेगा!"

बेगम को तो पत्थर कन्धे पर लगा था मगर ये बात नूरा के कानों तक पहुँची तो पत्थर उसके दिल पर आकर लगा। ये क्या हुआ मामदा को! पत्थर क्यों मारा उसने बेगम को! क्या जानता नहीं बेगम को? क्या अब तो कभी माफ़ करेगी उसे? हरगिज़ नहीं। तभी उसका दिमाग कौंधा। मामदा दोपहर में यहाँ आया था तो मतलब अभी यहीं है। अभी नहीं गया है। तो रात भर कहाँ रहा? आया क्यों नहीं घर? अब कहाँ होगा? कैसे पता चलेगा? कैसे ढूँढूँ? बात कैसे होगी?

हाँजियों के दिन ऐसे ही रूखे-सूखे बीत रहे थे। अंग्रेज़ सैलानियों का आना, उनका परिवार समेत यहाँ महीनों-महीनों रहना बीती बातों की तरह अब तारीख़ के किसी वर्क़ में ही मिल सकता था। देसी सैलानियों का भी दूर-दूर तक नामोनिशान न था। कुछ रईस सैलानी या सरकारी सैलानी आते तो अक्सर होटलों में रुकते या फिर कुछ चुनिंदा बेहतरीन बड़े हाउसबोटों का इन्तख़्वाब करते। इन ख़ास हाउसबोटों की गिनती उँगलियों पर भी क्या मुँह जबानी की जा सकती थी। बाकी हाँजी और उनके हाउसबोट सैलानियों को तरस गए थे।

बेगम सुबह मछली लेकर आ रही थी तो वहाँ से गुजरती सकीना की नाव उसके पास आकर ठहरी थी। उसका भी चप्पू थम गया था और दोनों अपनी-अपनी नावें साथ-साथ सटा कर बातें करने लगी थीं। सकीना से पता चला था कि मकबूल जू के हाउसबोट का भी सौदा हो गया है। कल उसके सामान की बोली लगेगी और बाद में वो हाउसबोट तोड़ दिया जाएगा।

डल में जब कोई हाउसबोट बिकता था तो आस-पास के सभी हाँजियों के यहाँ मातम का साया अपने डैने फैला देता था। किसी ग़ैर की मौत पर रोने वाले जैसे अनजाने में ही कहीं न कहीं अपनी या अपनों की आइन्दा मौत पर रोते हैं। आज तो आसमान में दोपहर से ही मातम के बादल छाए हुए थे। खाना खाकर बेगम मकबूल जू की बीवी से मिलने चल दी थी। ठीक मातम की ही तरह उन लोगों के आस-पास रहना, उन्हें दिलासा देना हर हाँजी परिवार अपना फ़र्ज़ समझता था। भले ही मन में अपने लिए 'ख़ुदाया रहम कर' की तस्बीह फेरता रहता हो।

जिस हाउसबोट का सौदा हुआ था वो कोई ऐरा-ग़ैरा नहीं मकबूल जू का

हाउसबोट था जो आस-पास के हाउसबोटों में सबसे शानदार और जानदार था। बड़ा भी काफ़ी था मकबूल जू के दिल की तरह। वहाँ के हाँजी परिवारों में किसी का निकाह होना होता तो अक्सर मेहन्दी रात के गीत उसी की छत पर होते। रात के सन्नाटे में तुम्बकनारी[1] और मटके की ताल पर गाए जा रहे गीत दरिया दूर-दूर तक सुनता था। कभी-कभी सैलानियों के लिए इसी छत पर छकरी[2] का प्रोग्राम भी रखा जाता था। उस रोज़ देर रात तक सब अपने-अपने हाउसबोटों की छतों या अपने घाटों पर बैठे छकरी का लुत्फ़ लेते। कल उस हाउसबोट के अंजर-पंजर खोल कर उसका एक-एक तख़्ता अलग कर दिया जाएगा। यही सब सोचते बेगम मकबूल जू के डूँगे की तरफ़ जा रही थी।

बेगम के जाते ही नूरा भी निकल गई थी डूँगे से। आस-पास के कई घाटों में मामदा को तलाश कर नाउम्मीदी से भरी जब वो लौटी तो पाया कि खालका सो रहा था और डूँगे में कोई नहीं था। उसने बावर्चीख़ाने में झाँका। वहाँ भी कोई नहीं था। पर मछली की ख़ुशबू अभी वहाँ मौजूद थी। नूरा का भूख से बुरा हाल था। उसने दो पल ठहरकर सोचा। फिर क़दम आगे बढ़ाए और मछली-चावल परोस कर खाने बैठ गई। उसे मामदा पर बहुत गुस्सा आ रहा था। वो भूखी इस घाट से उस घाट भटक रही थी और मामदा बेपरवाह था। इतनी भी क्या लापरवाही! उसका पेट तो भरा होगा। कहीं खड़ा खिलखिला रहा होगा। यहाँ वो हलकान हुए जा रही है। तेज़ी से निवाले मुँह में लगभग ठूँसते हुए उसका दिमाग थक चुकने के बावजूद दौड़े जा रहा था। ऐसा क्यों सोच रही है वो? क्या पता बेगम से मिलने के बाद वो अपने अब्बा के भाई के पास चला गया हो। तब तक नहीं गया था। शायद उससे मिल कर कुछ कहना या बताना चाहता हो।

तभी उसे लगा कि दरवाज़े पर कोई है। सिद्दीक बावर्चीख़ाने में दाख़िल हुआ तो नूरा को बेवक़्त खाना खाते देख ठिठक गया। मन-ही-मन खुश हुआ कि कल से भूखी थी चलो वक़्त-बेवक़्त कुछ खा तो लिया। मगर चेहरा उसने संजीदा बनाए रखा मानो इन बातों से उसे कोई मतलब ही न हो। वो बिना कुछ कहे आगे बढ़ा। हाथ में पकड़े थैले का सामान एक तरफ़ रखा और बाहर चला आया। सोचा, जब तक नूरा खाना खा रही है घाट पर बैठ जाए। घाट पर दो मुर्गों में किसी मुर्गी को लेकर जंग छिड़ा हुआ था। वो हुर्र-हुर्र कर उन्हें भगाने लगा। तभी बेगम वहाँ आ गई, "नूरा डूँगे में है क्या?"

सिद्दीक ने गर्दन मोड़कर देखा, "और कहाँ होगी?"

---

1. **तुम्बकनारी**—सुराही की-सी शक्ल का पारम्परिक ताल-वाद्य या कश्मीरी ढोलक।
2. **छकरी**—कश्मीरी संगीत का एक प्रकार।

"हर बात का टेढ़ा जवाब देना तुम्हारी ख़ानदानी आदत है या फ़ितरत?" कहकर बेगम अचानक ख़ुद ही ज़रा नर्म पड़ गई, "सुनो!"

सिद्दीक से नज़रें मिलीं तो बोली, "मैं यहीं बैठती हूँ...तुम उसे कह-सुनकर कुछ खिला दो।"

"तुम्हें फ़िक्र है उसकी!!"

"जो कह रही हूँ ख़ामोशी से अमल करो।"

सिद्दीक ने कुछ ज़्यादा ही संजीदा आवाज़ में कहा, "वो खाना खा रही है... तभी मैं यहाँ हूँ।"

"ओ...चलो अच्छा है ख़ुद ही खा लिया।" बेगम ने कहा और दो लम्हा वहाँ खड़ी कुछ सोचती रही। फिर बिना कुछ कहे बाँध की तरफ़ चल दी।

सिद्दीक ने उसे जाते देखा तो अपनी दाईं भौंह चढ़ा कर ख़ुद से ही कहा, 'अभी आई नहीं थी कि फिर चल दी!' तभी उसे मकबूल जू का बावर्ची मीर वहाँ से गुज़रता दिखाई दिया, "मीरा...हतो मीरा...ओ मीर..."

मीर पुकार सुन ठहर गया तो सिद्दीक ने देखा उसके हाथ में एक छोटा ट्रंक और कन्धे पर थैला था। वो घाट से निकल कर उसके पास पहुँचा। मीर ने ट्रंक ज़मीन पर रखा दिया था। "ये ट्रंक लिए कहाँ को चला तू?" सिद्दीक ने पूछा।

"जहाँ क़िस्मत ले जाए!"

"बात क्या है? मकबूल जू से कोई अनबन?"

"बचपन से उन्हीं के पास रहा हूँ। मेरी क्या उनसे अनबन होगी बस यूँ समझो उन्हीं की अनबन हो गई।"

"किससे?" सिद्दीक को लगा कि कोई चटखारेदार बात पता चलेगी।

"अपनी क़िस्मत से...और किससे!" दु:ख भरी आवाज़ में मीर ने जवाब दिया।

"मतलब?"

"मतलब पूछ रहा है तू! जिसका हाउसबोट बिक चुका हो, उसकी क़िस्मत को क्या कहा जाए! खाली देग़चा!"

"वो तो ठीक है मगर..."

"अरे मगर-वगर क्या! जब हाउसबोट ही नहीं रहा। आमदनी का ज़रिया ठप्प पड़ गया तो मुझे बैठाकर भला कब तक खिलाएँगे और क्यों? मेरी क़िस्मत में भी उनका साथ शायद यहीं तक लिखा हो!"

"अब तूने कहीं और काम पकड़ लिया है क्या?"

"काम! काम कोई मछली है क्या? हँह...काम है कहाँ जो मैं पकड़ लूँगा!"

"तो?"

"मैं गाँव जा रहा हूँ अपने। तूने क्या सोचा है?"

"मैंने? मुझे क्या सोचना है?"

"काम मिले कहीं और तो कर लेना। यहाँ कब तक रह सकता है? कब तक रखेंगे तुझे ये लोग? जब सैलानी नहीं आएँगे...हाउसबोट खाली रहेंगे तो हम तो बोझ ही लगेंगे ना फिर!"

सिद्दीक को कुछ सूझा ही नहीं कि इस बात पर क्या कहे तो मीर बोला, "चलते-चलते एक बीड़ी तो पिला यार...जाने अब कब मुलाकात हो।"

"तेरी बहुत-सी बीड़ियाँ पी हैं। आज तेरी जेब खाली है तो ये ले आख़िरी बीड़ी मेरी तरफ़ से...तू भी क्या याद रखेगा!" सिद्दीक ने फेरन की जेब से बीड़ी का बंडल निकाला। उसमें से एक बीड़ी निकाल कर मीर की तरफ़ बढ़ाई तो उसने फ़ौरन जेब से दियासलाई निकालकर बीड़ी सुलगाई।

"बीड़ी नहीं है पर दियासलाई रखी है...ये ठीक है!"

"बीड़ी भी है। दो बंडल...वो अभी पी जाऊँगा तो गाँव में क्या करूँगा? जो थोड़े-बहुत पैसे ले जा रहा हूँ उनसे घर की ज़रूरतें पूरी करूँगा या बीड़ी पियूँगा... चलता हूँ...ख़ुदा हाफ़िज़।" कहकर मीर ने एक हाथ से बीड़ी का कश भरा और दूसरे से झुक कर ट्रंक उठा लिया।

"ख़ुदा हाफ़िज़", कहते हुए सिद्दीक की आवाज़ कुछ धीमी पड़ गई थी मानो किसी ने छेद करके उसका दम निकाल दिया हो। वो घाट की तरफ़ जाने के लिए मुड़ा तो महसूस हुआ कि अचानक उसके क़दम भी भारी हो गए हैं। उसके जहन में छीछड़ों पर एक साथ झपट्टा मारते चील-कौवों की तरह एक सैकंड में बेहिसाब ख़यालात आए और आते ही उन्होंने एक दूसरे की सरदहें तोड़ वहाँ एक ख़ला-सी पैदा कर दी। धीरे-धीरे घाट पर आकर वो अपना फेरन समेट एक किनारे उकड़ू बैठ गया। उसने पास पड़ी एक पेड़ की छोटी-सी शाख उठाई और उससे ज़मीन पर एक हाउसबोट बनाया। खिड़कियों, दरवाज़ों वाला हाउसबोट जिसमें सीढ़ी भी थी छत पर जाने के लिए।

ये हाउसबोट उस जैसे सैकड़ों लोगों की क़िस्मत है...शायद हज़ारों की हो। इनका टूटना हज़ारों पेटों पर क़िस्मत की लात है। साँस लेती हज़ारों ज़िन्दगियों का सोग है। एक-एक हाउसबोट ग़ायब होता जा रहा है। सुबह उठकर देखते हैं तो लगता है वो एक ख़ूबसूरत नामवाला हाउसबोट जो सामने खड़ा दिखता था या कभी-कभी हिलते हुए ज़रा-सा दाएँ-बाएँ होता था, दरिया में डूब गया। बड़े-बड़े मगरमच्छ खा गए उसे। अगले दिन दूसरा और उससे अगले दिन तीसरा हाउसबोट। क्या एक-एक करके सब दरिया में डूब जाएँगे? या मगरमच्छ निगल जाएँगे?

क्या दरिया किनारे सिर्फ़ चरमराते-कमज़ोर डूँगे रह जाएँगे? और डूँगे वाले कभी मछली बेचकर तो कभी सब्जी बेचकर जैसे-तैसे अपना गुज़ारा चलाएँगे। मगर कितना मिलेगा उससे? डूँगा भी बेच देंगे तो रहेंगे कहाँ? ये दरिया ही हमारा घर है, हमारी ज़मीन है। ज़मीन पर ज़लज़ला आता है तो मकान चटख जाते हैं, दरारें पड़ जाती हैं उनमें। कमज़ोर छतें ज़मीन पर आ जाती हैं। उस वक़्त हमारी ज़मीन...हमारा दरिया टस से मस नहीं होता। हमारे डूँगों का, हाउसबोटों का बाल-बाँका भी नहीं होता। हमारा दरिया इतनी जान रखता है कि ज़मीन को कँपा देने वाले सभी ज़लज़लों को हज़्म कर जाता है मगर ये ज़लज़ला कैसा है जिससे दरिया भी काँप उठा है! ये जलजला एक-एक कर हाउसबोटों को निगलता जा रहा है। दड़ाक शप...एक हाउसबोट गुम...दडाक शप...दूसरा हाउसबोट गुम...दड़ाक शप...तीसरा हाउसबोट गुम...दड़ाक शप... दड़ाक़ शप्प...दड़ाक शप...ओह!

उसकी टाँगें काँपने लगीं। वो धप्प से मिट्‌टी पर बैठ गया। खालका तो बेचारा मलकुल मौत के दरवाज़े तक मानो पहुँच ही चुका है। और बेगम...वो अपने मन की भनक तक नहीं लगने देती कभी किसी को। अगर उसने भी हाउसबोट को दरिया में डालना तय कर लिया तब? उस पैसे से पहले नूरा की शादी करेगी। अपने और खालका के लायक हाख-भात तो वो ख़ुद बना ही सकती है। अब कौन सैलानियों के लिए रोगनजोश, रिस्ता, यख़नी और गोश्ताबा बनाना है जो उसे अपने साथ बाँधे रखेगी! जिससे रिश्ता था वो अब होशो हवास में नहीं। बेगम ने अपने बाप से रिश्ता नहीं निभाया तो उसे क्या समझेगी! निकाल बाहर करेगी अपने डूँगे से एक दिन। फिर?

उसकी ही अक्ल पर पत्थर पड़े थे जो आज तक कभी अपनी तनख़्वाह नहीं ली। उस पर अपनी ज़मीन के पैसे भी बेगम को ही दे बैठा ये सोचकर कि महफ़ूज़ रहेंगे। अब इतने महफ़ूज़ हो गए हैं कि ज़िन्दगी में फ़रिश्तों के दीदार हो सकते हैं पर उनमें से आधे आने के भी नहीं! माँगे भी तो किस मुँह से? उनके पास हैं कहाँ जो पैसे चुका देंगे।

तभी उसने मिट्‌टी पर बने हाउसबोट पर एक बड़ा क्रॉस बनाकर उसे काटा और खड़ा होकर फेरन झाड़ने लगा। जो हो-सो हो...वो अपना पैसा लेकर रहेगा। जिस दिन बेगम हाउसबोट बेचेगी उसी दिन। अब वो ख़ामोश नहीं रहेगा। सब हाँजियों के सामने हँगामा खड़ा कर देगा। तब कैसे नहीं देगी! चिलुक-चिलुक करके मछली की तरह उछलेगी बेगम पर पैसा तो देना पड़ेगा। पूरा न सही कुछ तो देगी आख़िर। अब उसे थोड़ी चालाकी से काम करना होगा। वो मसल है ना—हाँजियों

ने जाल का इस्तेमाल सीखा, तो मछलियों ने छलाँग लगा कर बाहर निकलना! अपना पैसा लेकर वो चला जाएगा यहाँ से। हमेशा के लिए। पर जाएगा कहाँ? यहीं कहीं काम ढूँढ़ेगा। पहले डलगेट के आस-पास ही। नहीं मिला तो कहीं और चला जाएगा। सब जा ही रहे हैं एक-एक कर काम के सिलसिले में कश्मीर से बाहर। इनका कादिर भी तो गया है। वो भी चला जाएगा। जम्मू, पठानकोट, दिल्ली या कहीं और। कहीं भी चला जाएगा...उसे तो अब शुरुआत से ही शुरू करना है तो फिर कोई भी जगह हो। मगर पहले यहाँ काम की तलाश शुरू करेगा। उसने हाथ में पकड़ी शाख दम साध कर दूर दरिया में फेंकी। खड़े होकर अपने निशाने का जायज़ा लिया और फिर डूँगे की तरफ़ क़दम बढ़ाए।

बँटवारे के कुछ ही महीने बाद कबाइली और पाकिस्तानी फ़ौज के जो सिपाही सारे कश्मीर पर कब्ज़ा करने के इरादे से सरहद से इस पार घुस आए थे उन्हें जल्द ही करारा जवाब मिला था। ये तभी मुमकिन हुआ था, जब महाराजा हरिसिंह ने जम्मू-कश्मीर की रियासत को हिन्दुस्तान में शामिल करने के क़रार पर दस्तख़त किए थे। क़रार के मुताबिक कश्मीर की हिफ़ाज़त, उसके विदेशी मामले और संचार हिन्दुस्तान के हवाले हुए। बाकी मामलों के लिए कश्मीर ख़ुदमुख़्तार था। हमलावर अपनी मंज़िल श्रीनगर तक तो कभी नहीं पहुँच पाए पर उन्हें वापस खदेड़ने में महीनों लग गए थे। मगर पाकिस्तान की इस घुसपैठ या कहें कि लड़ाई के बाद कश्मीर दो हिस्सों में बँट गया था। पाकिस्तानी कब्ज़े वाला कश्मीर का हिस्सा पाक अधिकृत कश्मीर (पी.ओ.के.) कहलाया। अब कश्मीर के जिस्म पर ज़ख़्मों भरी एक अदृश्य लकीर खिंच गई थी। ख़ून से लथपथ और रिसते घावों वाली लकीर। जंग का साया कश्मीर पर साल भर से ज़्यादा ही मँडराता रहा था। तोपों और मॉडर्न गोले-बारूदों से लैस उन लोगों ने कुछ ही दिनों में गाँव जलाकर, क़त्लेआम करके, औरतों की अस्मत की धज्जियाँ उड़ा कर अपने वहशीपन के ख़ौफ़ की सिहरन दूर-दूर तक पहुँचा दी थी। मोहरा बिजली घर के तहस-नहस हो जाने से कश्मीर 26 दिनों तक अँधेरे में क्या डूबा रहा था कि उस दहशत का अँधेरा लोगों के दिलों में, उनके ज़हन के अकेले और अँधेरे-बन्द तहख़ानों में जा बसा था। इस बर्फ़ीले अँधेरे से वो काँप उठे थे। पूरा कश्मीर सहम कर रह गया था।

गहरे पैठी इसी स्याह दहशत और ख़ौफ़ का नतीजा था कि अपनी जिस ज़मीन को सिद्दीक अर्से से बेचने की सोच रहा था उसे वो फ़ौरन बेच आया था। इतने

साल वो बेहतर दाम मिलने के इन्तज़ार में बैठा रहा था पर अब आनन-फ़ानन में जो मिला उसी में खुश था।

तकसीम के बाद पाकिस्तान ने रावलपिंडी से इस तरफ़ आने का रास्ता अचानक बन्द कर दिया था। वहाँ से किसी शख़्स या सामान का कश्मीर में दाख़िल होना नामुमकिन था। इससे कश्मीर आने वाले लाहौरी नमक की सप्लाई भी यक-ब-यक रुक गई थी। अचानक पूरे कश्मीर से नमक ग़ायब हो गया था। शहरों-गाँवों सभी जगहों से रोजाना इस्तेमाल की इस आम-सी चीज़ के नदारत हो जाने से आफ़त मच गई थी। पहली बार कश्मीरियों को ये एहसास हुआ था कि नमक सिर्फ़ नमक नहीं ज़िन्दगी है।

घरों में बिना नमक के खाना बनने लगा था। नमक का स्वाद चखे लोगों को हफ़्तों हो रहे थे। नमक की कमी से कमज़ोरी महसूस होने लगी थी। खालका के जिस्म से तो बची-खुची जान भी निकली जा रही थी। अब हाजत के लिए उसे घाट तक ले जाना भी मुश्किल हो गया था।

'हिन्दुस्तान' से नमक आने में थोड़ा वक़्त लगा था। जब आया तो उसकी सप्लाई भी कम ही थी। नमक को लेकर पहले ही हाय-तौबा मची हुई थी सो अब नमक राशन पर मिलने लगा था। जगह-जगह 'हल्का कमेटियाँ' बना दी गई थीं जिनके वॉलेन्टियरों की देख-रेख में ही नमक बिकता था। लोगों को कतार में खड़े होकर नमक खरीदना होता था। इसके लिए कभी सिद्दीक कतार में लगता तो कभी नूरा।

कबाइलियों के हमले से बेघर बर्बाद हुए, ज़ख़्मी लोगों के लिए अमीरा कदल[1] में रिफ़्यूजी कैम्प लगे थे। सरकार ने रिफ़्यूजियों के लिए एक अलग महकमा खोला था जिसमें रिफ़्यूजी ऑफ़िसर भी थे। हल्का कमेटियों के बहुत से वॉलेन्टियर भी कैम्प में रहने वाले ज़ख़्मी-बेसहारा लोगों का दुख-दर्द सुनते, उनकी मदद करते थे।

औरतों के साथ हुई ज़्यादतियों की ख़बरों से कश्मीरी इतना दहल गए थे कि वहाँ फ़ौरन औरतों की एक फ़ौज तैयार की गई। उन्हें राइफ़ल और बाकी हथियार चलाने की बाकायदा ट्रेनिंग दी गई थी। औरतों की हिफ़ाज़त के लिए बनी इस फ़ौज को 'वीमेन्स सेल्फ़ डिफ़ेन्स कॉर्पस' नाम दिया गया था। इसमें अन्दाज़न सौ औरतें थीं। ये औरतें राइफ़ल चलाना सीख लेतीं तो इन्हें नमक की थैलियाँ ईनाम में दी जाती थीं। हिन्दू-मुस्लिम दोनों क़ौमों की सेल्फ़ डिफ़ेन्स की ये फ़ौजी औरतें रिफ़्यूजी कैम्पों में भी मददगार साबित हुई थीं। ये वीमेन्स सेल्फ़ डिफ़ेन्स कॉर्पस

1. **कदल**—पुल।

साल भर चला। बाद में इनमें से कई औरतें श्रीनगर में औरतों के ही लिए खुले गोवरमेन्ट कॉलेज में पढ़ाने लगी थीं। इस साल भर में इन फ़ौजी औरतों के बारे में मिलती जानकारियों से कश्मीर की औरतों में हिम्मत बँधी थी। उन्होंने पहली बार जाना था कि बन्दूक औरतें भी उठा सकती हैं। दुश्मनों का सामना ठीक मर्दों की तरह औरतें भी कर सकती हैं। औरतों का भी एक रुतबा हो सकता है। मुल्क के प्राइम मिनिस्टर पंडित नेहरू कश्मीर के दौरे पर आए तो हवाई अड्डे पर राइफ़लों से लैस इन फ़ौजी औरतों ने उनका इस्तिकबाल किया था। बेपढ़ी-लिखी और ग़रीब घर की जून गुज्जर भी उनमें थी। उससे मिसेज़ माउन्टबेटन भी मिली थीं। राइफ़लें उठाए कतार में मार्चपास्ट करतीं इन फ़ौजी औरतों की तस्वीरें कभी-कहीं देखने को मिलतीं तो बेगम को अपना ख़ून रगों में तेज़ी से दौड़ता महसूस होता था। जोश से उसकी साँसों में भी तेज़ी आ जाती थी। वो ख़ुद अपना सीना फ़ख़्र से ऊपर-नीचे होता देख पाती थी।

अब कश्मीर राजशाही की बेड़ियों से निकल चुका था। हर सरकारी महकमे और दफ़्तर से महाराजा की याद दिलाने वाली उनकी तस्वीरें तक हटा दी गई थीं। नयी सरकार जम्हूरियत की कीलों पर टिकी कुर्सी पर बैठी थी। सरकार ने जिस तरह आने वाले दिनों में औरतों की हिफ़ाज़त के लिए औरतों की एक फ़ौज तैयार की थी उसी तरह अवाम के दुख-दर्द जानकर उन्हें समाजी बदलाव के लिए हिस्सासमन्द बनाने की सिम्त भी सरकार हरकत में आई थी। ये नयी जम्हूरी सरकार आम जनता के दुख-सुख से ही अपनी सियासत को जोड़कर चलाना चाहती थी। मगर ऐसे कामों में तो वक़्त लगता ही है।

स्टेट के प्राइम मिनिस्टर शेख़ अब्दुल्ला ने जुलाई, 1948 में रेडियो कश्मीर, श्रीनगर का आगाज़ किया। कश्मीरी और उर्दू ज़ुबानों में इसकी आवाज़ वादी के कोने-कोने में गूँजने लगी थी। अब कश्मीर का अवाम हर बात अपनी ज़ुबान में सुन सकता था, समझ सकता था। इससे पहले सरकार ने राज्य में मुल्क के चुनिंदा शायरों, अदीबों, गायकों, ड्रामा से जुड़े कलाकारों के साथ मिलकर 'नेशनल कल्चर फ्रंट' भी बनाया था। इस फ्रंट से वादी के नामी शायर, गायक, कलाकार वग़ैरह सभी वाबस्ता थे।

अगस्त 1947 में जब देश जगह-जगह दंगों की आग में झुलस रहा था, महात्मा गांधी कश्मीर आए थे। श्रीनगर में अपनी तक़रीर में उन्होंने कहा था कि "जब हिन्दुस्तान में चारों तरफ़ अँधेरा छाया हुआ है तब सिर्फ़ कश्मीर ही अकेली उम्मीद बचा है।" उनकी यह बात भी नेशनल कल्चरल फ्रंट की प्रेरणा बनी थी। ये फ्रंट कश्मीरियत की आवाज़ थी। यहाँ के सूफ़ी कल्चर को आगे बढ़ाता था।

ख़्वाजा अहमद अब्बास, राजेन्द्र सिंह बेदी, शिवदान सिंह चौहान सरीखे नामी लेखक इस मूवमेन्ट से जुड़े थे। लाहौर से ड्रामानिगार शीला भाटिया अकेली औरत थीं जो इस फ्रंट के संस्थापकों में से थीं। शीला जी अपने लोकगीतों और ड्रामा के ज़रिए कश्मीरी औरतों को एकजुट कर उनमें समाज की बेहतरी की जागरूकता लाने की कोशिश करती थीं।

इस फ्रंट से जुड़े लोग गाँव-गाँव जाकर वहाँ की दिक्कतों, परेशानियों, लोगों के दुख-दर्द जानकर उनकी आवाज़ अपने ड्रामा और शायरी के ज़रिए एक गाँव से दूसरे गाँव, दूसरे से तीसरे गाँव ले जाकर चप्पे-चप्पे में अलख जगाने का काम करते थे। कभी लोकगीतों का सहारा लिया जाता था तो कभी कश्मीरी लोक नाट्य शैली 'भाँड पाथर' के ज़रिए अवाम के दिलों तक पहुँचते थे।

हाँजियों की ज़िन्दगी की जद्दोजहद और उससे जुड़ी मुश्किलों पर ड्रामा तैयार करने के इरादे से शीला भाटिया अपनी टोली के साथ गाँवों व शहरों के कई घाटों पर गई थीं। हाँजियों से मिली थीं। उन्होंने हाँजी परिवार की जिन औरतों से बातें की थीं उनमें सकीना, शमीमा और बेगम खास थीं। अपने हालात, ज़िन्दगी की ख़स्ताहाली पर उनसे खुलकर बात करके बेगम को अच्छा लगा था। दिल कुछ हल्का हुआ था। पर अफ़सोस कि ऐसे एहसास दो वक़्त का हाख-भात जुटाने में मददगार नहीं हो पाते हैं! पहले की ही तरह पहाड़ों के पीछे से रोज़ अब भी अधमुँदी आँखों से उगता हुआ सूरज निकलकर सिर पर आ जाता था। दिन भर दरिया की आँखों में झाँकते हुए जाने क्या-क्या कहता-सुनता था और शाम ढलते ही आफ़ताबे सरकोही[1] बन कहीं खो जाता था। दरिया की लहरें उसे रोकने—मनाने के लिए चाहे जितना भी पीछे दौड़तीं, वो जाने वाले की तरह जाकर ही दम लेता था, अपनी सारी वसीयत अँधेरे के नाम करके। ये सिलसिला रोज़ का था जैसे किसी शिकारा का रोज हाउसबोट से उस पार किनारे के घाट तक जाना और हाउसबोट के घाट पर लौट आना।

शुरू से ही इस जम्हूरी सरकार से अवाम की बहुत-सी उम्मीदें वाबस्ता होने के बावजूद तंगहाली आहिस्ता-आहिस्ता फटेहाली की तरफ़ क़दम बढ़ा रही थी। ये फटेहाली रह-रहकर बेगम के फेरन का दामन खींचती रहती थी। बेगम अपना दामन छुड़ा कर बच-बच कर चलने की लाख कोशिशें करती पर ये बेहया जब-तब आकर उसका रास्ता रोक सामने खड़ी हो ही जाती थी।

नबी नागू का डूँगा बेचकर मिले रुपये तो खर्च हो ही चुके थे अब अमानत के तौर पर रखे सिद्दीक की ज़मीन के रुपये भी धीरे-धीरे हाथ से निकल रहे थे। बेगम मन से चाहती थी कि सिद्दीक के रुपयों को एक किनारे रखे रहे पर दूर-दूर

1. **आफ़ताबे सरकोही**— डूबता सूरज।

तक कोई चारा नज़र नहीं आता था। वो खुश थी कि मामदा उसके डूँगे से दफ़ा हो चुका है। इस बात को भी कई महीने गुज़र चुके थे। अब उसे साढ़े तीन लोगों के शिकम के तनूर[1] को जिलाए रखने का ही सोचना होता था। वर्ना इस दौरान मामदा होता तो कम-से-कम दो तनूरों को सुलगाने का इन्तज़ाम और करना होता। खालका तो आधे की बराबरी भी मुश्किल से ही कर पाता था। मामदा के न होने से मुश्किल ज़रूर कम हुई थी पर जब आसानी भी मुश्किल के लबादे पहनकर सामने डोलती नज़र आने लगे तो कोई क्या करे!

आज लगभग डेढ़ महीने बाद बेगम ने हाउसबोट का ताला खोला और अन्दर दाख़िल हुई तो बासीपन के एक भभके ने उसे घेर-सा लिया। बस यही दिन देखना बाकी रह गया था! वैसे तो अब उसे ये बासीपन की महक रोज़ ही सताती थी, बिना हाउसबोट का ताला खोले भी। ये आइरनी थी कि ये महक बेगम को अपने माज़ी से नहीं मौजूदा हाल से आती थी। जैसे फटेहाली के नाख़ून अब कपड़ों पर लगे पैबन्दों को भी नोंचने लगे हों!

हाउसबोट में अब कोई नहीं सोता था। खालका की लगातार गिरती हालत को देख सिद्दीक ने भी डूँगे के बावर्चीख़ाने में ही अब अपना बिस्तर लगा लिया था। मामदा तो अब नदारद हो चुका था। वक़्त के साथ-साथ बेगम का हाउसबोट में आना भी कम होता जा रहा था। आती भी थी तो छत पर जाकर मसाले, सब्ज़ियाँ, मछलियाँ सुखाने रखती या उन्हें उलट-पुलटकर लौट जाती थी। हाउसबोट के अन्दर जाने का मन होता भी तो हिम्मत नहीं होती थी। वहाँ जाकर अपनी ख़स्ताहाली उसे हाथ-मुँह धोकर बैठी चमकती नज़र आती थी। जो अजनबी एकान्त उसे कभी-कभी हाउसबोट की छत पर दिखाई देता था वो भी जाने कब सीढ़ियाँ उतरकर हाउसबोट के अन्दर आ बैठा था।

वो अन्दर गई। पैन्ट्री की एक दराज़ से सूखे शलगमों, बैंगनों वग़ैरह की मालाओं के थैले निकाले और दूसरी से सूखी मछलियों के। पाँच साल होने को थे पर इस हाउसबोट में कोई सैलानी झाँका तक नहीं। कुछ-कुछ समय के वक़्फ़े में जब इसका ताला खोलती, सफ़ाई करती तो खिड़की पर खड़े होकर ख़ामोश दरिया के पानी को काफ़ी देर तलक पहले की तरह ही एकटक देखती थी पर फिर पुरानी चोट के दर्द की तरह किसी को याद कर वापस डूँगे में चली जाती थी, बस! वक़्त के साथ-साथ ये याद भी अब ज़रा धुँधला-सी रही थी। पहले हाउसबोट में दाख़िल होते ही यहाँ-वहाँ बिखरे जो बीते मंज़र और दूर की आवाज़ें उसे अपनी गिरफ़्त में ले लेती थीं वो हाउसबोट खुलते ही एक-एक कर बदलते मौसमों के साथ धीरे-धीरे

1. तनूर— तन्दूर।

खिड़कियों-दरवाज़ों से दरिया की तरफ़ खिसक ली थीं। बिस्तरों, गलीचों, गाव तकियों के खोलों पर निगाह जाती तो लगता इनके रंगों को वक़्त ने ख़ुद घाट के पत्थरों पर पटख-पटख कर धोया है।

बेगम छत पर गई। वहाँ न चंदोवा तना था न कुर्सियाँ बिछी थीं। किसके लिए चंदोवा तानना, किसकी ख़ातिर कुर्सियाँ बिछानीं! वो जानती थी कि दो कुर्सियों की गद्दियों के खोलों के सूराख़ बड़े होते जा रहे हैं पर जब दिखते थे, मुँह मोड़ लेती थी। सी कर भी क्या होगा! फ़िज़ूल है सब। छत से दरिया में दूर तक निगाह डाली। हाउसबोट कम हो गए थे और दूर किसी हाउसबोट के पास कुछ ख़लकत[1] दिखाई दी। शायद उसका सामान बेचा जा रहा था। बोली लग रही थी। वो चेहरा मोड़ कर दूसरी तरफ़ के दरिया को देखने लगी। ज़िन्दगी उस दरिया के मानिंद हो गई थी जो हमेशा हालात के शिकारे से उल्टी धार में बहता था। इस उल्टी धार में दम लगा-लगाकर चप्पू चलाते-चलाते अब वो थक चुकी थी।

सीढ़ियों की तरफ़ वापस रुख किया। मगर उतरते हुए बीच में ही कमर पकड़कर बैठ गई। क्या करे वो? नूरा के बदन का उठाव देखती है तो घबराहट होने लगती है। उसका निकाह करना है। निकाह के लिए भी रुपयों की ज़रूरत होगी। फिर ज़िन्दगी तो लगातार काँगड़ी के पेट की तरह खुली-उघड़ी बैठी ही रहती है। जितना कोयला डालेंगे, सुलगाएँगे उतनी ही गर्मी देगी। कहाँ से लाएँ ये कोयला रोज़-रोज़ और बिना उसके सुलगाएँ कैसे! सुलगाएँ नहीं तो जिएँ कैसे! या ख़ुदा...तूफ़ानी दरिया का एक और भँवर!

तभी उसने अपनी कमर सीधी करके गर्दन ऊँची कर ली, 'मुझे आज अहद[2] करना ही होगा कि सिद्दीक के रुपयों को आज से..., बल्कि अभी...इसी वक़्त से हाथ नहीं लगाऊँगी। चाहे कुछ भी हो जाए आमदनी के कुछ और ज़रिए खोजूँगी।' तभी उसे ख़याल आया कि नीचे रखी सूखी मछलियाँ दो किलो से ज़्यादा ही होंगी। तो आज जाकर उन्हें किसी दुकानदार को क्यों न बेच आए। फिर ज़रा हताश हुई। सभी हाँजी यही कर रहे हैं। सबने अपने-अपने दुकानदार तय कर रखे हैं। फिर उससे कौन लेगा! वो उठ खड़ी हुई। कोशिश करके देखने में हर्ज क्या है? कम ही सही कुछ तो मिलेगा।

वो फ़ौरन नीचे उतरी। हाउसबोट के अन्दर गई और मछलियों के थैले उठाकर वजन का अन्दाज़ा लिया। कुछ दिनों के हाख-भात का इन्तज़ाम हो जाएगा। फिर? अब और कोई रास्ता नज़र नहीं आता। उसे हाउसबोट बेचना होगा। कम-से-कम

---

1. **ख़लकत**—जनता, अवाम।
2. **अहद**—संकल्प।

में नूरा का निकाह करके बचे हुए वो ढाई लोग जैसे-तैसे डूँगे में रहकर इधर-उधर हाथ-पाँव मारकर किसी तरह गुज़ारा कर लेंगे। करना ही होगा।

अपने जी को कड़ा कर उसने तय किया कि वो जल्द से जल्द हाउसबोट बेच देगी। मगर कैसे? खालका तो होकर भी न के बराबर ही है। सिद्दीक से मदद लेकर उसे मुँह लगाना बेगम को ठीक नहीं लगा। फिर वो पहले तो अपना रुपया माँग बैठेगा। उसे दे देगी तो बचेगा क्या! तभी उसके दिल की धड़कनें तेज़ हो गईं और ज़हन में एक नाम कौंधा-कादिर! कादिर को वो कैसे भूल गई! आजकल वो यहीं है। करीब दस रोज़ पहले अपने मालिक के ही किसी काम से आया था। कब तक रहेगा कुछ ख़बर नहीं। इस हाउसबोट को तो वो पहले ही अपनी जागीर समझता था, खालका के न रहने के बाद क्या होगा? तब वो और ज़्यादा भारी पड़ेगा और अपने भाई की शादी नूरा से कराकर ही दम लेगा। फिर क्या बचा...ये हाउसबोट भी उसका...डूँगा भी उसका! हाल ही में उसके जले डूँगे और हाउसबोट की मरम्मत में रुपया लगाया है, इसलिए ज़रा ख़ामोश बैठा है पर ये हाउसबोट बेचने की ख़बर सुन बौखला उठेगा। फिर किसका सिर फोड़े, क्या करे, कुछ ख़बर नहीं। उसे बहुत समझदारी से और सँभलकर एक-एक क़दम उठाना होगा। ऐसे कि आख़िरी दिन तक किसी को कानों-कान ख़बर न हो।

खरीदार वो कहाँ से लाए? उसके लिए किसी हाँजी से बात तो करनी होगी। तब बात दबी कैसे रहेगी? जिससे भी मदद लेगी वो पहले ही उसके रुपयों में से अपनी दलाली लेने की भी सोचेगा और उसे भनक भी नहीं पड़ने देगा। नहीं, वो किसी ऐसे शख़्स को साथ नहीं रखेगी। तभी उसकी आँखों के सामने मकबूल जू का चेहरा आ गया। वो ख़ुदादोस्त इनसान हैं, ऐसा हरगिज़ नहीं करेंगे। वो अपनी मजबूरी समझाएगी तो बात को दबा कर भी रखेंगे। वही ठीक रहेंगे। फिर उन्होंने हाल ही में अपना हाउसबोट बेचा भी है। उसी खरीदार से उसे मिलवा दें और सौदा ठहराने में थोड़ी मदद कर दें तो बाकी वो ख़ुद कर लेगी। वैसे उसे सही शख़्स मालूम हो तो सौदा वो ख़ुद भी ठहरा सकती है। जब जूनी गुज्जर राइफ़ल चला सकती है तो क्या वो अपने हाउसबोट को अकेले नहीं बेच सकती? क्यों नहीं! उसने सूखी मछलियों के थैले उठाए, दरवाज़े पर ताला डाला, मन में दस्तगीर साहब का नाम लिया और बाज़ार की तरफ़ रुख़ किया।

डूँगे में जाने कहाँ से हवा के साथ एक अजीबोगरीब-सी ख़ामोशी घुस आई थी जो अपने चंदोवे का फैलावा धीरे-धीरे बढ़ाती जा रही थी। कुल जमा साढ़े तीन शख़्स

जो डूँगे में रहते थे उनमें से आधा शख़्स खालका तो अर्से से ख़ामोशी की लोई में दुबका सो रहा था और सोता चला जा रहा था किसी गुनूदगी में। बाकी बचे तीन शख़्स उस डूँगे में रहते ज़रूर थे पर असल में उन तीनों का अपना अलहदा-अलहदा डूँगा तैयार हो चुका था जो उनके मन के दरिया में डोलता रहता था। उसे ही सँभालने के लिए तीनों अपने-अपने दरिया में डूबते-उतराते रहते थे।

नूरा सब्ज़ियाँ बोती, सिंघाड़े तोड़ती, वगुव बुनती या फिर पुराने-घिसे कम्बलों को जोड़कर सीती—उसके मन में अक्सर इस तरह के सवाल चक्कर काटा करते कि आख़िर ये मामदा फिर गया कहाँ! अब्बा के भाई से मिलकर लौटा क्यों नहीं? लौटेगा या नहीं? निकाह वाली बात में क्या कोई दम था ही नहीं? क्या उसे बेवकूफ़ बनाया गया? वो मामदा को खोजे तो कहाँ खोजे? पूछे तो किससे पूछे? उसका इन्तज़ार कब तक करे? इनसे भी बड़ा सवाल ये था कि आख़िर ये सवाल उसका पीछा क्यों नहीं छोड़ते!

काश उसे मामदा कहीं मिल जाता तो अपने सारे सवालों के जवाब पूछ लेती। कभी-कभी हताश होकर सोचती अच्छा हुआ कि बेगम ने उसकी पिटाई लगाई। वो इसी लायक था। उसे मिले तो वो रही-सही कसर पूरी करने में अब पीछे न रहेगी।

बेगम कम दामों में ही सही पर वो सूखी तीन-चार तरह की मछलियाँ आख़िर बेच ही आई थी। कुछ दिन बाद मकबूल जू से भी मिल आई। उसे पूरी उम्मीद थी कि उनके पास उसका राज़ राज़ ही रहेगा। सौदागर एक जुम्मे के रोज़ शाम में आकर हाउसबोट भी देख गए थे। उस समय कितनी समझदारी और तिकड़म से उसने नूरा को सकीना के यहाँ और सिद्दीक को नमाज़ पढ़ने मस्जिद भेजा था। उसे समझाया था कि कभी-कभी मस्जिद में जाकर नमाज़ पढ़ना कितना ज़रूरी होता है। साथ ही उसे कुछ रुपये भी दिए थे कि लौटते में कुछ लकड़ी के कोयले लेता आए। मस्जिद एक कोने में थी और कोयले वाला दूसरे कोने में। ये सब तय करने में उसका कितना समय और दिमाग लगा था, ये वही जानती थी!

उस बावर्ची मीर के यहाँ से जाने के बाद से सिद्दीक अपने मुस्तकबिल को लेकर कुछ-कुछ परेशान ही रहता था। अब वो ज़रा ख़ामोश हो गया था मगर उसके मन में कोई न कोई उधेड़-बुन चलती रहती थी। वो ऐसा क्या और कैसे करे कि उसे कहीं बेहतर जगह काम भी मिल जाए और बेगम से अपनी ज़मीन के रुपये भी। तभी बाहर बादल छँटने लगे थे तो उसने बावर्चीख़ाने की खिड़की खोलकर दरिया को देखा। पास के एक शिकारा की छत के बिल्कुल किनारे एक सारस बैठा झुक कर दरिया में एकटक देख रहा था। उस सफ़ेद सारस के पंख उड़ने के लिए तैयार

थे मगर ज़रा-सा भी हिल-डुल नहीं रहा था। सिद्दीक ने ठहरकर एकटक सारस को देखा। तभी सारस नीचे की तरफ़ उड़ा। अपनी लम्बी चोंच से उसने दरिया के पानी में से छोटी-सी मछली उठाई और उड़कर ज़रा दूर एक हाउसबोट की छत पर जा बैठा।

सिद्दीक मछली खाते उस सारस को देखता रहा। सारस जानता था कि उसे क्या चाहिए। जी-जान लगाकर उसने कोशिश की और उसे मिल भी गया। अब पट्ठा चटखारे लेकर खा रहा है! यानी सारस को 'क्या' भी मालूम था और 'कैसे' भी। तो वो क्यों नहीं जान पा रहा अपनी ज़िन्दगी का 'क्या' और 'कैसे'!

सिद्दीक उठा, बावर्चीख़ाने से बाहर आया। बेगम कहीं बाहर गई थी। नूरा के कमरे में पर्दे के सरके हुए किनारे से झाँका। वो मोतियों की अपनी टूटी माला पिरो रही थी।

"मैं ज़रा बाहर जा रहा हूँ...खाना तैयार है। तुम लोग खा लेना। मुझे भूख नहीं है। आने में देर हो जाए तो फ़िक्र मत करना...आ जाऊँगा शाम तक।"

नूरा ने बिना गर्दन उठाए सुना और हाथ में पकड़े मोती के छेद में धागे का निशाना जमाते हुए धीमी आवाज़ में बोली, "ठीक है...कह दूँगी।"

सिद्दीक फिर बावर्चीख़ाने में गया। अपने ट्रंक के कपड़ों में छिपाकर रखी कुछ रेज़गारी निकाली, फेरन की जेब में डाली और निकल गया। नवम्बर की दोपहर में हल्की-हल्की धूप फेरन के ज़रिए कन्धों को सेंक रही थी।

डल गेट पर पहुँच कर उसने एक बार दाएँ निगाह डाली और एक बार बाएँ। कहाँ से शुरू करे? बाएँ बुलिवर्ड रोड थी। लम्बी दूर तक जाने वाली घुमावदार सड़क। उसे देखते ही खालका की याद आ गई। उसके साथ अक्सर आता था वो यहाँ। खालका ने ही बताया था कि किसी ज़माने में जब इस सड़क का नामोनिशान न था, उससे भी पहले दरिया पहाड़ों के क़दमों तक जाता था। कैसा लगता होगा! दिन गुज़रते हैं तो ज़माने बदल जाते हैं। जब वो गाँव से आया था तो इस सड़क की तरफ़ आने से डरता था। वो क्या शायद सभी डरते थे। यहाँ महाराजा के सिपाही, अहलकार या अंग्रेज़ ही दिखाई देते थे। अभी पाँच साल पहले तक वैसा ही था। वो सब अचानक ग़ायब हो गए। अब कहीं-कहीं कोई आर्मीवाला दिखाई दे जाता है या कोई पुलिसवाला।

सामने निगाह गई तो बीड़ी-सिगरेट का एक खोखा दिखा। सिद्दीक ने जेब में हाथ डाल कर रेज़गारी को महसूस किया और सड़क पार कर वहाँ पहुँचा। छोटे-से खोखे में एक बड़ा-सा रेडियो बज रहा था जिस पर ख़बरें चल रही थीं। तीन-चार शख़्स खड़े ख़बरें सुन रहे थे। दो शख़्स खोखेवाले से सिगरेट ले चुके थे और एक अभी ले रहा था। सिद्दीक भी वहाँ आस-पास जाकर खड़ा हो गया।

"अब तो सुन लिया...भरोसा हुआ? मैं कह रहा था ना...आज महाराजा की ताक़त पर आख़िरी हथौड़ा पड़ेगा एसेम्बली में।" एक शख़्स ने सिगरेट का कश खींचकर धुँआ बाहर छोड़ते हुए कहा।

"हाँ...ख़बरों में भी यही कह रहे थे...शाम तक हो ही जाएगा। तब तो आज का दिन तारीख़ी दिन होगा...कश्मीर से रियासती राज की कानूनन विदाई का दिन! नवम्बर 1952 ने हम कश्मीरियों की क़िस्मत बदल दी!" दूसरे शख़्स ने जवाब दिया। फिर सिगरेट को होंठों की तरफ़ ले जाते हुए ज़रा मुस्करा कर कहा, "सिगरेट के कश भरने का लुत्फ़ ही आज कुछ और है!"

दुकानदार के पास खड़े शख़्स ने पलटकर देखा, "हाँ...मगर सदर-ए-रियासत तो महाराजा का बेटा ही रहेगा। उसी का हुक्म चलेगा फिर।"

पहले ने फ़ौरन कहा, "ऐसा नहीं होगा। कश्मीर चलेगा हमारे स्टेट के प्राइम मिनिस्टर और एसेम्बली के उन मेम्बरानों के कहने पर जिन्हें अवाम ने चुना है...हमने चुना है। मैंने कहा न अब रियासती राज ख़त्म...राजशाही का नामोनिशान मिटा दिया गया है। अब जम्हूरियत है...हमने अपनी सरकार ख़ुद चुनी है।"

दूसरा उसके कन्धे पर हाथ रखकर बोला, "यार इस मौके पर तो वो शेर बनता है फिर..."

पहले ने हैरत से उसे देखा मगर तीसरे ने पूछा, "शेर! कौन-सा?"

"वो जिसे ये बहुत ही अन्दाज़ में सुनाता है...वही शेर जो शेख़ साहब ने लाल चौक पर पंडित नेहरू के सामने पढ़ा था...कश्मीर और हिन्दुस्तान के मुस्तकबिल को लेकर...हो जाए एक बार आज फिर। क्यों?"

पहला कहीं खो गया—

"मन तू शुदम तू मन शुदम
तक़स न गोयद मन देगरम तू देगरी"

"वाह!" दूसरे ने कहा, "मैं तू हो जाए और तू मैं हो जाए जिससे कि कोई कह न पाए कि मैं अलग हूँ और तू अलग है।"

तीसरा भी अपना सिगरेट सुलगा चुका था। उसने खोखेवाले को पैसे पकड़ाए और तीनों चल दिए। खोया-खोया-सा सिद्दीक उन्हें जाते हुए देर तक देखता रहा। जम्हूरियत के नाम पर लोग कितने खुश हैं! जाने क्यों! जब सुना था पहले-पहले तो वो भी खुश था कि अब दिन बदल जाएँगे। 'नया कश्मीर' बनेगा। सबकी क़िस्मत बदल जाएगी। मगर वो तो अभी तक इन्तज़ार ही कर रहा है। तंगहाली ने कमर तोड़ रखी है और जहाँ जाता है, जिससे मिलता है इसी तंगहाली की दास्तान सुनने को मिलती है।

उस दिन भी लोग खुशी से दीवाने हो रहे थे जब कुछ साल पहले पंडित नेहरू ने लाल चौक पर झंडा फहराया था और उनके साथ शेख़ साहब ने भी तकरीरें की थीं। क्यों न खुश होते क्योंकि जब कश्मीर पर आफ़त आई, कबाइली आए तो महाराजा तो कश्मीर को बेसहारा छोड़ भाग गया था। 'हिन्दुस्तान' की फ़ौज ने ही फिर कश्मीर को दोज़ख़ होने से बचाया था।

लाल चौक पर उस दिन इतने लोग, इतनी भीड़ एक साथ एक जगह थी जो कश्मीर ने कभी देखी ही नहीं थी। खालका भी गया था वहाँ और वापस आकर बहुत खुश दिखा था। पहली बार उसकी आँखों में कोई उम्मीद-सी दिखी थी। वो अलग बात है कि इतनी ख़लकत की वजह से लौटने में उसे काफ़ी दिक्कत हुई थी। वो...वो सामने का कदल भर गया था। चलते हुए सिर्फ़ दस्तार और टोपियाँ नज़र आ रही थीं। एक बार को लगा था कि आज कहीं इस कदल का आख़िरी दिन न हो! इतने लोग कहीं एक साथ दरिया में तो नहीं...। तब से ही लग रहा था कि कश्मीरियों की...कश्मीर की क़िस्मत बदलने के दिन आ गए। मगर कब? वो क्या करे 'अवामी राज ज़िन्दाबाद' के नारों का! वो तो तब माने कश्मीर की क़िस्मत बदल गई जब उसकी अपनी क़िस्मत बदले।

तभी रेडियो पर एक कश्मीरी नगमा बजने लगा जो सिद्दीक को खोखे के और करीब ले चला। बीड़ी-सिगरेट बेचने का काम तो सबसे ही बढ़िया है। बैठे-बैठे सिगरेट पकड़ाओ खरीदारों को और रेडियो का लुत्फ़ लेते जाओ। सोचते-सोचते सिद्दीक खोखेवाले के बिल्कुल सामने पहुँच गया, "बीड़ी का एक बंडल देना।"

बीड़ी का बंडल उठाते हुए भी खोखेवाले की गर्दन उस नगमे की धुन पर लहरा रही थी। तभी सिद्दीक बोला, "ये...ये रेडियो तो काफ़ी महँगा आता होगा?"

खोखेवाले ने गर्दन मोड़कर सिद्दीक को देखा, "हाँ, महँगा तो होगा ही।"

"तुमने कितने में लिया?"

"अरे हम कहाँ लेते! पेट पालेंगे या रेडियो खरीदेंगे!"

"फिर?"

"मेरे वालिद ने सालों तक एक अंग्रेज़ की बहुत ख़िदमत की थी। बस पाँच साल पहले...जाते हुए वही दे गया अपना रेडियो...तोहफ़े में!"

"ये बढ़िया रहा!"

"हाँ...घर में रख कर क्या करते...यहाँ रखता हूँ तो चार आदमी इकट्ठा हो जाते हैं...कोई-कोई फिर कुछ खरीद भी लेता है।"

तभी रेडियो में कुछ खड़ख़ड़ होने लगी जिससे नगमा बेसुरा होकर कट-कट कर सुनाई देने लगा था। खोखेवाले ने रेडियो के सिर पर दो थप्पड़ मारे तो उसकी आवाज़ बेहतर हुई। सिद्दीक को हँसी आ गई, "क्यों...बिना लात के ठीक से नहीं चलता क्या?"

खोखेवाला बीड़ी का बंडल पकड़ाते हुए बोला, "इसका एन्टीना और ऊँचा होना चाहिए था...पर अब जैसा भी है ठीक है...अपने मुल्क से ही लाया था वो अंग्रेज़ इसे और कितनी हैरानी की बात है कि वो इस पर अंग्रेज़ी में ख़बरें सुनता था और हम कश्मीरी में।"

सिद्दीक ने उसे पलकें फैला कर देखा। मुस्कराया और पैसे पकड़ा रहा था कि खोखेवाला बोला, "नए ज़माने की नई सौगातें हैं!"

सिद्दीक ने बहुत लम्बा 'हूँ...' किया और बीडी के बंडल से एक बीड़ी निकालकर उसे बंडल पर हल्का-सा ठोक कर मानो परखा। फिर बीड़ी को देखा और ठहरकर कुछ सोचा। असल में वो देख तो बीड़ी को ही रहा था पर उसके दिमाग में खोखेवाला चक्कर काट रहा था। बीड़ी से नज़र हटा कर उसने आहिस्ता से गर्दन मोड़ी और खोखेवाले की तरफ़ देखा। वो ताक पर कतारों में रखे सिगरेट के डिब्बों की जगहों में कुछ अदला-बदली-सी कर रहा था।

"ये कैसा नया ज़माना है जिसमें नयी सौग़ातों का बस शोर ही शोर है!" सिद्दीक की आवाज़ से खोखेवाले का हाथ रुक गया और उसने निगाह सिद्दीक की तरफ़ की तो आगे सुना "सौग़ातें हैं तो वो किनके हिस्से में जा रही हैं? इस नये ज़माने में हम तो तबाह हो रहे हैं।"

"क्या हुआ मेरे भाई?" खोखेवाले ने बहुत भीगी-सी आवाज़ में पूछा, "ख़ैरियत तो है?"

"कैसी ख़ैरियत! हाउसबोट सालों से ख़ाली हैं। बेकार बैठे हैं हम।"

"ओ! यानी हाउसबोट वाले हो। अपना है वो?"

"है भी और नहीं भी।"

"मतलब?"

"भाई का है...मैं वहाँ काम करता हूँ। वाज़ा[1] हूँ। अब काम ढूँढ़ने निकला हूँ।"

"अरे सुनो...," खोखेवाले को अचानक याद आया, "यहाँ से वापस बुलिवर्ड रोड पर सीधे जाओगे तो...तो शायद आठ-दस दुकान छोड़कर या दस-बारह छोड़कर एक नयी बेकरी खुली है...'अल लज़ीज़' करके...उनसे पूछ सकते हो... पर अंग्रेज़ी बेकरी है वो।"

---

1. **वाज़ा**—बावर्ची।

"अरे यार! मैं क्या जानूँ अंग्रेज़ी बेकरी और केक को! मैं तो वाज़वान तैयार कर सकता हूँ। वैसा काम हो कहीं तो बताओ।"

तभी खोखेवाले ने दियासलाई सिद्दीक की तरफ़ बढ़ा दी, "ये लो बीड़ी तो पियो। वो भी सोचते हैं अभी।"

सिद्दीक ने बीड़ी सुलगा कर दियासलाई वापस लौटाई, "यहाँ किसी छोटे-मोटे होटल में काम..."

"सोच रहा हूँ...वही सोच रहा हूँ...," खोखेवाला दिमाग पर ज़ोर डाल रहा था कि अचानक आँखों में चमक के साथ बोला, "दो-तीन दिन पहले 'होटल सुलतान' में काम करने वाले दो शख़्स आए थे सिगरेट लेने तो आपस में बातें कर रहे थे कि वो अपने वाज़ा से बेहद परेशान हैं। बीमारी के बहाने बनाकर छुट्टी मारता है और यहाँ-वहाँ काम करता है शायद। चाहो तो वहाँ जाकर थोड़ी पूछताछ कर सकते हो।"

"ये...ये 'होटल सुलतान' है कहाँ?"

"वो रहा...वो...देखो...वो मोड़ से पहले वो लाल बोर्ड के बाद वाला हरा बोर्ड..."

"हाँ हाँ...समझ गया...ठीक है...शुक्रिया भाई...ये तुमने अच्छा बता दिया...'होटल सुलतान'... पूछने में कोई हर्ज नहीं है।"

"नहीं बिल्कुल नहीं।"

तभी रेडियो की आवाज़ फिर कुछ हिली। "लो...इसे तुम्हारी याद आ गई...लगा दो अब दो-एक तमाचे!" कह कर सिद्दीक 'होटल सुलतान' की तरफ़ बढ़ गया।

सिद्दीक शाम को देर से डूँगे में पहुँचा तो नूरा बावर्चीख़ाने में चूल्हे के पास बैठी कुछ पका रही थी। उसने एक गिलास पानी पिया और एक कोने में टेक लगा कर बैठ गया। तभी बेगम वहाँ दाख़िल हुई। सिद्दीक के चेहरे पर उसे थकान से ज़्यादा अफ़सुर्दगी नज़र आई, "पानी क्यों पी रहे हो...नूरा चाय बना देगी।"

"नहीं अब देर हो गई है...समावार[1] भी ठंडा हो चुका होगा।" सिद्दीक ने थके शब्दों में कहा।

"पीने का मन हो तो नूरा चूल्हे पर बना देगी।" कहते हुए बेगम बावर्चीख़ाने से चली गई।

"पीनी है? बनाऊँ, क्या है?" नूरा ने पूछा तो सिद्दीक ने मना कर दिया। फिर उसने अपनी जेब से बीड़ी का बंडल निकाला और उसमें से एक बीड़ी बाहर खींचकर बोला, "जरा दियासलाई देना।"

---

1. **समावार**—चाय बनाने का केतली जैसा पारम्परिक पात्र जिसमें कोयले भी जलाए जाते हैं।

नूरा ने आस-पास दियासलाई खोजी जो उसे उस नीम अँधेरे में दिखाई ही नहीं दी। उसने सिद्दीक के थके चेहरे की तरफ़ देखा। वो बीड़ी मुँह में लगाए ख़ामोश बैठा उसे देख रहा था कि कब वो दियासलाई फेंकेगी और वो लपक लेगा। तभी अचानक नूरा ने चिमटा लिया। चूल्हे में से सुलगता एक कोयला उठाया और सिद्दीक की तरफ़ बढ़ चली। सिद्दीक ने हैरानी से उसे देखा। जैसे ही नूरा पास आई वो गर्दन बढ़ाकर मुँह में बीड़ी लिये आगे हो गया। अचानक नूरा चिमटा पीछे कर उसे देखने लगी। दोनों की नज़रों के बीच एक सुलगाव था कोयले का। आँच की उस धुँधली चमक में सिद्दीक ने पहली बार नूरा की बादामी आँखें इतने करीब से देखीं। तभी नूरा का हाथ हिला और चिमटे से वो सुगलता कोयला गिर गया। सिद्दीक ने लपक कर हाथ से ही वो कोयला फ़ौरन उठाना चाहा था मगर नूरा ने उसका हाथ रास्ते में ही रोक दिया और चिमटे से वो आँच उठाकर उसकी तरफ़ बढ़ाई। सिद्दीक ने फ़ौरन गर्दन आगे कर अपनी बीड़ी सुलगाई और नूरा को एकटक देखते हुए दोबारा दीवार से टेक लगा ली।

कुछ अर्से से वो नूरा के बारे में ज़रा नरमी से सोचने लगा था। कहीं न कहीं उसे ये भी लगता था कि उसी की वजह से मामदा यहाँ से चला गया। न वो बेगम को बताता, न बेगम उसकी पिटाई लगाकर उसे भगाती। क्या पता तब नूरा ने मामदा से निकाह कर ही लिया होता। नूरा का वो अल्हड़पन, वो बचकानी अकड़ अब कहीं खो गई थी। वो बात-बेबात लोगों से उलझना भी छूट चुका था। ख़ामोश संजीदा नूरा अक्सर उसे काम में उलझी या खालका के पास बैठी नज़र आती थी। एक-आध बार सिद्दीक ने उसे खालका के पास बैठे अपने आँसू पोंछते भी देखा था।

बीड़ी पीकर उसकी थकान कुछ दूर हुई थी। वो उठा, "तुम जाओ ये मैं देख लूँगा।"

"सब हो ही गया है...बस चावल का माँड निकलना है...आज अब्बा को माँड ही पिलाएँ या फिर..."

"हाँ...माँड ही ठीक रहेगा। ताकतवर होता है। स्वाद के लिए हाख का शोरबा डाल देंगे थोड़ा-सा," कहकर सिद्दीक आगे बढ़ा तो नूरा ने उठकर उसे बावर्चीख़ाने का कपड़ा थमा दिया और दरवाज़े की तरफ़ बढ़ गई।

सिद्दीक का आज का दिन ज़ाया ही गया था। दो-एक जगहों पर काम की जानकारी ली थी मगर बात बनी नहीं। अब शाम से ही उसके जहन में ये ख़याल आ रहा था कि काम तलाशने से पहले पीर दस्तगीर साहब की दरगाह पर हो आए। मुश्किल समय में वही मदद करते हैं। उसने तय किया कि कल सुबह सवेरे ही वो

दरगाह के लिए निकल जाएगा, बावर्चीख़ाना बेगम सँभाले या नूरा...कल की तरह। सिद्दीक ने जैसे पंख झटक कर उड़ने का इरादा किया।

सुबह वो बहुत जल्दी निकल कर खानयार की तरफ़ चल दिया। अभी आधा रास्ता ही तय किया था कि उसे एक ख़याल और आया। ज़ियारत के लिए जा रहा है तो कुछ और आगे जाकर मख़दूम साहब की दरगाह पर भी हो आए। थोड़ी चढ़ाई है पर ज़ियारत के वक़्त हिम्मत और जोश दोनों कहीं से आकर हाथ थाम ही लेते हैं। पीर बाबा का नाम लो तो वो मंज़िल तक पहुँचा ही देते हैं। इस ख़याल के साथ ही अचानक वो लम्बे डग भरता हुआ और जोश के साथ मख़दूम साहब की दरगाह की तरफ़ आगे बढ़ने लगा। किसी ने सच ही कहा है कि पीर से बड़ा यकीन होता है!

पीर दस्तगीर साहब की दरगाह पर लोग ख़ैरात बाँट रहे थे। सो सिद्दीक ने भी वहीं बैठकर नाश्ता किया और ख़रामा-ख़रामा वापस चल दिया। डल गेट के पास पहुँचा तो उसे डल की मुँडेर पर मामदा जैसा ही कोई शख़्स बैठा दिखा। उसने ठहरकर देखा। हू-ब-हू मामदा था। ख़ुद पर यकीन नहीं हुआ तो तेज़ क़दमों से उसी ओर चल दिया। पास पहुँचा तो मामदा को ही मुँडेर पर बैठा धूप सेकता पाया। उसके मुँह से चीख की तरह निकला, "मामदा तू! यहाँ!"

मामदा ने गर्दन मोड़कर देखा। सिद्दीक हैरानी से उसे देख रहा था। उसने अपनी दोनों टाँगें मुँडेर पर चढ़ा लीं और लैम्पपोस्ट से टेक लगा लिया, "क्यों? मैं यहाँ नहीं हो सकता? तेरी हुकूमत चलती है क्या यहाँ?"

उसकी बद्तमीज़ी और बद्ज़ुबानी को दरकिनार कर सिद्दीक बोला, "इतने महीने हो गए...तू था कहाँ?"

"ऐश कर रहा था...ऐश!" कहकर उसने अपने फेरन की जेब से नानख़ताई निकाली और उसे खाने लगा, "नानख़ताई है...रोटी भी गिन-गिन कर देता था ना तू?" फिर दूसरी जेब से कतलम निकाला, "कतलम खाएगा? खा ले। तेरी तरह नहीं हूँ मैं कि छिपा-छिपा कर रखूँ कतलम टोकरी में! और टोकरी को बाँध दूँ डूँगे की कड़ियों से...हँह...रोज़ अब मैं नानख़ताइयाँ और कतलम ही खाता हूँ...समझा!"

"तू अपने घरवालों के पास नहीं गया था?"

मामदा ज़ोर से खिलखिलाया, "सिर फिर गया है क्या मेरा! वहाँ की फ़ाकाकशी से भाग कर आया था। फिर वहाँ क्यों जाता?"

सिद्दीक आँखें फाड़े उसे खड़ा-खड़ा देखता रहा तो वो बोला, "अपनी उस बेगम से भी ज़रूर कह देना कि मामदा ऐश कर रहा है। वो क्या समझती थी उसके

पास नहीं रहूँगा तो मर जाऊँगा! मैं थूकने भी नहीं जाऊँगा कभी वहाँ। बता देना उसे कि मामदा...कान्दुर के पास काम करता है...चारों तरफ़ अब तरह-तरह की रोटियाँ हैं...शीरमाल है!"

"तू सीख गया सब?"

"अरे मैं क्यों सीखूँ! वो बुड्ढा ख़ुद बनाता है...मैं तो बस सफ़ाई करता हूँ और बाज़ार से सौदा लाता हूँ," कहकर वो गर्दन ऊँची कर फिर खिलखिलाया, "उसमें भी एक-आध आना मार ही लेता हूँ और जो चाहूँ खाता हूँ...वो बुड्ढा क्या-क्या गिनेगा और कितना गिनेगा! अब मुझे हाख के एक-एक पत्ते और एक-एक डंठल के लिए लड़ना-झींकना नहीं पड़ता है वहाँ। बड़े आए डूँगे वाले! सब बता देना अपनी बेगम को।"

सिद्दीक ने दोनों हाथ अपनी कमर पर रखे और उसे भीतर तक पैनी नज़र से ताड़ते हुए पूछा, "और नूरा से क्या कहूँ?"

"नूरा से!!" मामदा कुछ अचकचाया। फिर कन्धे उचका कर बोला, "क्या कहना है! अब मेरा न उस घर से ही कोई रिश्ता है न उस घर के किसी इनसान से! तेरा कभी शीरमाल खाने का मन हो तो आ जाना...यहाँ से जाते हुए जैसे ही बड़बड़शाह शुरू होता है पहले कान्दुर की दुकान पर ही हूँ मैं।" यह कहकर उसने कतलम का एक बड़ा गस्सा काटा और उठ कर चल दिया, "चलता हूँ।" दो-चार क़दम बाद पलटा, "और सुन, वहाँ आए तो मामदा-मामदा मत करना...मेरा नाम मोहम्मद है।"

सिद्दीक के मुँह से कोई जवाब न निकला। वो उसे हैरानी के साथ पीछे से जाता हुआ देखता रहा। मामदा अपना फेरन हिलाते-डुलाते कतलम खाते मस्त चाल से चला जा रहा था। बेसबब मस्ती का थोड़ा फ़ितूर तो उसमें था ही मगर इस समय की ये जबरी मस्ती सिद्दीक को और उसके ज़रिए 'डूँगे वालों' को जलाने के लिए थी।

सिद्दीक को अपनी आँखों और कानों पर यकीन ही नहीं हो रहा था। मामदा नज़रों से ओझल हो गया तो उसी के बारे में सोचता हुआ वो घाट की तरफ़ चल दिया। उसने कभी सोचा न था कि अहमक और अड़ियल दिखने वाला मामदा इतना शातिर निकलेगा! ये तो यकीनन माघ के पाले में लोगों को बेवकूफ़ बनाकर उन्हें बर्फ़ तक बेच आने का माद्दा भी रखता है!

बेगम को बताएगा तो उसे भी यकीन नहीं होगा कि मामदा इतना बदल गया है। तभी उसके पाँव ज़रा ठिठके मगर ख़याल नहीं। वो बेगम को बताएगा क्यों? कहीं बेगम ने गुस्सा दरकिनार कर उसे वापस बुला लिया तो? आख़िर है तो खालका के भाई का बेटा। वर्ना उसके घरवालों को क्या जवाब देंगे? नहीं...उसे ये ख़तरा

मोल नहीं लेना चाहिए। किसी तरह उसकी ज़िन्दगी से दफ़ा हुआ है। लौट आया तो सुबह-शाम फिर इस मक्कार का मुँह देखो! मामदा तो ख़ुद कभी यहाँ आएगा नहीं इसलिए उसे किसी से कुछ कहने की ज़रूरत नहीं है। बेगम से तो हरगिज़-हरगिज़ नहीं। वो ख़ामोश रहेगा।

सिद्दीक डूँगे में आकर सीधा बावर्चीख़ाने में गया और लेट गया। थकान उतारने के बाद वो चुपचाप रात के खाने की तैयारी में जुट गया। डूँगे की ख़ामोशी में आज एक अजब-सा तनाव था। सब एक-दूसरे के बारे में सोच रहे थे मगर बेआवाज़। एक-दूसरे की परछाईं से कभी कुछ कह रहे थे तो कभी कुछ छिपा रहे थे।

खाना तैयार हुआ तो सिद्दीक ने आवाज़ लगाई, "नूरा...खाना तैयार है...आ जाओ मैं परोस रहा हूँ।"

उसकी ये आवाज़ ज़ाहिर तौर पर चाहे किसी भी एक नाम के लिए होती थी पर सब जानते थे कि ये बुलावा उनके लिए भी था। पहले नूरा और पीछे-पीछे बेगम बावर्चीख़ाने में पहुँचे। खाना भी उसी ख़ामोशी के छप्पर तले चलता रहा। अचानक बावर्चीख़ाने की ख़ामोशी में कम्पन हुआ, "सिद्दीक!"

सिद्दीक ने भात से नज़र उठाकर देखा तो बेगम बोली, "ख़ैरियत तो है? जब से आए हो इतना चुप क्यों हो? रास्ते में कुछ हुआ क्या? कोई मिला क्या?"

अचानक इतने सीधे और सही सवाल की सिद्दीक को कतई उम्मीद न थी। वो अचकचा गया, "अरे...क्या होता...कौन मिलता भला!" तभी उसने अपनी असहजता को सँभाला, "हाँ मिला था ना..."

"कौन?"

"कुछ लोग थे सड़क पर...यहीं डल गेट पर...मुझे जमावड़ा-सा लगा तो मैं भी चला गया देखने। पता चलता कि एक फ़ौजी शंकराचार्य परबत जा रहा था... जंगल के रास्ते से...वर्दी में था और अपनी धुन में मस्त चला जा रहा होगा। तभी कहीं से उसके ऐन सामने एक बड़ा-सा भालू आकर खड़ा हो गया। वो घबरा गया। उसने वहाँ से भागना चाहा मगर उस भालू ने फ़ौजी के कन्धे पर हाथ रख दिया।"

"हा हा हा...कन्धे पर हाथ रख दिया!" नूरा हँसने लगी।

बेगम के मुँह से निकला, "बेचारा फ़ौजी!"

"फ़ौजी यहाँ का नहीं था...भालू ने जैसे ही उसके कन्धे पर हाथ रखा डर के मारे वो बेहोश होकर वहीं गिर पड़ा। उसका सिर पत्थर से टकराया और वो ज़ख़्मी हो गया।"

"फिर? उठाया किसने? भालू ने?" नूरा की मुस्कान चेहरे पर बरकरार थी।

"अरे...देखो इसे!" बेगम ने नूरा की तरफ़ देखते हुए बनावटी गुस्से से कहा पर हल्की-सी मुस्कान उसके चेहरे पर भी खिल चुकी थी।

अब सिद्दीक भी मुस्कराया, "भालू तो बेचारा अपने रास्ते चल दिया होगा। सुना है कि कुछ देर बाद जब उस फ़ौजी को होश आया तो वो सिर पकड़ कर धीरे-धीरे नीचे की तरफ़ वापस चला। ऊपर तो क्या ही जाता फिर बेचारा! नीचे लोगों ने फ़ौरन मदद की और उसे अस्पताल ले गए।"

"हाँ...उसे कहाँ मालूम होगा कि ये जानवर उस परबत पर तो रहते ही हैं, कभी-कभी नीचे तक भी आ जाते हैं। कितना घबरा गया होगा कि बेहोश ही हो गया!" बेगम ने निवाला गले से नीचे उतारते हुए कहा।

"और अपना सिर फोड़ बैठा! हा...हा...हा...।"

"नूरा...नूरा...अरे भई फ़ौजी है तो क्या हुआ...है तो इनसान ही। वर्दीवाला इनसान!"

भालू का ये किस्सा आज सिद्दीक ने पीर दस्तगीर साहब की दरगाह पर नाश्ता करते हुए सुना था। पास में बैठे दो लोग आपस में जाने कब की ये बात कर रहे थे। उसी किस्से को उसने ऐसी हाज़िर जवाबी के साथ बयाँ किया कि वो ख़ुद ही अपनी पीठ थपथपाने लगा।

डूँगे का तनाव कुछ समय के लिए ही सही पर झाग की मानिन्द नीचे बैठ गया था। तभी नूरा ने कहा, "सिद्दीक...वो पालक वाली हरी मिर्च देना।"

"तुम तीखा कुछ ज़्यादा खाने लगी हो," बेगम बोली तो नूरा ने कोई जवाब नहीं दिया।

खाना खाकर बेगम उठी और हाथ धोया। फिर आकर अपनी ही जगह पर बैठ गई। सिद्दीक को ये कुछ अजीब लगा क्योंकि बेगम खाना खाते ही बावर्चीख़ाने से चली जाती थी। उसे लगा कि बेगम अभी उसके जवाब से मुतमयीन नहीं हुई है इसलिए कुछ और सवाल पूछना चाहती है। वो होशियार हो गया।

तभी बेगम बोली, "मैं तुम लोगों को बताना चाहती हूँ कि...," उसने ठहरकर सिद्दीक और नूरा के चेहरों को देखा, "हालात बद् से बद्तर होते जा रहे हैं... सालों से कोई सैलानी नहीं आया है..."

"इसमें बताने की क्या बात है...हम सब देख ही रहे हैं सालों से।" नूरा बीच में ही बोल पड़ी।

तभी सिद्दीक ने कहा, "तुम्हारा इशारा कहीं मेरी तरफ़ तो नहीं है कि मैं किसी सैलानी को नहीं ला पाया फुसला कर। मैं कई बार बता चुका हूँ मैं बाकी हाँजियों की तरह गन्दे खेल नहीं खेल सकता..."

"नहीं...नहीं! बोलने दोगे तुम लोग मुझे? मैं तुम पर कोई इल्ज़ाम नहीं लगा रही हूँ...जिन लोगों ने गन्दे खेल खेले उन्हें ही कौन-से सैलानी मिल गए! वो भी हमारी ही तरह मुफ़लिसी के शिकार हैं।"

"तो?" सिद्दीक की आवाज़ कुछ नीची हुई।

"हालात कुछ ज़्यादा ख़राब हो गए हैं...सुधरने की उम्मीद भी अब दरिया में डूब चुकी समझो। ऐसे में...ऐसे में...क्या किया जा सकता है! कोई कर ही क्या सकता है...इसलिए मैंने तय कर लिया है कि मैं...मैं अपना हाउसबोट...मतलब हाउसबोट को मैं बेच रही हूँ।"

सुनकर सिद्दीक का मुँह खुला का खुला रह गया। नूरा चौंकी, "क्या...बेच रही हो...अपने 'गुले यासमीन' को बेच रही हो! मगर क्यों?"

"क्योंकि अब जीना मुश्किल होता जा रहा है।"

"क्या मुश्किल होता जा रहा है! खाना तो हम खा रहे हैं ना आराम से।"

"हाँ, तू खा रही है आराम से क्योंकि तू नहीं जानती है कि इसके लिए मुझे कितनी जद्दोजहद करनी पड़ती है। अब मुश्किल ही नहीं नामुमकिन होता जा रहा है।"

अब सिद्दीक ने संजीदा आवाज़ में सीधा सवाल किया, "खालका से पूछा तुमने?"

"मुझे किसी से कुछ पूछने की ज़रूरत नहीं है।"

नूरा की आवाज़ में गुस्सा झलकने लगा था, "क्यों, ज़रूरत नहीं है? क्यों नहीं पूछोगी तुम अब्बा से? बिना पूछे तुम कैसे बेच सकती हो हाउसबोट?"

"बिना पूछे!! किससे पूछूँ...बता किससे पूछूँ...उस आदमी से जिसने ज़िन्दगी में कभी कोई फ़ैसला नहीं लिया सिवाय हमें छोड़कर चले जाने के। भूल गई है तू...तुझे भी छोड़ गया था बिना बताए यहीं...इसी डूँगे में।"

"भूली नहीं हूँ मैं...याद है मुझे सब...पर लौट कर भी तो आया था हमें लेने। मुझसे ज़्यादा तुम्हें।" नूरा ने बेगम की आँखों में सीधे देखते हुए जवाब दिया।

"हाँ आया था...लौट कर आया था...कीचड़ में सनकर...आकर भी क्या निहाल किया उसने मुझे या फिर तुझे? अब होकर भी न होने के बराबर है। इसकी ये बीमारी...ये गुनूदगी...ये चौबीसों घंटे की नींद क्या कम खा रही है!"

सिद्दीक ने बात को सँभालना चाहा, "मैं...मैं अभी खालका को उठाता हूँ... वो जाग जाएगा मैं उठाऊँगा तो...एक बार उससे पूछ..."

"कोई ज़रूरत नहीं है। जागकर भी वो नींद में ही रहा है ताउम्र। उठ भी गया तो क्या करेगा? क्या कहेगा उठकर? बोलो? यही ना कि इसे भी ख़ुदा की मर्ज़ी समझो। फिर? क्या फ़ायदा होगा उससे? अगर मुफ़लिसी...तंगहाली ख़ुदा की मर्ज़ी है तो

हाउसबोट का बिकना भी उसी ख़ुदा की मर्ज़ी है। कुछ गलत नहीं कर रही हूँ मैं..."

"मगर बेगम...एक बार उससे...," सिद्दीक ने फिर अपनी बात रखने की कोशिश की।

"वो किसी लायक है क्या अब? इसलिए फिर कहती हूँ...मैं ग़लत नहीं कर रही हूँ। उससे न पूछकर कोई गुनाह नहीं कर रही हूँ मैं। उसके सामने सब कुछ बेकार है अब। नाबीना को मुक्का दिखाना न गुनाह है न सवाब! फ़िज़ूल! सब फ़िज़ूल है।" कह कर बेगम खड़ी हो गई।

नूरा जो अब तक बेगम की दलीलें सुन रही थी वो भी खड़ी हो गई और पूछा, "हाउसबोट तुम बेच किसलिए रही हो? हमारा पेट भरने के लिए? हम अपना पेट भर लेंगे।"

"पेट तू भर लेगी और तेरी शादी? उसके लिए जो दौलत चाहिए कहाँ से आएगी? इस डूँगे में फ़र्श के फट्टों के नीचे जो बाल्टियाँ और देग़ रखे हैं...क्या उनमें छिपा रखी है मैंने दौलत!" तंज़ के साथ बेगम ने जवाब दिया।

"मेरी शादी! क्यों...नब जू का डूँगा बेचकर जो रुपये मिले थे वो कहाँ हैं?"

"हमारे शिकम में! समझी! इतने दिनों से खा क्या रही है?" बेगम की साँस कुछ फूल-सी गई, "तू...मैं...हम सब! सोचा है कभी?"

सिद्दीक भड़क उठा, "मुझे सुना रही हो तुम? मुझे? जान निकालकर हथेली पर रख दूँगा तब भी सुनूँगा यही सब...सुनाती रहोगी तुम...फिर भी!" गुस्सा उस पर इतना हावी हुआ कि वो ख़ुद पर काबू न रख पाया और उसके मुँह से निकल गया, "अच्छा हुआ यहाँ से चला गया वो...वो...मामदा। वो होता तो उसे भी सुनना होता आज ये सब। ऐश कर रहा है वो...ऐश। सुना? यहीं है बड़बड़शाह में...एक कान्दुर के पास।" बोलते-बोलते सिद्दीक ने राह में ख़ुद को रोकना चाहा था पर बात मुँह से निकल चुकी थी तो उसका आगे जाना तय था।

"क्या मामदा! तुम कैसे जानते हो ये सब?" बेगम ने फ़ौरन पूछा।

"मैं...मैं...हाँ जानता हूँ मैं सब...मिला था मुझे वो।"

"कब?" बिना साँस लिए पूछा बेगम ने और अपनी पैनी नज़रों से सिद्दीक का चेहरा देखती रही।

"मिला था...आज ही मिला था...शाम को।"

"क्या कहा उसने? क्या बात हुई?"

"बात! बात क्या होती...नानख़ताइयाँ और कतलम उड़ा रहा था। जता रहा था कि कितना खुश है वहाँ। और हाँ, सुन लो...तुम लोगों को किसी गिनती में शुमार नहीं करता है वो। थूकने भी नहीं आएगा वो यहाँ कभी! यही...यही कहा उसने

मुझसे...और ये भी कि जाकर बेगम को कह देना।" बेगम का तिलमिलाना देख सिद्दीक के कलेजे में ठंडक पड़ रही थी।

नूरा ने मामदा का हाल सुना तो सन्न रह गई। जाने किस धक्के से वो दो क़दम पीछे हो गई। हाथ पीछे कर उसने डूँगे की दीवार को थामा था या काँपते हाथों को सहारा दिया था, क्या मालूम! वो सँभलकर खड़ी हुई पर दिमाग दौड़ा। यानी मामदा गया नहीं कहीं। यहीं था और मिलने भी नहीं आया। वो यहाँ महीनों दर-ब-दर घाटों पर उसे ढूँढ़ती रही, उसका इन्तज़ार करती रही, रोती रही और मामदा ने कहलवा भेजा कि वो ऐश कर रहा है! थूकने भी नहीं आएगा यहाँ! इतना नीच निकला वो! या शुरू से ही नीच था, वो समझ न पाई थी। दुख ने उसे चारों तरफ़ से घेर लिया। गले में ऐसी जकड़न महसूस हुई कि उसे ज़ोर लगा कर लार को निगलना पड़ा कई बार। उसकी क़िस्मत ही ऐसी है शायद! उधर मामदा और इधर उसकी अपनी सगी माँ! किसी को न ख़याल है उसका न कोई लगाव। तभी उसे लगा कि बेगम ने उसकी तरफ़ उँगली का इशारा कर कुछ कहा तो वो चौंक कर लौटी।

"आ भी नहीं सकता वो यहाँ। उस दिन तो छोड़ दिया था मैंने...अब दिखा कहीं तो दाँत और आँत दोनों निकाल कर उसके बाएँ हाथ में रख दूँगी। समझ क्या रखा है मुझे।" बेगम ताव में आ गई थी। नूरा की तरफ़ उँगली उठाकर बोली, "इसे...इसे बेवकूफ़ बना सकता है वो...मुझे नहीं। ख़ूब वाकिफ़ हूँ ऐसे चालबाजों से मैं। उसने सोचा होगा ख्वालका बनतू की बेटी से निकाह करके हुकूमत करूँगा यहाँ...मैं कभी होने देती क्या ये शादी? समझता क्या था वो अहमक ख़ुद को..."

नूरा अचानक चीखी, "निकाह-शादी...निकाह-शादी...फिर शादी...नहीं करनी है मुझे शादी। आफ़त मचा दी है इस शादी ने। मेरी शादी का नाम लेकर ही तुम ये हाउसबोट भी बेच रही हो...क्यों? ज़िबह के लिए मैं ही मिली हूँ क्या?"

सिद्दीक का सब्र उसके हाथ से छूट रहा था, "तुम दोनों के आपसी गूदड़ झगड़े तो चलते रहेंगे...ये बताओ मेरे रुपयों का क्या हुआ?"

सिद्दीक ने अपनी तरफ़ से एक पैना तीर खींचकर मारा था। पर बेगम ऐसे तीरों को समय पर लपकना जानती थी, "कौन से रुपये? मेरे पास कोई रुपया होता तो अपनी...अपनी ज़िन्दगी का...अपने ख़ानदान का चिराग...अपना हाउसबोट क्यों बेचती...अपना चिराग़ बेच रही हूँ मैं...किसी जिन का चिराग़ नहीं," बेगम जज़्बात में बहने लगी थी। उसकी आवाज़ ज़रा लरज़-सी गई तो वो बावर्चीख़ाने से निकलकर अपने कमरे में चली गई।

नूरा उसके पीछे दौड़ी, "आज अपना चिराग़ याद आ रहा है तुम्हें और उस रोज़ नहीं सोचा कि इसके लिए भी कुछ जमा रखूँ जब अपनी चहेती नजमा के

हाउसबोट और डूँगे की मरम्मत में रुपया बहा रही थीं तुम!" सिद्दीक भी पीछे-पीछे वहीं आ गया।

"ठीक नहीं कराती तो क्या करती! उस ग़रीब को बच्चों समेत क्या दरिया में फेंक देती!" बेगम ने पलटकर कहा।

"क्यों उसके घरवाले...उसका खाविन्द नहीं करवा सकता था क्या? अब हम परेशान हैं तो उन्होंने क्या किया? बोलो...जवाब दो...कहाँ है नजमा...क्या कर रहा है कादिर हमारे लिए...बोलो!" मामदा और हाउसबोट का गुस्सा मिलकर एक हो गए थे।

"ख़ामोश...ये ज़बानदराज़ी मुझे बर्दाश्त नहीं है...तू इतनी ख़ुदमुख़्तार हो गई है कि मुझसे जवाब माँगे!"

"हाँ माँगूँगी...क्यों नहीं माँगूँ जवाब? हाउसबोट हमारा भी है। घर है हमारा ये। जवाब देना होगा तुम्हें।" और तभी नूरा के गाल पर बेगम का एक करारा तमाचा आ पड़ा।

नूरा के आँसू निकल आए। रुँधे गले से वो चीखी, "बेच दो...बेच दो...सब कुछ बेच दो...ये डूँगा भी बेच दो।"

"डूँगा कैसे बेचेगी...फिर हम रहेंगे कहाँ!" सिद्दीक कमरे में दाख़िल हो चुका था।

"क्यों हमारे लिए है ना वो मुर्गियों का दड़बा घाट पर...उसी में रखेगी हमें... मुर्गियों को ज़िबह कर देगी। और इसे तो इसकी लाडली नजमा अपने डूँगे में जगह दे ही देगी।"

"होश रख...क्या बक रही है...," बेगम की बात जारी थी मगर नूरा पाँव पटखती हुई डूँगे से बाहर चल दी। सारा-का-सारा डूँगा डोल गया।

"कहाँ जा रही है इतनी रात में...ख़बरदार जो डूँगे से बाहर क़दम रखा तो..." पर नूरा बाहर जा चुकी थी।

सिद्दीक की नज़र लगातार बेगम के चेहरे पर थी, "तुम्हें खालका से एक बार पूछना तो चाहिए..."

बेगम की भौहे चढ़ गईं, "तुम फिर वही..."

"क्यों, नब जू का डूँगा बेचना था तो खालका भी फ़ैसला ले सकता था पर नहीं...उसने ऐसा नहीं किया। वो लौटा...तुम्हारे पास आया...तुमने जब कहा तब ही वो डूँगा बिका। ठीक नहीं कर रही हो तुम।"

"अपनी नसीहतें अपने पास रखो...तुम्हें बार-बार क्यों याद दिलाना पड़ता है कि ये मेरा घर है मेरा...हाउसबोट भी मेरा है। मैं जो ठीक समझूँगी करूँगी। तुम्हारी

राय की...सलाह की...कोई ज़रूरत नहीं है मुझे। तुम यहाँ...मेरे घर में रहना चाहते हो तो रहो वर्ना चले जाओ यहाँ से...कम-से-कम इस वक़्त तो डूँगे से बाहर जा ही सकते हो। कोई भालू नहीं है बाहर।"

"भालू! भालू ने तो मुझे उसी दिन काट खाया था जिस दिन मैं यहाँ आया था।" वो कमरे से बाहर जाने के लिए मुड़ा कि तभी खालका की कमज़ोर खाँसी की आवाज़ सुनाई दी। उसने पलटकर खालका को देखा। फिर बेगम से बोला, "अभी भी चाहो तो बात कर लो उससे।"

"तुम उसकी फ़िक्र न करो। वो दरिया से भी गहरा है। सुनकर सब हज़्म कर लेता है। जवाब में एक लफ़्ज़ नहीं फूटता। खाँसी सुनी ना तुमने...तो सुन लिया है उसने सब कुछ।"

तभी अचानक सिद्दीक का दिमाग दौड़ा, "इस काम में कादिर तुम्हारे साथ होगा...क्या इसीलिए वो आया हुआ है आजकल?

"क्या! हमारे हाउसबोट से कादिर का क्या लेना-देना!"

"तो कौन मदद कर रहा है बिकवाने में? कादिर नहीं है तो फिर कौन है?"

"मुझसे जवाब माँग रहे हो...अब तुम भी!" उत्तेजित स्वर में बेगम बोली।

"जवाब नहीं माँग रहा हूँ...पूछ रहा हूँ।"

"किस हक से?"

"ख़ून दिया है मैंने इस घर को...इस हाउसबोट को...उसी हक से पूछ रहा हूँ। आज मैं चुप नहीं रहूँगा। पूछूँगा भी और राय भी दूँगा...देखता हूँ कौन रोकता है मुझे। कहती हो चले जाओ...क्यों चला जाऊँ..."

"सिद्दीक!"

"ज़र ख़रीद गुलाम नहीं हूँ तुम्हारा कि कहोगी चला जा तो चला जाऊँगा। नहीं जाऊँगा यहाँ से...कभी नहीं जाऊँगा...," कहते हुए सिद्दीक भी लम्बे-लम्बे दमदार डग भरते हुए बावर्चीख़ाने की तरफ़ चला तो डूँगा इतना हिल गया कि खड़े-खड़े बेगम भी हिल गई। उसने पास की दीवार को थाम लिया। इस सर्दी में उसके दिल से धुँआ-सा निकलने लगा। अब ये हाल है कि नूरा पाँव पटखती बाहर चली गई और सिद्दीक मेरे कहने के बावजूद नहीं गया। ये सीनाज़ोरी नहीं तो और क्या है? मुझे जल्द से जल्द ये हाउसबोट बेच कर रुपये सँभाल लेने चाहिए। ज़माना ऐसा ही है। गाँठ में पैसा न हो तो इनसान की कोई वक़त ही नहीं। बेगम बावर्चीख़ाने की तरफ़ चली। दरवाज़े पर पहुँच कर सँभली आवाज़ में बोली, "कल सुबह वो लोग आ रहे हैं। हाउसबोट के सामान की नीलामी होगी। मुझे सुबह कोई फ़साद नहीं चाहिए।"

"सही बात तुम्हें हमेशा फ़साद लगती है। खालका की बीमारी का फ़ायदा उठाकर तुम मनमानी कर रही हो। सब जानते हैं जब तुम अपनी पर आ जाती हो तो जो सोचती हो करके ही रहती हो। हाउसबोट बेचोगी तो ख़ानदान की तबाही पक्की है। सुन लो...।"

"सुन लिया है कई बार...तुम भी कान खोलकर सुनो कि कल सामान की नीलामी होगी।"

"सीधे-सीधे क्यों नहीं कहतीं कि कल बंड के सारे हाँजियों के सामने ख़ानदान का जनाज़ा उठवा रही हो।"

"जनाज़ा जब उठेगा तब उठेगा...वो मैं देख लूँगी। तुम अपनी ज़ुबान को लगाम दो...वर्ना..."

"वर्ना क्या! क्या कर लेगा कोई मेरा! ज़ुबान को लगाम देने का वक़्त नहीं... फ़ातिहा पढ़ने का वक़्त है ये...वही पढ़ने जा रहा हूँ।"

बेगम आग बबूला हो चुकी थी। उसने आग उगलती ख़ामोश निगाहों से सिद्दीक को ठहरकर देखा और अपने कमरे में लौट आई।

अगले दिन सुबह तीन लोग आए और हाउसबोट का सारा सामान ले गए। बेगम उनके साथ थी जबकि नूरा और सिद्दीक घाट से ये सब देख रहे थे। सामान इतना पुराना, बदरंग और फटा-उधड़ा था कि उसकी नीलामी लगाने के बजाय उसे एक बहच के ज़रिए यहाँ से ले जाया गया। खाली हाउसबोट से निकलते हुए सौदागर ये ज़रूर कह गए थे कि कल सुबह ठेकेदार के साथ वो चार-पाँच बढ़ई भेजेंगे जो एक-एक कर हाउसबोट की खिड़कियाँ-दरवाज़े और सारे फट्टे अलग कर यहाँ से ले जाएँगे।

उनके जाने के बाद बेगम आदतन मुड़ी और हाउसबोट के दरवाज़े पर ताला लगाने के लिए क़दम उठाया। अगले ही लम्हा ज़हन में कौंधा कि अब ताला किस लिए! कोई क्या ले जाएगा यहाँ से? वैसे भी एक रात की बात है बस। उसका मन भारी हो गया और क़दम भी मन का पूरा साथ देने की ठान बैठे। जैसे-तैसे वो ख़ुद को दरवाज़े तक लाई और दरवाज़ा खोल कर अन्दर देखा। निगाह दूर-दूर तक गई। सब जगह खालीपन का सन्नाटा बोल रहा था। इधर-उधर कुछ बेकार कागज़ के टुकड़े, गलीचों के नीचे की धूल-मिट्टी, बिस्तरों के नीचे से निकली मटमैली रुई के फाए-से थे। वीराने में ये कूड़ा और चमक रहा था। उसकी आँखें भीग गईं।

तभी सामने एक कुर्सी पर बैठा ख़ान नज़र आया। ख़ान के साथ वो ख़ुद सामने गलीचे पर बैठी तकियों के गिलाफ़ बदल रही थी। ख़ान ने कुछ कहा। ऐसे जैसे कोई किताब पढ़ रहा हो। एक शेर था जिसका सिर्फ़ एक ही शब्द याद रह पाया था उसे—'हमीनस्तो'। खान कह रहा था कि ज़मीन पर अगर कहीं जन्नत है तो यहीं है...कश्मीर में। कितनी अलहदा, अजब और प्यारी-सी बातें करता था वो। ऐसी जो उसने कभी सुनी ही नहीं होती थीं। वो कह रही थी, "कश्मीर तो सभी कश्मीरियों के लिए जन्नत है पर मेरी जन्नत तो दरिया में खड़ा मेरा ये हाउसबोट है—'गुले यासमीन'।" ख़ान हँसा और बोला था, "वाह बेगम!... महजूर से कम नहीं हो तुम!"

तभी यक-ब-यक बेगम ग़मगीन-सी नज़र आई थी। "क्या हुआ बेगम?"

"कभी-कभी सोचती हूँ...हाथ खुला होना भी कितना ज़रूरी होता है।"

"मतलब?"

"मतलब हाथ में कुछ पैसे हों तो ज़िन्दगी में सुकून-सा रहता है। घर भी अच्छा लगता है...और वो...क्या कहते हो...जन्नत...जन्नत भी जन्नत लगती है! वर्ना..."

"अरे इतना मत सोचो...आज ज़रा तंगी है पर कल थोड़ी रहेगी। देश आज़ाद हो जाएगा तो क़िस्मत बदल जाएगी। इस हाउसबोट में फिर सैलानी ही सैलानी होंगे।"

बेगम का चेहरा खिल उठा था, "जी चाहता है...इस बात पर तुम्हारा माथा चूम लूँ।"

ख़ान ज़ोर से हँसा था, "तुम भी बेगम...बस...एक पल में अफ़सुर्दा होना और अगले पल खिल उठना कोई तुम से सीखे! अल्लाताला ने तुम्हें एक ख़ास अलहदा पीस की तरह बनाया होगा। इसमें का दूसरा नहीं हो सकता!"

ये कहकर ख़ान और ज़ोर से हँसा था मगर बेगम की हँसी उसकी हँसी को मात दे रही थी। हाउसबोट की दीवारों से टकरा कर वो हँसी दरिया के भँवर की तरह गोल घूम रही थी। घूमती चली गई थी।

आगे बढ़ने की हिम्मत नहीं हुई तो उसने दरवाज़ा बन्द कर दिया और डूँगे में चली आई। अपने कमरे में आकर हाथ में पकड़ा ताला उसने ताक पर रखा और खालका पर नज़र डाली। वो कुछ बड़बड़ा रहा था, बेजान-सी आवाज़ में मानो ख़ुद को कुछ याद दिला रहा हो। शायद अपना होना ही!

बेगम की नम आँखों से दो बूँद आँसू लुढ़क कर उसके गाल से होते हुए फेरन पर गिरे और फ़ौरन वहाँ जज़्ब हो गए। डूँगे की दीवार से सट कर धीरे-धीरे वो नीचे बैठ गई। गर्दन-मोड़कर खालका को देखा, "कुछ नहीं बचा...सब चला

गया...खाली रह गया हमारा हाउसबोट!" उसने अपना सिर दीवार से टेक दिया। किससे कह रही है वो! फ़िज़ूल है सब...फ़िज़ूल!

अपने भीतर की ख़ला आज बेगम ने पहली बार आँखों से देखी थी। अपने सामने, हाउसबोट के वीराने में। 'या ख़ुदा ज़िन्दगी ने मेरे हिस्से में मुख़्तलिफ़-मुख़्तलिफ़ किस्म के ये वीराने ही क्यों रखे! वक़्त-वक़्त पर जिन्हें वो सामने कर देती है।' बचपन में माँ एक वीराना देकर कर चली गई। फिर सारी ज़िन्दगी वो माँ के नाम पर उसके हरे फेरन के रंग को थामे बैठी रही। मन के दरिया में वो हरा फेरन लगातार तैरता रहा अपना दामन फैलाए।

फिर खालका मिला जिसने कोहेशीन[1] जैसे सर्द वीराने में लाकर छोड़ दिया। लौटकर आया भी तो ये नामुराद बीमारी लेकर। जाने साल सात इतने बड़े शहर में क्या पत्थर ढोए थे! जैसा खाली जेब गया था वैसा ही लौटा। उन सालों की कमाई आख़िर क्या हुई? क्या सारी कमाई उन औरतों पर उड़ा दी? जाने एक थी या ज़्यादा! जिसने अपनी बीवी को कभी एक कनवाज तक लाकर नहीं दी उस शख़्स ने इतने सालों की कमाई कैसे उड़ाई होगी उन औरतों पर! जानना चाहते हुए भी उसने कभी पूछा नहीं ये खालका से। उसकी ख़ुद्दारी हमेशा बाँह थाम पीछे खींच लेती थी। कलकत्ता का नाम ज़ुबान पर लेना भी ज़हर लगता था।

फिर एक लम्बा इन्तज़ार किसी का। कभी उस शख़्स का, कभी उसके ख़त का। और अब ये एक और वीराना। कभी जो हाउसबोट उसका मुस्तकबिल था आज वीराना बनकर खड़ा है। वीरानों के दलदल में धँसती चली जा रही है वो। बस! अब बहुत हुआ औलिया...अब रहम हो। उसकी किश्ती को इस आँधी से... इस दलदल से बाहर निकाल लो। किसी भी तरह! कुछ भी करके!

नूरा की नज़र घाट से सीधी हाउसबोट पर थी। एक पेड़ के तने के सहारे खड़ी वो कभी अपने नाख़ून चबा रही थी तो कभी पेड़ की पत्तियों के महीन से महीन टुकड़े कर ज़मीन पर फेंकती जा रही थी। हाउसबोट का सारा सामान जा चुका था और ले जाने वाले भी। बेगम को हाउसबोट के दरवाज़े पर खड़े होकर अन्दर का जायजा लेते हुए देखा तो मन-ही-मन चीख पड़ी—'देख ले...कुछ नहीं बचा वहाँ...पड़ गई कलेजे में ठंडक!' और अपनी आँखों की कोरों में दो अदद बूँदें थामे उसने मुँह फेर लिया। वो घाट से भी कहीं दूर चली गई।

जब लौटी तो दोपहर सिर पर थी। डूँगे में गई। खालका को थोड़ा खरोड़ों का

---

1. **कोहेशीन**— बर्फ़ का पहाड़।

शोरबा पिलाया। पानी का गिलास ताक पर रख रही थी कि ताले पर नज़र गई। हाउसबोट का ताला यहाँ! तभी ख़याल आया कि इसका भी अब वहाँ क्या काम! दर-ब-दर हो गया है ये भी अब। उसका गला फिर रुँध गया। उसने खालका के मैले कपड़े, मैली चद्दरें वग़ैरह उठाईं और घाट पर धोने चली। कपड़े उसने इतना पटख-पटख कर धोए कि कपड़े तो कपड़े घाट के पत्थर भी परेशान हो उठे। उसका जी चाह रहा था कि आज बस इस मैल को धोती जाए...धोती जाए... धोती चली जाए!

कपड़े सुखाए और फिर कहीं चली गई। सिद्दीक ने दो बार खाना खाने के लिए कहा था पर कोई जवाब न मिला तो वो भी कन्धे उचकाता अन्दर चला गया था। अब जब बाहर आया तो कपड़े तो सूखते मिले मगर नूरा का अता-पता नहीं था—'ये हो क्या रहा है इस घर में? न माँ घर में टिकती है न बेटी! माँ फिर समझदार है खाना तो खा लेती है पर ये बेटी...ये तो आला दर्जे की बेवकूफ़ है। अब ज़िद्दी भी हो गई है। मैं सुबह-शाम इनके लिए चूल्हे पर हाँडी चढ़ाता हूँ और उसमें कड़छियाँ चलाता रहता हूँ। अरे नहीं खाना तो बता तो सकते हैं! आज शाम के लिए कुछ नहीं बनाऊँगा। खाएँ बैठ कर यही बचाख़ुचा...हँह!'

शाम आई भी और चली भी गई। नूरा का इन्तज़ार तो अब रात ही कर रही थी। दरिया के पानी पर दूर से आती लैम्पपोस्टों की रोशनी परत बनकर तैर रही थी। उस परत पर ख़ामोशी की एक चादर भी बिछ गई थी। हवा जाने क्यों सुस्त थी और लहरें अफ़सुर्दा!

बेगम नूरा को लेकर भी मन-ही-मन परेशान थी। जाने कहाँ होगी! कुछ खाया भी होगा या नहीं! किससे पूछे? सिद्दीक के सामने वो चेहरे की सख़्ती को ज़रा-भी ढील नहीं देना चाहती थी। उसके कान घाट से डूँगे पर आने वाले तख़्ते पर लगे हुए थे। बीच-बीच में खिड़की का पल्ला ज़रा-सा खोल कर घाट के अँधेरे में भी झाँक लेती थी।

सिद्दीक ने खाना खा लिया था। अब वो हाँडी में बचा हुआ भात और एक कटोरे में खरोड़े और उनका शोरबा लिए बैठा नूरा का इन्तज़ार कर रहा था। कभी सोचता सब एक तरफ़ रख अपनी लोई ओढ़े और सो जाए तानकर। कभी सोचता बेगम ने तो मुँह मोड़ ही लिया है नूरा से अब वो भी नहीं पूछेगा खाने को तो मर जाएगी बेचारी भूखी। ज़्यादती तो उसके साथ भी हो ही रही है। परेशान होगी, क्या करे ग़रीब!

तभी उसने अपनी लोई ओढ़ी और काँगड़ी लेकर एक कोने में बैठ गया। दस-पन्द्रह मिनट ही बीते होंगे कि उठ खड़ा हुआ, 'रात हो चुकी है। सब घाट भी

सुनसान हो चुके होंगे। ये गई कहाँ? बेगम भी अजीब माँ है। सो गई होगी काँगड़ी लेकर। बेटी की फ़िक्र ही नहीं। मैं भी सो जाऊँगा तो उसे ढूँढ़ेगा कौन? आज खालका ठीक होता तो ये मनहूस घड़ी ही न देखनी पड़ती। उसके मुझ पर बहुत एहसान हैं। उस आड़े वक़्त में जब अपने रिश्तेदारों से बद्ज़न हो गया था, खालका ने ही मुझे आसरा दिया। अपने सगे की तरह ही रखा मुझे। ये उसका अपनापन और भलमनसियत ही थी कि मैं इतना वक़्त यहाँ आराम से रहा। आज खालका की बेटी मुसीबत में है तो मुझे भी अपना फ़र्ज़ निभाना होगा।'

वो डूँगे से बाहर निकला। घाट पर आया। कहीं वो बाँध पर तो नहीं बैठी? अब बाँध की तरफ़ चला। चलते-चलते काफ़ी दूर निकल गया। उस सुनसान सर्द रात में वो फेरन पर टोपी लगाए ऊनी चादर ओढ़े अकेला चला जा रहा था। फिर सोचा आस-पास के कुछ घाट और देख जाऊँ। सब जगह हवा से उलझता ख़ामोश अँधेरा मिला। हारकर वापस चल दिया। अपने घाट पर पहुँचा तो हाउसबोट पर नज़र गई। वो भी अँधेरे में डूबा था। आज के बाद तो ये हाउसबोट हमेशा-हमेशा के लिए अँधेरे की नज़र हो जाएगा।

अचानक उसके पाँव ठिठक गए। कहीं नूरा हाउसबोट में तो नहीं? उसकी आँखों में ऐसी चमक आ गई मानो नूरा मिल ही गई हो। वो हाउसबोट की तरफ़ चला। रास्ते में रुक गया। देखेगा कैसे? हाउसबोट में तो झील से भी गहरा अँधेरा होगा। वो डूँगे की तरफ़ मुड़ गया। धीमे बेआवाज़ क़दमों से बावर्चीख़ाने में गया। लालटेन उठाई और हाउसबोट की तरफ़ लौटा।

दरवाज़ा खोलकर अन्दर पहुँचा। लालटेन की रोशनी यहाँ-वहाँ डालकर देखा तो उसका चेहरा खिल उठा। नूरा वहीं थी। फिर यकायक अपनी खुशी पर उसे ताज्जुब-सा हुआ। नूरा को लेकर वो इतना फ़िक्रमन्द आख़िर क्यों था! ये ख़याल ज़हन में चल ही रहा था कि ठीक उसी पल वो उदास हो गया। इस सर्द रात में भूखे पेट वो यहाँ हाउसबोट के नंगे फ़र्श पर गर्द में पड़ी सो रही थी। वो नीचे बैठा और नूरा की बाँह हिलाकर जगाने की कोशिश की, "नूरा...नूरा...उठ...यहाँ क्यों सो रही है...इतनी ठंड में...नूरा...सुन...नूरा... ।"

नूरा घबराकर एक झटके से उठ बैठी। सामने सिद्दीक था। फिर चारों तरफ़ नज़र दौड़ा कर देखा। अपनी आँखें मलीं और पीछे होकर टेक लगाकर बैठ गई, "हाँ...क्या हुआ?"

सिद्दीक की निगाह उसके चेहरे पर टिकी हुई थी। आँखें सूजी हुई-सी थीं। शायद बहुत रोने से। क्या ख़बर रोते-रोते ही सो गई हो बेचारी ज़मीन पर, "चल... डूँगे में चल।"

"क्यों?"

"अरे! यहाँ अकेले क्या करेगी? न ओढ़ने को कुछ है, न बिछाने को!" नूरा ने कोई जवाब न दिया, "नूरा...मेरी बात सुन...डूँगे में चल कर सो जा।" वो ख़ामोश ही रही, नज़रें ज़मीन पर टिकाए। "नूरा...मान जा...चल कुछ खाले...चल...तेरे लिए खरोड़े रखे हैं...चल।" कहते हुए सिद्दीक ने उसकी बाँह थाम कर उठने का इशारा दिया। नूरा ने अपनी बाँह वापस खींच ली, "नहीं जाना मुझे कहीं भी।"

"अरे चल खाना तो खा ले..."

"तू जा, मुझे नहीं खाना कुछ भी...तू जा सो जा।"

"अच्छा मत खाना...मगर डूँगे में तो चल। अपने बिस्तर में सो चलकर...उठ।"

"कहा ना...तू जा...मुझे यहीं रहना है।"

"यहाँ? इस रात में? ठंड है यहाँ..."

"होने दे...मुझे नहीं जाना कहीं।" वो ज़िद्द पर अड़ी थी।

"मगर क्यों?" सिद्दीक की आवाज़ में परेशानी उभरी।

"क्योंकि मुझे यहीं रहना है।"

"यहाँ क्यों रहना है?"

"क्योंकि आज रात के बाद...," वो अपना जुमला भी पूरा नहीं कर पाई थी कि फफक कर रो पड़ी।

सिद्दीक ज़मीन पर बैठ गया। वो समझ ही न पा रहा था कि क्या करे-क्या बोले! बैठा देखता रहा और नूरा घुटनों में मुँह छिपाए रोती रही। थोड़ी देर बाद उसने अपना सिर उठाया। हथेलियों और फिर फेरन के अस्तीनों से चेहरा पोंछा, "सिद्दीक...मैंने कहा ना तू जा यहाँ से।"

"तुझे ऐसे...यहाँ रात के अँधेरे में अकेला छोड़कर? रोते हुए?" उसने कहा तो उसकी आवाज़ में दुख भरी नरमी थी। आवाज़ के इस अपनेपन ने नूरा को छुआ तो उसका गला रुँध गया, "फिर क्या करूँ? बता तू क्या करूँ? क्या कर सकती हूँ मैं...अपना ये...ये...हाउसबोट...अपना घर बचाने के लिए? अब्बा भी मेरी बात नहीं सुनते अब। बता फिर...", नूरा फिर सिसकने लगी।

"वो बेचारा...ख़ुद ही लाचार है...उसके हाथ में...क्या कहूँ...अल्लाताला को जो मंज़ूर हो!" कहकर सिद्दीक और ज़्यादा परेशान हो गया।

"सिद्दीक...मेरी बात मान...तू जा यहाँ से...आज रात मैं यहीं रहूँगी।" रोना सँभालते हुए कहा नूरा ने।

"और फिर?"

"फिर...फिर पता नहीं।"

"मतलब?"

नूरा ने कोई जवाब नहीं दिया तो सिद्दीक ने अपना सवाल दोहरा दिया, "क्या मतलब है तेरा?"

"क्या बताऊँ...मुझे ख़ुद भी नहीं पता।"

"तू क्या कह रही है नूरा...आख़िर कहना क्या चाहती है।" सिद्दीक की परेशानी पर उलझन हावी होने लगी थी।

"मैं कुछ कहना नहीं चाहती। मेरे चाहने से होता क्या है! क्या होगा...बता? तू जा मैं आज यहीं सोऊँगी और कल..."

"हाँ बोल ना...कल क्या? क्या कल?"

"कल चली जाऊँगी।"

"कहाँ?" सिद्दीक की आवाज़ अचानक कुछ ज़्यादा ही संजीदा हो गई।

"पता नहीं...कहीं भी...," नूरा ख़ुद भी उलझी हुई थी इसलिए इन बातों से किसी तरह अपना पीछा छुड़ाना चाहती थी।

"कहीं भी? कहीं भी...कहाँ? क्या चल रहा है तेरे दिमाग में...बता नूरा।"

"कुछ नहीं चल रहा मेरे दिमाग में। मेरा दिमाग...मेरा दिमाग सुन्न हो चुका है। मुझे कुछ समझ नहीं आ रहा। मैं चाहती हूँ कि बस...बस...यहाँ से चली जाऊँ कहीं...कहीं भी...मैं अपने घर को टूटता...ख़त्म होता नहीं देख सकती। मैं इसके बिना नहीं रह सकती। जब ये नहीं रहेगा तो मैं भी क्यों रहूँ यहाँ? बता... क्यों रहूँ यहाँ?"

"डूँगा तेरा घर नहीं है?" सिद्दीक ने पूछा।

"है," तपाक से बोली नूरा, "मगर डूँगे में रहते हुए मैं एक मिनट को भी नहीं भूल पाऊँगी कि मेरा हाउसबोट...," आगे वो बोल न सकी। दो लम्हा हाउसबोट में ख़ामोशी के गुबार बहते रहे। फिर नूरा बोली, "कल वो लोग हथौड़े मार-मार कर इसे तोड़ेंगे। घर तोड़ देंगे मेरा! इसके अंजर-पंजर अलग कर देंगे। कैसे देखूँगी मैं...बता!"

"तेरी ये बात तो ठीक है...मैं समझ रहा हूँ...पर कहीं जा थोड़ी सकती है... कैसे चली जाएगी अकेले...आख़िर कहाँ?"

"क्यों? क्यों नहीं जा सकती मैं? मुझे यहाँ नहीं रहना है तो यहाँ से तो जाऊँगी ही ना।"

"अकेले?"

"क्या मतलब...अरे अकेले नहीं जाऊँगी तो क्या...वो...वो मलकुल मौत चलेगा मेरे साथ? या तू चलेगा? बोल।" सिद्दीक को सीधे देखते हुए कहा नूरा ने।

सिद्दीक ने ठहरकर नूरा की सूजी नम आँखों में देखा जहाँ आँसू अभी भी तैर रहे थे। तभी नूरा ने उसकी नीची भारी आवाज़ में सुना, "हाँ...मैं...मैं चलूँगा तेरे साथ।"

"देख ये मजाक का वक़्त नहीं है।"

"मजाक नहीं कर रहा हूँ मैं।" सिद्दीक ने कहा तो नूरा ने उसे ठहरकर देखा। "मैं चलूँगा तेरे साथ...अकेले नहीं जाने दूँगा तुझे।"

"तू जानता है क्या कह रहा है?"

"अरे! कहा ना तू अकेली कहीं नहीं जाएगी। मैं चलूँगा तेरे साथ।"

"तू चलेगा?"

"हाँ चलूँगा।"

"कहाँ?"

"जहाँ तू कहेगी।"

"और फिर अचानक रास्ते में कहीं...?"

"नहीं नूरा...मैं तेरे साथ चलूँगा...और तेरे साथ ही रहूँगा।"

नूरा दो पल ख़ामोश रही फिर बोली, "और ये...ये घर...ये डूँगा छोड़ देगा?"

"यहाँ रखा क्या है अब! हाउसबोट लकड़ी के दाम बिक जाएगा! सैलानियों का अता-पता नहीं है...तो यहाँ अब मुस्तकबिल क्या है! सिफ़र...फिर बेगम की मनमर्ज़ियाँ कोई कब तक सह सकता है। कल को जी चाहेगा तो डूँगा बेचने खड़ी हो जाएगी। तब भी तो मुझे जाना ही होगा कहीं। मुझे तो वैसे भी वो अब रखना नहीं चाहती है।"

"और अब्बा?"

"वो जब तक है उसे तो बेगम देख ही लेगी। उनकी तू फ़िक्र न कर। वैसे वो भी अब..."

"क्या?"

"कहूँगा तो फिर रोने लगेगी।"

"नहीं...बोल...नहीं रोऊँगी।"

"उसे भी अब टूटता हाउसबोट ही समझ।"

नूरा की आँखों से आँसुओं की झड़ी बह चली। सिद्दीक ने उसकी बाँह पर हाथ रखकर थपथपा दिया। नूरा ख़ामोश रही। फिर ज़रा सम्भली तो बोली, "मैं कल सूरज के उगते ही यहाँ से चले जाना चाहती हूँ। तू साथ चलेगा फिर?"

सिद्दीक कहीं खोया हुआ था तो नूरा ने उसकी बाँह झकझोरी, "चुप क्यों है? बदल गया?"

"हैं?" सिद्दीक मानो नींद से जागा हो। "नहीं...वो बेगम..."

"बेगम? क्या बेगम! उसे कोई फ़र्क नहीं पड़ेगा। दो फ़र्द कम हो जाएँगे तो रुपया बचेगा। मैं उसके लिए कभी थी ही नहीं...उसका जहाँ तो बस नजमा है...नजमा। खुश रहेंगी दोनों। तू अपना बता।" नूरा ने तंज़ भरी आवाज़ में पूछा।

सिद्दीक की निगाहें नूरा के चेहरे पर थीं पर दिमाग़ कहीं और। तभी उसने सुना "कितनी बार पूछूँ कल सुबह मुँह अँधेरे मेरे साथ चलना है या...या मैं चली जाऊँ?"

"नहीं...मैंने ख़ुद ही तो कहा है कि मैं चलूँगा तेरे साथ...तो फिर बार-बार पूछना क्या!"

नूरा ने हाथ बढ़ा दिया, "तो ठीक है। जा फिर तू अभी।"

सिद्दीक ने फ़ौरन उसका बढ़ा हुआ हाथ थाम लिया, "नहीं-...तू भी चल।"

"मैं सुबह तुझे घाट पर मिलूँगी।"

"नहीं, बेवकूफ़ी मत कर। डूँगे पर चल। पहले खाना खा ले।"

"मुझे भूख नहीं है...बिल्कुल मन नहीं है...ख़ुदा क़सम।"

"फिर भी चल...खाना खा...बेगम देख ले कि तू आ गई। वर्ना उसने कहीं रात को तुझे ढूँढ़ना शुरू किया...और तू यहाँ सोती मिली तो?"

नूरा ने ख़ामोश रहकर सिद्दीक के चेहरे पर ग़ौर किया। उसने कभी सिद्दीक को इतनी समझ की बातें करते नहीं देखा था। वो बोली, "शायद ठीक कहता है तू। अभी मुझे डूँगे में जाकर ही सोना चाहिए। सुबह मुर्गे की पहली बाँग के साथ मैं तुझे जगा दूँगी।"

"ठीक है...तू पहले निकलना...घाट पर पहुँचना और बंड से दाईं तरफ़ चलना। मैं तीन-चार मिनट बाद आऊँगा। साथ निकलेंगे तो बेगम को कहीं कोई शक..."

"ठीक है। पहले मैं ही निकलूँगी," कहते हुए वो उठ खड़ी हुई। सिद्दीक भी लालटेन उठाकर खड़ा हो गया। नूरा दरवाज़े की तरफ़ चली तो उसने सुना, "सुन...कुछ कपड़े साथ रख लेना।"

उसने पलटकर देखा, "कपड़े?"

"हाँ काम आएँगे।" नूरा ने सुना तो हामी भरते हुए सिर हिला दिया फिर नूरा आगे और सिद्दीक पीछे-पीछे डूँगे की तरफ़ चल दिए।

वो सर्द रात नूरा और सिद्दीक ने किसी तरह झपकियों के सहारे काटी। इन झपकियों के बीच के वक़्फे में सिद्दीक ने तय किया कि पहले नूरा नहीं पहले वो ख़ुद निकलेगा। लालटेन के सहारे उसने अपना ट्रंक खखोला। रात को ही कपड़े

बदल कर सुबह के लिए तैयार हुआ। कुछ कपड़े एक बड़े थैले में डाले और नूरा से काफ़ी पहले आहिस्ता-आहिस्ता बाहर आ गया। डूँगे के दरवाज़े पर होशियारी से नज़र रख एक पेड़ की ओट में खड़ा हो गया।

मन-ही-मन वो कुछ घबरा भी रहा था। वो जो कुछ भी करने जा रहा था कुछ-कुछ तो समझ पा रहा था पर बाकी अँधेरे और रोशनी की धुंध से घिरा था, घाट की तरह। पर इन सबके साथ-साथ उसके अन्दर कुछ ऐसे अजब एहसासों की क़दमताल सुनाई दे रही थी जो उसके लिए लगभग अजनबी थे। जिन्हें वो पहचानना, समझना, नाम देना चाहता था पर हालात मोहलत देते, तब ना!

अभी मुर्गे ने पहली बाँग भी न दी थी कि नूरा ने भी अपने सिर पर शाल लपेटा, कपड़ों की एक गठरी उठाई और धड़कते दिल को सँभालते हुए बाहर आ गई। घाट पर अँधेरे का झुटपुटा-सा था। लगभग पूरा घाट रात के रंग में रँगा हुआ था। उसके स्याह पत्थरों और पेड़ों की फुनगियों पर हल्की-हल्की रोशनी की धुंध का एहसास मँडरा रहा था। सिद्दीक ने नूरा को आते देखा तो सामने आया। उसके हाथ से कपड़ों की गठरी लेकर बगल में दबाई। नूरा का हाथ थामा और ख़ामोशी से उसे बंड की तरफ़ ले चला।

घाट पर कुछ क़दम चलने के बाद सिद्दीक ने पेड़ की एक लम्बी शाख गिरी देखी तो नूरा को इशारा किया, "उठा ले।"

नूरा ने हैरानी से उसे देखा तो वो बोला, "कह रहा हूँ ना...उठा ले...अँधेरे में कुत्ते पीछे लग लेंगे...तब काम आएगी।"

नूरा ने फ़ौरन झुककर पेड़ की वो शाख उठा ली। घाट के दूसरे सिरे पर पहुँच कर नूरा रुकी तो सिद्दीक भी एक झटके से ठहर गया। नूरा पलटी और नज़र भर कर हाउसबोट को देखा। सिद्दीक ने उसके हाथ को खींचकर चलने का इशारा दिया तो वो धीमी आवाज़ में बोली, "बस...आख़िरी बार!" 'गुले यासमीन' की वो रात के रंग में रँगी धुँधली-सी तस्वीर उसने आँखों के रास्ते जज़्ब कर लेनी चाही। फिर पलकें बन्द कीं, एक लम्बी साँस खींचकर आहिस्ता-आहिस्ता छोड़ी और मुड़कर सिद्दीक के साथ चल दी।

ज़रा आगे बढ़कर नूरा ने आहिस्ता से सिद्दीक के हाथ से अपना हाथ खींच लिया और दो क़दम आगे बढ़ गई। क़दम वो तेजी से उठाती थी पर ज़मीन पर उसे जमाने में ज़रा वक़्त लग रहा था। पैरों में पहनी हवाई चप्पल उसकी दिक्कत और बढ़ा रही थी। रात में शायद हल्की-सी बारिश हुई थी। बंड की सतह पर मिट्टी गीली थी।

"नूरा ज़रा सँभल कर...ज़मीन गीली है...फिसल मत जाना।"

नूरा ज़रा धीमे हुई तो सिद्दीक ने आगे बढ़कर फिर उसका हाथ थाम लिया। नूरा ने भी चाल धीमी की और उसके हमक़दम चलने की कोशिश करने लगी।

इस चाल से पैदल चलने में ज़रा वक़्त लगा। सड़क पर पहुँच कर ही दोनों को राहत मिली। लगभग घंटा भर चलने के बाद वो बस अड्डे पहुँचे। वहाँ एक किनारे बैठ कर बस अड्डे के नींद से जागने का इन्तज़ार करने लगे। कुछ वक़्त बाद सूरज की रोशनी के साथ-साथ बस अड्डे पर बसों के क्लीनरों और ड्राइवरों की आवाजाही शुरू हुई जो धीरे-धीरे लगातार बढ़ती चली गई।

"तू बैठ...मैं ज़रा चक्कर लगा कर दो-तीन ड्राइवरों से पता करूँ बसें कहाँ-कहाँ जा रही हैं और टिकट कितने का है।" सिद्दीक बोला तो नूरा ने फेरन की जेब से कुछ रुपये निकाले, "मेरे पास भी कुछ रुपये हैं...थोड़े हैं पर..."

"अभी रख अपने पास...पहले मैं पूछकर आता हूँ। मगर...हमें जाना कहाँ है?" उठते-उठते सिद्दीक दोबारा वहीं बैठ गया।

"कहीं भी। हमारे रुपयों में जहाँ तक की टिकट मिल जाए।" नूरा ने जवाब दिया।

"फिर? जाते ही तो काम मिल नहीं जाएगा...खाएँगे क्या?" सिद्दीक ने पलटकर पास बैठी नूरा के चेहरे की तरफ़ देखते हुए पूछा। दोनों की नज़रें मिलीं पर नूरा ख़ामोश रही। उसके पास इन बातों का जवाब आता भी कहाँ से!

"मैं सोचता हूँ...पर...पर तू मानेगी क्या?"

"क्या? बोल ना।"

"हम कहीं...किसी को जानते भी तो नहीं हैं। काम कैसे ढूँढ़ेंगे? रहेंगे कहाँ?" सिद्दीक के मन में उधेड़-बुन चल रही थी।

"ये सब तो वहाँ पहुँच कर ही सोचेंगे। तू पहले...," नूरा की ये बात सिद्दीक ने शायद सुनी ही नहीं। वो कुछ और ही सोच रहा था, "सुन...मेरी बात माने तो काज़ीगुंड चलते हैं।"

"काज़ीगुंड!"

"वहाँ मेरा एक बचपन का दोस्त रहता है। उसकी शादी वहीं हुई थी। वो अब वहीं...अपने ससुराल में ही रहता है। उसी के पास चलते हैं।"

"काज़ीगुंड कहाँ है? जम्मू में?"

"नहीं...कश्मीर में ही है...मगर यहाँ से बहुत दूर है।"

"तू जानता है उसका घर कहाँ है?"

"मैं कैसे जानूँगा? वहाँ जाकर ढूँढ़ना होगा...बस इतना जानता हूँ कि वहाँ एक मिशनरी स्कूल है...उसी में काम करता है वो...चपरासी है।"

"ठीक है...वहीं...चलते हैं...पर मिल तो जाएगा ना वो?" नूरा ख़ुद को मज़बूती

से सँभाले बैठी थी पर मन-ही-मन घबरा रही थी।

सिद्दीक ने जाकर सारी जानकारियाँ इकट्ठी कीं और थोड़ी देर में आकर बोला, "वो...उस तरफ़ जो खम्भे की तरफ़ मुँह करके खड़ी है वही बस जाएगी पहले...जाने में तो अभी वक़्त है पर तू चाहे तो जाकर बैठ सकती है उसमें। मैं कन्डक्टर के पास जा रहा हूँ...टिकट लेने..."

"सुन रुपये तो ले जा।"

"अभी मेरे पास जितना है उसमें हो जाएगा। ये वहाँ काम आएँगे। चल मैं तुझे बस में बैठा दूँ।"

"वो बैठने देगा?" उठते हुए नूरा बोली।

"हाँ हाँ...मैंने बात कर ली है...मैं टिकट ले तो रहा हूँ।"

नूरा को अपने साथ बस की तरफ़ ले जाते हुए सिद्दीक की गर्दन ज़रा दाएँ को मुड़ी तो नज़र दूर खड़े कादिर पर पड़ी। कादिर उसी को देख रहा था। वो घबरा गया। हड़बड़ा कर नूरा से बोला, "गर्दन मत मोड़ना। कादिर है यहाँ। उसने हमें देख लिया है।"

घबराहट से नूरा की टाँगें काँप गईं। पेट में हौल-सा उठा पर उसने चेहरा पत्थर की तरह रखा, "हैं! या ख़ुदा अब क्या होगा! अच्छा...अच्छा सुन...तू इस बस में चढ़ जा...मैं बसों के पीछे कहीं छुप जाती हूँ। बाद में इसी बस में चढ़ जाऊँगी।"

"मगर तू कहीं खो मत...वो आ रहा है शायद...इसी तरफ़...," सिद्दीक कह ही रहा था कि नूरा तेज़ क़दमों से चलते हुए बसों के पीछे कहीं जा छिपी।

"सिद्दीक...सिद्दीका...ओय...सिद्दीक...," कादिर पुकारते हुए उसी की तरफ़ आ रहा था।

सिद्दीक मुड़ा। उसे देख कर पहले हैरान हुआ फिर मुस्कराया, "अरे! कादिर!"

"तू यहाँ! कैसे?" कादिर ने सीने को और चौड़ा करते हुए पूछा।

"कुछ ख़ास नहीं...वैसे ही।" सिद्दीक ने टालने के अन्दाज़ में ऐसे जवाब दिया जैसे कि बात संजीदा है पर वो बताना नहीं चाहता।

"इतनी सुबह वैसे ही? कौन आता है बस अड्डे...वैसे से?" कादिर उसे ताड़ते हुए बोला।

"तू भी तो यहीं खड़ा है...इतनी सुबह।" सिद्दीक बातें बनाकर उसे टालना चाहता था।

"मेरा दिमाग ख़राब हुआ था क्या जो इतनी सर्दी में वैसे ही यहाँ टहलने आता! वो भी मुँह अँधेरे! मालिक ने फलों की कुछ पेटियाँ भिजवाई हैं जो

जम्मू जानी हैं। बस उन्हीं को एक शख़्स के हवाले करना था। सो कर दिया। अब जाकर तान कर सोऊँगा। पर तू यहाँ क्या कर रहा है? और वो तेरे साथ कौन थी?"

"मेरे साथ?" सिद्दीक ने गर्दन घुमाकर अपने दाएँ-बाएँ नज़र डाली, "मेरे साथ भला कौन होता?"

"अभी तेरे साथ कोई थी...साथ में चल रही थी।"

"होगी कोई...अपनी राह जा रही होगी। मुझसे क्या मतलब! अजीब आदमी है तू!"

कादिर कुछ चकराया, "अच्छा वो छोड़...तूने बताया नहीं तू यहाँ क्यों आया है?" उसे दाल में कुछ काला तो लग ही रहा था।

"मैं? क्या बताऊँ! असल में मेरा कुछ खो गया था। मतलब रुपया...वही ढूँढ़ने आया था।"

"रुपया! क्या मतलब?"

"अब मतलब क्या बताऊँ...रुपया मतलब रुपया...ग्यारह रुपया नकद।" सिद्दीक ने फ़ौरन जवाब दिया।

"ग्यारह रुपया! कब? कैसे? और वो भी यहाँ? यहाँ क्यों? मतलब...," कादिर की उलझन बढ़ती जा रही थी।

"कल...कल शाम यहाँ आया था...तभी...बस तभी खो गए...इसीलिए आया हूँ अब।"

"कल शाम! मगर कल शाम यहाँ क्यों आया था तू? सैलानियों की उम्मीद तुझे अभी भी है?" कादिर ने मुस्कराकर तंज़ के साथ कहा।

"कौन सैलानी...कैसे सैलानी...बस क़िस्मत ले आई थी...शायद रुपये खोने थे इसीलिए...," फ़कीराना अन्दाज़ में बोला सिद्दीक।

"अबे...दिमाग तो ठिकाने है तेरा? और कल शाम को खोये रुपये तुझे अब मिलेंगे?" सिद्दीक की अहमकाना दलील पर कादिर को गुस्सा-सा आ गया, "अब? सुबह!"

अब सिद्दीक तंज़ के साथ मुस्कराया, "अब! अब तो मेरी जेब में हैं वो...ग्यारह रुपया नकद।" कह कर उसने फेरन की जेब में हाथ डाला और मुड़कर उलटी दिशा में चल दिया, "ख़ुदा की ख़ुदाई है! मियाँ पेटियों पर ग़ौर करो तुम! ख़ुदा हाफ़िज़।"

कादिर भौचक्का-सा खड़ा उसे लहराती हुई चाल से जाता देखता रहा। ये वो सिद्दीक था ही नहीं जिसे वो जानता था। उसकी चाल, उसका आत्मविश्वास, उसकी

हाज़िरजवाबी देख वो हैरान था। साफ़-सुथरे कपड़े और आज नाड़ा भी लटकता दिखाई नहीं दे रहा था। उसका माथा ठनका। आख़िर माजरा क्या है? उसने दिमाग पर ज़ोर डाला। सिद्दीक के साथ वाली लड़की उसे पीछे से नूरा जैसी क्यों दिखी थी? और वो गई कहाँ?

अचानक तेज क़दमों से चलता हुआ वो बसों के पीछे, इधर-उधर, सब जगह चक्कर लगाने लगा। पर वहाँ कोई न मिला। क्या उसे चकमा दे गई? मगर अगले पल अन्दर से आवाज़ आई—भला नूरा क्यों होगी यहाँ? बेगम उसके टुकड़े-टुकड़े न कर देती? तो फिर कौन थी वो? और ये सिद्दीक कैसी दीवानों-सी बातें कर रहा था। इसे क्या हुआ? और वो ग्यारह रुपये? वो क्या था? वो ख़ुद बेवकूफ़ है या मुझे बना रहा था? कहीं नूरा और सिद्दीक दोनों मिलकर तो हमें बेवकूफ़ नहीं बना रहे?

इतना ज़्यादा हैरान-परेशान वो ज़िन्दगी में शायद कभी हुआ ही नहीं था। उसने सोचा यहाँ खड़े होकर अटकल लगाने से अच्छा है जाकर पता किया जाए कि नूरा कहाँ हैं! अगर नूरा डूँगे में मिल गई तो किस्सा ख़त्म। और नहीं मिली तो? ये सोचते ही उसका दिमाग भन्ना उठा। लगातार बढ़ती गुस्से की आग ने उसके दिल-जिगर-दिमाग सभी को लपेट लिया था। नहीं मिली तो खालका के ख़ानदान की ईंट-से-ईंट बजा देगा वो। उस बेजान खालका की पिटाई करके कुछ हासिल न हुआ। अब तो वो पिटने लायक भी नहीं बचा। इस बार वो उनके हाउसबोट पर कब्ज़ा कर लेगा। उनके सामने उसे बेच कर दम लेगा और एक कौड़ी भी नहीं देगा उन्हें। समझ क्या रखा है उन्होंने उसे! वो और उसका भाई मिलकर उनकी जान आफ़त में ला देंगे। उन्हें तो क्या उनके पुरखों को भी नहीं बख़्शेंगे। इन्हीं ख़यालों के साथ मुक्केबाज़ी करता वो दरिया की तरफ़ लौट चला।

बेगम ने बहुत देर तक कल रात नूरा का इन्तज़ार किया था। खिड़की के पास बैठी वो जाने क्या-क्या सोचती रही थी। जाने नूरा कहाँ थी पर जब लौटी तो उसकी साँस में साँस आई थी। उसके दोनों कान अपने कमरे से बाहर ही लगे हुए थे। नूरा ने बावर्चीख़ाने में बैठ कर खाना खाया तो बेगम को चैन पड़ गया। बेफ़िक्र होकर उसने काँगड़ी उठाई और उसे अपने पेट से चिपका कर सो गई थी।

सुबह नींद खुली तो सबसे पहले उसे मुर्गियों की बेचैन आवाज़ें सुनाई दीं। रोशनी बता रही थी कि आसमान में बादल नहीं हैं और सूरज अपना चेहरा दरिया के पानी में देख पा रहा है। वो फुर्ती से उठी और बावर्चीख़ाने में झाँका। क्या सिद्दीक

भी आज घोड़े बेच कर सो रहा है जो मुर्गियाँ अभी तक उसे पुकार रही हैं? मगर सिद्दीक दिखाई नहीं दिया तो और हैरानी हुई। बड़बड़ाते हुए उसने मुर्गियों का दड़बा खोला, उन्हें उठाया और घाट पर छोड़ने चली। सिद्दीक घाट पर भी नज़र नहीं आया। कहाँ चला गया आज ये कमबख़्त?

वो अन्दर आई। बावर्चीख़ाने में जाकर समावार को छूकर देखा। वो ठंडा पड़ा था। यानी चाय का इन्तज़ाम किए बिना ही चला गया! ऐसा क्या ज़रूरी काम होगा? तो अब चाय भी उसे ही बनानी होगी! अल्लाह!

वो सोच ही रही थी कि कहाँ से शुरू करे, तभी कोई शिकारा आकर उसके डूँगे से ज़ोर से टकराया। इतना ज़ोर से कि वो जरा घबरा-सी गई। ये टकराना वो टकराना नहीं था जो ख़ुद-ब-ख़ुद हो जाता है। ये टकराना असल में टकराना जैसा भी नहीं था। किसी ने जानबूझकर अपना शिकारा उसके डूँगे से दे मारा था।

कौन होगा? किसकी मजाल? वो दौड़ कर बाहर आई तो देखा शिकारे में चप्पू लिए नजमा खड़ी थी। अकेली नजमा इतनी सुबह यहाँ! उसने ठहरकर उसका चेहरा देखा। आँखों के नीचे बने खसरे के दोनों दाग़ लाल हो चुके थे, दहकते लाल। उसका माथा ठनका। नजमा इतने गुस्से में! मगर क्यों?

"जाग चुकी तुम कि अभी सो रही हो?" नजमा ने तंज़ के साथ कहा।

"क्या हुआ? सुबह इतना जल्दी?" बेगम कुछ समझ पाती तो माकूल जवाब देती।

"सिर पर से पानी निकल चुका और तुम्हें अभी सब जल्दी लग रहा है।" नजमा वैसे ही तन कर खड़ी रही।

"ऐसा क्या हो गया है? तू अन्दर आ पहले।" बेगम को लगा कि हो न हो नजमा तक हाउसबोट का सामान बेच देने की ख़बर पहुँच चुकी है। इसी का ख़तरा था उसे। कादिर ने घर में हंगामा मचाया होगा। अब इसे सवाल-जवाब करने भेजा होगा। क्या ख़बर पीछे-पीछे वो भी आता हो बवाल मचाने!

"फ़िज़ूल बातों का वक़्त नहीं है ये...तुम ये बताओ नूरा कहाँ है?"

इस सवाल की बेगम को हरगिज़ उम्मीद न थी। अब उसके दिमाग ने दूसरी राह पकड़ी। नूरा कल ज़रूर इसके यहाँ गई होगी और सारी चुग़ली कर आई होगी। मगर फिर ये हाउसबोट के बारे में न पूछ कर नूरा के बारे में ही क्यों पूछ रही है? "ये कैसा सवाल हुआ?...कहाँ होगी? सो रही होगी अपने बिस्तर में।"

"दीन दुनिया की कुछ ख़बर रखती हो? तुम इसी मुग़ालते में रहो...जानती हो...तुम्हारी बेटी भाग गई है।"

"क्या बकती है!" कहा बेगम ने पर अगले ही पल तेज़ क़दमों से अन्दर जाकर देखा। नूरा वहाँ नहीं थी। खिसियाती हुई लौटी, "सुबह का वक़्त है...गई

होगी मिसवाक लेने या...या...हाजत के लिए।" बेगम ने कह तो दिया पर दिल की धड़कनें ज़रा तेज़ हो गई थीं। दिमाग में उलझाव-सा हुआ और वो उसे तलाशने घाट की तरफ़ जाने लगी।

"हाजत तो तुम्हें होगी अब! कहाँ चलीं? रहने दो...वहाँ नहीं है वो...अब तक सिरीनगर से भी बाहर जा चुकी होगी।" नजमा की आवाज़ की तल्ख़ी बढ़ती जा रही थी।

बेगम वापस मुड़ी, "तेरा तो दिमाग ख़राब है ही...सुबह-सुबह मेरा भी दिमाग..."

"दिमाग तुम्हारा ठिकाने होता तो वक़्त रहते तुमने हमारी बात मानी होती। कहा था कासिम से निकाह कर दो उसका। अब्बा मान भी गए थे पर तुम्हें हाय-हाय लगी रही। नहीं होने दिया। अब भाग गई वो...वो भी सिद्दीक के साथ।"

"सिद्दीक!" बेगम का दिमाग अब पूरी तरह चकरा गया। सिद्दीक को तो वो वाकई कब से तलाश रही थी। मुर्गियों को दड़बे में और समावार को जैसा का तैसा छोड़कर क्या सिद्दीक भाग गया? नूरा के साथ! और नूरा? वो चली गई सिद्दीक के साथ! कैसे यक़ीन करती!

"पड़ गई अब कलेजे में ठंडक। न मेरा सोचा न नूरा का...बस अपना सोचती रही और अपने मन का करती रही तुम। अब दो जवाब दुनिया को।" नजमा लगातार बोले चली जा रही थी।

बेगम ने फ़ौरन उसकी बात काटी, "तू अन्दर क्यों नहीं आती...अन्दर आकर भी तो बात कर सकती है...लोग सुनेंगे तो..."

"अभी नहीं तो शाम तक तो सुन ही लेंगे। ख़ुद ही कहती हो खलक का हलक भला कोई रोक सका है...तो फिर? किस-किस की ज़ुबान खींचोगी? अभी क्या हुआ...अभी तो बात सोपोर और बारामूला भी पहुँचेगी। नजमा को बैरंग लौटाना तो आसान है...अब सवाल करने वालों को लौटा कर दिखाओ... कादिर ने बस अड्डे से आकर जब मुझे पीटा तब क्या लोगों ने नहीं सुना होगा? उसकी फ़िक्र कब थी तुम्हें जो अब करोगी! मेरी क़िस्मत में तो पिटना ही लिखा है...कभी तुम्हारी वजह से कभी तुम्हारी बेटी की वजह से। ख़ुद...ख़ुद देखा है कादिर ने बस अड्डे पर सिद्दीक और नूरा को। उसने सवाल पूछा तो उसे टाल कर यहाँ-वहाँ हो गए।

"ऐसा कैसे हो सकता है! तू अन्दर आ...मैं...मैं...देखती हूँ अभी।"

"क्या देखोगी...सियार के जाने के बाद ज़मीन ही पीट सकती हो। बैठी पीटती रहो...," कहते हुए नजमा ने अपना शिकारा मोड़ना शुरू किया।

"तू...तू...कहाँ जा रही है...सुन...नजमा...नज्म...नजमा...," हड़बड़ाई और बेबस-सी बेगम नजमा को पुकारती रही पर नजमा जैसे चप्पू चलाते आई थी वैसे ही लौट गई।

नजमा और उसका शिकारा आँखों से ओझल हुआ तो बेगम को होश आया। उसका जी चाहा कि बुक्का फाड़ कर रोए। चीखे...इतना चीखे कि आसमान और दरिया दोनों काँप उठें। इस सर्दी में भी उसे पसीनों का एहसास होने लगा। अपनी नाक पर उभर आईं पसीने की बूँदों को आस्तीन से पोंछ रही थी कि तभी घाट से किसी ने पुकारा "खालका बनतू!"

उसने पलटकर देखा। तीन बढ़ई और उनका एक ठेकेदार खड़ा था। ठेकेदार ने पूछा, "खालका बनतू का हाउसबोट? यही है ना?"

बेगम ने हाउसबोट की तरफ़ इशारा कर हामी भरी। ठेकेदार ने उसे ठहरकर देखा और फिर अपने साथ आए लोगों को लेकर हाउसबोट में चला गया। बेगम खड़ी देखती रही। न उसका जी चाहा, न हिम्मत हुई कि वो भी उनके साथ हाउसबोट में जाए। वो डूँगे में आई। कमरे में गई। खालका के बेजान-से जिस्म से रज़ाई हटाकर दूर फेंकी, "सुना तुमने...तुम्हारी बेटी...लाड़ली तुम्हारी...नूरा... भाग गई है घर से...सुना तुमने?" कहते-कहते वो नीचे बैठ गई और खालका के फेरन को गले से पकड़कर झिंझोड़ दिया, "कब तक सोओगे तुम...सब ख़त्म हो गया...सब...तुम्हारी बेटी..."

तभी खालका की आँखें खुलीं। पीली, बेहिस्स-सी इधर-उधर भटकती पुतलियाँ आख़िर बेगम के चेहरे पर आकर ठहर गईं। दोनों की निगाहें मिलीं। एक तरफ़ अपना कलेजा चीर कर दर्द भरा मवाद रिसती निगाहें तो दूसरी तरफ़ ख़ला में से बेसबब भटक कर चली आईं ख़ामोश नज़रें। अचानक बाहर इतनी ज़ोरदार आवाज़ हुई कि बेगम के हाथ से खालका का फेरन छूट गया। वो उठी और दौड़कर बाहर आई तो देखा एक बढ़ई हाउसबोट के बोर्ड को हथौड़े मार-मार कर गिरा रहा था। हथौड़ों की आवाज़ के साथ चारों तरफ़ कौवों का शोर था। हाउसबोट की छत के नीचे दुबक कर बैठे पहाड़ी कौवे 'काँव-काँव' करते हुए वहाँ से निकल-निकल कर भाग रहे थे। बोर्ड के एक कोने से लकड़ी फट गई थी और 'गुले यासमीन' टेढ़ा होकर लटक रहा था। बढ़ई ने हाउसबोट के नाम वाले उस तख़्ते को पूरा गिराने के लिए दम लगाकर एक और हथौड़ा मारा तो बेगम के आँसू बह निकले। उसने हाउसबोट से नज़रें फेर लीं और दौड़कर घाट पर आ गई।

हाउसबोट के अन्दर भी अब आरी और हथौड़े चलने शुरू हो गए थे। 'गुले यासमीन' का नाम तो अर्श से फ़र्श पर आ ही चुका था, अब हाउसबोट के दर-

ओ-दीवारों पर चोटें जारी थीं। हथौड़ों की आवाज़ों ने बेगम को ऐसा घेरा कि उसका दम घुटने लगा। अन्दर की साँस बाहर नहीं आ पा रही थी। हाउसबोट पर इतने हथौड़े एक साथ पड़ रहे थे तो दरिया का बौखलाया हुआ पानी कभी आगे, कभी पीछे दौड़ता था। पर बेगम अपना दुख...अपना दर्द लेकर कहाँ जाए, कहाँ दौड़े! उसका जी चाहा कि कहीं से ताज़ा हवा का झोंका आ जाए। बर्दाश्त बाहर हुआ तो वो घाट छोड़ कर बंड पर चली आई और पास से गुज़रने वालों से बेख़बर अकेली, बेख़ुद, उजाड़-सी चलती चली गई। हाउसबोट को अपनी आँखों के सामने ज़िबह होते कैसे देखती! हथौड़ों की आवाज़ें दूर होकर कमज़ोर होती जा रही थीं पर चोट की एक-एक मार के साथ बेगम की साँस अँधेरी आह में तब्दील हो सीने से ऐसे बाहर आ रही थी जैसे बर्फ़ के ढेर से दम लगातार सिर निकाल पा रही हो!

'तो नूरा चली गई! मामदा के साथ नहीं सिद्दीक के साथ। मामदा तो दुम दबाकर भाग गया। पलटकर भी न देखा। सही में खालका के भाई का बेटा ही निकला, रिश्ते का ही सही! नूरा को अकेला छोड़ गया और सिद्दीक नूरा के लिए इतने सालों की पगार और अपनी पुश्तैनी ज़मीन के रुपयों को लात मार गया! उसमें ये हिम्मत आई कहाँ से? नजमा की शादी के वक़्त कहाँ थी ये हिम्मत? हो न हो ये हिम्मत सिद्दीक की नहीं नूरा की है। मेरी बेटी नूरा की! हाउसबोट की खिड़की से दरिया की लहरों में क्या ढूँढ़ती रही हूँ मैं ताउम्र? जाने क्या? जाने किसे! शायद ज़िन्दगी को...पर मिली क्या? आज जबकि मुझे नूरा को ढूँढ़कर वापस ले आना चाहिए मैं तहेदिल से चाहती हूँ कि अब जब नूरा अपनी ज़िन्दगी की तलाश में निकली है तो उसे वो मिल जाए। मैंने तो अपनी ज़िन्दगी मर्द के नाम पर एक मल के गड्ढे को राख से ढँकने में गुज़ार दी। वारिस के लिए मरती रही ज़िन्दगी भर... क्या पता वो खालका का बेटा भी उसके जैसा ही होता...मर्द के नाम पर गर्द! पर सुकून है कि नूरा ने तो अपने मन की कर ली। उस लफ़ंगे जुआरी कासिम से तो बची। नाव गज़ब चलाती है दरिया में। क्या ज़िन्दगी के तूफ़ानी दरिया से नाव बख़ूबी ले जा पाएगी? या ख़ुदा अब ख़ैर करना। नूरा की नाव को हर दलदल से, तेज़ हवाओं और बर्फ़ीले तूफ़ानों से बचाना। या पीर दस्तगीर...रहम...रहम! चींटी के लिए शबनम भी तूफ़ान होती है। तेरा हाथ सिर पर रहे तो कहर भी उल्टे पाँव लौट जाता है।

'बस अड्डे पर थी तो ज़रूर सिरीनगर से बाहर कहीं जा रही होगी। हाँजी की बेटी होकर दरिया से बाहर चली गयी! दरिया से ही क्या वो तो सिरीनगर से भी बाहर चली गयी! अच्छा है! यहाँ क्या रखा है? कभी एक मौसम होता था सैलानियों

का। पर अब...अब लगता है मौसमों का बदलना बन्द हो गया है। एक ही मौसम बना रहता है अब—मुफ़लिसी का। और क्या है? बेकारी, भुखमरी, सालों साल सैलानियों का इन्तज़ार, बोट बेचो, बोट तोड़ो! यही सब!'

वो दूर सड़क पर चली आई थी। सड़क के देवदार, चिनार उसी की चाल से उसकी उल्टी सिम्त में चल रहे थे। सड़क किनारे एक बूढ़ी भिखारिन बैठी थी। बेगम को देखते ही उसने अपना कटोरा उठा लिया। मँगते से माँगना, लानती का काम है—मन में कहते हुए बेगम उसकी तरफ़ बिना देखे आगे निकल गई। पर ख़याल आया कि उस बेचारी मजबूर बुढ़िया को क्यों लानत दे रही है? तो बेगम किसे लानत दे? ख़ुद को...कबाइलियों को, जिन्होंने उसके घर, उसके वतन में तलातुम मचाकर मुफ़लिसी, तंगहाली से उसे और उस जैसे जाने कितनों को अब सड़क पर पहुँचा दिया? या उस अवामी राज को राजशाही की ज़्यादतियों के बाद जिससे ज़िन्दगी की सारी उम्मीदें वाबस्ता थीं, पर जो अब तक शायद कुछ सम्भाल नहीं पा रहा? कहाँ है 'नया कश्मीर', कहाँ ढूँढ़ें? उसका घर, उसका रोज़गार सब ख़त्म ही समझो। क्या अब उन्हें दरिया छोड़कर कहीं और जाना होगा? बेगम ने पलटकर बूढ़ी भिखारिन को देखा। उस भिखारिन और ख़ुद बेगम में क्या फ़र्क है? भिखारिन सड़क पर बैठी है और वो आहिस्ता-आहिस्ता उसी तरफ़ जा रही है। दूर से एक कदल दिखा। काश ज़िन्दगी में ऐसे भी कदल होते जो वीरानों से खुशहाली की तरफ़ ले जाते!

बेगम की ख़ामोश आँखों से अफ़सुर्दिगी टपक रही थी। कदल पर पहुँची तो दरिया में दूर से एक नाव पास आती दिखाई दी। हाँजी गा रहा था—

वलो हा बागबानो
नव बहारुक शान पैदा कर

(ए बाग़बान अब तुम आ जाओ और चमन को नयी बहार की शान से गुलज़ार कर दो।)

उसे याद आया, महजूर का ये गीत भी नूरा बहुत चाव से गाती थी। उसके मन में गीत की अगली पंक्ति गूँज उठी—

चमन वऽरान वदान शबनम
चृटिथ जामय परेशान गुल...

(चमन वीरान है और शबनम रो रही है, अपने तार-तार जामों में गुल परेशान हैं...)

आगे वो गा न पाई तो बेगाने-से क़दमों से लौट चली। अपने घाट से थोड़ा दूर थी पर हथौड़ों की आवाज़ें सुनाई देने लगी थीं। हर एक क़दम के साथ पास आती वो आवाज़ें उसकी बरबादी की आवाज़ें थी। बचपन में डरती थी कि उसका डूँगा कहीं धार में न बह जाए। आज तो सभी कुछ जा रहा था पानी में! दूर से दरिया को ठहरकर देखा। ऐसा लगा ख़ामोश आहें भरती पूरी घाटी काँप रही है। काँपते दरिया पर काँपता आसमान और थरथराते आस-पास के पहाड़! साथ ही वो बचे हुए हाउसबोट जो उस दरिया में देख रहे थे अपनी सहमी-सहमी-सी परछाइयाँ!